KB043586

윈터 블루스

I

윈터 블루스 I

서은수 장편소설

가하

윈터 블루스 1

지은이 서은수
펴낸이 이형기
펴낸곳 도서출판 가하

초판인쇄 2016년 12월 9일
초판발행 2016년 12월 16일
출판등록 2008년 10월 15일 제 318-2008-00100호

주소 서울 영등포구 양평로 67, 1209 (당산동5가, 한강포스빌)
전화 02-2631-2846 **팩스** 02-2631-1846

www.ixbook.co.kr

ISBN 979-11-300-1242-2 04810
979-11-300-1244-5 04810(세트)

값 11,000원

Intro		9
01	프린스 칼 프레데릭	15
02	병판의 딸 해나	46
03	악몽의 서막	77
04	스캔들	117
05	6년 후	141
06	도피	178
07	대혼란	230
08	그의 마음	302
Interlude	소년 칼 프레데릭	350
09	그녀의 마음	367
10	연둣빛 새순	426

바람에 떠밀려 눈물에 파묻혀
아득히도 먼 바닷길을 돌고 돌아 당신과 내가 만났습니다.
아버지의 희생과 어머니의 간절함이 하늘을 울려
별님이 나를 당신에게로 인도하였나 봅니다.

모진 세파가 버거워 가슴만 쳐대다 별님의 축복조차
알아보지 못한 나에게
광풍처럼 불어와 다사로운 숨결로 머무른 사람.
시린 원망을 쏟아부어도 가시 돋친 혀끝으로 상처를 주어도
언제나 그 자리에 오직 진심으로만 서 있던 사람.

당신이 하늘길을 건너고 계시다는 그 말을 나는 믿지 않으렵니다.
마지막 숨을 내쉬기 전에 그대여,
이것 하나만 기억해주십시오.
새하얀 눈이 천지를 뒤덮고
세상 만물이 꽁꽁 얼어붙은 겨울의 땅에서
당신을 기다리는 한 사람이 있다는 것을.

마지막일지도 모를 이 순간,
가장 불러보고 싶은 그 이름,
……해나.

Intro

흰 추위로 뒤덮인 광활한 광야를 서늘한 푸른빛으로 물들이고 대자연의 모든 생명체를 숨죽이게 하는 엄숙한 백야(白夜). 그 시리고 푸른 밤 속에 한 소년이 서 있다. 달빛이 가루로 부서져 내린 듯 신비로운 분위기를 자아내는 백금발에 뚜렷한 얼굴 윤곽. 양옆으로 길고 시원하게 뻗은 날카로운 인상의 두 눈에는 드넓은 바다와 같은 쪽빛의 눈동자를 고요히 품고서.

'……그다!'

악몽에 취해 허우적거리다 잠에서 깬 해나는 어렴풋이 보이는 낯선 인영에 소스라치게 놀란 것도 잠시, 불행하게도 그를 기억해내고 말았다. 수개월 전 따스했던 체온과 정반대의 한기를 내뿜으며 어떠한 표정 변화도 없이 진흙 속으로 저를 던져버렸던 사람. 아무런 감정도 읽히지 않을 만큼 메말랐던 그 눈빛이 떠올라 해나는 신경 줄이 팽팽히 곤두서 올랐다. 그때였을 것이다. 불현듯 그에게서 낮고도 간결한 목소리가 갈라져 나온 것이.

"이름."

"……."

이 나라의 언어를 배우기 시작한 지 벌써 여러 달, 특유의 영민함으로 이곳의 언어를 어느 정도 터득하고 있었지만, 한껏 예민해져 있던 해나는 갑작스러운 물음에 미처 입술을 떼지 못했다.

느릿한 반응이 못마땅했는지 그에게서 한층 냉랭하고 으스스한 기운이 흘러나왔다.

"네, 이름."

"해나…… 입니다."

"애나?"

"해, 나."

"……같은 말을 반복하게 하지 마라."

짧고 단정하게 빗어 올린 머리칼만큼 소년은 표정도, 말투도, 목소리도 뾰족하게 각이 서 있었다. 마치 기합이 바짝 든 숙련된 군인을 보고 있는 것처럼.

"따라와."

이어서 들려온 그의 명에 해나는 겁에 질리기보다 올 것이 왔구나, 그런 얼굴이었다. 무슨 일이 벌어질지 정확히는 알 수 없으나 살벌함의 수위로 보았을 때 앞으로 벌어질 일이 평이하지는 않을 것 같았다.

해나는 긴장으로 빳빳이 굳어버린 몸을 움직여 거침없이 방을 나서는 그의 뒤를 따랐다. 얹혀사는 주제에 하도 과분한 대접을 받아 언젠가 이런 날이 오지 않을까 나름대로 준비를 해왔기에 가능한 일이었다.

누구일까?

복도를 걸으며 애매한 표정을 지어보지만 소년과 똑같은 눈매를 가진 분을 이미 알고 있었다. 밤낮으로 별궁에 들러 몸 상태를 확인하고 말동무가 되어주시는 이 나라의 국왕 전하. 그렇게 다정하신 분에게 저토록 감정이 말라버린 아드님이 계시다는 게 믿어지지 않았다. 하지만 그에게서 풍기는 특유의 권위와 거침없는 행동을 지켜보며 해나는 어느새 확신하고 있었다.

칼 프레데릭.

그는 북유럽의 강대국, 베르덴 왕실의 유일한 적통이자 후계자, 프린스 칼 프레데릭일 것이다.

감청색의 안료가 투명한 물속으로 사르륵 스민 것처럼 청아한 빛깔을 띠는 밤. 그 속을 걸으며 해나는 낯선 나라, 낯선 세상에 와 있음을 다시 한 번 실감하고 있다.

광막한 이 왕국은 북으로 갈수록 한여름의 백야 현상이 더욱 뚜렷해진다고 했다. 낮과 밤이 구분되지 않을 정도로 온통 새하얀 세상. 1년 하고도 여섯 달 전까지만 해도 존재하는지조차 몰랐던 이 세상이 소녀에게는 여전히 낯설었다.

목적지도 알려주지 않고 무작정 걷기만 하는 소년의 뒷모습을 해나는 물끄러미 보았다. 모두가 잠들어 있는 시각, 거의 초면이라 할 수 있는 그가 무엇을 하려는지 짐작조차 되지 않았다. 그런데도 해나는 열두 살이라는 나이가 믿기지 않을 정도로 고분고분, 침착하게 그의 뒤를 따랐다. 선택의 여지는 없었다. 이곳에서 해나는 절대 약자에 불과하였으므로.

긴 복도와 여러 개의 홀을 가로질러 어느 계단을 오르기 시작한 그는 맨 꼭대기에 이르자 걸음을 멈추고 뒤를 돌아보았다. 해나도 두 계단 정도를 남겨놓고 그를 따라 걸음을 멈췄다.

"작년 가을, 네가 처음으로 발견된 그곳을 일명 왕의 숲이라 한다."

해나의 언어 실력을 의식한 것인지 그는 천천히 명확한 발음으로 입을 떼었다.

"출입이 철저히 통제된 왕실 소유의 숲. 병사들에게 발각되었다면 너는 형식적인 재판을 거쳐 처형되었을 것이다."

"……."

"무사히 그 숲을 빠져나갔다 해도 얼어 죽었거나, 청국인을 신기해하는 누군가에 의해 납치되었거나, 포주에게 넘겨져 사창가로 팔려갔을 테지."

감정 없는 그의 음성이, 건조한 표정이, 메마른 눈빛이 지금의 상황을 충분히 괴기스럽게 하였다. 오밤중에 사람을 불러내 아무렇지 않게 저런 말을 하고 있다니. 그래서 동정한다는 것인지, 가소롭다는 것인지, 마땅히 내쳐져야 한다는 것인지 그 저의를 알 수가 없다.

"천운으로 전하께 거두어진 너는 운이 좋았다 생각하겠지. 목숨을 구하고 별궁의 주인이 되어 안락한 생활을 영위하고 있으니 말이다. 허나 네 운이, 과연 어디까지일까?"

"……."

"네가 이곳으로 오게 된 게 행운일까, 불행일까?"

"저는……."

"돌아가서."

추궁과도 같은 물음에 해나가 답을 하려 하자 소년은 칼같이 대답을 끊었다.

"네 거처로 돌아가 생각해보라. 웅장하고 화려한 건물, 예쁜 옷을 입은 사람들, 달콤하고 맛있는 음식이 넘쳐나는 이곳. 이곳이 네게, 천국일지 혹은 지옥일지."

쓸데없이 예민해진 탓일까. 해나의 귀에 그의 말은 다른 식으로 들렸다. '이곳은 천국이다. 그러나 내가 있는 한 이곳은 네게 영원한 지옥이 될 것이다.'라고.

낯선 곳에 떨어져 눈치 하나로 버티며 살아왔지만 이런 식의 노골적인 적대감은 실로 당황스러웠다. 그러면서도 해나는 시키는 대로 그에게서 등을 돌렸다. 그가 진짜로 원하는 게 무엇일지 거처로 돌아가 생각해볼 참이었다.

바로 그때,

"엇!"

등 뒤로 거센 손길이 내리쳐 해나를 모질게 떠밀었다. 그대로 고꾸라진 소녀는 비명을 지를 새도 없이 쾅! 계단에 이마를 사정없이 찧었고, 상체와 하체 곳곳이 막무가내로 딱딱한 물체와 마찰을 일으키며 튕기듯이 부딪쳤다. 해나는 차가운 대리석 계단의 가장 높은 곳에서 바닥끝까지 매우 빠른 속도로 데굴데굴, 정신없이 굴렀다.

"으윽……."

싸늘한 바닥 위로 처참하게 널브러진 소녀에게서 가냘픈 신음이 새어나왔다. 삽시간에 온몸을 뒤덮은 끔찍한 통증과 토할 것 같은 메스꺼움이 고통스럽다. 너덜너덜해진 사지가 파르르 경련을 일으키며 해나의 의식은 뿌옇게 멀어졌다. 마지막으로 흐릿하게 보이는 건,

뚜벅, 뚜벅, 뚜벅.

여유로운 걸음으로 다가와 저를 빤히 내려다보고 있는 소년의 무심한 얼굴.

해나의 인생에 뼈아픈 고통과 절정의 행복을 동시에 선사한 절대 강자, 칼 프레데릭과의 악몽이 시작되었다.

01

프린스 칼 프레데릭

여름에는 사늘한 청량감을, 겨울에는 혹독한 추위를 선사한다는 베르덴 왕실의 여름 별궁. 희뿌옇게 서리가 낀 창문을 정성스레 닦던 하녀가 창 밖 너머에서 무언가를 발견하고 동작을 멈췄다.

저 멀리, 눈이 시리도록 하얗게 쌓여 있는 눈밭 사이로 한 줌 가냘픈 여인이 정처 없이 걷고 있다. 흐느적흐느적, 걸음걸이가 쓰러질 듯 버겁고 위태로워 보였다. 그 모습을 실내에서 눈으로 좇던 하녀의 얼굴 위로 아련한 연민이 서렸다.

"왕비 전하께서 이리로 요양을 오신 게 정말 차비마마 때문일까?"

"그게 아니면?"

창가에서 조금 떨어진 곳, 마른 천으로 청국산 도자기를 조심히 닦고 있던 동갑내기 하녀가 왜 당연한 소리를 하냐는 어조로 말했다.

"오늘내일하시는 분이 뭐하러 굳이 머나먼 북부까지 오셨겠어. 요양? 이 끔찍한 추위에? 병이 나았다가 도로 도

지겠다. 뻔해. 얼마나 비참하게 살고 있는지 죽기 전에 두 눈으로 똑똑히 확인하고 싶으신 거야."

"그렇다면 너무 잔인해. 차비께선 이미 모든 것을 잃고 저렇게 유폐되어 계시는데. 어쩌면 죽는 그날까지 이 추운 곳에 갇혀 고향으로 돌아가지 못하시겠지."

"얘가 큰일 날 소리 하고 있어!"

덤덤하게 동무의 중얼거림을 받아치던 하녀는 아무도 없는 주변을 다시 한 번 확인하며 창가로 다가갔다.

별궁 안에 거주하는 다섯 명의 하녀 중 이 지역 출신의 토박이는 그녀와 저, 둘밖에 없었다. 나머지 셋은 별궁 최고의 권력자 미켈슨 자작부인이 타지에서 데려온 그녀의 수족들이었다. 얼마 전 왕비를 모시고 당도한 수많은 시녀와 하녀들 역시 전부 수도 출신의 사람들. 그들은 한결같이 차비를 벌레 보듯 혐오하며 경멸하고 있었다. 그 말인즉 차비에 대한 일말의 호의적인 반응도 금기시되어야 한다는 뜻이었다.

자칫하다간 운 좋게 얻은 일자리를 잃고 해코지를 당하게 될 수도 있다는 두려움에 하녀는 최대한 목소리를 낮춰 단속에 나섰다.

"아직도 감이 안 잡혀? 우리는 차비가 아닌 자작부인을 모시기 위해 고용된 거야. 여기 있는 사람들은 모두 차비를 감시하고 있다고. 물론 우리가 거기에 동조할 필요는 없어. 하지만 차비를 동정해서도 안 돼."

"차비께서 정말 간통을 저지르셨을까?"

"사실이 아니라면 대귀족이었던 브레이번트 가가 왜 하루아침에 재산을 몰수당하고 변방으로 내쳐졌겠어? 차비는 왕비 전하를 폐하고 스스로 그 자리에 오르려다 저렇게 된 거야. 장애아를 낳고 불륜이 들통 났기 망정이지 안 그랬다면 지금 이곳에 유폐된 사람은 다름 아닌 왕비 전하셨겠지. ……저기 봐. 저렇게 비참한 몰골로."

동무의 말에 다시 창 밖으로 시선을 돌린 하녀는 대번에 눈가가 아릿하게 흐려졌다. 조금 전까지 처연하게 설원 위를 걷던 여인은 이제 병사들에게 양팔을 거칠게 잡힌 채 질질 끌려오고 있었다. 병사들에게 명을 내린 사람은 몇 발짝 떨어져 함부로 다뤄지는 차비를 냉랭하게 지켜보고 있는 미켈슨 자작부인이었다. 말이 좋아 차비와 수석 시녀지, 그녀의 눈엔 '죄수'와 '간수'로밖에 보이지 않았다.

10년 전 왕궁 안의 대표적인 두 세력, 공국파와 귀족파의 다툼은 극에 달했다. 공국에서 시집온 대비가 같은 가문의 여인을 며느리로 들이자 이에 반발한 왕국의 귀족파에서 명망 높은 대귀족의 딸을 선별, 궁으로 들였다.

공국파를 위시한 왕비와 귀족파를 위시한 차비.

두 세력은 누가 먼저 후계자를 낳아 세력을 공고히 하느냐를 놓고 피 튀기게 싸웠다. 처음에는 귀족파가 기세등등하였으나 왕비가 극적으로 후계자를 낳으며 치열했던 다툼은 공국파의 승리로 귀결되었다. 그러자 귀족파는 모든 잘못을 불륜이 들통 난 차비에게만 뒤집어씌우고 그녀의 친정 가문을 토사구팽하였다.

비록 잘못을 저질렀다고는 하나 창가에 서 있던 하녀는 차비가 불쌍했다. 그녀가 지고 있는 죄의 무게엔 분명 타인의 몫 또한 상당량 포함되어 있을 것이다. 애초에 함께 하자 공모해놓고 상황이 불리해지자 모든 죗값을 저리도 연약한 여인 혼자서 감당하게 하다니. 귀족들의 비정한 셈법에 씁쓸함이 더해졌다.

"어쨌든 최후의 승자는 왕비 전하시잖아. 인생의 승자로서 패자에게 조금만 아량을 베풀어주시면 얼마나 좋을까."

"그게 말처럼 쉬워? 왕비 전하께서 저 지경이 되셨는데?"

두 세력의 다툼 이후 왕과 왕비는 돌이킬 수 없을 만큼 사이가 틀어졌다. 국왕은 여인에게 신물이 난 듯 오직 정무에만 힘썼고, 그로 인해 왕비는 둘째를 회임하지 못했다. 관계회복을 위해 빌고 애원하고 자책도 해보았지만, 끝끝내 돌아오지 않는 왕의 반응에 마음의 병이 깊어졌다. 왕비는 급기야 신경쇠약증을 앓으며 발작을 일으켰고 주체할 수 없는 울화를 부왕을 닮은 어린 아들에게 쏟아부었다.

"따지고 보면 가장 불쌍한 분은 왕자님이시지. 아직 아홉 살밖에 안 된 분이 대체 언제부터 그런 일을 겪으신 건지. 너도 들었지, 어젯밤 그 비명……."

"거기!"

시녀들의 시중을 들으며 알게 된 비화를 바탕으로 은밀한 대화를 이어가던 두 하녀는 느닷없이 날아온 목소리에 헛숨을 들이켰다. 이곳은 사람들이 자주 찾지 않는 별궁 구석에 있는 자그마한 규모의 응접실이었다. 무의식중에 경계의 벽을 허물어트렸던 두 사람은 자신들이 얼마나 엄청난 말을 입에 올리고 있었는지 자각하며 몸을 떨었다. 이대로 날벼락이 떨어지겠구나, 혀가 마비되어 입도 벙긋 못 하는데 시녀에게서 생각지도 못한 말이 튀어나왔다.

“여기서 뭣들 하고 있는 것이냐! 왕자님께서 사라지셨다.”

“예. ……예?”

“쓸데없이 노닥거리지 말고 당장 나가서 찾아라. 왕자님께 변고라도 생긴다면 네년들부터 가만두지 않을 것이다. 어서!”

너무 놀라 정신을 차릴 새도 없었지만, 하녀들은 이미 혼비백산하여 밖으로 달려 나가고 있었다.

문이 거세게 닫히는 소리가 지나고 정적이 찾아든 응접실. 한쪽 벽면을 차지한 오리엔탈 양식의 병풍이 조심스레 젖혀지며 한 사내아이가 모습을 드러냈다.

짙은 바닷빛 눈동자에 조화롭게 어우러진 이목구비. 벽화에서 막 튀어나온 듯 천사 같은 외모의 아홉 살 소년은 입술 끝이 터져 피딱지가 내려앉고 부어오른 이마 위로 퍼런 멍이 들어 있었다. 아이는 재빨리 몸을 움직여 커튼 속으로 뛰어들었다.

차가운 기운이 전달되는 창문 너머, 조금 전까지 입방아의 대상이었던 차비가 꽤 가까이, 또렷하게 보였다. 멀리서부터 끌려왔는지 하얗게 지친 얼굴에는 체념의 빛을 머금고 병사들이 이끄는 대로 몸을 내어주고 있었다. 대비의 충직한 수석 시녀, 미켈슨 자작부인은 우아한 자태로 그 뒤를 감시하듯 따랐다.

그녀와 같은 거물급 시녀가 이런 변두리에 처박혀 있는 건 두 가지 이유로 해석해볼 수 있었다. 대비의 분노를 사 내쳐졌거나, 믿을 만한 심복을 붙여놓을 정도로 차비에 대한 조모의 분노가 극에 달해 있거나. 모후의 시녀들과 제 유모가 자작부인에게 꼼짝도 못 하는 것으로 보아 이유는 들으나 마나 후자일 것이다.

별궁 앞에 다다른 차비가 계단을 오르자 프레데릭은 꽁꽁 얼어 있는 그녀를 자세히 보기 위해 시선을 고정했다. 고개를 숙이고 있어 소년도 고개를 비스듬히 기울여야 했다. 그런데 갑자기 그녀가 정확히 2층, 그가 있는 방향으로 고개를 들었다.

"으윽."

반사적으로 급하게 몸을 숨긴 프레데릭은 고통스러운 신음을 흘리며 미간을 처참하게 구겼다. 팔다리와 복부, 가슴 부위에 날카로운 통증이 일어 숨이 가빴다. 소년은 고통을 참으며 허겁지겁 다시 병풍 뒤로 돌아가 몸을 웅크렸다. '차비'라는 말에 호기심이 일어 잠시 나가보았지만, 아무래도 이곳에 가만히 있는 게 안전할 듯싶었다. 소년은 배에서 울리는 꼬르륵 소리를 무시하고 조심조심 바닥 위로 작은 몸을 뉘었다. 상황이 어떻게 돌아가든 될 수 있는 한 이 안에서 오래도록 버티고 있을 작정이다.

오늘 아침, 눈물이 그렁하게 맺힌 유모가 얼굴을 조심스레 쓸어주며 말했다.

「이만하시길 다행입니다, 왕자님.」

두 하녀가 그러했듯 아마 별궁 안의 모든 이가 알고 있을 것이다. 어젯밤, 정신을 놓아버린 왕비가 왕자의 방에 뛰어들어 잠들어 있는 어린 아들을 미친 듯이 구타했다는 것을. 그 난리 속에 입술이 약간 터지고 이마가 조금 멍들었을 뿐이니 유모는 안도하는 것 같았다. 그녀는 짐작조차 못 했다. 프레데릭이 온몸을 내어주고 오직 두 팔로 얼굴만 가리고 있었다는 사실을.

그래서 소년은 오늘 아침, 목욕물을 준비하겠다는 유모의 말에 거처를 빠져나와 이곳에 몸을 숨겼다. 목욕을 하려면 옷을 벗어야 하고 옷을 벗으면 전신에 퍼져 있는 어젯밤의 흔적을 고스란히 드러내야 하니까. 그렇게 되면 사람들은 또다시 제멋대로 입을 놀려댈 것이다. 왕비는 미친 게 틀림없다고. 정신병이 갈수록 심해지고 있다고. 애초에 소년이 모든 것을 포기하고 얼굴만 보호한 이유가 사라지는 것이다.

"듣기 싫어."

프레데릭은 어머니에 관한 사람들의 수군거림이 듣기 싫었다. 어머니는 그저 마음이 아플 뿐인데 사람들은 왜 그것을 이해해주지 못하는 것인지. 어젯밤과 같은 화풀이가 끝나면 죽을 듯이 괴로워하고 안타까워하는 어머니의 진심을 저들은 헤아리지 못했다.

간간이 울부짖는 유모의 외침이 들려오고 있었으나 프레데릭은 고집스럽게 눈을 감았다. 불쌍한 어머니를 위해서라면 이쯤은 정말 아무것도 아니었다.

깊은 밤, 유모의 손에 이끌려 정신없이 복도를 가로지르던 프레데릭은 왈칵 두려운 마음이 일었다. 주변의 모든 것이 낯설게만 느껴졌다. 한밤중에 침실로 들이닥쳐 잠들어 있는 그를 무턱대고 안아 올린 유모도, 대낮보다 더 환한 불빛도, 다급하게 뛰어다니는 하녀들도. 소년은 본능적으로 상황을 짐작할 수 있었다.

어머니께서 위독하시다!

불길함은 정확히 들어맞았다. 모후의 침실에 발을 들여놓는 순간 프레데릭은 깊은 심해 속으로 낙하한 듯 숨이 턱 막혔다. 약초 냄새가 짙게 깔린 방 안, 궁정의(宮廷醫)들은 이미 손을 놓고 물러나 있었고, 시녀들은 침대 가에 이마를 묻고서 서럽게 흐느끼고 있었다. 그리고 어머니께서는,

"프레……, 프레…… 데릭."

꺼져가는 숨을 간신히 부여잡고 그를 애타게 찾고 계셨다. 프레데릭은 후들거리는 다리를 움직여 침대 맡으로 다가갔다.

'프레데릭을 불러줘. 그 아이를 내게 데려다줘!'

속으로 아무리 울부짖어도 실제로는 아이 이름 한 번 내뱉는 것조차 힘에 겨웠다. 왕비는 짙은 절망감을 드리웠다. 스르르 힘이 빠지고 무거워진 눈꺼풀이 서서히 내려앉았다. 이대로 영면에 들어야 할 시간, 악착같이 쥐고 있던 마지막 빛을 놓아버리려는데 어디선가 아늑한 향이 화악 밀려와 그녀의 코끝을 건드렸다.

의식이 희미해지던 왕비는 반사적으로 눈을 부릅떴다. 거친 숨을 몰아쉬며 어느새 가까이 와 있는 그녀의 아들, 프레데릭과 시선을 맞췄다.

순수하고 맑은 아이. 지겹도록 맞고 또 맞으면서도 함께 가자는 그녀의 한마디에 기쁜 얼굴로 이 추운 곳까지 따라와준 아이. 저를 구타한 어미를 감싸주느라 유모에게조차 상처를 내보이지 않고 혼자서만 끙끙 앓는 아이가 바로 칼 프레데릭이었다.

왕비의 푹 꺼진 눈가에 안타까움이 번져가는데 돌연 눈동자가 붉게 달아오르며 섬뜩한 기운을 발했다. 옆에서 왕비를 지켜보던 프레데릭의 유모는 귓가의 솜털이 오도독 돋는 것을 느꼈다.

'저 눈빛. 설마……, 발작이다!'

유모는 황급히 프레데릭을 감싸 안으려 했지만,

"어헉!"

귀신 같은 몰골의 왕비는 눈 깜짝할 새 몸을 일으켜 어린 아들의 멱살을 움켜쥐었다. 두 눈에 광기를 머금고 프레데릭의 여린 몸을 거침없이 제 쪽으로 끌어당겼다. 흡사 유령과도 같은 왕비의 모습에 겁에 질린 시녀들은 비명을 질렀고, 유모는 곧장 왕비에게로 달려들었다.

얼마나 대차게 잡고 있는지 프레데릭은 삽시간에 핏기를 잃고 숨을 할딱거렸다. 궁의들까지 달려들어 소년에게서 왕비를 떼어내려 애써보았지만, 위독한 이가 맞나 싶을 정도로, 인간이 맞나 싶을 정도로 힘이 어마어마하였다.

사흘 전 그 밤의 악몽이 떠올라 이성을 잃은 유모는 죽을 각오로 왕비의 손등에 손톱을 박고 처절하게 외쳤다.

"정신 차리십시오, 왕비 전하! 왕자님이십니다! 국왕 전하가 아니시란 말입니다!"

그녀의 애끓는 절규에도 왕비는 제정신으로 돌아오기는커녕,

"나가!"

히스테릭한, 비명에 가까운 한마디로 모두에게 축객령을 내렸다.

문밖에서 대기 중이던 근위병들이 우르르 뛰어들었다. 오직 명령에만 충실한 그들은 불쌍한 소년의 처지에도 아

랑곳없이 사람들을 모조리 밖으로 끌어내었다. 눈물로 범벅이 된 유모가 발악을 해봐도 검독수리에게 목을 물린 초식 동물처럼 왕자가 무기력하게 침대 위로 끌려가는 모습을 끝으로 문은 굳게 닫혔다.

베르덴의 수도 에리카. 호반의 도시라 불리는 에리카는 출렁이는 인디고 빛깔의 앞바다에 잘 정비된 항만 시설, 선조 때부터 이어온 해상 교역을 바탕으로 헤젠부르크에 이어 북유럽의 금융 중심지로 자리 잡고 있다. 넓고 깨끗하게 조성된 신시가지와 역사와 전통을 고스란히 품은 채 깨끗하게 재정비된 구시가지. 그 안에 귀족 지구와 상업 지구, 일반인 거주 지구가 조화롭게 배치되어 수도로서의 위엄과 품격을 과시하고 있다.

특히 왕궁은 거대하고 쾌적한 도심 전체를 한눈에 굽어볼 수 있도록 높은 지대 위에 설계되었다. 백성들에게 개방된 남쪽 숲과 출입이 통제된 북쪽 숲 사이, 대대적인 공사를 통해 화려하고 웅장한 바로크 양식의 건축물로 탈바꿈한 왕궁이 그 위용을 자랑했다. 본궁을 중심으로 양방향 대칭을 이루어 증축된 왕궁은 1,700개가 넘는 창문과 800여 개에 이르는 벽난로, 수십 동의 별궁, 세분화된 정원, 거대한 유리 온실, 다채로운 분수 등 그야말로 강력한 왕권을 상징하는, 이 나라의 모든 권력이 집약적으로 응축된 장소였다.

그 지엄하고도 고귀한 곳에서 국왕의 집무실보다 더 많은 이들의 관심과 방문을 받는 곳은 따로 있었다. 베르덴 왕실의 최고 어른이자 헤젠부르크 공국의 여대공. 일곱 살에 왕위에 오른 아들을 대신해 스물일곱 해 동안 이 나라를 실질적으로 다스려온 대비, 조피 엘레나 아델라이네 헤젠부르크의 처소다.

근사한 은빛의 머리칼을 우아하게 틀어 올리고 고급스러운 코발트블루 빛의 로브를 차려입은 그녀. 눈빛만으로 상대를 주눅 들게 할 만큼 냉혹하고 완고한 분위기를 자아내는 대비가 등을 곧추세우고 앉아 호흡을 가다듬었다.

아침부터 알싸하게 풍겨오는 술 냄새와 성난 기색의 얼굴, 대비궁에 들어서자마자 빈정대기 시작한 말투. 국왕의 버릇없는 태도에 기분이 상한 조피는 불만을 빙빙 돌려 터트리는 아들을 일별하고 단도직입적으로 물었다.

"시간 낭비는 그만하고 말씀을 하세요. 무슨 일입니까?"

"……무역 상인들을 위한 세관 정책 말입니다."

모후의 요구에 칼 필립스는 잠시 머뭇대다 본론을 꺼냈다. 어렵게 입에 올린 말이었는데 대비는 그의 말이 떨어지자마자 가소롭다는 듯 코웃음을 흘렸다. 모욕적인 반응에 국왕의 얼굴이 따갑도록 불타올랐다.

"전 대륙으로 뻗어 가는 상인들을 위해 세관 정책을 간소화하고 그들의 편의를 도모해주자?"

"어찌하여 국왕인 제가 올린 안건을 대비께서 허락도 없이 무효화시키신 것입니까?"

어젯밤 서기관이 주뼛거리며 털어놓은 말은 가히 충격적이었다. 그 늦은 밤, 대비궁으로 곧장 쳐들어오고 싶은 마음을 억누르기 위해 동이 틀 때까지 술을 퍼마셔야 했을 정도로. 사람들은 절대로 모를 것이다. 백성들로부터 높은 신망을 얻고 있다는 그가 실은 대비의 권세에 짓눌려 이리저리 휘둘리는 인형 같은 존재에 불과하다는 것을.

"칼 필립스, 정치는 현실입니다. 그런 유토피아적인 이상을 현실 정치에 대입하려 하지 마세요. 그런 건 속으로만 생각하는 것입니다. 자꾸 그렇게 무르고 감성적으로 구시다간 귀족들에게 책을 잡힐 수도 있음을 이제는 아실 때도 되지 않았습니까."

"단순한 이상이 아닙니다. 선조들께서 혜안을 가지고 그들에게 투자하셨기에 오늘날의 베르덴도, 헤젠부르크도 있는 것입니다."

"저들은 이미 충분한 혜택을 받고 있습니다. 그리고 그 혜택을 발판 삼아 이제는 더 큰 것을 요구하고 있지요. 무엄하게도 말입니다!"

공국의 후계자로 태어나 베르덴의 왕실로 시집온 대비는 매우 확고한 우월 의식을 가진 사람이었다. 상공인이란 특권층의 발아래서 명령대로 움직이는 비천한 존재로만

인식했다. 그들에게 왜 그러한 혜택을 주어야 하는지 전혀 이해하지 못했고 이해하려 들지도 않았다.

국왕은 점점 지긋지긋해지고 있었다. 고리타분한 사고방식으로 스물일곱 해 동안 섭정인의 지위를 내려놓지 않고 있는 어머니도, 그녀의 치맛자락을 붙들고 왕궁 안에 기생하는 수많은 공국파의 대신들도. 그 갑갑한 마음을 억지로 누르며 국왕은 다시 한 번 진심으로 애원했다.

"그들이 흥해야 이 나라 또한 지금의 명맥을 유지할 수 있음을 부디 유념하여주십시오."

"언제부터 이 나라가 천한 상인들에 의해 좌지우지되었단 말입니까!"

허나 대비는 외려 강경해져갈 뿐 조금도 양보하거나 정책에 대해 생각해보려 하지 않았다. 왕의 눈가에 절망의 빛이 어렸다. 지금까지 대비라는 거대한 벽에 막혀 얼마나 많은 안건이 묻히고 말았는지. 그는 진정으로 묻고 싶었다.

"제가 국왕입니까?"

속삭이듯 흘러나온 그의 혼잣말에 대비가 짜증스럽게 눈살을 찌푸리자 좌절감은 금세 반발심으로 변했다.

"예, 이 나라의 국왕은 저입니다. 하여 어젯밤, 지난번에 취소하셨던 빈민 자녀들을 위한 보건 정책을 재가하기로 하였습니다."

"예산이 부족합니다. 내년으로 미루세요."

"부족한 예산을 메우기 위해 왕실의 다른 예산 하나를 취소시킬 계획입니다."

조피가 의아한 눈길로 쳐다보자 이번에는 국왕이 입가에 조소를 띠었다.

"비너스의 심장."

"뭐라?"

"소유자에게 사랑과 행복을 가져다주는 핑크 다이아몬드라니요?"

아들의 노골적인 비웃음에 조피의 안면이 급속도로 냉각되었다. 모후의 냉기를 온전히 받아내며 국왕은 제 할 말을 또박또박 끝까지 마쳤다.

"대비 전하의 말씀대로라면 돌덩어리에 환상을 품고 국고를 낭비하는 것이야말로 개인적인 희망 사항을 현실 정치에 억지로 대입하려는 것이지요. 그런 건 혼자서만 상상을 하십시오. 정히 갖고 싶으시다면 왕국의 예산이 아닌 공국의 예산을 끌어다 쓰시든가요."

"감히……."

조피는 한자리에 앉아 오래도록 일말의 미동 없이 같은 자세를 유지하고 있었다. 얼굴을 붉히며 뛰쳐나간 아들이 제게 했던 괘씸한 말들을 곱씹고 또 곱씹으며.

하늘 끝에 닿아 있던 고귀한 자존심이 상처를 입고 자르르 떨었다. 얼마나 오랫동안 그 보석을 기다려왔는지 잘 알면서 간신히 찾아온 기회를 눈앞에서 보란 듯이 날려버린 아들이 기가 막혔다. 아니, 차라리 그 정도 선에서 물러났다면 그저 본데없는 태도를 괘씸히 여기다 말았을 것을. 국왕은 절대로 하지 말았어야 할 말까지 마구잡이로 쏟아내었다. 깊은 회의감이 밀려와 그동안 참아왔던 감정이 한꺼번에 터져버렸을 정도로.

「……공국의 번영을 꾀하기 위해 왕국을 이용하지 마십시오. 그건 반역입니다! 시집을 오신 지 40년이 넘었으면 이제 왕국을 위해서만 사셔야지요.」

「……천혜의 자연 환경 덕에 부유한 것 말고 공국이 대체 무슨 능력이 있어 베르덴과 대등하다는 것입니까? 우리가 지켜주지 않았다면 공국은 이미 여타 열강에게 먹히고도 남았을 것입니다. 스스로 방어할 능력이 안 되면 이제 그만 무능함을 인정하고 왕국으로 병합을 시키세요.」

모후의 나라이자 이 나라의 모태가 된 공국을 그런 식으로 깔아뭉개다니. 이 왕국의 원주인이 누구인데 감히 그런 소리를 하고 있단 말인가!

생각할수록 화기가 끓어올라 조피는 두 주먹을 힘껏 바르쥐었다.

약 250년 전, 구스타프 빌켄바우어 헤젠부르크는 자신의 광활한 땅을 크게 일곱 개로 쪼개어 일곱 명의 아들들에게 분배해주었다. 장성한 서자들로부터 뒤늦게 얻은 유일한 적자를 어떻게 지켜낼 것인가, 치열한 고민 끝에 내린 결론이었다. 가장 온화하고 윤택한 땅, 지금의 헤젠부르크 공국을 어린 적자에게 물려준 것은 당연했다. 적자가 태어나기 전까지 온갖 전쟁에 참여해 영토를 넓혀온 여섯 명의 서자들에겐 남아 있는 거칠고 투박한 땅이 각각 할당되었다.

부왕의 사후, 형제들 사이에선 기다렸다는 듯 그들만의 영토 전쟁이 시작되었다. 어린 적자는 살벌했던 전쟁에서 든든한 후원자와 비밀리에 물려받은 엄청난 재산을 바탕으로 뜻밖에 선전해 끝까지 살아남았다. 그러자 헤젠부르크를 어쩌지 못한 여섯 개의 나머지 공국들은 자기들끼리 맹렬히 다투었고, 뛰어난 전투 능력을 갖춘 대공에 의해 하나로 병합, 오늘날의 베르덴 왕국이 되었다.

이후 베르덴은 강력한 군사력과 해상 교역을 반석으로 눈부신 성장을 거듭했다. 반면 전쟁보다 내실을 다지는 데 치중해온 공국은 절대왕정 시대가 무르익으며 빈번하게 외세의 침략에 시달려야 했다. 공국의 유일한 후계자인 조피가 조국을 위해 베르덴의 왕실과 정략혼을 해야 했던 이유다.

기세가 많이 수그러들기는 하였으나 이들의 군사력은 실로 강했다. 왜 아니겠는가, 혹독한 추위 속에 짐승처럼 포효하며 영토를 넓혀온 사나운 서자 놈의 나라인데. 그러나 이들이 잊고 있는 게 있었다. 구스타프 1세의 유일한 적자로 헤젠부르크의 성(姓)을 대대로 이어온 공국이야말로

이 땅의 진정한 주인이라는 것을.

어린 적자가 성장하면 불가피하게 쪼개었던 나라를 다시 통일시키라는 구스타프 1세의 유언은 끝내 이루어지지 않았다. 대신 그 과업은 대대로 헤젠부르크의 대공과 귀족들에게 이어져 오늘날까지 내려왔다. 하여 조피는 아들이 어린 나이에 베르덴의 국왕이 되었을 때 공국의 오랜 염원이 자신의 대에서 풀리겠구나, 기대에 부풀었다. 기대감은 결국 이렇게 산산조각이 나고 말았지만.

'더는 그 아이를 기다려줄 수 없다.'

분노가 해일처럼 덮쳐와 한 가지 사실을 머릿속에 또렷이 새겨 넣었다.

공국에 관해서라면 노골적인 적대감을 보이는 아들을 이제껏 참고 기다려주었다. 이 땅이 헤젠부르크의 이름으로 통일되어야 하는 정당성을 언젠가는 받아들이고 그 과업을 이루어줄 것이라 믿어 의심치 않았다. 그런데 적대감이 수그러들기는커녕 이제는 역사적 사실을 무시한 채 어미의 면전에서 공국을 깔보고 업신여기는 발언까지 서슴지 않고 있으니.

'다른 미래를……, 준비해야 하는 것인가?'

위잉, 드세게 불어온 된바람이 창문을 세차게 두드리며 공명했다. 그 소리에 가만히 고개를 들어보면 언제 와 있었는지 아들을 똑 닮은, 두 달 전 어미를 잃고 힘들어하는 어린 손자가 눈앞에 서 있다.

칼 프레데릭.

어린 나이에 누구보다도 의젓하고 총기가 또렷한 아이. 아홉 살이면 어떠한 사상이나 지식도 금세 흡수해버릴 수 있는, 교육을 시작하기에 참으로 알맞은 나이였다.

"왔느냐. 할미가 잠시 다른 생각을 하느라 네가 온 줄도 몰랐구나."

"오랜만에 아침 문후를 올립니다. 그간 강녕하셨는지요?"

아이의 얼굴은 아직도 병색이 짙었다.

왕비의 국장이 치러지는 동안 프레데릭은 사경을 헤맸다. 마지막 순간 왕비의 광기는 정점을 찍었고 홀로 모후의 패악을 감당한 아이는 충격으로 몸져눕고 말았다. 그럼에도 아픈 아들을 한 번 들여다보지 않았다는 국왕. 프레데릭을 방치한 건 조모인 그녀 역시 마찬가지였다. 아들이건 며느리건 손자건 간에 나약하게 구는 꼴들이 보기 싫었다.

조피는 어린 손자를 지그시 보았다.

"네 어미가 원망스러우냐?"

"제 어머니는……, 불쌍한 분이라고 생각합니다."

갑작스러운 대비의 질문에 프레데릭은 처연한 슬픔을 안고 답했다.

"한데 얼굴이 왜 아직도 그 모양인고. 무엇이 그리도 괴로운 것이냐?"

"……많이 부족하여 소중한 분을 지켜드리지 못하였습니다."

저 충성심. 손자의 대답에 조피의 가슴은 묘하게 설렜다. 걸음마를 시작하기도 전 어미의 화풀이 대상이 되었으면서도 원망은 고사하고 한결같은 사랑과 충성심을 보이는 아이.

저 아이의 충성심을 내가 가질 수만 있다면…….

아들로 인해 무너졌던 가슴이 설렘을 동반한 묘한 흥분으로 그득히 채워졌다.

"소중한 것을 지키고 싶으냐? 할미가 그 방법을 가르쳐 주랴?"

대신, 네 어미에게 향했던 그 충성심을 이제부터 나에게로 바쳐야 할 것이다.

"가르쳐주십시오. 어찌하면 지킬 수 있는 것입니까?"

맑고 아름다운 쪽빛의 눈동자가 습윤하게 출렁였다.

"그 누구보다도 네가, 강해지면 되는 것이다."

아름다운 내 아가, 완벽한 나의 것이 되어라. 지금 이 순간부터 나는 네 아비에게서 걷어낸 희망을 전부 너에게로 쏟아부을 것이다. 내 너를 최고의 통치자로 만들어줄 것이니. 고귀하고 유서 깊은 헤젠부르크의 명맥은 앞으로도 너로 인해 길이길이 이어지게 될 것이다.

사나운 칼바람이 불어오는 북유럽의 겨울은 해가 무척

이나 짧았다. 오찬 모임 후 알현을 간단하게 마쳤음에도 사방은 이미 깊은 어둠에 잠식되어 있었다.

제대로 된 교육을 시작하기에 얼마나 적합한 계절인가!

만족스러운 미소를 스치듯 드리웠던 대비의 입가에 다시금 비장함이 떠올랐다. 지난 보름, 그녀는 정무를 보는 틈틈이 왕자의 처소에 들러 지극정성으로 프레데릭을 돌봤다. 궁의로 하여금 아이의 상태를 아침저녁으로 보고토록 하였고 아이의 건강에 아무 이상이 없음을 최종 확인한 오늘, 모든 일을 제쳐두고 가장 먼저 손자를 데리고 이곳으로 달려왔다.

"여기가 어디이옵니까?"

귀찮게 굴던 궁정의들이 물러간 후 갑작스레 대비에게 이끌려 온 왕궁의 끝자락. 새까만 어둠 속에 을씨년스럽게 서 있는 건물을 올려다보며 프레데릭은 불안한 마음이 솟았다.

"지하 감옥이다."

"지하…… 감옥?"

"왕권에 반하는 역도들을 처결하는 곳이지. 하물며 죄인을 지키는 병사들조차 국왕의 재가가 있어야만 드나들 수 있는 곳이란다."

"왕궁에 이런 곳이 있는 줄은 몰랐습니다."

조모의 대답에 프레데릭은 스산한 기분을 떨치지 못하고 중얼거렸다. 온기라고는 요만큼도 느껴지지 않는 음산한 건물, 드세게 타오르는 수많은 횃불, 표정 없이 서 있는 건장한 체구의 병사들. 이곳에 존재하는 모든 것들은 그저 오싹하기만 하였다.

"저 안에 하옥되는 순간 수감자는 사회적 지위와 신분, 그 존재 자체를 박탈당한 채 그저 숫자로만 불리게 되어 있다. 왕족이든 귀족이든 이국인이든, 그들은 단지 죄목과 번호로만 구분될 뿐이지."

"한데 어찌하여 이런 곳에 오신 겁니까?"

"프레데릭."

"예, 대비 전하."

"여섯 개의 공국을 하나로 통일한 베르덴의 초대 국왕께서는 그런 말씀을 남기셨다는구나. 지하 감옥을 완벽히 장악한 자만이 이 왕궁의 진짜 주인이 될 수 있노라고."

"예?"

프레데릭은 이해할 수 없는 말이었지만 대비는 더 이상의 부연 설명 없이 어두컴컴한 지하 감옥의 입구를 응시했다.

이 천박한 서자 놈의 나라에서 부러운 건 단 하나, 강력한 군사력이었다. 뛰어난 군인이었던 초대 국왕은 군사 조직을 체계적으로 개편하여 베르덴의 군대를 기본기가 탄탄한 북유럽 제일의 부대로 만들었다. 그 영향력은 실로 막대해 그의 사후 눈에 띄는 군인왕이 배출된 적이 없었음에도 오늘날까지 베르덴의 군사력은 널리 인정받고 있을 정도다.

만약 프레데릭이 선조의 군인 정신을 이어받아 베르덴의 장군들이 쥐고 있는 군권을 장악하게 된다면…….

헤젠부르크의 이름으로 이 땅을 통일하는 게 결코 불가능한 꿈만은 아닐 것이다. 부친께서도 이루어내지 못한 꿈을 어쩌면 자신이 이루어낼 수도 있다는 기대감에 조피는 짜릿한 희열을 느꼈다.

"정확히 무슨 뜻이옵니까? 이곳을 장악한 자만이 왕궁의 진짜 주인이 될 수 있다니요?"

"글쎄다. 그건 네가 직접 알아보도록 하여라."

"그게 무슨……."

조모의 진의를 알 수 없어 프레데릭은 조금 더 자세히 의중을 여쭙고 싶었으나,

"대비 전하!"

근위대의 간부로 보이는 자가 나타나 기회를 놓쳐버리고 말았다.

"신(臣), 대위 헨리크 울렌도프, 대비 전하와 왕자님께 인사를 올립니다."

"준비는 되었느냐?"

대비의 건조한 하문에 그의 얼굴 위로 난감한 빛이 떠올랐다.

"준비는 되었으나 워낙에 어리셔서 충격이 크실 수도 있습니다. 자칫하다간……."

"그것 또한 이 아이의 운명일 것이니."

대위의 말을 단호히 잘라버린 대비는 소슬한 기운을 뿜었다.

이 정도도 극복해내지 못한다면 외려 이쪽에서 사양이었다. 어설픈 평화주의자 흉내를 내다 귀족파에게 번번이 밀려버린 선왕과, 아비를 닮아 상공인들에게까지 무엇이든 퍼주려는 아들. 공국을 위해 힘쓰라고 왕비로 앉혀놓았더니 하라는 역할은 안 하고 제 연민에 빠져 미쳐버린 며느리까지. 약해 빠진 인간이라면 그동안 신물이 날 만큼 충분히 겪어왔다.

이 아이도 그럴 싹수가 보인다면 차라리 이쯤에서 꺾어놓고 치워버리는 게 나았다.

"프레데릭, 이곳으로 오기 전 할미가 너에게 무슨 말을 하였느냐?"

"조모님께서 소손을 직접 지도해주신다 하셨습니다."

그래. 낙오자인 그들의 공통점을 살펴보면 하나같이 약해빠진 정신력, 아무짝에도 쓸모없는 감정 과잉이 원인이었다. 하여 지금부터 나는 너에게서 불필요한 감정을 전부 말려버리고 빈 공간을 오직 통치자로서의 이성과 강인함으로만 채워나갈 것이다. 강력한 지도자의 리더십에 감정이란 불필요한 사족. 내 반드시 너를 구스타프 1세보다도, 베르덴의 전설적인 초대 국왕보다도 더 위대하게 키워낼 것이다.

그러니까 이제,

"들어가거라."

"어디를……, 말씀이십니까?"

어둠마저 압도해버리는 조모의 싸늘함에 프레데릭은 질식할 것 같았다.

"충격을 받아 심신이 약해지면 너 혼자 감당해야 할 것이다. 허나 모든 것을 극복하고 건강히 돌아오면, 내 너에게 천하를 쥐여줄 것이다. ……대위!"

"예!"

대비가 앙칼지게 목청을 높이자 헨리크는 어린 왕자를 번쩍 안아들었다.

갑자기 위로 쑥 올라가게 된 프레데릭은 공포감이 밀려와 전신의 피가 역류하는 느낌이었다. 나를 지하 감옥으로 데려가려 하는구나, 금세 눈치 챌 수 있었다. 대체 저 안에 들어가 무엇을 하라는 것이지. 두려운 마음에 작은 팔을 유모에게로 뻗어보았지만 이내 힘없이 거두어들였다. 벌써부터 울먹거리고 있는 유모. 도움을 청하면 달려와줄 것이나 조모에 의해 곧장 저지될 것이다. 그리고 벌을 받겠지.

'도와줄 사람은……, 아무도 없다.'

티 없이 깨끗한 아이의 두 눈에 뜨겁고 붉은 열기가 화르르 번졌다. 대위가 커다란 보폭으로 한 발 한 발 앞으로 나아갈 때마다 쾨쾨한 곰팡내가 점점 더 강하게 코끝을 찔렀다. 마치 지옥불 속으로 삼켜지고 있는 기분이었다.

단 한 줄기의 빛도 들어오지 않는, 처참한 비명이 난무하는 지하 감옥은 거대한 무덤과도 같았다. 건장한 사내들도 견디기 힘들어 미쳐버리고 마는 곳. 그 가장 깊숙하고도 어두운 곳에 베르덴의 초대 국왕은 조촐한 공간을 마련해 놓았다. 극한의 공포를 견디며 극기를 닦는 훈련방. 프레데릭은 오늘, 왕실 역사상 가장 어린 나이에 그 훈련방의 주인이 되었다.

'……왜 살려달라 발버둥 치지 않으시는 겁니까.'

어린 왕자는 충격과 공포, 두려움에 사로잡혀 금방이라도 실신할 듯 얕은 숨을 몰아쉬고 있었다. 저렇게 무서워하면서도 아무런 반항 없이 저를 가만히 보고만 있는 아이의 모습에 헨리크는 처음으로 군 생활에 회의를 느꼈다.

말이 좋아 훈련방이지 초대 국왕을 제외한 어떤 왕도 이곳에서의 '훈련'에 성공한 적이 없었다. 괜한 영웅 심리로 덤벼들었다 꺼내달라며 온갖 소란을 피우거나 오기 하나로 며칠씩 버티다 신경불안증을 얻은 이도 있었다. 그저 왕들의 굴욕적인 실패담만 끊임없이 생산되는 곳일 뿐, 선대왕 시절부터는 완전히 폐쇄되었던 곳인데 대비께서는 무슨 생각으로 왕자 저하를 들여보내시는 것인지.

최악의 경우 어린 왕자는 미쳐버릴 수도 있었다. 위험성을 경고하였음에도 번복하지 않는 대비의 결정을 일개 근위병 따위가 어찌 거스를 수 있을까. 유일하게 말릴 수 있는 사람인 국왕도 왕자의 지하 감옥 출입을 허하고 이 일에 일절 관여하지 않고 있었다. 그가 해줄 수 있는 건 정말이지 아무것도 없었다. 진심에서 우러나온 조언을 하는 것밖에는.

"어둠을 무서워하지도, 이기려 들지도 마십시오."

어둠이 왕자님을 삼켜버릴 것입니다.

"가장 좋은 방법은 어둠에 익숙해지시는 것. 어둠을 자연스레 받아들이고 공유하도록 하십시오."

그래야만 온전히 버텨내실 수 있습니다. 그래야만 승자가 되실 수 있습니다.

"대위……."

고귀한 신분으로 태어나 극진한 보살핌을 받아야 할 나이임에도 어른들의 이기심으로 암흑 속에 홀로 버려진 아이. 저 가련한 아이가 신음과도 같은 부름으로 그에게 도움을 청하고 있었다. 차마 그 모습을 끝까지 지켜볼 수 없어 헨리크는 매몰차게 등을 돌렸다. 뒤이어 하나뿐이었던 훈련방의 횃불이 치워지고 육중한 문이 매정하게 닫히자,

"대위!"

철문 너머에서 어린아이의 처절한 비명이 구슬프게 허공을 갈랐다.

철컥.

북새풍이 기세 좋게 휘몰아치는 겨울밤, 자물쇠가 잠기

는 둔탁한 소리를 견디지 못하고 헨리크는 그만 눈을 감고 말았다.

'부디, 그 모습 그대로 돌아와주시길…….'

7년 후.

허가를 받은 병사들이나 복면을 쓴 죄수들만이 드나들 수 있다는 악명 높은 왕궁의 지하 감옥 입구. 열흘 전 새로 부임한 보초병 루카스는 멀리서부터 서서히 다가오고 있는 한 인영을 발견하고 마른침을 삼켰다.

혹시……, 그분?

이곳에 부임하자마자 상급자들에게서 귀에 딱지가 앉도록 전해 들은 이야기가 있다. 열셋의 나이에 입대해 열여섯이 된 지금, 탁월한 강인함과 능력으로 군대를 야금야금 장악해가고 있다는 그분. 어린 나이에 보통의 군인들보다 더 혹독한 훈련을 소화하며 이미 전장을 누비기 시작했다는 왕자, 칼 프레데릭에 관한 이야기였다.

「그러고 보니 너보다 두 살이 어리시군. 훈련을 게을리 하는 분이 아니시니 너도 조만간 뵙게 될 거다. 한겨울에도 바지에다 얇은 셔츠 한 장만 입고 나타나시는데 난 처음에 귀신을 보는 줄 알았었지. 여기서 네가 명심해야 할 건 어떠한 상황에서든 그분 앞에서는 놀라거나 놀랐다는 티를 절대로 내서는 안 된다는 거야. 병사들이 약한 모습을 보이는 걸 제일 싫어하시거든.」

「훈련을 하실 땐 보통 사흘에서 닷새 정도. 뭘 하시는지 그 안에서 꼼짝도 안 하시지. 자루에 최소한의 말린 빵과 육포, 음료를 들고 들어가시니 쓸데없는 호기심은 삼가도록 하고. 주저리주저리 길게 떠드는 걸 굉장히 싫어하시니까 하문을 하셔도 대답은 언제나 짧고 간결하게 핵심만. 알았나?」

「나이도 어리신데 하여간 대단한 분이야. 먼젓번 전투에서도 봐. 지휘소에 가만 앉아 계실 줄 알았지 전장에 직접 참가하실 줄 누가 상상이나 했겠어? 우리 보병 중 하나가 피 튀기게 싸우다 우연히 옆을 딱 봤는데, 글쎄 그분이 일반 보병들하고 똑같이 진창에서 구르며 정신없이 싸우고 계시더라는 거야. 도저히 믿기지가 않아서 그 위급한 상황에 눈까지 비비고 다시 보았다는군.」

어두운 겨울밤, 상관들의 이야기가 귓가를 맴도는 사이 인영은 횃불이 비치는 시야 안으로 성큼 모습을 드러냈다.

'정말…… 이었어!'

그가 가까이 오고 있다. 이 추운 날, 듣던 대로 얇은 옷차림에 허름한 자루 하나만 달랑 들고서. 군대에서, 거리에서, 동료들 사이에서 수없이 듣기만 해왔던 존재. 그는 상상했던 것과 달리 몸집이 호리호리하였고 기다란 팔다리는 매끈한 흑범이 나른하게 움직이는 것처럼 우아해 보였다.

'왕자께서는……, 저런 분이셨구나.'

아직은 어린 나이임에도 주변을 압도할 만큼 강한 위엄과 카리스마를 내뿜는 모습에 루카스는 가슴이 터질 듯 부풀어 올랐다. 조금 더 가까이, 조금 더 자세히, 조금 더 오래도록 그를 지켜보고 싶었다. 잔뜩 긴장한 루카스가 가까이 다가오는 그를 훔쳐보며 찰나의 순간을 안타까워하는데 놀라운 일이 벌어졌다.

"왕자님!"

느닷없이 대장 헨리크가 나타나 그의 코앞에서 왕자가 걸음을 멈춘 것이다. 전혀 예상치 못한 상황에 목이 타고 온몸의 신경이 달아올랐다. 그럼에도 루카스는 두 눈을 부릅뜨고 왕자의 모습을 조금이라도 더 눈에 담으려 노력했다.

"대비궁에서 왕자님의 훈련을 이틀만 미루게 하라는 전갈을 받았습니다."

빠르게 다가와 올린 헨리크의 보고에 왕자의 한쪽 눈썹이 미세하게 꿈틀하였다. 그리고 흘러나온 그의 목소리는 살갗을 파고드는 겨울의 대기와도 같이 낮고, 시리고, 무감했다.

"공국에서 온다는 여자아이를 위해 내 훈련 계획을 미루라?"

7년 전 대비는 경기를 일으키던 어린 왕자를 강제로 저 어둠 속에 끝도 없이 밀어 넣었다. 시간이 흘러 관계는 역전되었고 지금은 오히려 대비가 가지 말라며 손자를 거듭 붙잡고 있다. 이 얼마나 모순적이면서도 통쾌한 반전인지.

모든 과정을 가까이서 지켜본 헨리크는 쓸데없는 말을 삼가고 깔끔히 상황을 마무리 지었다.

"이미 들어가셨다 말씀 올리겠습니다."

"닷새 동안 있을 것이다. 전쟁이 나지 않은 이상 그 누구도 나를 방해하지 못하게 하라."

간단히 명을 내린 왕자는 미련 없이 등을 돌려 새까만 어둠 속으로 성큼성큼 발을 내디뎠다. 보는 것만으로도 갑갑하고 미쳐버릴 것 같은 어둠. 그 속으로 들어가는 왕자의 뒷모습에선 일말의 주저함이나 두려움 같은 건 찾아볼 수 없었다.

말로만 들어왔던 존재를 훔쳐보느라 잠시 흐트러졌던 루카스는 대장과 상관에게 들키기 직전 고개를 바로 하고 다시 부동자세를 취했다. 하지만 얼굴 위로 드러난 발그레한 홍조는 쉽게 가라앉지 않았다.

궁금했다. 왕자의 나이 이제 겨우 열여섯. 몇 년 더 시간이 흘러 관록이 붙으면 또 어떠한 모습으로 좌중을 압도해버릴지. 단순한 호기심에서 시작된 왕자에 대한 감정이 잠깐의 순간, 선망과 동경으로 급선회하고 있었다.

02

병판의 딸 해나

우르르 콰쾅!

온 누리에 뇌성이 울리고,

쏴아아아. 쏴아아아.

하늘님이 노하신 듯 사나운 폭우가 쏟아지는 북촌의 어느 밤. 갑작스러운 물난리로 인적 하나 없는 그 밤에 한 소녀가 어둠을 뚫고 예판 댁 담장 위에서 힘껏 뛰어내렸다.

'으윽…….'

고운 비단옷을 걸치고 진흙탕 위를 처참히 뒹굴고 있는 소녀는 병판의 독녀 해나. 요령 없이 떨어져 아플 법도 하건만 어린 소녀는 조금의 틈도 없이 발딱 일어나 달리기 시작했다. 장옷을 챙길 정신은 없어도 도톰한 보따리 하나만큼은 가슴팍에 꽉 움켜쥐고서.

'제발, 제발 사실이 아니기를…….'

보름 전 아버지가 역도로 몰려 어머니와 함께 옥에 갇혀 있을 때 해나를 빼내준 사람은 다름 아닌 임금이었다. 친히 예판의 사저로 데리고 와 인자한 옥음으로 희망적인 언질 또한 내려주었다.

「너는 예정대로 세자의 짝이 될 것이고, 네 아비 역시 죄가 없다면 금방 풀려날 것이다. 과인은 병판을 믿는다. 그는 나의 소중한 지기(知己)가 아니더냐.」

그 말을 듣고 해나는 깊이 안도했다. 그도 그럴 것이 지금의 임금이 힘없는 왕자 시절, 그분을 보필하여 지금의 자리에 앉혀놓은 게 해나의 부친이었다. 모두가 그분을 꺼리던 그때에 해나의 아비만은 불혹을 넘겨 간신히 하나 얻은 딸자식을 기꺼이 내어드리겠다, 약조까지 하였다.

그러한 벗을 버리실 리 없다고, 전하의 말씀만 굳게 믿고 기다려왔건만. 오늘 아침 우연히 듣게 된 종복들의 수군거림은 해나의 심장을 갈기갈기 찢어놓았다.

「병판댁 정부인(貞夫人)께서 관노비가 되어 곧 남양 관아로 끌려가신다지? 얼마 전에도 보니까 한 무리가 끌려가던데.」

「쯧쯧, 무남독녀 외딸이 세자빈이 되는 것도 못 보시고……. 그분들이 무슨 죄가 있겠어. 죄라면 따님 곱게 길러 상감마마께 내어드린 게 바로 죄지.」

「그게 무슨 소리여?」

「대감마님이랑 큰 서방님이 하시는 말씀을 살짝 들었는데 이번 일을 나리님께서 꾸미셨다는구먼. 병판댁 아기씨께서 공식적으로 이미 왕실의 가족이 되셨으니 그 외척이 될 세력을 미리미리 제거하시겠다나? 게다가 그 댁 재산이 또 어마어마하다네? 마침 대궐 곳간도 비었겠다, 일석이 조라는 거지.」

그 기막힌 말들을 떠올리며 해나는 통한의 눈물을 쉴 새 없이 쏟았다. 억울했다. 분했다. 궐에 계시는 그분이 너무나 원망스러웠다. 전하께서 어찌 그러실 수 있단 말인가! 치 떨리는 배신감이 첨예하게 솟아나 해나의 여린 속을 사정없이 할퀴었다. 분노가 커질수록 발걸음은 더욱 빨라졌다. 억수같이 내리치는 비에 얼굴이 따갑고 눈을 뜨는 것도 힘겨웠지만, 그 무엇도 해나를 멈추게 할 수 없었다.

'조금만 기다리셔요, 어머니. 소녀가 지금 가고 있습니다!'

절대로 관비가 되어 끌려가시게 놔두지 않을 것이다. 몸이 약한 어머니는 평소에도 탕약을 끼고 사셨다. 관노가 되어 힘든 노동을 하게 되면 언제 어떻게 되실지 아무도 모를 일이었다.

해나는 닷새 전 돌려받은 패물을 아낌없이 풀어 어머니를 빼돌릴 작정이었다. 그런 다음 궐에 가서 상감마마를 뵈오면 그 앞에 엎드려 싹싹 빌어볼 것이다. 모든 것을 다 내어드릴 테니 제발 부모님이 낙향하여 여생을 마칠 수 있도록 선처하여달라고.

"하아, 하아……, 허억!"

쉬지 않고 얼마나 내달렸을까. 모퉁이를 돌아 큰길로 들어선 해나는 저 앞, 하늘 위로 무언가 둥둥 떠 있는 모습에 소스라치게 놀라 두 다리를 멈췄다. 폭우가 퍼붓는 이 밤,

공중 위로 검은 물체가 떠다니고 있는 게 무슨 조화란 말인가. 혹 유모가 언젠가 들려주었던, 몹쓸 짓을 한다는 고약한 도깨비들이 아닐는지. 스산한 공포감이 고개를 쳐들어 소녀의 여린 몸을 순식간에 지배하던 그때.

번쩍.

하늘이 만들어낸 섬광이 스치듯 세상을 환히 비추고, 그로 인해 검은 물체를 똑똑히 확인한 해나는,

"아아악!"

콰광.

거침없이 울리는 우렛소리와 함께 외마디 비명을 지른 후 그 자리서 풀썩 쓰러져버렸다.

천하의 대군을 호령하던 우직한 장군이었으나 딸자식과 아내에게만큼은 한없이 자상하셨던 아버지.

정녕……, 당신이란 말입니까?

기다란 장대 끝에 매달린 머리 하나가 거센 비바람을 타고 휘청휘청 사정없이 흔들렸다. 딸아이의 장래가 걱정스러워 이승을 떠나지 못하는 아비의 원통한 절규인 듯싶었다.

늦은 밤, 중촌의 어느 작은 초가집에 하얀 연기가 희미하게 피어올랐다. 밝은 담갈색 머리칼에 짙은 밤색의 눈동자가 인상적인 한 이양인이 처마 밑에 쪼그리고 앉아 정성껏 탕약을 달이고 있었다. 생김새는 이질적이었으나 차림새

는 거리에서 흔히 볼 수 있는 도성의 여느 백성과 진배없었다. 가히 호남이라 불릴 만큼 균형 잡힌 얼굴선이 시선을 사로잡는 그의 이름은 얀. 다섯 해 전 나가사키로 항해하다 풍랑을 만나 이 나라에 표착한 열아홉의 앳된 청년이었다.

그가 약을 달이고 있는 이유는 벌써 한 시진째 헛소리를 하며 정신을 차리지 못하고 있는 병판댁 아기씨 때문. 내일이면 빈씨(嬪氏)가 되어 입궁하셔야 할 분이 폭우가 퍼붓는 깊은 밤, 몸종도 없이 비를 쫄딱 맞으며 나타나 그 앞에서 쓰러졌다. 마침 그가 발견했기에 망정이지 하마터면 줄초상을 치를 뻔하였다.

왕진을 간 의원이 시키는 대로 불 앞에 한참을 앉아 있었다. 약재 특유의 깊은 향이 진득이 코를 자극하자 얀은 부채질을 멈추고 깨끗한 광목천을 이용해 탕약을 쪼르륵 짜냈다. 그런 다음 소박한 목쟁반에 사발을 받쳐 방으로 향했다. 오래 걸리는 한이 있어도 어떻게든 조금씩 탕약을 전부 먹여줄 생각이었다.

그런데,

"아기씨!"

막상 방문을 열어보니 아직 깨어나지 못한 줄 알았던 소녀가 그새 자리에서 일어나 반듯한 자세로 앉아 있었다.

"정신이 드셨습니까? 괜찮으신 겁니까? 어쩌자고 이 빗속에 거기까지 혼자 오신 겁니까?"

걱정이 되어 이런저런 말을 한꺼번에 퍼붓던 그는 어느 순간 조용히 입을 닫았다.

왜……, 울지 않는 것인가. 왜 처절하게 몸부림치지 않는 것인가. 아버지가 억울하게 죽임을 당하고 어머니가 이미 관노로 끌려갔다는데 어찌하여 이 소녀는 저리 단정하게 앉아만 있는 것일까.

한바탕 앓고 일어난 소녀는 안색이 창백히 질리고 눈이 퀭하게 들어갔지만, 그 위로 서늘한 결기 같은 것을 내뿜고 있었다. 무언가 비장한 결심이라도 굳힌 얼굴이었다.

스멀스멀 알 수 없는 불안감이 올라온 얀은 슬그머니 탕약을 밀어주었다.

"드십시오. 감모를 쫓아주고 원기를 회복시켜준다 합니다."

솔직히 안 먹겠다 버틸 줄 알았다. 한데 이 소녀, 그가 내민 것을 물끄러미 보더니 서슴없이 들어 올려 꿀꺽꿀꺽 마지막 한 방울까지 전부 들이마셨다. 무슨 의식이라도 치르듯 경건하고 꼿꼿하게. 그러더니 귀퉁이에 놓여 있던, 예판 댁에서부터 들고 나왔던 비단 보따리를 끌어 와 그의 앞에 좌라락 풀어놓았다.

설명이 필요 없는, 한눈에 보기에도 어마어마한 가치를 지닌 보석과 패물들이 당당하게 그 모습을 드러냈다. 진주, 산호, 호박, 비취, 루비, 에메랄드, 사파이어 등등. 그가 동인도회사에 들어가서야 얼핏 볼 수 있었던 진귀한 보석들이 모두 들어 있었다.

"이것들이 다 무엇입니까?"

"내가 가진 전부다."

소녀에게서 절제된 목소리가 울려 나왔다.

"너에게 모두 줄 것이니 나를 어머니께 데려다다오."

"예?"

"북경에 외숙부께서 거처하고 계신다."

청나라 국자감에 입성한 이 나라 최고의 인재. 그가 바로 소녀의 외숙이자 정부인의 늦둥이 아우였다.

"얼마 뒤 네가 비밀리에 이곳을 떠난다는 것을 알고 있다. 내 아버님께서 은밀히 배를 주선해주셨다지? 어머니와 나를 그 배로 청나라까지만 데려다다오. 향항(香港)이든, 고산국(高山國)이든, 그 주변이라도 상관없다. 거기까지만 데려다주면 북경까지는 내가 알아서 찾아갈 것이다."

전혀 예상치 못한 부탁이었을 텐데도 얀은 침착하게 소녀를 보았다. 한참을 생각에 잠긴 듯 침묵을 지키다 천천히 입술을 떼었다.

"병판 대감께서 거두어주지 않으셨다면 저는 이미 죽은 목숨이었을 겁니다. 하여 아기씨께서 부탁을 해오시면 저는 거절할 수 없습니다. 그래도 한 가지는 여쭙겠습니다."

"말하여라."

"내일이 입궁일입니다. 이리 떠나시면 다시는 돌아오지 못하실 겁니다. 모든 것을 버리시고 기어이 떠나시겠습니까?"

얀의 물음에 소녀는 차가운 불꽃을 파르르 태우며 냉랭하게 답했다.

"세자빈 따위, 나는 되지 않을 것이다."

강화를 가로질러 길게 뻗어 있는 어느 산자락의 끄트머리.

"하아, 하아, 하아……."

여러 명의 거친 숨소리가 산발적으로 퍼져 나가고 있다. 벌써 오랜 시간 산행을 이어오고 있는 해나와 정부인 현씨, 그리고 얀에게서 새어 나오는 소리였다. 그날 밤, 미친 듯이 말을 몰아 남양 관아에 도착한 해나와 얀은 아침 일찍 빨래터로 향하던 정부인을 길목에서 빼돌렸다. 그런 다음 뛰어든 길이 바로 이 험준한 산길. 사람들의 이목을 피해 강화까지 도달하기 위한 어쩔 수 없는 선택이었다.

쉬지도, 말하지도, 돌아보지도 않고 철저히 걷는 일에만 열중하고 있는 세 사람. 그저 헐떡거리는 가쁜 숨소리만 깊어지는 가운데 오랜 침묵을 깨고 고단함이 배어 있는 해나의 음성이 들려왔다.

"얀, 이걸 떨어트렸어."

앞장서 걸어가던 얀이 걸음을 멈추고 돌아보자 해나가 씨근거리며 쫓아와 서신 하나를 봇짐 깊숙이 넣어주었다.

"이렇게 안으로 깊이 넣어놔."

"아, 고맙습니다, 아기씨."

별 모양으로 특이하게 접힌 서신이었다. 그가 동인도회사에서 친우들과 짤막한 소식을 서신으로 주고받을 때 장난 삼아 접어보던 방식. 평소의 해나라면 생전 처음 보는 접기 방식에 관심을 보이며 가르쳐달라 했을 것이다. 지금은 미련 없이 돌아섰고, 조금 뒤처져 오는 정부인에게 돌아가 부액을 하였다.

'두 사람, 얼마나 더 견딜 수 있을까.'

모녀를 바라보는 얀의 눈가에 걱정이 깃들었다. 해나와 정부인은 무명옷에 먼지를 잔뜩 뒤집어쓰고 여기저기 잔가지에 긁힌 상처로 몰골이 자못 추레했다. 뿐만 아니라 밤이슬을 맞으며 오랫동안 노숙 생활을 이어왔더니 모녀가 강파름하게 말라 쓰러질 듯 비칠거렸다. 심한 허혈을 앓고 있는 정부인은 이미 체력의 한계치를 넘어섰을 것이다. 차라리 이쯤에서 쉬었다 가는 게 어쩌면 더 나은 방법일 수 있었다.

그리하여 갖게 된 반나절만의 휴식 시간, 얀이 주변을 살피러 간 사이 해나는 그가 놓고 간 봇짐에서 물병을 꺼내 정부인에게 가져갔다.

"어머니, 물 좀 드세요."

"그래."

정부인은 해나에게서 물병을 건네받아 딱 반 모금, 정확히 목을 축일 정도로만 마시고 도로 내려놓았다. 지금 이

물이 얼마나 귀한 것인지 잘 알기에 함부로 벌컥벌컥 마셔대지 못했다.

몸이 약한 어머니가 물조차 마음 놓고 마시지 못하는 모습에 해나의 눈가가 시큰거렸다. 사실 크게 혼이 날 줄 알았다. 입궁을 앞두고 도망을 치다니, 어느 누가 감히 그런 짓을 할 수 있단 말인가. 어서 돌아가라고, 돌아가지 않으면 혀를 깨물고 죽어버리겠다고 화를 내실 줄 알았는데. 어머니께서는 말끄러미 해나를 보더니 망설이지 않고 따라와주셨다. 어떠한 질타도, 못마땅한 기색도 찾아볼 수 없었다. 오는 내내 그 점이 마음에 걸렸던 해나는 때마침 찾아온 잠깐의 말미에 조심스레 그 까닭을 여쭈었다.

"어찌하여 소녀를 혼내지 않으십니까?"

"네가 무슨 잘못을 했다고 혼을 낸단 말이냐."

어렵게 건넨 질문이었으나 정부인의 대답은 단출했다.

몸이 약해 아이를 가지지 못하다 늘그막에 겨우 하나 얻은 귀한 딸. 해맑고 앳된 얼굴로 배시시 웃던 어린 딸이 겨우 열 살의 나이에 세상을 다 살아낸 어른의 얼굴을 하고 그녀 앞에 나타났다. 딸아이의 그런 얼굴을 마주하고 가슴이 무너질지언정 어찌 야단을 칠 수 있었을까. 순수하고 말갛던 모습을 지켜주지 못해 미안하고 안쓰러울 뿐이었다.

"이제부터 나는 너만 믿고 따라갈 것이다. 네가 선택한 길이라면, 네가 내린 결정이라면, 그게 바로 이 어미의 뜻이기도 할 것이다. ……해나야."

"예, 어머니."

"약조 하나만 해다오."

"무엇이든 말씀만 하십시오."

어머니의 대답에 울컥한 해나가 눈물을 글썽였다.

"너는 이 나라의 병권을 쥐고 호령하던 서인석 대감의 하나뿐인 여식이다. 아버지의 굳은 절개와 충정, 그 드높았던 신념을 조금도 의심해선 아니 된다."

"물론입니다. 단 한 번도 그런 불순한 생각을 가진 적이 없습니다. 아버지는 소녀의 자랑이고 우상이십니다."

아버지가 떠올라 잠시 눈물을 참지 못했던 해나는 설움을 삼키며 또렷이 답했다.

"정녕 그러하다면 언제 어디서든 너 자신과 명예를 소중히 여겨다오. 이제 우리는 전과 같은 삶을 살 수 없다. 하지만 네가 서인석 대감의 하나뿐인 여식임은 절대로 변하지 않을 것이다. 앞으로 무슨 일을 겪든, 어떠한 상황이 닥치든, 아버님의 신념에 따라 네 몸과 명예를 함부로 경시하는 일은 절대로 없어야 할 것이다."

"그럴 것입니다. 그러니까 제발 어머니께서도 아프지 마시고 건강하십시오."

아버지의 몫까지 우리 둘이 행복하게 살아야지요. 평생 충성을 바쳐오신 아버지를 버린 이 나라, 우리도 미련 없이 버리고 멀리멀리 떠나는 거예요. 그곳에서 우리는 행복할 것입니다.

깜깜한 밤, 세 사람은 거의 숨이 넘어가도록 달리고 있었다. 강화에 도착해 조금만 더 가면 배가 있는 곳, 무사히 도착했음을 기뻐할 새도 없이 어떻게 안 것인지 관군들이 온 산을 둘러싸고 따라붙었다.

점점 더 짠 내가 강하게 밀려오는 것으로 보아 지금 있는 이곳은 바닷가 근처였다. 그들을 범선까지 데려다줄 쪽배는 이미 대기하고 있을 것이다. 해나와 얀은 죽을힘을 다해 내달렸으나 지칠 대로 지친 정부인을 부축하느라 속도는 좀처럼 오르지 않았다.

컹! 컹! 컹!

보이지 않는 어둠 속에서 짐승들의 사나운 울부짖음이 들려왔다. 추격대가 턱밑까지 쫓아온 것이다. 저들에게 벗어나 안전해지려면 지금보다 몇 배는 더 빠르게 달려야 했다. 그러나 거의 탈진에 이른 정부인은 더 이상 움직이지 못하고 땅바닥에 쓰러지듯 주저앉았다. 몇 번이나 그녀를 업고 뛰느라 얀도 지치기는 마찬가지, 눈앞의 상황이 안타까워 어린 해나는 급한 대로 제 작고 앙상한 등을 내밀었다.

"업히세요, 어머니. 소녀가 업을 수 있습니다."

기특한 그 말에 정부인의 눈가가 촉촉하게 젖었다. 업어주어도 모자랄 판에 저 가녀린 등에 어찌 업히라는 것인지. 그녀는 딸아이의 몸을 돌려 손바닥으로 작은 두 뺨을 감싸 쥐었다. 세상에 둘도 없이 귀하고 어여쁜 내 아이. 눈으로, 손으로 작은 얼굴을 더듬어 보았다.

"아가, 이 어미가 얼마 전에 했던 말을 기억하느냐?"

"예, 어머니. 명심하고 있습니다. 이 고비만 잘 넘기시면 소녀가 어머니를 행복하게 해드리겠습니다. 다시는 이렇게 고생하시게 하지 않을 것입니다."

정부인은 울음기를 머금은 딸아이를 품 안에 꼭 끌어안았다. 쌔근쌔근 가슴팍에 불어오는 따스한 숨결이 그녀에게는 끝없는 행복이요, 더할 수 없는 감동이었다.

이 아이를 위해서라면 내가 무슨 짓을 마다하리오.

정부인은 결심을 굳히고 단호한 눈길로 얀을 올려다보았다.

깊고 까만 밤. 희푸르게 물결치는 부드러운 월광 아래, 얀은 그녀의 결의를 정확하게 읽었다. 돌개바람이 가슴을 뚫고 들어와 주뼛, 온몸이 고통스럽다. 짐승들이 짖어대는 무시무시한 울림과 공포의 불빛이 빠르게 가까워지고 있었다. 막다른 골목에 다다라 여식을 위해 자신을 버리려는 정부인을 이해하면서도 얀은 선뜻 받아들이지 못하고 고개를 젓는데.

컹! 컹! 컹!

어둠을 울리는 사나운 소리를 신호로 그녀는 소중히 끌어안고 있던 해나를 있는 힘껏 얀에게로 밀어버렸다.

"엇!"

정말 찰나의 순간이었다. 해나의 가슴에 박혀 평생토록 지워지지 않는 이날의 기억.

"어머니! 어머니! 어머……."

어머니가, 연약한 어머니가 죽을힘을 다해 소리를 지르며 까마득한 어둠 속으로 빨려들었다.

눈앞에서 그 광경을 지켜보면서도 해나는 어머니를 부를 수도, 따라갈 수도 없었다. 눈물이 흐르고, 소리를 지르고, 제 입을 틀어막고 있는 얀의 품에서 마구잡이로 버둥거리기만 했을 뿐.

그러다가,

"읏!"

목 뒤로 강한 충격이 내리쳐져 힘없이 고꾸라졌고, 해나는 어머니를 어둠 속으로 영원히 떠나보내야 했다.

"헉, 헉, 헉……."

아직까지 이럴 힘이 남아 있었다니. 정부인은 스스로도 놀랄 만큼 꽤 오랫동안 관군과 맹견들을 유인해 달리고 있었다. 자식을 살리고자 하는 어머니의 마음, 아마도 위대한 모정이 지금의 기적을 일으키고 있는 것이리라. 품 안에는 아직도 딸아이의 따스했던 온기가 감돌고, 아늑했던 향기가 코끝을 간질였다.

'나는 괜찮다, 아가야. 네 아비가 효수되었을 때 같이 죽

었어야 했을 목숨, 네가 시집가는 모습이 보고 싶어 이제껏 질기게 이어오고 있었구나.'

컹! 컹!

눈물이 뺨을 타고 빗물처럼 흐르는데 바로 뒤에서 사나운 소리가 울리더니,

"아악!"

종아리가 뜯겨 나간 듯 극심한 통증이 몰아쳤다.

'함께 있어주지 못해 미안하다, 우리 아가.'

피융.

화살 또한 날아와 그녀의 등에 깊숙이 박혔다.

'이 거친 세상에 홀로 남겨둬 정말로 미안하다. 원망스럽겠지만 너만은 살아남아 세상의 행복을 천수대로 누리다 와주려무나.'

총총하게 빛나는 별님이 벅차도록 아름다운 이 밤, 정부인의 등에 여러 발의 화살이 따다닥 날아와 박혔다. 흐릿해진 그녀의 두 눈에 마지막으로 보이는 건, 흑단같이 새까만 하늘에 쏟아질 듯 수놓인 은하수. 아름다운 밤하늘의 광경을 선명하게 볼 수 없었던 어머니는 안타까운 심정을 담아 마지막 소원을 빌었다.

'하늘님, 우리 아이가 맑은 눈으로 아름다운 별님을 감상할 수 있도록……, 그 아이를 행복한 곳으로 인도하여주시옵소서!'

거대한 너울이 출렁이고 사나운 해풍이 몰아치는 망망대해. 위압적인 자연과 어둠을 뚫고 상당한 규모의 범선 하나가 거침없이 물살을 가르며 항해하고 있다. 검은 대륙을 타고 대서양을 돌아 페르시아 만과 인도양을 거쳐 나가사키 항까지 넘나드는 무역선. 모두가 잠들어 있는 깊은 밤, 그 상선의 갑판에서 작은 인영 하나가 난간에 대롱대롱 매달려 흐느적거렸다. 당장에라도 바다 속으로 뛰어들 듯 아슬아슬 위태로워 보였다.

"저, 저게 뭐지?"

"뭐긴 뭐야, 그 벙어리지."

불침번을 서고 있던 한 선원이 까무러치게 놀라 말까지 더듬자 옆에 있던 동료가 보나 마나라는 듯 심상하게 답했다.

"걔야? 아이 씨, 놀래라."

"뭘 볼 때마다 놀라고 그러나."

인영의 정체는 다섯 달 전 혼절한 상태로 배에 올라 밤이면 종종 유령처럼 갑판 위를 서성거리는 백치 소녀. 무슨 사연인지 말 한 마디 못 하고 언제나 혼이 빠진 얼굴로 멍청하게 앉아만 있는 이국의 여자아이였다.

"쟤는 진짜 미친 거야, 안 미친 거야?"

"정상은 아니지."

“죽을 것도 아니면서 쪼그만 게 밤마다 사람 놀라게 하고 있어, 쯧.”

한때는 아이가 바다로 뛰어드는 게 아닐까 한바탕 소란이 벌어진 적도 있었다. 소동은 몇 번 더 반복되었고 아이의 저런 행동은 이제 일상으로 보아 넘길 정도로 익숙한 풍경이 되어버렸다.

푸른 눈의 두 선원은 소녀에게서 시선을 떼어내고 각자의 소일거리로 관심을 돌렸다.

또 악몽을 꾸었다. ‘해나야!’ 하며 저를 애타게 찾으시는 부모님을 시커먼 어둠이 한입에 꿀꺽 삼켜버리는 꿈. 덕분에 며칠 만에 정신이 돌아온 해나는 밖으로 나와 난간 너머로 몸을 반쯤 내밀고 하염없이 아래를 내려다보고 있다. 해나가 보고 있는 건 무엇이든 빨아들일 듯 포악하게 일렁이는 드넓은 심해. 마치 그날 밤, 어머니가 저를 위해 뛰어들었던 까마득한 어둠을 닮아 있는 나락이었다.

저리도 무서운 곳으로 어머니는 서슴없이 뛰어드셨다. 오직, 딸자식 하나를 살리기 위해.

‘그러니까 살아야 해. 정신을 차리자.’

악몽을 꾸면 잠시나마 이렇게 맑은 정신을 되찾곤 하였다. 그러면 늘 지금처럼 다짐하지만 어느 순간 또 정신을 놓은 채 이틀이고 사흘이고 백치가 되어 멍하니 앉아만 있었다. 그럴 때면 이곳에서 주방 일을 맡고 있는 노파가 측은지심에서 끼니를 챙겨주며 해나의 손목에 끈을 묶어 나비매듭을 지어주었다. 하루에 하나씩. 가만히 손목을 올려보니 이번에는 다섯 개의 매듭이 가지런히 지어져 있다. 평소보다 두세 개가 늘어난 개수. 충격이었다.

'주기가 길어지고 있는 것인가? 이러다가 정말 반편이가 되어버리면 어떡하지?'

스스로 아무것도 못 하고 남에게 의탁하며 살아야 하는 삶. 까딱하다간 험한 꼴을 당하거나 비참하게 마감하게 될 수도 있는 삶.

'안 돼. 그럴 수는 없어!'

어쩌면 어머니는 살아 계실지도 모른다. 어둠 속에서 기적적으로 살아남아 딸자식이 돌아오기를 기다리고 계실지도 모른다.

'돌아가야 해!'

생각이 어머니의 생존 가능성으로까지 번지자 해나는 조급증이 일었다. 곧바로 몸을 돌려 망설임 없이 걸음을 옮겼다. 갑판의 계단을 내려가 불빛 하나 없는 복도를 손으로 더듬으며 능숙하게 가로질렀다. 그렇게 해서 도착한 곳은 어느 비좁은 선실, 볼일을 보러 갔는지 주인은 없고 미약한 등불만이 흐릿하게 빛을 밝히고 있는 곳이었다.

한시가 급한데 어디로 갔단 말인가.

얀을 보러 왔던 해나는 텅 비어 있는 선실을 보며 낭패감을 느꼈다. 그를 만나기도 전에 또 정신을 잃을까, 초조한 마음에 눈동자가 흔들리는데 마침 시야에 익숙한 물건이 보였다. 잠자리가 준비된 이불 위로 아무렇게나 던져져 있는 허름한 봇짐이었다. 얀이 고향에서부터 가져온 봇짐 안에는 분명 단검이 들어 있을 것이다. 통증을 일으켜 정신을 죄어 잡기에 안성맞춤인 도구. 해나는 다급한 손길로 자루 안에 손을 넣어 물건들을 헤집어보았다.

'어?'

자잘한 물건들 사이로 단검 외에도 눈에 쏙 들어오는 게 하나 있었다. 시선을 사로잡는, 기이한 모양으로 자그마하게 접혀 있는 시전지. 강화에서 산을 타며 얀이 흘린 걸 해나가 주워서 돌려주었던 바로 그것이었다. 접혀 있는 모양이 하도 신기해 똑똑히 기억하고 있던 해나는 무심코 시전지를 집어 천천히 펼쳐보았다.

'이게 이렇게 접히는 거였구나.'

현재의 처지도 잊고 해나는 처음 보는 접기 방식에 금방 넋을 잃었다. 그러다가 어느 순간 싸늘하게 손끝이 굳어 움직임을 멈췄다. 숨이 콱 막히고 귓속이 웡웡, 거대한 충격이 뒷머리를 강타해 다리가 후들거렸다.

시전지 안에 빽빽하게 적혀 있는, 해나의 눈으로 자연스레 흘러든 문자가 영원히 묻힐 뻔한 진실을 낱낱이 폭로하고 있었다.

[이번에 병판을 제거하는 데 결정적 역할을 한 자네의 공

을 높이 치하하는 바이네.

얀, 자네가 없었다면 누가 그리도 완벽한 덫을 놓을 수 있었겠는가.

허나 금상께서 그 여식을 예정대로 세자빈으로 들이고 싶어하시니 관비로 만들어 자네에게 주겠다는 약조는 불가하게 되었네. 대신 무슨 일이 있어도 자네의 이번 탈주만은 내 힘껏 돕도록 하지.

성의껏 패물 몇 가지를 준비해두었으니 요긴하게 쓰도록 하게.]

상상도 할 수 없었던 소름 끼치는 진실에 해나는 바닥으로 스르륵 무너져 내렸다. 이것을 돌려줄 때 얀이 유독 움찔하였던 모습이 기억을 거슬러 눈앞에 또렷이 펼쳐져 보였다.

'기분 탓이라 여기며 넘겼었는데…….'

기막힌 상황에 해나의 눈자위가 벌겋게 충혈되었다. 격한 분노와 살의가 가슴을 뚫어버릴 듯 맹렬하게 솟구쳐 올랐다.

5년 전, 이국에서 보낸 간자라며 처형하라는 상소가 빗발쳤을 때 얀을 두둔하고 수하로 거두어준 이가 바로 해나의 부친이었다. 나이 어린 소년에 불과할 뿐 간자일 리 없다고, 저 소년이 이 땅으로 오게 된 건 단순한 사고에 지나지 않는다며 성심을 다해 구명해주었다.

2년 뒤, 얀이 집으로 들어와 살기 시작하면서부터는 어머니도, 해나도 그를 한 식구처럼 좋아하고 대해주었다. 마음을 다해 진심으로 아껴주었건만 어떻게 그가 부친을 배신하고 죽음으로 내몰 수 있었단 말인가! 어떻게 저를 관비로 만들어 소유할 생각을 할 수 있었단 말인가!

눈앞이 흔들려 정신을 차리는 게 힘에 겨웠다. 그런데도 해나는 감정을 다스리며 억지로 몸을 일으켜 세웠다. 본능이 소리치고 있었다. 지금 당장 네가 왔던 흔적을 말끔히 지우고 여기에서 무조건 나가야 한다고. 잔혹한 진실을 네가 알아버리고 말았음을 그가 절대로 알게 해서는 안 되는 거라고.

재빨리 물건을 정리한 해나는 서둘러 그곳을 빠져나와 새까만 어둠 속으로 뛰어들었다. 혹시라도 중간에 얀과 마주칠까 봐 조마조마한 마음에 숨이 막혔다.

까마득한 시간이 흐른 것 같았다. 자꾸만 정신이 흐트러지는데 차가운 밤바람이 대차게 불어와 연약한 숨결을 파고들었다. 화들짝 놀라 정신을 차리면 해나가 쪼그리고 앉아 달달 떨고 있는 곳은 찬바람이 기승을 부리는 갑판 위. 궂은 날씨로 달빛 한 줄기 내려앉지 않는 암흑 속이었다.

얼마나 이러고 있었던 것일까.

"아기씨! ……아기씨!"

저 앞 어디쯤 고향의 언어가 들려왔다. 걱정이 가득 담긴, 천진했던 소녀가 참으로 좋아했던 목소리였다. 서서히 갑판 위로 모습을 드러낸 얀이 해나를 발견하고 따뜻한 미소를 지었다.

그 모습에 해나는 도톨도톨 피부에 소름이 돋아 올랐다. 저자의 뻔뻔함에 치가 떨려서. 벼락같이 내리친 한 가지 깨달음 때문에.

얀은 그의 고향으로 돌아갈 계획이었다. 어차피 떠나면 그만인 것을, 어찌하여 나를 소유하려 했단 말인가.

'설마……, 나를 데려가려고? ……아니야! 나를 데려가서 뭘 어찌하려고!'

말도 안 된다 강한 부정을 하면서도 해나는 속으로 날짜를 헤아려보았다. 사신단이 육로를 이용해 북경을 다녀오던 시기를 더듬어보면 체류일까지 합쳐 보통 50일. 그렇게 따지면 배를 이용해 청국까지 편도로 가고 있는 지금, 넉넉잡아도 닷새면 충분할 것이다.

새롭게 인지한 무서운 진실 앞에 해나는 현기증이 일었다. 중간중간 정신을 놓고 있었다지만 어떻게 시간의 흐름조차 새까맣게 잊고 있었던 것인지. 이 배는 이미 오래전 청나라에 당도하고도 남았어야 했다.

하나 그렇지 않다는 건,

'다른 곳으로 가고 있다!'

감당하기 버거운 치명적인 위기 앞에 해나는 망연자실 숨 막히는 어둠을 응시했다. 사방으로 끝도 없이 깔린 저 깊은 어둠이 한 치 앞도 내다볼 수 없는 자신의 미래와 꼭 닮은 듯하였다.

넘실거리는 바다 위로 황금빛 햇살이 쏟아지고, 그 빛에 반사된 파도의 포말은 금가루가 흩날리듯 눈부시게 내려앉았다. 이곳은 베르덴의 수도 에리카.

뿌우우웅. 뿌우우웅.

드물게 볕이 좋은 가을의 어느 오후. 거대한 규모의 상선 하나가 반짝이는 물살을 가르고 항구에 정박해 고향으로 돌아온 기쁨을 기나긴 경적 소리로 대신했다.

규모와 외양으로 보았을 때 배는 머나먼 타국 땅을 오랜 시간 돌고 돌아온 것임이 분명해 보였다. 그렇다면 배 안에는 진기한 물건이 가득할 것이고 그에 따른 일손 또한 필요할 것이다. 상선이 정박해 있는 주변은 신기한 물건을 구경하려는 이들과 일감을 얻으려는 이들로 박작박작, 금세 인산인해를 이루었다.

미리 나와 있던 각각의 상단에서 인파를 정리하는 사이 닻을 내린 상선에서는 선원들이 하나둘 하선을 시작했다. 고된 여정으로 인한 피로와 고향으로 돌아온 설렘이 얼굴 위로 교차하고 있는 그들. 마지막 기착지에서 육지를 밟은 지 근 한 달 만에 뭍으로 내려오는 발걸음이 가볍고 경쾌했다. 한데 괴이하게도 그들 속에는 자그마한 체구의 어린아이가 섞여 있었다. 긴 망토를 걸치고 후드를 깊이 뒤집어써 얼굴은커녕 성별조차 구분할 수 없는 아이였다.

이국에서 들어온 상선에 웬 어린아이가 타고 있을까?

곡예단에 새로 들어온 이국의 난쟁이가 아닐는지.

사람들의 호기심이 한꺼번에 아이에게로 쏠리자 얀은 몸으로 그들의 시선을 차단하고 해나를 곧장 구석진 곳으로 데려갔다. 미리 내려놓은 간단한 짐들을 쌓아놓은 곳. 그중 가장 아담한 크기의 나무상자 위에 해나를 앉힌 그는 한쪽 무릎을 꿇고 소녀와 눈높이를 맞췄다.

"배에 문제가 생겼습니다. 이곳저곳 손보고 다시 청나라로 가는 항로 계획을 짜려면 당분간은 이곳에 머물러야 합니다."

"……."

"아기씨……."

아무리 불러도 초점 없이 흐릿한 아이의 시선은 그가 아닌 허공 어딘가를 맴돌고 있었다.

약 10개월 전 어머니를 잃고 충격으로 정신을 놓아버린 아이는 조금씩 회복될 기미를 보이다 완전히 백치가 되었다. 총명했던 눈빛도, 또랑또랑 맑았던 목소리도 이제는 과거의 일부에 지나지 않았다. 온종일 멍하니 앉아 있는 해나가 집착을 보이는 물건이라곤 가슴팍에 끌어안고 있는 저 비단 보따리. 예판 댁을 나올 때 가지고 나왔던, 멸문을 당하기 직전 정부인이 혼수로 준비해주었다던 패물과 비단옷뿐이었다.

그렇지만 평생 저 상태로 살게 하지는 않을 것이다. 고향에 도착한 이상 제일 먼저 실력이 뛰어난 의원을 수소문해 아이를 원래대로 돌려놓을 생각이다. 얀은 그동안 계획했던 일들을 다시 한 번 상기하며 해나의 손등을 가만히 어루만졌다.

"잠시만 여기에 계십시오. 저는 가서 소속된 상단 사람이 나와 있는지 찾아봐야 합니다. 청국에서 실어 온 물건을 내리기 시작하면 사람들의 관심이 전부 몰릴 것이니, 그 틈을 이용해 항구를 빠져나가겠습니다."

"……."

얀은 해나의 후드를 깊이 내려준 뒤 자리에서 일어나 걸음을 떼었다.

그 뒷모습을 멍하니 바라보고 있던 해나. 그가 멀어질수록 감길 듯 흐릿했던 눈매가 점점 더 또렷해지더니 어느덧 독기를 띠었다. 제 손에 닿았던 얀의 손길이 불쾌해 정신이 핑 돌아버릴 것 같았다.

'저 말도 안 되는 거짓말, 누가 모를까 봐서!'

서신을 읽게 된 그날 밤 이후, 해나는 정신이 혼미해질 때마다 스스로 제 몸에 상처를 내며 마음을 다잡았다. 고통이 극심했던 것인지, 홀로 살아야 한다는 생각에 정신이 바짝 든 것인지, 다행히도 서서히 정신을 차려갔다. 최근 보름간 한 번도 정신을 잃지 않았을 정도다.

그러면서도 계속 백치 흉내를 내어 얀을 안심시켰다. 긴 시간 흐리멍덩 앉아 있기만 하였더니 속도 모르고 어쩜 저리도 끝까지 뻔뻔하고 파렴치한 변명을 늘어놓는 것인지. 그는 이곳을 '잠시 머무는 곳'이라 표현했지만 해나는 알 수 있었다. 이곳은 얀에게서 수도 없이 전해 듣던 그의 고향이라는 것을.

"배신자."

나직하고도 쓰디쓴 혼잣말이 절로 튀어나왔다. 생사고락을 같이한 벗도 권력을 위해서라면 가차 없이 죽여버리는 판국에 기껏 몇 년 알고 지낸 이국인을 한 가족처럼 믿고 의지했다니. 어리석었던 제 과오를 탓하며 해나는 망토 속 패물이 가득 든 비단 보따리를 움켜쥐었다.

"아무도 믿지 않아. 내가 믿을 수 있는 건 이제 이것뿐이야."

저놈에게서 벗어날 수 있는 단 한 번의 기회, 이 순간을 위해 그동안 힘들게 백치 흉내를 내며 악착같이 패물을 껴안고 있었다. 은밀하게 주변을 살핀 해나는 조용히 자리에서 일어나 빠르게 앞으로 걸어 나갔다. 지금 해야 할 일은 단 하나, 저놈에게서 벗어나 아무도 없는 외진 곳으로 숨어버리는 것이었다.

열 살에 이양선에 올라 열하나가 되어서야 겨우 밟게 된 육지. 기착지에서도 내리지 못했던 해나는 선실에서 온종일 멍한 눈을 하고 앉아 고슬고슬한 흙을 밟으면 발바닥이 얼마나 폭신할까 상상한 적이 있었다. 근 1년 만에 흙을 밟고 있는 지금, 그것이 얼마나 현실과 괴리된 망상이었는지 절실히 깨닫고 있다. 발바닥이 후끈후끈, 두 발 전체가 화상을 입은 듯 쓰리고 아팠다. 온몸은 욱신거려 덜덜덜 오한이 일었다.

항구에서 빠져나오는 데 성공한 해나는 홀가분한 마음보다 두려움이 더 컸다. 슬몃슬몃 눈앞에 펼쳐지는 풍경, 사람들의 생김새, 그들의 옷차림, 들려오는 언어 등 모든 것이 낯설고 생소해 무섭기까지 하였다.

잔뜩 들고 있는 진귀한 보석과 패물은 무용지물이었다. 이질적인 외모를 들켜버릴까 함부로 음식을 사 먹을 수도, 무언가를 물어볼 수도 없었다. 얀이 처음 고향에 나타났을 때 사람들은 그를 귀신이라 부르며 돌팔매질을 했었다. 혹시라도 저 또한 그런 꼴을 당할까 해나는 머리부터 발끝까지 꼭꼭 숨긴 채 죄인처럼 고개를 숙이고 무작정 걷기만 하였다.

지금 걷고 있는 이곳이 어디인지 모른다. 찾아갈 곳도, 반겨줄 사람도 없었다. 해나가 알고 있는 건 어지러울 만큼 배가 고프고, 발바닥이 부르터 걸을 때마다 통증이 일며, 세 번의 긴 밤과 네 번의 짧은 낮이 지나고 있다는 것뿐이었다.

'오늘은 또 몇 시진이나 걸었을까?'

고개를 들어 흐릿해진 눈으로 주위를 둘러보면 아무래도 같은 자리를 계속 맴돌고 있는 듯싶었다. 이곳은 하늘로 길쭉하게 뻗은 침엽수가 빽빽하게 우거진 어느 고요한 숲 속. 유난히도 커 보이는 이국의 사람들이 무서워 뒷골목을 헤매다 마침 눈에 들어오는 곳이 있었으니, 중심지 위쪽으로 높고 멀리 보이는 푸른 숲이었다.

그제 들어와 졸졸 흐르는 깨끗한 시냇물로 배를 채운 뒤 낙엽을 덮고 기절한 채 반나절을 보냈다. 그런 다음 얼어 죽지 않기 위해 다시 움직였을 땐 어제도, 오늘도 같은 곳을 크게 뱅뱅 돌고 있는 느낌이었다.

휘이이이. 휘이이이.

육중한 바람이 낮고도 음울하게 불어와 흔들리는 나뭇잎 사이로 스산한 소리를 쏴쏴 흩뿌리고 있다. 궂은 날씨 탓에 한낮임에도 어둑어둑한 세상. 머리와 얼굴과 어깨 위로는 보슬보슬 솜털같이 가벼운 비가 끊임없이 내려앉았다. 그 한가운데 서서 해나는 힘없이 하늘을 올려다보았다.

'……어디서부터 시작해야 하는 것일까?'

"아흣……. 하아, 하아."

촉촉하게 내리는 비로 온통 미끌미끌했지만 해나는 끝이 보이지 않을 만큼 높이 솟아 있는 나무를 기어오르는 중이었다. 지난 이틀, 어지러울 만큼 숲 속을 헤맸으나 아무리 걸어도, 아무리 방향을 틀어도 똑같은 광경만 펼쳐지는 이곳. 원래 이렇게 숲이 깊고 넓은 것인지, 아니면 같은 곳을 빙빙 돌고 있는 것인지 이쯤에서 확인할 필요가 있었다.

얼마나 더 올라가야 할까. 나무가 워낙 높아 가도 가도 끝이 없었다. 살갗을 에는 바람에 사지가 꽁꽁 언데다 기운이 빠진 상태에서 근 1년 만에 나무를 타려니 쉽지가 않았다. 이 처량맞은 상황에서 해나는 설핏 실소가 터졌다.

'사대부가의 여식이 뒷동산에서 나무를 탄다며 어머니께 수도 없이 혼이 났건만. 머나먼 타국 땅, 여기서 이렇게 써먹게 될 줄이야.'

미약한 웃음을 타고 눈물도 후드득 떨어져 내렸다. 돌아가고 싶다. 갈 수만 있다면 모든 것을 다 바쳐서라도 행복했던 그 시절로 돌아가고만 싶다.

"흐흑."

그리움에 사무친 흐느낌이 목구멍을 뜨겁게 달구며 기어이 터져 나왔다. 바로 그 순간.

히이이잉.

"어!"

느닷없이 기운찬 말 울음소리가 메아리쳐 숲 전체를 뒤흔들었다. 그 소리에 깜짝 놀란 해나가 몸에 힘을 주었고, 갑작스러운 무게를 견디지 못한 나뭇가지는 우지끈 부러졌다.

거침없는 추락이 시작되었다. 해나는 비명도, 몸부림도 없이 그저 허공에 순순히 몸을 맡겼다. 주르륵 눈물을 흘리며 눈도 감았다. 차라리 여기서 죽어버리는 편이 나을 것 같았다. 닥쳐올 고통을 미리부터 예감하고 마음의 준비를 하는데 잠시 뒤 해나의 미간이 꿈틀거렸다.

'뭐지?'

분명 높은 곳에서 우악스럽게 추락하였다. 끔찍한 통증이 전신을 파고들어야 마땅하거늘 웅성거리는 소리만 들려오고 어떠한 신체적 충격이나 고통도 느껴지지 않았다. 게다가 이 따스한 기운. 차가운 날씨에 오랫동안 가랑비를 맞아 온몸이 시리고 추웠는데 포근한 기운이 잔잔하게 밀려들었다. 1년 전 끔찍했던 그 밤, 어머니의 품에서 마지막으로 느꼈던 다시없을 그 안정감과 함께.

'어머니…….'

한뎃잠을 잤던 해나는 고열로 정신이 흐려지면서도 놓을 수 없는 그리움을 찾아 억지로 눈을 떴다. 흐릿한 시야를 뚫고 누군가의 윤곽이 점점 또렷하게, 스미듯 새까만 눈동자로 투영되었다. 놀랍도록 선명하고 반듯한 이목구비를 가진, 조금은 어른스러운 티가 나는 이국의 소년. 투명하리만치 반짝이는 그의 머리카락도, 생전 처음 보는 쪽빛의 눈동자도 의식이 가물거리는 해나에게는 중요치 않았다.

눈에 보이고 피부로 느껴지는 것은 단 하나, 소년의 눈가에 맺혀 있는 빗물인지 눈물인지 모를 저 물기와 가슴으로 전해지는 그의 먹먹한 슬픔. 그 슬픔이 낯설지 않아 해나는 비몽사몽간에 코앞에 보이는 소년의 뺨에 저의 작은 손을 가져다대었다. '괜찮아. 나 같은 사람도 있는걸.'이라고 말해주고 싶어서.

세상은 완전히 멈춘 듯했다. 얼마인지도 모를 시간 동안 물기 어린 쪽빛의 눈동자는 해나의 칠흑빛 눈동자를 강렬히 엮어 빨아들일 듯 내려다보았다. 하지만 어느 순간, 소년은 서늘하게 식은 그의 뺨을 한 번 씰룩 움직였고 뒤이어 해나의 세상은 홀딱 뒤집혀버렸다.

"윽!"

눈 깜짝할 새 공중으로 떠올랐던 해나는 차갑고 질펵질펵한 암흑 속으로 머리부터 거꾸로 처박히고 말았다. 무엇인지도 모를 불쾌한 것들이 코로, 귀로, 입으로 마구 흘러들어와 숨이 막히고 머리가 깨질 듯 죄어들어 필사적으로 사지를 바동거렸다. 온몸이 괴롭고 아팠다.

03
악몽의 서막

숨 막히는 고통에 정신을 차릴 수가 없었다. 지금의 상황도 믿어지지 않았다. 밑에서 받아준 건 무엇이고, 더러운 오물인 양 곧바로 던져버린 건 또 무엇이란 말인가.

진흙탕 속에서 허우적허우적, 더할 나위 없는 고통에 사지에 경련이 이는데 갑자기 누군가 몸을 똑바로 홱 뒤집어 주었고,

"허억!"

해나는 크게 숨을 들이켜며 그 자리서 번쩍 눈을 떴다.

"정신이 드는 게냐?"

지금 이것이 꿈인지 생시인지. 끔찍한 악몽에서 막 깨어난 해나는 꿈과 현실을 구분하지 못하고 잠시 얼이 빠졌다. 다만 누워 있는 이곳이 진흙 속이 아니라고 확신할 수 있는 건 피부에 와 닿은 자리옷의 감촉이 보들보들하였기 때문. 혼몽한 기운을 걷어내고 눈을 크게 깜빡거리자 지난 수개월, 조금씩 익숙해지고 있는 호화로운 장식의 캐노피가 차츰 시야에 들어왔다.

"해나, 날 알아보겠느냐?"

연달아 이어지는 물음에 해나는 천천히 시선을 옆으로 돌렸다. 안쓰러운 눈길로 저를 내려다보고 있는 사람은 이 나라의 국왕 전하. 깜짝 놀라 몸을 일으키려 하는데 전신에 밀려드는 끔찍스러운 통증에 '끙' 소리와 함께 눈물만 찔끔 터져 나왔다.

"괜찮으니 움직이지 말거라."

"왼쪽 팔이 골절되었고, 곳곳에 심한 타박상을 동반한 근육과 인대의 손상이 보입니다. 보기보다 이마의 상처가 심하지는 않지만, 두부 외상과 경부 손상이 위중한 듯하오니 당분간은 움직이지 않도록 하십시오."

지난 수개월, 별궁에서 해나의 치료를 담당해주었던 궁의가 천천히 지금의 상태를 설명해주었다.

길을 잃었던 숲 속에서 운 좋게도 왕에게 거두어진 해나는 심한 고열과 깊은 마음의 병, 부족한 영양 상태로 몇 번의 고비를 넘겼다. 병마를 이기고 가볍게 움직이기 시작한 게 불과 며칠 전, 해나는 도로 침대에 꽁꽁 묶이는 신세가 되었다.

"늘 침착하던 아이가 무슨 연유로 조심성 없이 계단에서 뛰어 내려간 것이냐? 거기는 또 어찌 알아서 간 것이고?"

걱정이 담긴 왕의 말에 해나는 지난밤의 기억이 떠올라 눈물이 그렁그렁 돌았다.

왕의 숲에서 눈 하나 깜짝 않고 저를 던져버렸던 소년.

다행히 그날 이후 한 번도 눈앞에 나타나지 않았던 그가 지난밤, 무려 여덟 달 만에 다시 모습을 드러냈다. 난데없이 나타나 따라오라 명하더니 어느 계단 위로 데려가 밀어버리기까지 하였다.

어느 정도 각오는 하고 있었지만 그렇게까지 막무가내일 줄은 꿈에도 생각지 못했다. 무섭고 억울했으나 낱낱이 고해바치기에는 해나의 언어 실력이 턱없이 부족했다. 더욱이 소년은 이 나라 왕실의 후계자였다. 그런 자를 분별없이 입에 올렸다가는 되레 벌을 받을 수도 있으니 심려를 끼쳐 송구하다는 말로 상황을 얼버무리려 하는데.

"전하 앞에서는 얌전한 척 굴더니 뒤에서는 천방지축, 상당히 상스럽더군."

잊을 수 없는, 새벽녘 들었던 그 목소리가 해나의 귓가로 생생히 흘러들었다.

칼 프레데릭!

가슴이 덜컥 내려앉은 해나가 고개를 돌려보니 국왕의 뒤에 그가 태연한 얼굴을 하고 서 있었다. 어제 일 따위는 아무것도 모른다는 아주 뻔뻔한 표정을 하고서.

"생전 예절 교육 같은 건 받아보지 못한 것이냐? 과연 그 출신이 의심스럽다."

"그만하거라, 프레데릭."

"기본이 전혀 안 되어 있는 아이입니다."

"괜찮다, 괜찮아."

비양심적인 왕자의 말에 해나는 절로 눈물이 떨어져 내렸다. 그런 모습이 측은했는지 왕이 살갑게 해나를 다독이며 눈물을 닦아주려 손을 뻗었다.

하지만 그 순간,

"전하!"

프레데릭이 정색을 하며 나섰다.

"그 아이, 손대지 마십시오."

"뭐라?"

뜬금없는 소리에 왕의 손길이 공중에서 갈 길을 잃었다. 어이없는 얼굴로 아들을 돌아보자 그는 부왕을 뚫어지게 쳐다보며 잔악하게 말했다.

"더럽습니다."

또렷하고 명료하게.

벼락이라도 떨어진 듯 좌중에는 써늘한 침묵이 내려앉았다.

"……지금 뭐라 하였느냐. 더러워? 무엇이 더럽다는 것이냐!"

"저 아이, 어디에서 굴러먹다 온 아이인지도 모릅니다. 저런 아이가 전하의 손을 더럽히는 건 보고 싶지 않습니다."

"해나가 듣고 있는 앞에서 무슨 망언을 하고 있는 것이냐! 아직은 아무것도 모르는 어린아이일 뿐이다!"

왕은 사색이 되어 아들에게 분노를 터트렸지만, 프레데

릭은 개의치 않고 모진 말들을 거침없이 이어갔다.

"더러워. 전하의 몸에 저런 아이가 닿는 게 불쾌합니다."

해나는 수치심에 두 뺨이 화끈 달아올랐다. 당사자를 면전에 두고 더럽다는 말을 서슴없이 뱉어내다니. 그럼 진창으로 던져버린 이유도, 계단에서 밀어버린 이유도 전부 그래서였단 말인가!

충격을 받은 해나는 치욕스러움에 딱 죽고만 싶은데, 분위기를 싸하게 만들어놓은 당사자는 조금의 동요도 없었다.

"피아!"

"예, 왕자님."

부왕의 노여움에도, 해나의 충격에도 그는 감정 없는 사람처럼 꿋꿋하게 제 뜻만 관철시켰다.

"이런 아이를 그냥 두고 볼 수는 없다. 지금부터 이 아이를 내 소관 아래에 둘 것이니 네가 이곳에 머물며 하나부터 열까지 책임지고 가르치라."

밝은 적갈색 머리카락에 키가 큰 젊은 여인이 고개를 숙이는 모습을 끝으로 해나는 눈을 감았다. 왕의 용안이 일그러지는 모습이 심상치 않았으나 그건 어디까지나 왕자 스스로가 감당해야 할 몫이었다.

해나는 더 이상 그를 보고 싶지도, 그의 말을 듣고 싶지도 않았다.

암막 커튼을 이용해 절정에 달한 백야를 차단하고 깜깜한 깊은 밤을 완벽히 재현해낸 실내. 환한 빛을 흩뿌리는 수십 개의 크리스털 샹들리에 아래, 격조 있고 우아한 현악기의 선율이 물 흐르듯 떠다녔다.

프레스코화로 덮여 있는 천장과 거울이 붙어 있는 대리석 벽면. 각 가장자리는 황금으로 세공된 꽃과 덩굴, 여신 등이 양각되어 반짝반짝 호화로웠다. 화룡점정은 생화, 자연을 머금은 신선한 꽃꽃이가 적재적소에 배치되어 구석구석 향기로운 내음이 퍼져 나가고 있다.

심지어 발을 딛고 있는 바닥까지도 화려함의 극치를 이루고 있는 이곳은 베르덴 왕실의 궁정 연회 홀. 그 내부를 가득 메우고 있는 이들은 베르덴과 헤젠부르크 공국의 고위 귀족들이다.

왕실에서 주최하는 무도회란 귀족들에게 더할 나위 없이 좋은 사교의 장이었다. 이곳에서 그들은 친분을 쌓고, 혼맥을 형성하고, 비밀스러운 정치적 음모를 도모하며 그들만의 세계를 굳건히 다졌다. 물론 그 모든 것과 상관없이 오로지 오락거리 하나에만 열과 성을 다하는 이들도 존재하고 있었다.

"청국에서 온 여자아이가 별궁에 들어와 있다면서요? 헛소문이려니 그냥 넘겼는데 이젠 언어까지 가르친다는 소리가 들려오더라고요."

"작년 가을쯤이던가? 죽어가던 이국의 계집아이를 전하께서 구해주셨다는 소문이 돌기는 했었지요. 왕자 저하와 함께 환궁하시다가 북쪽 숲에서 죽어가던 아이를 발견하셨다고요."

"북쪽 숲이요? 세상에, 거긴 금지 구역이잖아요!"

"천운이었던 거죠. 전하께서 그 길을 이용하신 게 근 3년 만의 일이거니와 병사들에게 발각되었다면 곧바로 처형되었을 테니까요."

연회 홀의 한 귀퉁이, 다양한 연령대의 여인들이 오늘도 옹기종기 모여 앉아 새로운 소식에 흥분하고 있었다. 시간이 가는 것도, 배가 고픈 줄도 모르고 이들이 집착하고 있는 것은 사교계의 가십거리. 특히 왕실과 관련된 일이라면 어떠한 일이든 최고의 관심사로 주목받기 마련이었다. 터럭만큼의 작은 소식 하나에도 이곳에서는 온갖 추측이 난무하고 섣부른 비난이 들끓었다.

"어디로 팔려가다 도망친 아이가 아닐까요? 가끔 이국의 계집아이들이 돈벼락을 맞은 졸부들에게 수집품으로 넘겨지곤 한다잖아요."

"쯧쯧, 망측해라. 하여간 천것들이란……. 여하튼 전하께서는 마음이 지나치게 약하셔서 탈입니다. 그런 아이라면 고아원이나 의료소로 보내 치료를 받게 하면 그만인 것을, 근본도 모르는 이국의 아이가 별궁을 차지하고 있는 게 나는 영 내키지가 않습니다."

"전하께서 그리 인정이 많으시니 백성들 사이에서도 신망이 높으신 거지요. 허나 그 점에 관해서는 염려치 마십시오. 서릿발 같은 대비께서 그냥 두고만 보시겠습니까? 지금쯤은 아마 내쫓겼을지도 모를 일입니다. 그런데 저기, 레이튼 가의 공녀 아닌가요?"

한 백작부인의 말에 모두의 시선이 일제히 대비의 말동무가 되어주고 있는 가녀린 체구의 소녀에게로 모였다.

대비의 재종손녀이자 공국파에서 강력하게 왕자비로 밀고 있는 마벨 아우구스타 레이튼. 황금빛 머리칼을 허리까지 길게 늘어트려 어린 나이임에도 벌써부터 고혹적인 자태를 물씬 풍기고 있다. 몇 년 후면 필시 최고의 미인으로 성장할 터, 사내들의 얼굴에는 흐뭇함이, 여인들의 얼굴에는 경계와 못마땅함이 또렷했다.

"우리 대비 전하, 양심도 없으시지. 손주며느님까지 친정 가문에서 데려오려 하시다니. 저 어린아이를 저하의 눈에 들게 하려고 아주 작정을 하셨네요. 파리에서 지낸다고 들었는데 이번 무도회에 참석시키려고 돌아오게 하신 건가?"

"대비께서도, 왕비께서도 모두 공국 출신들이시니 다음 왕비만큼은 꼭 왕국에서 나와야 합니다. 자그마한 소국 주제에 우리 왕국을 대체 뭘로 보고 저러는 것인지, 원……."

왕비의 사후 국왕은 독신을 고집하고 있었다. 왕비의 자리를 놓고 귀족파와 공국파가 피 터지게 싸울 기미를 보이자 애초에 싹을 잘라버린 것이다. 대비는 미련을 버리지 못하고 아들을 재차 설득했지만 그러기엔 두 모자 사이가 돌이킬 수 없을 만큼 갈등의 골이 깊었다. 결국 대비는 그런 아들을 포기하고 어느 순간부터 오직 왕자만을 싸고돌았다.

그러자 귀족파 또한 왕비 대신 왕자비 자리로 자연스레 눈길을 돌렸다. 두 세력은 현재 왕국과 공국에서 최고로 손꼽히는 공녀를 각각 뽑아 치밀하게 물밑 작업을 벌이는 중이다.

“저는 걱정하지 않습니다.”

나이가 지긋한, 이 자리에서 가장 높은 신분의 후작부인이 느긋하게 부채를 팔랑이며 말했다.

“객관적으로 따져보았을 때 카셀 가의 영애는 어느 모로 보나 완벽한 이 나라의 왕비감입니다. 공국의 공녀 나부랭이가 아무리 기를 써봤자 이미 백성들의 지지를 받고 있는 카셀 영애를 얼마나 따라갈 수 있겠습니까.”

“허나 대비께서 저리 왕자 저하 곁에 철벽을 치고 계시니…….”

“그러니까 우리 쪽 원로들이 로젠 공의 외조부와 꾸준히 교섭하고 있는 것이지요.”

권력의 중심이 될 수도, 하잘것없는 쭉정이가 될 수도 있는 애매한 위치였으나 생각만으로도 여인들의 가슴을 설레게 하는 사람이 있다. 화려한 외모와 온화한 성정으로 사교계를 주름잡고 있는 로젠 공이 거론되자 귀부인들의 눈동자가 반짝반짝 빛을 발했다.

"만약 우리 쪽에서 로젠 공을 끌어들여 저울질을 시작한다면 왕자 저하께서도 상당한 위협을 느끼실 겁니다. 결국 귀족파의 손을 잡으실 수밖에 없겠지요. 우리 입장에서 보자면 공국 출신의 모후를 둔 왕자께서는 정통성이 한참 부족하시니 말입니다."

외모와 배경에 반해 최고라고 추앙하다가도 권력의 구조에 따라 한 사람을 소모품으로 취급하는 이들. 매력적인 이성도, 최고급의 와인도, 사치스러운 보석도 이들에게는 실상 아무 의미 없었다. 이들을 열광케 하는 것은 이 자리를 뜨겁게 달구어줄 화제의 가십거리가 전부. 가까이서 당사자가 듣고 있는 줄도 모르고 귀부인들의 수다는 이제 본 궤도에 오르기 시작했다.

대부분의 유럽 왕실이 그러했듯 베르덴의 왕실에도 본래 왕비와 왕의 정부들만 있었을 뿐 차비라는 지위는 존재하지 않았다. 그러나 공국 출신의 대공녀인 조피가 왕비에 오르자 왕국의 귀족파는 그녀를 견제하기 위해 모든 권력을 총동원해 차비라는 공식적인 직함을 만들었다. 정부가 낳은 왕의 아이는 사생아에 불과하지만, '차비가 낳은 왕의 아이는 합법적인 왕위 계승권을 가진다.'는 구체적인 법의 명문화와 함께.

비록 현왕의 차비는 귀족파의 수치가 되었으나 최초의 차비였던 아말리아는 선왕과의 사이에서 아들을 출산해 제 의무를 다했다.

그녀의 손자가 바로 레오폴트 패르손 드 로젠. 작년, 국왕의 이복 아우였던 부친이 사망함으로써 열여덟의 나이에 타이틀을 계승한 최연소 공작이었다.

다른 때 같으면 사람들에게 둘러싸여 한창 무도회를 즐기고 있을 그였다. 한데 무슨 일인지 오늘은 그가 한갓진 곳으로 물러나 자조적으로 입매를 비틀고 있다. 찰랑찰랑, 갈색의 독한 액체를 넘치도록 잔에 따라 목구멍으로 한꺼번에 털어 넣었다.

"후."

도수 높은 술을 꿀꺽 삼키자 식도가 알알해진 레오폴트는 소리 나지 않게 큰 숨을 내쉬었다. 수다스러운 여편네들이 입을 뻐끔거릴 때마다 가슴에 따끔따끔 날카로운 비수가 날아와 박혔다. 식상하고 상투적인 곁가지의 설움을 이렇게까지 뼈저리게 느끼게 될 줄이야.

"권력을 우습게 보지 마라……. 외조부님의 말씀이 옳았군."

타고난 외모와 유연한 사고방식으로 남녀노소 누구에게서나 사랑받으며 자랐지만 한 번도 자신의 처지를 잊은 적이 없었다. 먼저 다가오는 모두에게 한결같이 친절하게 응하면서도 호의에 깃든 무상함을 언제나 염두에 두고 있었다. 아말리아의 유일한 손자라는 이유로 귀족파의 전폭적인 지지를 받고 있으나 그는 어디까지나 차비의 핏줄, 저들의 구미에 맞는 왕자비가 탄생하면 모두의 관심에서 지워질 서자의 아들에 불과했다. 그렇다고 아쉬울 건 없었다. 어차피 그런 것 따위 기대하지도 않았으니까.

그래도 단 한 사람, 그녀의 따뜻한 관심만큼은 받고 싶었다. 절대로 잃고 싶지 않았다.

“저기 카셀 영애 좀 보세요. 왕자 저하에게서 눈을 떼지 못하고 있네요.”

“귀여우셔라. 나이를 따져봐도 레이튼 영애는 이제 열넷밖에 안 됐으니 올해 열여섯이 되신 카셀 영애가 왕자비로는 적당하시지요. 대비께서 아무리 기를 쓰셔도 이번만큼은 어찌할 수 없으실 겁니다.”

귀부인들의 소곤거림은 마치 그에게 들려주는 고언인 듯하였다. 네가 아무리 간절하게 소망해도 현실은 늘 인간의 마음을 배반하기 마련이라고.

‘에스텔…….’

카셀 영애를 바라보는 레오폴트의 눈가가 자꾸만 흐릿해지고 있었다. 그녀는 진정 왕자비가 되고 싶었던 것일까. 아니면 그녀도 나와 같은 마음이었다, 여태까지 혼자만의 착각 속에 빠져 있던 것일까. 어느 쪽이라 해도 가슴이 미어지는 건 똑같은 일이었다. 아무리 서신을 보내도 이제 답신조차 주지 않는 여인에게 어찌 이리 미련을 끊을 수가 없는 것인지.

마지막 남은 술 한 방울까지 전부 비우고 눈앞이 몽롱해진 그는 자리에서 일어나 연회 홀을 빠져나갔다. 오랜 연정이 헌신짝처럼 버려진 오늘, 다른 이를 바라보는 그녀의 모습을 차마 더는 보고 있을 수 없었다.

에스텔은 심장이 떨리고 오금이 저렸다. 왕자비로 낙점될 거라는 소식을 부친에게서 들은 이후 그녀는 입궁 때마다 왕자의 뒷모습을 좇느라 여념이 없었다. 목표는 한 가지, 왕자와 둘만의 시간을 갖는 것이었다.

문제는 언제나 머릿속으로 생각만 하다가 기회를 놓쳐 버리고 만다는 것. 철심처럼 단단하고 냉담한 왕자는 한 치의 틈도 내보이는 법이 없었다. 그럴 때마다 에스텔은 그가 거대하고 완벽한 철옹성처럼 느껴져 사지가 절로 위축되곤 하였다.

"레이디 카셀, 오랜만입니다."

뚫어져라 왕자의 등을 바라보던 에스텔은 갑자기 들려온 얌전한 기척에 흠칫 놀라 어깨를 떨었다. 뒤를 돌아보니 나이답지 않은 큰 키와 성숙한 분위기를 자아내는 마벨이 미소 짓고 있었다.

"아, 레이튼 영애! 파리에서 돌아오셨다는 말은 들었습니다."

"대비 전하의 부름을 받고 잠시 귀국하였습니다."

틀림없이 왕자비의 문제를 매듭짓고자 함이었을 것이다.

'대비께서 의중을 관철시킨다면 이 아이는 이대로 입궁하여 파리로 돌아가지 않을 것이다.'

에스텔의 시선이 곱고 아름다운 마벨의 얼굴선에 머물렀다 발육이 좋은 가슴께를 훑었다. 미래의 왕비는 레이튼가의 공녀처럼 배짱 있고 눈부신 여인이 되어야 한다고도 생각했다.

"저기 저 한 무리의 영애들 보이시나요? 가서 인사를 나눠야 하는데 오랜만이라 그런지 혼자 가기가 쑥스럽습니다. 카셀 영애께서 함께해주시면 언니처럼 든든하여 부담감이 덜어질 것 같은데……. 함께 가주시겠습니까?"

"……예, 물론입니다."

잠시 멈칫했던 에스텔은 곧 특유의 상냥함으로 마벨의 제안을 수락했다. 나이 어린 그녀가 다수의 새초롬한 영애들을 상대하는 건 부담스러울 것이니 연장자로서 그 정도는 마땅히 해주어야 도리일 것이다.

에스텔은 기꺼이 마벨과 걸음을 옮기면서도 한편으로는 안타까운 눈으로 프레데릭의 등을 바라보았다.

오늘은 꼭 로젠 공에 대한 마음을 털어놓고 왕자비로 간택되는 일이 없도록 하여달라 부탁하고 싶었다. 레오폴트의 서신을 더 이상 받아보지 못한 지 벌써 여러 달, 에스텔의 가슴앓이는 절정에 달했다. 걱정이 되어 그녀가 먼저 서신을 보내보기도 해봤으나 무슨 일인지 그는 침묵으로만 일관하고 있다. 혹 그가 저를 지레짐작으로 포기하려 하는 것은 아닌지. 연회에서조차 그를 볼 수가 없어 에스텔은 마음이 타들어가는 것 같았다.

'서신만으로는 안 돼. 내일은 유모를 직접 보내봐야겠어.'

마음을 애써 가라앉힌 에스텔은 저를 환히 맞아주는 영애들에게 미소를 지으며 마벨을 일행들 사이로 자연스레 합류시켰다.

가을의 초입, 국왕의 서재에 눈에 띄게 다른 외모의 여자아이가 다소곳하게 서 있었다. 피아가 입혀준 연한 하늘빛 실크 드레스에 구불구불 허리까지 풀어헤친 머리를 반 묶음으로 정리한 해나. 아직은 병색이 남아 있는 얼굴임에도 맑고 깨끗한 모습이 인상적이었다.

한동안 다친 몸을 돌보느라 움직이지 못했던 해나는 갑작스러운 왕의 부름에 무거운 몸을 이끌고 본궁에 들었다. 제 키의 몇 배가 넘는, 까마득한 높이의 천장과 층층이 나뉘어 서가에 빼곡히 꽂혀 있는 방대한 양의 책. 처음 와보는 왕의 서재는 규모만으로도 사람의 넋을 빼놓기에 충분하였다. 정작 해나의 눈길을 끄는 건 다른 것이었지만.

육중한 책상 위, 작은 손바닥만 한 핑크빛의 사각 보석함이 정갈하게 놓여 있다. 덩굴장미를 골드로 형상화해 모서리를 마감한 저 함은 뚜껑과 사면에 여인의 초상이 새하얀 카메오로 양각되어 있었다.

'어디에서 보았을까?'

다이아몬드와 진주의 타원형 프레임으로 고귀함을 강조한 카메오 속의 여인은 이상하게 낯이 익었다. 얼마 전 그림책에서 보았던 미의 여신 중 하나가 아닐까 하여 해나가 기억을 더듬어보는데 문이 열리고 왕이 들어섰다.

"아픈 사람을 불러놓고 오래 기다리게 하였구나. 미안하다, 해나."

"황공하옵니다. 괘념치 마시옵소서."

제법 그럴듯한 아이의 응대가 기특했는지 만면에 미소를 그리던 왕이 갑자기 질겁하여 책상 쪽으로 다가갔다. 해나의 두 눈이 동그래지는데 왕은 핑크빛의 보석함을 빠르게 서랍 속에 집어넣고 열쇠로 잠갔다. 그러고는 다른 서랍을 열어 조금 더 자그마한, 모서리가 은으로 장식된 민트색의 보석함을 꺼내 와 해나에게 내밀었다.

"너에게 주는 선물이다. 이런 것 하나쯤은 가지고 있어도 괜찮지 않을까 하여 준비해보았다."

왕은 보석함을 열어 눈을 크게 뜨고 있는 해나의 코앞으로 가져다주었다.

"브로치라는 것이다. 그 안에 양각되어 있는 사람이 누구인지 알겠느냐?"

"소녀…… 이옵니까?"

"마음에 들었으면 좋겠구나."

하늘빛 바탕에 순백의 빛깔로 해나의 초상이 양각되어 있는 카메오. 그 테두리는 백금과 진주로 깔끔하게 마감되어 청초하면서도 상당히 고급스러워 보였다.

이리 귀한 것을 받아도 되는 것일까?

해나는 제 얼굴이 도드라지게 새겨진 브로치를 가만히 들여다보았다.

"어른이 선물을 줄 때에는 감사합니다, 인사를 올리고 받는 것이 예의란다."

"……지나치게 과분한 선물이오나 감사히 받겠습니다."

얼마 전 하녀들의 수군거림을 통해 대비께서 크게 역정이 나셨다는 소식을 듣게 되었다. 제 자식은 한 번 찾아보지도 않으면서 생판 모르는 이국의 아이는 어찜 그렇게 챙기는 거냐며 불같이 화를 내셨다고 하였다. 그 때문인지 왕은 해나가 계단에서 다친 이후 더 이상 별궁에 걸음하지 않았다. 아마도 그것이 마음에 걸려 이런 선물을 준비하신 게 아닐까.

해나는 어쩔 줄 몰라 하면서도 나름대로의 추측을 하며 선물을 두 손에 받아 쥐었다. 빙그레 지어주는 왕의 미소가 아버지의 그것과 닮은 것 같아 가슴이 녹녹하게 젖어들었다.

사시사철 화려함을 뽐내는 본궁과는 달리 언제나 고요한 시간이 흐르고 있는 별궁의 한 거처. 절정에 달했던 여름이 물러가고 한동안 제 힘을 발휘하지 못했던 어둠이 묵직하게 내려앉은 가운데,

뚜벅, 뚜벅.

느릿하면서도 규칙적인 구두 굽 소리가 길게 깔린 별궁의 적막을 갈랐다.

「좋아…… 졌다고?」

「예, 많이 호전되었다고 합니다. 다리를 다친 것이 아니었으니 이제는 거동도 제법 자유로운 모양입니다. 오늘은 전하의 부름을 받고 본궁에도 잠시 다녀갔다 합니다.」

새하얀 대리석 원주가 길게 늘어선 회랑, 그 복도를 걷고 있던 프레데릭은 비서관 테오의 마지막 보고를 떠올리며 얼굴에 언뜻 불쾌감을 드러냈다. 무엇이 그리 마음에 들지 않았는지 미간에도 흐릿하게 주름이 잡혀 있는데 갑자기 그가 걸음을 멈췄다.

컴컴한 어둠 속, 저 앞에서 자그맣고 허연 물체 하나가 흐느적흐느적 그를 향해 다가오고 있었다. 심약한 사람이 보았다면 유령이 나타났다고 비명을 질러댔을 법한 상황. 프레데릭은 조금의 미동 없이 가만히 서서 그 물체를 응시했다.

열 보 앞, 여덟 보 앞, 다섯 보 앞. 물체는 점차 가까워졌고 마침내 그것의 정체를 확인했을 때 프레데릭은 여전히 입을 닫고 눈썹만 한 번 까딱 움직였다.

「해나야!」

다정한 어머니의 부름에,

「아가야!」

그리운 아버지의 목소리에, 해나는 어둠 속을 헤매고 있다. 부모님의 기척은 분명 가까이서 들려오는데 가도 가도 눈앞에 보이는 건 새까만 암흑일 뿐이라. 이 눈이 잘못된 것인지, 이 귀가 잘못된 것인지. 이러다가 두 분을 놓칠세라 애가 타는 마음으로 한쪽 팔을 힘껏 앞으로 뻗어보는데.

「어!」

괜찮다는 듯, 안심하라는 듯 따스한 온기가 차갑게 식은 손바닥에 스며들어 해나의 방황을 멈추게 하였다. 크고, 아늑하고, 든든한 손. 와락 밀려드는 그리운 온기를 온몸으로 맡으며 해나는 그만 울어버리고 말았다.

한참을 흐느꼈다. 그래서인지 온기는 떠나지 못하고 자그마한 손바닥 안에 머물러주었다. 놓치고 싶지 않아 해나가 온기를 더 세차게 움켜잡으면.

"……."

무거운 겨울바람은 알아들을 수 없는 소리를 만들어내

고는 손바닥에 머물던 온기를 매정하게 앗아가 버렸다. 휑하고 손바닥에 찬바람이 불어왔다. 그 바람을 타고 시작된 냉기는 시간이 갈수록 기승을 부렸고 해나는 온몸에 극심한 오한을 느꼈다. 이리 뒤척, 저리 뒤척, 몸을 웅크리고 오들오들 떨다가 더 이상 참을 수 없을 만큼 추위가 극한으로 치달았을 때, 수마는 흐지부지 흩어지고 본능은 생존을 갈구하며 해나의 두 눈을 번쩍 뜨게 하였다.

휘이잉.

잠에서 깨어난 해나는 현재의 상황을 이해하지 못하고 잠시 두 눈을 슴벅거렸다. 분명 금사가 화려하게 수놓인, 익숙한 캐노피가 보이는 침대에 누워 있는데 어찌하여 제가 이리도 덜덜 떨고 있는 것인지. 이 시린 바람은 어디에서 불어오고 있는 것인지. 생각을 정리하지 못하고 멍해 있는 사이 침실로 들어온 피아가 기겁을 하였다.

"어머, 해나 님!"

다다닥, 급하게 뛰어 들어오는 소리. 끼익……, 탁! 창문이 닫히는 소리.

연이어 들려오는 소음에 힘겹게 상체를 일으킨 해나는 곧바로 두 눈이 휘둥그렇게 되었다.

9월에 접어들며 추워진 날씨. 많이 쇠약해진 해나는 어젯밤, 피아가 벽난로에 불을 지피고 두툼한 새틴 커튼으로 창문을 덮어주는 걸 지켜보며 잠이 들었다. 그런데 지금, 벽난로가 싸늘해져 있는 것은 물론이요, 이 방에 존재하는 창문이란 창문은 죄다 열려 있었다.

성깔 있는 새벽바람이 거세게 달려들어 창에 달린 커튼을 펄럭펄럭 요란하게 뒤흔들었다. 눈앞에 펼쳐진 상황이 너무나 괴이해 해나는 피아가 마지막 열린 창문을 꼭꼭 닫을 때까지 정신을 차릴 수가 없었다.

"일전에 말씀드렸잖아요. 해나 님의 나라는 어땠을지 모르지만, 이곳의 가을밤은 조심해야 합니다."

창을 갈무리한 피아는 침대로 걸어와 바닥에 떨어져 있는 이불을 주워 올렸다.

"어제는 비까지 내려 상당히 추우셨을 텐데 창문을 전부 열어놓은 것도 모자라 이렇게 이불까지 차버리시다니요. ……혹시 열이 나시나?"

이불을 도로 덮어주며 걱정의 소리를 해대던 피아가 갑자기 혼잣말로 중얼거리며 해나의 이마에 손을 가져다대었다.

"열이 심하시네! 잠시만 누워 계세요, 가서 궁의를 모셔오겠습니다."

피아는 말할 틈도 주지 않고 급히 나가버렸고, 해나는 그대로 몸을 뉘어 제 이마를 짚어보았다. 열이 펄펄 끓었다.

진단 결과는 독감. 다음 날부터 해나는 고열에 시달리며 끙끙 앓았다. 계단에서 구른 뒤 차츰 나아지고 있었는데 다시 자리보전을 하게 된 것이다.

상황이 이상하다고 느끼기 시작한 건 그로부터 약 보름

후, 감기가 나을 때만 되면 어김없이 온몸에 한기를 느끼며 일어나는 상황이 두 번 더 반복되었을 때였다. 처음에는 말할 수 없이 황당해 왜 자꾸 창문을 열어놓느냐는 피아와 궁의의 핀잔에 뭐라 대꾸조차 못 했다. 허나 같은 상황이 되풀이되자 서서히 현 사태가 의심되기 시작했다.

수십 동의 별궁 중 가장 구석진 곳에 위치해 있다는 이곳. 밤이 되면 이곳에는 해나와 피아밖에 남지 않았다. 그렇다면 누가 굳이 병자가 있는 곳까지 몰래 들어와 창문을 열어놓고 가는 것일까? 떠오르는 얼굴은 하나밖에 없었다. 멀쩡한 사람을 계단 위에서 잔인하게 밀어버렸던 그 사람.

"그만해……."

눈 밑이 새까맣게 내려앉고 입술은 버석하게 말라 부르텄다. 한 달 새 유령 같은 몰골이 되어버린 해나는 두꺼운 이불을 둘둘 말고 누워서도 이가 딱딱 부딪칠 만큼 몸을 심하게 떨었다.

얀이 고향에서 귀신이라 불리며 겪었던 수모를 생각하면 왕자의 이런 텃세는 기실 아무것도 아니었다. 왕의 보호 아래 있지 않았다면 해나 또한 이리저리 치이며 이미 열두 번도 더 초주검이 되었을 테니까. 그 모든 것을 대신해 왕자께서 부리시는 심술 정도는 감수하자, 아무리 좋게 생각해도 이제는 절로 원망이 터져 나왔다.

아무도 모르게, 오직 해나에게만 자행되는 왕자의 괴롭

힘은 끈질기고 간악했다. 때문에 해나는 어디에다 이 상황을 하소연도 못 하고 혼자서만 끙끙 앓아 어린 속은 피폐하게 문드러져갔다.

어느 날은 화가 머리끝까지 뻗쳐 그의 만행을 고발하고자 피아를 곁에서 자게 하고 밤을 꼴딱 지새운 적도 있었다. 결과는 실패로 돌아갔고, 이후로도 이런저런 시도를 해보았지만 그의 꼬리를 잡는 건 불가능하였다. 몸이 고되고 힘들어 문을 잠가도, 침실에 딸린 자그마한 밀실에서 잠을 취해도 얼음장 같은 추위에 노출되는 것은 늘 같았다. 그는, 혹은 그의 명을 받은 누군가는 언제나 쥐도 새도 모르게 다녀갔고 해나는 항상 독감으로 아파야 했다.

쾅!

카셀 가의 가주들에게 대대로 이어져 내려온 대규모의 서재. 장중하고 연륜이 흐르는 마호가니 책상이 강한 압력을 받아 미세하게 진동했다.

주먹을 말아 쥐고 책상을 강하게 내리친 이는 벌겋게 부어오른 손을 그대로 움켜쥐고 부르르 떨었다. 평소 차분하고 중립적인 자세로 귀족들 사이에서 높은 신뢰를 얻고 있는 카셀 공작. 그가 이토록 분노하는 이유는 책상 위로 한가득 흩어져 있는, 현재 시중에 은밀히 떠돌고 있다는 인쇄물 때문이었다.

카셀 영애의 유모인 메테른 부인은 조용히 심호흡을 하

였다. 그녀는 공작부인, 공작의 비서관과 함께 책상 앞에 굳은 얼굴로 서서 흩어져 있는 몇 장의 인쇄물을 훑어보았다.

[어느 고귀한 공녀의 지저분한 행각]
지위 고하를 막론하고 건장한 사내들만 골라 방탕하게 놀아나는 귀족 영애.
왕실의 며느릿감으로도 거론되는 이 레이디는 과연 끝까지 앙큼할 수 있을 것인가?

민망할 정도로 선정적인 제목과 고발성의 문구 아래, 그보다 더 낯 뜨겁고 적나라한 그림이 인쇄되어 있었다. 귀족으로 보이는 한 레이디가 허름한 차림의 마구간지기를 끌어안고 숲 속에서 반라의 차림으로 천박하게 뒹굴고 있는 모습의 그림. 비서관이 모아 온 인쇄물은 전부 그런 식이었다.

"나는 내 딸을 믿고 있네."

폭발할 것 같은 마음을 간신히 추스르며 카셀 공은 침착하게 유모를 보았다.

"그래도 우선은 확인이라는 절차를 밟아야겠지. 자네, 그 인쇄물을 보고 내게 할 말이 있는가?"

"아니요, 각하. 아무것도 없습니다. 신께 맹세하건대 에스텔 아가씨와는 전혀 무관한 일입니다."

유모는 조금의 주저함도 없이 진실을 아뢰었다.

혹시나 하는 마음에 잔뜩 긴장하고 있던 공작부인은 안도의 숨을 내쉬며 근처에 있던 의자에 주저앉았다.

“그럼요, 우리 딸이 그럴 리가 없습니다! ……혹 로젠 공과의 일을 누군가 눈치 채고 저런 음해를 하는 것이 아닐까요?”

“각하의 명을 받은 즉시 로젠 공에게서 오는 선물과 서신은 소인이 중간에서 전부 없애버렸습니다. 이후로 두 분 사이에는 전혀 왕래가 없었는데 이제 와 갑자기 누가 의심을 한단 말입니까?”

딸과 로젠 공의 풋풋한 관계를 알게 된 건 올봄, 에스텔을 왕자비로 올리겠다는 원로들의 결정에 따라 가장 먼저 집안 단속에 나섰을 때였다. 진즉에 알았더라면 딸의 뜻을 존중해주었을 것이나 그때에는 이미 왕실과의 접촉이 시작된 후였다. 다른 사내와의 접촉은 결코 용납될 수 없었다.

신중에 신중을 기하며 그렇게 조심히 지내왔건만 오늘 원로들의 기별을 받고 모임에 갔다가 날벼락 같은 소식을 접하게 되었다. 이미 에리카 전역에 퍼져 있다는 인쇄물을 그제야 보게 된 것이다. 종종 정치 팸플릿의 일종으로 인쇄물이 이용되기도 하지만 이토록 악질적인 의도로 명문가의 레이디를 겨냥한 건 처음 있는 일이었다.

“지난 무도회 이후로 나돌기 시작한 것이니 아무래도 공국파 쪽에서 손을 쓴 모양이오."

"그럼 우리 에스텔은 이제 어찌 되는 것입니까? 인쇄물을 보십시오. 누가 봐도 이건 우리 에스텔을 가리키는 것입니다."

현재 왕자비로 꼽히는 후보는 에스텔과 마벨 둘뿐이었고, 마벨은 파리에서 귀국한 지 얼마 되지 않았다. 인쇄물에서는 레이디가 2년 전부터 남쪽 숲의 폐가를 전전하며 사내들과 은밀한 시간을 즐기고 있다 폭로하고 있었으니, 이를 본 사람들은 자연스레 에스텔을 떠올릴 터였다.

"원로들께서도 이번 일은 공국파의 음해가 확실하다고 하셨소. 지금 저들의 배후를 추적하는 중이니 곧 꼬리가 잡힐 것이오. 그래도 우리가 쓸데없는 빌미를 줄 필요는 없으니 오늘부로 에스텔의 외출을 전면 금지토록 하겠소."

카셀 공의 말에 유모의 얼굴이 대번에 굳었다. 공작부인이 하는 말도 전혀 들려오지 않았다.

그녀의 귓가에서는 한 시간 전 공녀가 애원했던 말만이 되풀이되고 있었다.

「유모, 이번이 마지막이야. 로젠 공과의 오해만이라도 풀게 해줘. 제발……, 금방 다녀올게!」

망토를 두른 에스텔은 후드를 깊게 내려쓰고 외진 숲을 열심히 걸었다. 뺨에는 발그레한 홍조가 사랑스럽게 돌았고 걸음은 두둥실 구름 위를 걷는 듯 가볍기만 하였다.

사흘 전 보석상에 들렀을 때 한 여자아이로부터 은밀하게 전해 받은, 로젠가의 인장이 찍혀 있는 한 통의 서신. 마지막으로 한 번 더 보고 싶다는 로젠 공의 글을 읽는 순간 에스텔은 안도감에 울어버릴 뻔하였다.

왕자비 얘기가 거론되면서 그의 시선은 서늘하게 식어갔다. 줄기차게 보내주던 서신도, 예쁜 꽃과 소소한 선물도 완전히 끊겼다. 특히나 섬세하고 다정했던 사람. 혹시라도 이 마음을 오해하고 있는 것은 아닌지, 왕자비 문제를 혼자서만 처리하려 했던 게 결정적인 실수는 아니었는지, 끝없이 고민하며 한참을 애달파하였다. 마지막 기회가 될지도 모를 오늘, 로젠 공에게 기필코 속마음을 고백하고 만일 그가 받아준다면 부모님께 이 문제를 공개하여 차근차근 풀어나가볼 생각이다.

에스텔은 서신에 동봉된 약도를 확인하며 숲으로 깊숙이 들어갔다. 길을 따라 한참을 걷다 보니 허름한 오두막 한 채가 나왔다.

'여긴가 보다!'

두근대는 마음에 에스텔은 급하게 후드를 벗었다. 붉은 빛이 도는 금발의 머리칼을 정돈한 뒤 심호흡을 하며 안으로 들었다. 케케묵은 냄새가 코끝을 자극하는 어두운 실내. 가장 안쪽에서 건장한 체격의 인영이 아른대자 에스텔의 심장은 단박에 뛰었다.

"레오폴트? ……레오폴트, 당신인가요?"

그녀의 물음에 인영이 움직이기 시작했다. 천천히 바깥쪽으로 걸음을 옮기는데 그 모습을 지켜보던 에스텔의 고개가 절로 기울었다. 주뼛주뼛, 자신 없게 움직이는 모양새가 여느 때의 레오폴트와 사뭇 달랐다.

"레오폴……, 어! 누구시죠?"

싸악 식어버린 감정이 등골을 타고 서늘하게 흘렀다. 창가로 슬그머니 모습을 드러낸 자는 지저분한 망토를 걸치고 있는 처음 보는 사내였다. 이쯤에서 뛰쳐나가야 했음에도 레오폴트에 대한 미련을 버리지 못해 에스텔은 그만 순진하게 굴고 말았다.

"혹시 로젠 공께서 보내셨나요?"

간절함이 담긴 질문에 사내는 입을 다문 채 머뭇거리다 한순간에 확, 덮칠 듯이 달려들었다. 이상한 낌새에 한편으로 방어 자세를 취하고 있던 에스텔은 소리 지를 틈도 없이 그보다 빠르게 밖으로 뛰쳐나갔다.

망토를 펄럭이며 쏜살같이 달려 나간 그녀는 얼마 못 가 예상치 못한 상황에 그대로 움직임을 멈췄다. 승마 중이었던 듯 말 등에 올라 있는 웰튼 가의 세 여인. 시어머니, 며느리, 미망인 딸로 구성된 그들은 삼총사로 몰려다니며 사교계의 모든 소식을 빠삭하게 꿰뚫고 있는 이들이었다.

그런데 왜, 저들은 마치 범죄 현장을 보고 있는 듯한 얼굴을 하고 있는 것일까.

그녀들은 이제 에스텔을 쏘아보던 경멸의 눈빛으로 다

른 곳을 주시하고 있었다. 에스텔을 따라 나오다 그녀들을 보고 헐레벌떡 도망치고 있는 저 이름 모를 사내를.

10월 중순에 접어들며 다시 기운을 차리기 시작한 해나는 침의에 두꺼운 숄을 걸치고 창가로 다가가 잿빛 하늘을 올려다보았다. 대낮인데도 날씨가 흐려 어둑한 기운이 내려앉아 있는 오후. 베르덴의 계절 시계는 이미 겨울을 가리키고 있었다.

고문과도 같은 시간을 보내다 그의 심술이 멈춘 지 불과 열흘, 이러다 또 언제 괴롭힘이 시작될지 몰라 조마조마했던 해나도 이틀 전부터 슬슬 안정을 찾아갔다. 돌이켜보면 실로 어이없는 나날이었다.

가장 황당한 것은 그의 심술이 시작됨과 동시에 궁의들이 열과 성을 다해 해나를 치료하고 있다는 점이었다. 독감 치료는 기본이고 밤에 푹 잘 수 있도록 꿈을 꾸지 않게 해준다는 약까지 꼬박꼬박. 한쪽에서는 병을 유발하고 다른 한쪽에서는 그 병을 누르려 하니 연약한 몸은 극심한 불균형을 견디지 못하고 온종일 골골댔다.

그러다 문득 해나는 한 가지 엄청난 사실을 깨닫고 사색이 되어 멍하니 창 밖을 내다보았다. 종잡을 수 없는 왕자의 악행에 온갖 신경을 쏟아붓느라 정작 피눈물을 토해야 할 모국에서의 불행을 감쪽같이 잊고 있었다.

어떻게 그럴 수 있었을까.

일곱 살 때부터 효경(孝經)을 줄줄 꿰고 있었다는 저인데 어찌 이리도 제 한 몸 사리기에만 급급했던 것인지. 부모님께 불효하고 있다는 죄책감에 속에서 뜨거운 게 뭉근히 치받치는데 조용히 문이 열렸다. 반사적으로 돌아본 해나의 머릿속이 쨍, 강하게 울렸다.

"다 나았나 보군."

제 방에 들어서듯 느긋하게 발을 들여놓고 있는 저자는 칼 프레데릭. 뜨겁게 흐르던 혈관 속의 피가 급속도로 식어내렸다. 해나는 굳은 얼굴로 짙고 시린 바닷빛의 눈동자를 올려다보았다. 그는 일찍이 겪어본 적 없는, 몹시도 감당하기 어려운 인간 유형이었다. 어떻게 대응해야 할지 종잡을 수 없어 안개 속을 헤매는 기분인데 이리도 기습적으로 들이닥치니 손끝이 떨릴 만큼 무서웠다.

"따라와."

특히 그에게서 나온 다음 말은 연약한 피부에 돋아난 솜털을 주뼛 일으키게 하였다. 지난여름, 계단에서의 참혹했던 고통이 생생하게 떠올라 두려움이 엄습했다.

"계단으로, 가실 겁니까?"

"똑같은 걸 반복하진 않는다."

어지러웠다. 해나는 눈앞이 아득해졌지만 제법 잘 참아내며 꿋꿋하게 굴었다.

"가지 않겠습니다."

"따라오겠느냐, 끌려가겠느냐?"

누군가를 괴롭히며 희열을 느끼는 광인이었던 것인가. 천성이 잔인하여 사람을 발아래에 두고 폭력을 자행하는 그런 인간이었나!

해나의 가슴이 터질 듯 들썩거리는데 그에게서 경고와도 같은 말이 흘러나왔다.

“서둘러.”

지금은 원래 해나가 낮잠을 자고 있어야 할 시간이었다. 피아는 적어도 한 시간 동안 침실에 나타나지 않을 것이다. 어디에도 도움을 요청할 데는 없었다. 결국 약자일 수밖에 없는 해나는 입고 있던 차림 그대로 걸음을 떼어야 했다.

긴 복도를 지나 아담한 홀을 가로질러 그가 향하는 대로 무조건 따라 걷다 보니 차가운 바람이 매섭게 불어오는 바깥이었다. 자리옷에 숄만 걸치고 있던 해나는 갑자기 후욱 몰아닥친 추위에 몸을 떨었다. 바람이 어찌나 강하게 부는지 다쳤던 팔다리가 아프게 시큰거렸다. 자연히 걸음은 더뎌졌고 큰 보폭으로 걷고 있는 그와는 거리가 더욱 벌어졌다.

앞만 보고 걸어가던 프레데릭은 걸음을 멈추고 뒤를 돌아보았다. 열 보 남짓 떨어져 있는 거리. 냉담한 표정의 그가 성큼성큼 다가오자 겁에 질린 해나는 차분하게 그럴 수밖에 없는 이유를 설명했다.

“다쳤던 팔다리가 아파서 그럽니다. 대체 어디를 가시는 것입니까?"

"별궁에 편히 누워 극진한 보살핌을 받고 있으니 네가 공주라도 된 듯싶겠지."

"한 번도 그런 생각을 가진 적이 없습니다."

혹시라도 이국인에 대한 편견이 있다면 이쯤에서 다시 생각해주시길, 진심으로 호소해보아도 소용없었다. 그는 말없이 해나의 뒤로 가 서더니,

"엇!"

사정없이 등을 밀어버렸다. 완력에 밀려 해나는 앞으로 고꾸라질 뻔하다가 간신히 균형을 잡았다. 그렇게 그가 미는 대로 정신없이 떠밀리다 보니 그들은 어느 호숫가에 있는 작은 나루터에 도착해 있었다.

해나는 눈앞에 보이는 작은 쪽배에 시선을 두었다가 왠지 모를 불길함에 그에게로 천천히 고개를 돌렸다. 두 사람의 시선이 하나로 얽혀들자 그가 섬뜩하게 명했다.

"타."

"하아."

의연하려 했으나 더 이상은 무리였다. 아무리 어른인 척해도, 아무리 여러 차례 큰일을 겪었어도 해나는 이제 겨우 열두 살, 예상조차 할 수 없는 그의 행보가 벅차도록 무섭고 힘에 겨웠다. 해나는 눈물이 찔끔 터지는 걸 간신히 삼키며 끝까지 최선을 다했다.

"대체 뭘 원하시는 겁니까?"

"잔말 말고 타기나 하라."

"이유라도 알려주십시오. 왜 이러시는 겁니까!"

이 추위에 자리옷을 입고 뱃놀이라도 하라는 것인지. 밑도 끝도 없는 그의 명령에 해나는 폭발하고 말았다. 서러움에 눈물이 마구잡이로 흘렀다. 피붙이 하나 없이 기댈 곳 없는 이곳에서 그는 자꾸만 해나를 벼랑 끝으로 밀어내고 있었다.

"저 때문에 기분이 상하신 건 잘 알겠습니다. 그동안 저로 인해 비위가 상하셨다면 죄송합니다! 더럽고 보잘것없는 제가 많이 밉고 싫으시겠지요. 하지만 저는 그냥 잠시 머무는 것뿐입니다. 기력을 회복하는 대로 떠날 것을 약조드리겠습니다!"

"입 다물고 어서 타기나 해!"

그 또한 짜증이 났는지 버럭 성을 내더니 감정을 억제하고 스산하게 뒷말을 이었다.

"죽이지는 않을 거다."

"흐흑."

설움이 넘쳐 흐느끼는 소리를 내고 만 해나는 이내 울음을 그쳤다. 무슨 짓을 해도 저자에게 곱게 보일 리 없었다. 그는 이국의 아이가 무조건 싫은 것일 터였다. 그렇다면 어디 해볼 만큼 해보라지. 오기가 솟아난 해나는 얕게 씩씩거리며 쪽배에 올라 그를 쳐다보았다. 자, 이제 어떡하시겠습니까, 라는 도전적인 눈빛으로.

별게 다 하찮게 군다며 비웃을 줄 알았는데 그는 별다른 반응 없이 뒤이어 배에 오르더니 해나를 끝 쪽으로 사정없이 밀쳐냈다. 그가 올라탈 줄도, 밀어버릴 줄도 몰랐던 해나는 무방비 상태로 쓰러졌고 프레데릭은 반대편에 앉아 스스로 노를 젓기 시작했다.

금방이라도 비가 쏟아질 듯 어두운 하늘 아래, 모든 것을 포기한 해나는 멍하니 주저앉아 그가 하는 양을 지켜보았다. 손바닥과 무릎은 죄다 까져 쓰렸고 얼음장 같은 바람은 얇은 천을 파고들어 사지를 부들부들 떨게 하였다.

배가 나루터에서 아득히 멀어졌구나, 느꼈을 때쯤 그에게서 나온 다음 말은 정말이지 믿을 수가 없었다.

"내려."

잘못 들은 게 분명하였다.

"뭐라 하셨습니까?"

"내리라 하였다."

너무나 태평한 저 얼굴. 그는 진심이었다. 해나는 가파르게 뛰고 있는 맥박을 추스르며 애써 침착하게 답했다.

"배를 돌려주십시오."

"내가 밀어주길 바라나?"

"정말 왜 이러십니까! ……아앗!"

말도 안 되는 소리에 해나가 목소리를 높였지만 되레 역효과를 낳았다. 그사이 프레데릭이 빠르게 달려들어 거칠게 솥을 빼앗더니 해나를 지체 없이 호수 속으로 밀어 넣었다. 풍덩, 커다란 물보라를 일으키며 차가운 물속으로 던져진 해나는 정신을 차리지 못하고 허우적거렸다.

꼬르르륵. 꼬르르륵.

몇 번이나 물속으로 들어갔다 나오기를 반복했다. 눈앞이 까마득해질 때까지 허우적허우적, 마침내 기운을 잃고 꼬르륵 물속으로 빨려드는데 갑자기 머리끝에 어마어마한 통증이 가해지며 얼굴만 간신히 밖으로 꺼내어졌다.

"푸우……, 하아, 하아."

한참 물을 마시다 겨우 숨통이 트인 해나는 거칠게 호흡하며 정신을 가다듬었다.

도대체 무슨 일이 벌어지고 있는 것인지…….

숨을 쉴 수 있게 되자 차츰 상황이 정리되어갔다. 그가 해나를 던져버린 후 수영을 못 하자 배를 가까이에 대고 머리채를 잡아 밖으로 꺼내준 것이다. 몸은 물속에 완전히 잠겨 있고 그의 손에 잡혀 있는 머리만 물 밖으로 나와 있는 어이없는 상황. 기막힌 몰골을 만들어놓고도 그는 해나를 배 위로 올려줄 생각이 전혀 없어 보였다.

전신은 오들오들 떨렸고 두피는 머리칼이 전부 뽑혀나갈 듯 아팠다. 그런 꼴을 보고 있으면서도 그의 눈과 표정은 무감했다. 해나 역시 더 이상 애원하지 않았다. 그저 눈에 띄게 몸을 바들바들 떨면서 그를 쏘아보듯 올려다보기만 하고 있었다.

"더 있어. 아직은 더 있어야 한다."

그런데 잠시 뒤 그에게서 태연한 음성이 흘러나왔고, 너무나 아무렇지 않은 그의 태도에 마지막 남은 이성의 끈이 툭, 끊어져버렸다.

더 있으라니, 장난감도 아니고 이렇게 추운 날 사람을 얼음물에 담가놓고 더 있어야 한다니!

분노가 불처럼 일어나 제 머리칼을 잡고 있는 그의 손목과 팔을 있는 힘껏 잡아당겼다. 자신이 무슨 짓을 하고 있는지 인지하지도 못한 채 해나는 이 순간 최고치의 힘을 뽑아내었다.

"읏!"

소녀의 반항을 미처 예상치 못한 그는 눈 깜짝할 새 외마디 신음과 함께 물속으로 떨어지고 말았다. 그 틈을 타 쪽배에 손이 닿은 해나는 위로 올라가려 했지만,

"안 돼!"

신속히 상황을 파악한 그가 뒤에서 작은 몸을 단단히 부둥켜안았다. 힘이 어찌나 거센지 해나가 남아 있는 힘을 모조리 쏟아부어 몸부림을 쳐봐도 소용없었다. 그가 뒤에서 팔까지 완전히 끌어안은 뒤 기다란 다리로 바동거리는 가는 다리를 단번에 제압해 옴짝달싹 못하게 만들었다. 아무리 용을 써봐도 그의 몸은 흔들리지 않는 강철과 같았다. 결국 지쳐버린 해나는 힘이 빠져 사지를 축 늘어뜨렸고, 프레데릭은 작은 몸을 꽉 끌어안은 채 물속에서 꼼짝도 하지 않았다.

이 사람은 미쳤어. 미쳤다고!

미치지 않고서야 제 몸을 해쳐가며 굳이 이렇게까지 할 연유는 어디에도 없었다. 계단에서 밀어버리고, 찬바람을 맞게 하고, 얼음물 속에 담가버리고. 이자는 미쳤다. 설사 여기서 죽지 않는다 해도 언젠가는 이자의 손에 죽고 말 것이다. 머리끝까지 잠겨 오른 절망감에 해나는 힘없이 고개를 떨어뜨렸다.

맞닿아 있는 두 개의 몸이 달달달 떨리고 있다. 그도, 해나도.

그 상태로 시간은 까마득하게 흐르고 입술과 손톱을 비롯해 온몸이 점차 푸른빛으로 변해갈 무렵, 투둑투둑 굵은 빗방울이 내리기 시작했다. 해나의 의식은 이미 아득하게 멀어져 완전히 어둠 속으로 빠져드는데,

"아앗."

느닷없이 목덜미가 뜨듯해지더니 정신이 번쩍 들 만큼 따끔, 통증이 일었다. 그가 해나의 연한 살결을 입안에 머금다 꽉 깨문 것이다.

"정신 차리고 올라가."

그러고는 해나가 미처 움직일 틈도 없이 그가 작은 몸을 배 위로 쑤욱 올렸다. 뒤이어 올라온 프레데릭은 아무렇게나 처박혀 있던 숄을 해나에게 던져주고는 덜덜 떨리는 손으로 노를 저었다.

쏴아아아. 쏴아아아.

두 사람이 탄 배가 나루터에 당도했을 때 굵은 빗줄기는 얼굴이 따가울 만큼 거세게 내리쳤다. 사지가 꽁꽁 얼어버린 해나는 배에서 내릴 생각도 않고 고집스럽게 앉아 퍼붓는 장대비를 고스란히 맞았다.

어린아이의 시위하는 듯한 모습을 잠시 보아주던 프레데릭은 해나를 한 번에 들어 뭍으로 올리고 거칠게 등을 떠밀었다.

"걸어!"

"싫어!"

고압적인 그의 명에 해나 또한 지지 않고 악을 써댔다. 꾸역꾸역 담아두었던 분노가 부글부글 끓어오르다 또다시 팡! 강력하게 터져버린 것이다. 이제는 해나도 이판사판, 왕족의 몸에 손을 댄 죄로 무시무시한 최후를 맞는다 해도 상관없었다.

죽일 테면 죽이라지.

노여움에 잠식된 해나는 작은 주먹을 바르쥐고 그에게로 서슴없이 달려들었다. 그를 한 대라도 때릴 수만 있다면 죽는 것도 과히 억울하지 않을 것 같은데. 어림없는 소리. 그의 옷깃조차 스치지 못하고 허무하게 손목을 잡히고 말았다.

"죽기 싫으면 걸으란 말이다!"

귀가 따가울 만큼 강한 빗소리에 그의 목소리도 같이 높아졌다. 한여름에도 폭우가 쏟아지면 체온이 급격하게 떨어지는 곳, 하물며 지금 같은 날씨에서는 얼어 죽기 십상이었다. 그는 자꾸 주저앉으려는 해나를 일으켜 야멸치게 등을 밀어버렸다.

얼음물에 담가놓을 땐 언제고 이제 와 죽기 싫으면 걸으란다. 저런 미친 인간이 세상천지에 또 어디 있을까. 비틀비틀 억지로 걷고는 있지만 해나의 세상은 온통 뱅글뱅글 어지러웠다. 눈앞에 아버지의 얼굴도 보이고 어머니의 얼굴도 보였다.

「이제 우리는 전과 같은 삶을 살 수 없다. 하지만 네가 서인석 대감의 하나뿐인 여식임은 절대로 변하지 않을 것이다. 무슨 일을 겪든, 어떠한 상황이 닥치든, 아버님의 신념에 따라 네 몸과 명예를 함부로 경시하는 일은 절대로 없어야 할 것이다.」

그리운 목소리 또한 들려와 눈물샘을 지독히도 자극했다. 그러고 보면 해나는 그동안 현실을 부정하고 있었는지도 모른다. 효수되어 장대에 매달린 그 머리는 아버님이 아닐 거라고, 어린 것이 벌써부터 눈이 좋지 않아 밤중에 다른 이를 보고 내 아버님이라 착각을 하였던 것이라고. 고향에서의 마지막 밤, 어둠 속으로 뛰어들었던 어머니는 어딘가로 피신해 기적처럼 살아 계실지도 모르는 일이라고.

그래서 애써 생각지 않았고, 그래서 미적미적 이곳에서

의 시간을 때우고 있었다. 시간이 흐른 뒤 돌아가면 마음을 고쳐먹은 전하께서 집안을 복권시키고 부모님을 원상태로 돌려놓으셨을지도 모른다는 망상에 젖어.

"으흐흑."

하지만 이제 해나는 처절하게 깨닫고 있다. 안전했던 울타리는 무너졌고, 부모님의 목숨을 제물 삼아 겨우 살아남은 저만이 세상에 홀로 남겨지고 말았다는 것을. 오늘의 끔찍한 이 고통은 앞으로 자신이 감내해야 할 가혹한 현실이라는 것을.

가냘픈 몸을 비칠거리며 해나는 어느새 다섯 살짜리 아이가 경기를 일으키듯 꺽꺽 울음을 토해내고 있었다. 그렇게 보내드린 부모님이 너무나 가슴이 아파서, 뒷수습조차 해드리지 못한 저의 무능함이 땅을 치도록 원망스러워서. 눈물이, 콧물이 빗물과 한데 뒤섞여 해나의 뺨 위로 끊임없이 흘러내렸다.

'송구합니다. ……무엇 하나 해드릴 수 있는 게 없어서 정말로 송구합니다!'

꿈에서 깨어나 현실을 직시한 열두 살 어린아이의 울부짖음이 하늘에 닿았는지,

콰광!

세상은 쪼개질 듯 굉음에 휩싸여 번쩍였고, 기운을 전부 소진한 해나는 그대로 픽, 힘없이 쓰러져 어둠 속으로 빨려들었다.

04

스캔들

훈훈한 공기가 감도는 실내는 따스했다. 벽난로의 불꽃은 활활 타오르고 폭신한 이불은 전신을 포근히 감싸주었다. 이 방에 있는 모든 것들이 완벽하고 편안한 지금, 문제가 되는 것이 하나 있다면 해나 자신이었다.

머리는 들어 올릴 수 없을 만큼 무겁고 깨질 듯이 아팠다. 목은 심하게 부었는지 말은 고사하고 침 삼키는 것마저 힘에 겨웠다. 두들겨 맞은 듯 온몸이 쑤셔오는 이 끔찍스러운 고통이란.

"카셀 영애에 관한 소문 들었어? 그거 진짜일까?"

"목격자가 나왔잖아. 원래 사람이라는 게 겉모습만으로는 알 수 없는 거야. 착한 척, 얌전한 척 온갖 교양을 떨더니 뒤에서 그렇게 문란하게 살았을 줄 누가 알았겠어."

두 사람의 낯선 목소리가 들려왔다. 일정한 소음과 뒤섞여 타닥타닥 장작 때는 소리가 강해지는 것으로 보아 벽난로에 불을 지피고 있는 듯했다.

"그럼 이제 왕자비마마는 누가 되시는 거야? 공국에서 온 그 공녀?"

"어, 왔네! 여기 들락거리느라 고생이 많지?"

두 사람의 대화 중 갑자기 피아의 조용한 목소리가 날아들었다. 그나마 믿고 의지할 수 있는 유일한 사람이기에 피아가 가까이에 있다는 사실만으로도 해나는 왠지 모를 안도감을 느꼈다.

"대체 이게 며칠째야? 이 짓도 오늘까지만이야. 내일부터는 너 혼자 알아서 해. 여긴 네 담당이잖아!"

"불은 하루 종일 강하게 유지해야 하고 물은 식기 전에 빨리빨리 갈아줘야 하는데 그걸 어떻게 나 혼자 하니? 해나 님의 몸이 회복될 때까지 각별히 신경 쓰라는 건 전하의 명이셨어. 정 하기 싫으면 전하를 찾아뵙고 직접 하소연을 해보든가."

얼굴을 보자마자 불평부터 늘어놓는 상대에게 피아는 밀리지 않고 제 할 말을 다 했다. 귀찮아서 슬쩍 발을 빼보려던 하녀는 '전하의 명'이라는 소리에 더는 대꾸하지 못하고 만만한 해나에게 화를 돌렸다.

"날씨 궂은 거 눈에 안 보이나. 대낮에 하늘이 어두컴컴하면 나가지를 말았어야지. 하여간 가만 누워 있지 않고 꼭 일을 벌인다니까."

"답답하셨겠지. 폭우가 쏟아질 줄 누가 알았겠어. 날씨 변덕스러운 거 하루 이틀 일이야?"

"어쨌든! 이 이국인 챙기느라 건강하셨던 왕자 저하께서도 일어나질 못하고 계시잖아. 누가 이국인 아니랄까 봐

꼭 유별을 떨어요."

왕자도 아픈 모양이었다. 하긴, 생난리를 쳤는데 아프지 않으면 그도 비정상일 것이다. 나루터 앞에서 깜박 혼절했다 다시 정신을 차렸을 땐 어딘가에 매달려 흔들거리고 있었다. 자세히 보니 그가 쓰러진 저를 한쪽 어깨에 걸쳐 메고 걸음을 옮기는 중이었다.

싸늘하게 식다 못해 김이 모락모락 나던 그의 몸이 떠오르자 해나는 몸서리가 쳐졌다.

미친 인간, 더럽다더니…….

삐딱한 마음도 뾰족 솟아났지만 모난 마음은 오래가지 못하고 흐지부지 사라졌다. 무언가를 떠올리는 것조차 싫을 정도로 만사가 귀찮고 의욕이 떨어졌다. 혼자 남겨진 이 세상, 정신 바짝 차리고 살아야 한다는 건 알고 있으나 이왕 이렇게 되었으니 당분간은 그냥 충실히 앓고만 싶었다.

며칠이 지나도 해나의 병세는 악화되어갈 뿐 호전될 기미를 보이지 않았다. 반면 프레데릭은 그사이 병을 털고 일어나 말끔한 모습으로 해나 앞에 나타났다. 열이 오르락 내리락, 식은땀에 흠뻑 절어 끙끙대는데 당당하게 문을 열고 들어와 자연스레 침대 쪽으로 다가와 섰다.

공식 일정이 있는지 정복을 반듯하게 차려입은 그는 고열로 붉어진 두 뺨에 눈을 게슴츠레 뜨고 있는 해나와 대조적인 모습이었다. 아팠던 흔적이라고는 조금도 찾아볼 수 없는, 얄밉도록 여유롭고 말짱한 저 얼굴.

특유의 무심함으로 엉망이 된 해나를 내려다보던 그는 조용히 누군가를 호명했다.

"테오."

그의 부름에 불쑥 나타난 한 젊은 사내가 침대 가에 꾸러미 세 개를 가지런히 올려놓고 조용히 물러났다. 해나는 힘없이 그것들을 보다가 셋 중 익숙한 물건을 발견하고 두 눈이 휘둥그렇게 커졌다.

저건!

모국의 왕은 부친의 재산을 몰수하면서 당시 왕실의 식구로 여겨지던 해나의 혼수품만은 예판의 사저로 보내주었다. 그래서 가지고 나올 수 있었던, 어머니가 마련해주신 각종 패물들. 정신을 잃고 왕궁으로 옮겨지면서 어딘가에 흘린 줄 알고 해나는 크게 상심하였다. 다시는 저것들을 되찾지 못할 거라 거의 포기하고 있었는데…….

"하나는 이미 알 것이고, 다른 하나는 그 안에 들어 있던 옷이다."

"지금껏 가지고 계셨던 것입니까?"

해나는 팍 쉬어 갈라진 목으로 간신히 소리를 내었다.

"그게 무슨 뜻인지 아느냐?"

"……."

"너의 거짓말을, 내가 알고 있다는 뜻이다."

"그, 그게 무슨……."

"너는 청국인이 아니다."

지난겨울, 생사를 넘나들다 간신히 살아남은 해나 앞에 저들은 대청무역에 종사한다는 통역관 한 명을 데려다놓았다.

「혹시 청국에서 오셨습니까?」

외숙이 청나라로 떠나기 전까지 말을 겨우 뗀 해나를 붙잡고 재미 삼아, 그리고 끈질기게 가르쳐주었던 그 언어. 말 한 마디 통하지 않아 답답했던 이곳에서 귀에 익은 언어가 들려온 어느 날, 해나는 가슴이 뻥 뚫리는 희열감을 맛봤다.

「예, 청국인입니다. 유람을 마치고 돌아가던 중 나쁜 사람을 만나 여기까지 끌려오게 되었습니다. 이곳은 정확히 어디인지요?」

고향에서는 이미 대역 죄인의 신분이었다. 상황이 어떻게 돌아가는지 알 수 없었던 그때, 해나는 자세한 신분을 밝히지 않기로 하였다. 이들은 해나의 고향에 대해 알지 못했고 동양인이란 으레 청국인이라 여기고 있었다. 게다가 해나의 청국어 실력은 이 나라에서 가장 뛰어나다는 통역관보다 유창했으니 아무도 그 말을 믿어 의심치 않았다. 지금까지는 말이다.

기습적인 그의 말에 해나는 손끝이 좌악 식었다. 왕자의 말과 행동은 정말이지 예측이 어려웠다. 청국인이 아니라는 것을 어떻게 알아내었단 말인가.

"네가 고향에서 가져온 복식과 패물의 양식은 청국인들의 그것과는 판이하게 다르더군. 왜 거짓말을 하였나?"

"……."

"사실대로 말할 수 없는 곤란한 사정이 있었겠지. 이를테면 네 모국에서 부득이한 이유로 도망을 쳤다거나, 뭐 그런."

"저는……."

"다시는 거짓말을 하지 않겠다, 내 앞에서 맹세하라."

놀란 가슴에 잠시 말문이 막혔던 해나는 곧 모든 것을 체념하고 진실을 털어놓으려 하였다. 그런데 그는 해나의 말을 잘라내고 뜻밖의 요구 사항을 꺼내놓았다. 쓸데없는 개인사 같은 건 필요 없으니 그저 원하는 말만 들으면 그만이라는 듯.

"그 누구도 내게 거짓을 말할 수는 없다. 세상에서 내가, 가장 싫어하는 것이니까."

"다시는……, 거짓말을 하지 않겠습니다."

한층 싸늘해진 그의 기세에 해나는 혼란스러워할 틈도 없이 조그맣게 입술을 달싹거렸다.

"나머지 하나는 청국에서 가져온 책이다. 보아하니 꽤 오래도록 자리보전을 해야 할 것 같은데 지루함을 덜어줄 것이다."

이후로 잠시 말을 끊은 그가 열이 올라 약간은 풀린 새까만 눈동자를 가만히 보았다.

왜 또 저럴까, 해나가 불안하게 그를 올려다보는데 소곤거리듯, 그러나 충분히 위협적인 목소리가 귓바퀴로 내려앉았다.

"빨리 나으면 또 아프게 될 거야."

거짓말이 탄로 나 잠시 당황했던 해나가 기가 막힌 눈으로 그를 쳐다보자,

"아!"

프레데릭은 깜빡했다는 어조로 확실한 뒤끝을 보여주었다.

"또다시 그때처럼 달려들어 버릇없이 군다면 그땐 네 손목을 분질러버릴 것이다."

해나는 돌연 손목이 시큰거렸다. 상상도 하고 싶지 않지만, 그가 그러겠다고 한다면 정말로 그러고도 남을 것 같았다.

어깨를 움찔하더니 저를 말갛게 바라보는 해나의 반응을 마지막으로 프레데릭은 말없이 휙 돌아서버렸다. 이제 대비궁으로 가봐야 할 시간, 침실을 빠져나와 시원시원 큰 보폭으로 걸음을 옮기자 그 뒤를 비서관 테오가 따랐다.

"확실히 언어가 늘었어."

"피아를 붙여준 이후 하루 종일 베르덴 어를 사용하니 그럴 수밖에 없을 겁니다. 듣고 이해하는 데는 전혀 문제가 없고 웬만한 말들도 무리 없이 구사하는 수준이라 합니

다."

"저 아이의 출신지에 관해선 함구하라."

"예."

"책은?"

프레데릭은 그동안 청국에 관한 책들을 수도 없이 독파해 왔다. 시간이 나는 대로 틈틈이, 자는 시간까지 할애하며 닥치는 대로 읽고 또 읽어 종국엔 별궁의 소녀가 청국 출신이 아니라는 것까지 그 스스로 알아내었다.

이제 저 아이의 출신지가 다른 곳으로 밝혀졌으니 왕자의 독서열은 한동안 더 뜨겁게 달아오를 것이다. 문제는 그곳이 유럽에는 알려지지 않은 은둔의 나라라는 점. 테오는 곤란한 표정으로 조심스레 말을 올렸다.

"그곳에 관한 왕국기(王國記)가 발간된 적이 있어 구해두기는 하였습니다. 지리, 풍토, 정치, 종교, 풍속 등 꽤 다양한 내용이 총망라되어 있기는 합니다만 그것 외에 다른 책은 발견할 수 없었습니다."

"상단 쪽에 기별을 넣어라. 주변국을 통해 공수를 해 오든, 그 나라로 들어가 직접 가지고 나오든, 그곳에 관한 정보를 최대한 많이 구해 와야 한다고."

"예, 왕자님."

칼같이 명을 내리는 주군에게서 호기심과 궁금증이 증폭되는 것을 감지한 테오는 몰래 한숨을 쉬었다. 이렇게까지 관심을 보이고 계시니 앞으로 만족하실 때까지 끊임없이 정보를 요구하실 것이다. 대청무역에 종사하는 베르텐의 상단주들은 물론, 유럽 전역에 퍼져 있는 거대 상단들까지 샅샅이 뒤져야 할 판이었다.

겨울비가 추적추적 내리는 어느 오후, 고급스러운 마차 한 대가 빗속을 가르며 달리고 있다. 화려한 외양만큼이나 값비싼 벨벳으로 잘 꾸며진 실내. 보기만 해도 아늑해 잠이 쏟아질 것 같은 그곳에서 레오폴트는 아무렇게나 몸을 기댔다.

낮부터 많은 양의 술을 들이붓듯 마셨지만 복잡한 머릿속은 갈수록 더욱 또렷해지기만 하였다. 태생적 한계에서 오는 자신의 처지가 초라했고 우연히 마주친 그녀와의 만남이 그를 더욱 괴롭게 하였다. 특히 그녀가 보여준 마지막 표정은 뇌리에 깊숙이 새겨져 좀처럼 지워지지 않았다.

오늘 레이튼 공작가에서 열렸던 오찬 모임. 교만함으로 똘똘 뭉친, 내로라하는 귀족 가문의 영애와 영식들이 모여 있던 자리에 귀족파의 수치가 되어버린 그녀가 나타났다.

「레이튼 영애, 부탁드릴 게 있어 찾아왔습니다. 저에 대한 소문에 관해…….」

아무도 없을 줄 알고 왔던 것인지 아는 얼굴들이 일제히 돌아보자 에스텔은 그대로 굳어버렸다. 겁에 질린 얼굴로 어쩔 줄을 몰라 하다 그의 싸늘한 시선과 마주치자 한눈에 보기에도 무너지는 모습이었다. 잘못은 그녀가 해놓고 조금 경멸을 섞어 쏘아봐주었다고 어찌 그런 얼굴을 해버리는 것인지. 화낼 자격이라면 왕실의 후계자가 아니어서 눈치 없이 건드리지도 못하고 소중하게 여겨오다 버림받은 자신에게 있는데 말이다.

생각하면 할수록 화가 치밀어 눈을 감고 마는데 사납게 울부짖는 말 울음소리와 함께 마차가 급정거하였다. 몸이 앞으로 확 쏠렸던 레오폴트가 간신히 균형을 잡자 낯익은 얼굴의 여인이 창을 통해 얼굴을 드러냈다.

비를 쫄딱 맞아 새파랗게 질린 얼굴로 바들바들 떨고 있는 그녀는 에스텔의 유모인 메테른 부인. 레오폴트는 차갑게 굳은 얼굴로 창을 열었다.

"무례하다."

"가, 갑자기 뛰어들어 소, 송구합니다."

메테른 부인은 추위로 완전히 얼어 있었다. 로젠 공을 만나기 위해 이 추운 날 겨울비를 맞으며 이리저리 뛰어다녔더니 몸에 감각조차 느껴지지 않았다.

"제발 도와주십시오, 각하. 우리 아가씨께서, 에, 에스텔 아가씨께서 사라지셨습니다."

유모의 말에 흠칫하였던 그는 더 이상의 반응 없이 얼굴을 냉정하게 굳혔다.

"가볼 수 있는 곳은 전부 찾아보았지만, 흔적조차 찾지 못하였습니다. 호, 혹시 짐작 가는 곳이라도 있으십니까? 각하, 벌써 시간이 많이 흘렀습니다. 제발 더 늦기 전에 우리 아가씨를 찾을 수 있도록 도와주십시오!"

"그걸 왜 나한테 묻고 있는 것이냐? 네 상전은 네가 잘 챙겼어야지. 정 가볼 곳이 없으면 그 마구간지기 놈을 한 번 찾아가보든가."

인정머리 없는 말에 유모가 파르르 떠는 사이 창을 닫은 레오폴트는 마차의 출발을 명했다.

"아닙니다, 각하! 사실이 아닙니다! 어찌 그런 소문을 믿으시는 겁니까! ……후회하십니다. 이대로 가시면 정말로 후회하시게 됩니다!"

점차 거세지는 빗소리를 뚫고 유모의 울부짖음이 들려왔다.

한심한 놈.

이렇게 추운 날 그녀가 사라졌다는데 고작 한다는 소리가 그것뿐이라니. 레오폴트는 몸을 편히 기대지도 못하고 머리를 거칠게 쓸었다. 스스로가 생각해도 최악이었다. 후회는 이미 시작되고 있었다.

12월과 1월을 화려한 무도회로 흘려보낸 귀부인들은 2월에 들어서며 소소한 티 모임에 치중했다. 이곳은 어느 자작가의 다실(茶室), 대규모 파티에서 해갈하지 못한 대화의 주제를 놓고 소수의 친분 있는 사람들끼리 모여 원 없이

떠들고 있는 중이다. 특히 이번 겨울, 사교계를 뒤흔든 가십거리 하나는 귀부인들에게 끝도 없는 이야깃거리를 제공해주고 있었다.

"그러니까 카셀 영애는 목을 맨 게 아니라 절벽에서 뛰어내린 게 확실하군요."

"그렇다니까요. 목격자도 있었고, 그 근처에 비석 없는 무덤이 새로 생긴 것도 제가 따로 확인을 하였습니다."

"쯧쯧, 비도덕적인 최후를 맞았으니 교회에도, 가문의 묘에도 들이지 못하고 그런 식으로 마무리를 하였겠지요. 도대체 목을 맸다는 소문은 어디에서 흘러나온 것인지……."

왕자비로 거의 확실시되었던 에스텔 아스트리드 카셀은 지난겨울 초입, 정결치 못한 행실로 백성들의 지탄을 받다 자결, 비극적인 최후를 맞았다. 소문은 각기 다른 이야기로 각색되어 사람들의 입에 무수히 오르내렸다. 누군가는 그녀가 침실에서 목을 매었다 하고, 누군가는 그녀가 절벽에서 바다로 몸을 던져 시신조차 찾지 못했다고 하였다.

방법이 어떠했든, 그녀는 세상으로부터 영원히 숨어버리는 쪽을 택하였으나 남아 있는 후폭풍은 만만치 않았다. 장녀의 실덕으로 불명예를 떠안은 카셀 가는 작년 12월, 왕궁에서의 모든 특권을 내려놓고 도망치듯 수도를 떠났다. 부도덕한 여인을 감히 왕실에 들이려 했다는 죄목으로 귀족파의 원로들이 자숙에 들어간 지 사흘 만의 일이었다.

"젊은 사람이 그리 가버린 건 안타까운 일이지만 뻔뻔하게 살아서 버젓이 돌아다니는 꼴도 소름 끼쳤을 것입니다."

머리가 희끗한 후작부인이 소박한 향의 라즈베리 허브티로 버석해진 침샘을 축이며 말했다.

"그나저나 이제 우리 쪽은 누구를 왕자비로 내세우……."

"큰일 났습니다!"

멀리서 들려온 우렁찬 외침에 후작부인은 어이가 없어 헛웃음을 터트렸다. 둘러앉아 같이 차를 마시던 다른 귀부인들 역시 못 말린다는 얼굴로 절레절레 고개를 흔들었다.

"웰튼 가의 부인들께서 오셨나 봅니다. 왜 안 오시나 궁금하던 차였는데."

"큰일 났습니다!"

호스트인 자작부인이 차를 홀짝이며 우아하게 말을 마치자 세 명의 여인이 헐레벌떡 서열대로 모습을 드러냈다. 들으나 마나 또 어딘가에서 떠도는 소문을 듣고 호들갑을 떠는 것일 터, 자작부인은 심상한 어조로 자리부터 권했다.

"자자, 일단은 자리에 앉아 차 한 잔씩 마시며 숨을 돌리도록 하십시오. 그런 다음 무슨 일이 있었는지 찬찬히 들어보겠습니다. 과연 카셀 가의 불운보다 더 놀랄 만한 소식이 있을지는 모르겠지만 말입니다."

"자작부인, 지금 그런 한가한 말씀이나 하실 때가 아닙니다."

어디 얼마나 재미난 소식을 물고 왔는지 들어나 볼까, 한가로이 그런 생각을 하고 있던 귀부인들을 상대로 웰튼 가의 노부인은 분위기를 싸하게 몰고 갔다.

"못 알아들으신 것 같은데 다시 한 번 말씀을 드리지요. 지금, 국운이 뒤흔들릴 만한 참혹한 사건이 왕실에서 벌어졌습니다."

독감은 결국 폐렴으로 발전했다. 지난가을부터 현재에 이르기까지 해나는 침대를 벗어나지 못하고 매일같이 앓기만 하였다. 정신적으로 무너진 탓인지 병마는 쉬이 물러나지 않았고 좀처럼 맥을 추지 못했다.

베르덴의 겨울은 혹독하고 매서웠다. 하루하루 끝없이 길게 이어지는 어둠과 사납게 불어오는 설한풍. 국왕 전하께 거두어지지 않았다면 해나는 이 추위에 얼마 버티지도 못하고 동사(凍死)하였을 것이다. 이리도 따뜻하고 안락한 곳에서 보호받고 있으니 감사하고 행복해야 하건만 칼 프레데릭이라는 악마는 그마저도 전부 무감하게 만들고 있다. 참으로 대단한 인간.

"어?"

어느 늦은 아침, 몸을 일으킨 해나는 자리옷에 모피를 댄 숄을 걸치고 창가로 다가갔다. 이른 아침부터 시끌시끌한 소리가 끊이지 않아 무슨 일이 생긴 것 같았다.

저 아래, 사람들이 이리저리 긴박하게 뛰어다니는 모습이 한눈에 들어왔다. 국왕과 대비, 그리고 왕자는 모두 유론의 별궁으로 떠나고 없어 왕궁은 텅 비어 있는 상태였다. 사람들이 저렇게 사색이 되어 뛰어다닐 이유는 어디에도 없었다. 혹 왕실 가족이 예고도 없이 환궁하였나 싶어 자세히 살피려는데 문이 열리고 피아가 들어섰다.

"무슨 일이 있나요? 밖에 사람들이……."

질문을 하던 해나는 이상한 점이 눈에 띄어 말을 멈추고 피아를 위아래로 훑었다. 보통 그녀가 입고 있는 옷은 짙은 그레이 빛의 평상복이었다. 그런데 지금은 검은색의 복장을 갖춰 입었다. 가만 생각해보면 밖에서 뛰어다니던 사람들 역시 피아와 같은 차림이었다. 불길한 예감이 밀려와 해나는 침을 한 번 꼴깍 삼키고 다른 식으로 질문을 던졌다.

"그런 옷은 어떤 날 입는 거죠?"

"해나 님."

늘 미소 짓고 있던 피아가 웃음기를 거두고 차분하게 해나를 불렀다.

"네."

"어젯밤에 국왕 전하께서 서거하셨습니다."

"네? 갑자기……, 왜?"

"암살범들의 공격을 받으셨답니다."

해나는 몸이 떨리고 눈물이 차올라 서 있는 것조차 힘에 겨웠다.

「몸이 회복되는 날까지 내 너를 힘써 도울 것이니 당분간은 이곳에서 편히 지내도록 하여라.」

인자하게 웃으시던 모습이 선하게 아른거려 가슴을 아프게 짓눌렀다. 갈 곳 없는 저를 거둬 가족처럼 따뜻하게 대해주신 분. 하늘님께서는 그 선량하신 분을 어찌 그런 식으로 데려가버리셨는지……. 이미 두 번이나 겪어본 일이었지만 소중한 이와의 갑작스러운 이별은 결코 익숙해질 수 없었다.

나라 전체를 뒤흔든 희대의 왕실 스캔들. 일곱 살에 즉위해 서른네 해 동안 왕좌를 지켜온 칼 필립스 3세가 유론의 별궁으로 사냥을 나갔다 여름 별궁에서 암살되는 기막힌 사건이 발생했다. 만백성에게서 두터운 신망을 얻고 있던 국왕이었는지라 갑작스러운 그의 죽음은 강력한 여파를 남기며 수많은 추측과 낭설을 낳았다.

왕의 시신을 처음으로 발견한 사람은 왕국의 후계자이자 그의 하나뿐인 아들인 칼 프레데릭 비안 덴시크. 당시 국왕은 피투성이가 된 채 검을 맞고 쓰러져 있었고 그 옆에는 여름 별궁에 유폐되어 있던 차비가 혼절해 있었다고 한다.

논란이 되는 건 암살범의 정체를 전혀 찾을 수가 없었다는 점이었다. 때문에 평소 부자 관계가 소원했던 점을 들어 왕자가 패륜을 범한 것이라는 괴소문이 돌기도 하였다.

그러나 이후, 대비는 차비가 막스 알렘버그라는 도주 중인 그녀의 오랜 정부와 짜고 국왕을 시해한 것이라며 살인범으로 지목, 스캔들은 광풍처럼 몰아쳤다. 긴가민가하였던 백성들은 대비가 차비를 수도로 끌고 와 북쪽 탑에 가두고 변방으로 쫓겨났던 그녀의 친정 식구들을 모조리 잡아들이자 일제히 격분했다.

“유론의 별궁으로 행차하셨던 분이 뜬금없이 여름 별궁에서 돌아가셨다는 말을 들었을 때부터 이상하다 했어.”

“정말 그 간악한 차비가 전하를 별궁으로 유인했던 것일까? 가만, 그게 사실이라면 전하께서는 차비를 잊지 못하고 계셨다는 거잖아! 이거 정말 치정 사건 아니야?”

“유인한 게 아니라 차비가 보고 싶어 몰래 찾아가셨는데 그 정부 놈이 하녀들을 전부 죽이고 차비랑 도망칠 준비를 하고 있었다는 거지. 그들을 목격한 전하께서 당연히 분노하셨을 테고 당황한 그놈은 칼부림을 한 뒤 저 혼자만 살겠다고 여자를 버리고 도망을 친 거야. 그러니까 빨리 그 썩을 놈을 잡아서 차비라는 년하고 재판대에 세워야 한다고!”

소문은 걷잡을 수 없을 만큼 들끓었고 존경하던 왕을 잃은 백성들의 분노는 극에 달했다. 특히 새로 등극한 칼 프레데릭 5세가 차비를 왕궁의 지하 감옥으로 옮기고 그녀의 정부를 지명 수배하며 사건은 절정에 달했다. 하지만 이는 곧 사람들 사이에서 흐지부지 잊히고 마는데 그 이유는…….

"어떻게 기다렸다는 듯 급습을 해올 수가 있는 건지, 원."

국왕의 서재는 왕궁의 어느 곳보다 조용하고 출입이 극히 제한된 장소였다. 평소와 달리 오늘은 여러 명의 하인이 분주하게 들락거렸고 누군가의 목소리도 소곤소곤 퍼져 나갔다.

조금 뒤면 새로 즉위하신 국왕 전하께서 전장으로 직접 원정을 떠나실 예정이었다. 상징적인 날이니만큼 모두가 묵묵하게 주어진 책무를 다하고 있지만 개중에는 슬그머니 불안감을 드러내는 자들도 있었다.

"저쪽에서 우리 전하를 애송이라 부른다지? 어린 국왕께서 즉위하셨다고 선전 포고도 없이 쳐들어오다니, 비열한 것들. 우리 정말 괜찮을까? 전하께서 무리하시는 거 아니야?"

"쉬잇, 테오 님이 시키신 일에만 집중을 하자고."

동료의 말에 옆에 있던 하인은 집무실 한가운데 꼿꼿하게 서 있는 이국의 소녀를 곁눈질하였다. 불안해하던 사내는 그의 시선을 따라 해나를 한 번 슬쩍 보더니 표정을 지우고 주어진 일에 다시 집중했다.

선왕의 죽음을 애도하고 새로운 국왕의 즉위를 축하할 새도 없이 베르덴은 전쟁의 소용돌이에 휘말렸다. 대관식이 끝난 바로 그다음 날, 주변의 여러 열강이 연합을 맺고 일방적으로 베르덴을 침공해온 것이다.

백성들은 불안에 떨었고, 왕궁 안의 고위 귀족들은 건방이 하늘을 찌르는 소년왕의 야심에 그야말로 패닉에 빠졌다.

「두 곳의 요새가 포위되었고, 유론의 앞바다는 완전히 점령당했습니다. 가장 염려스러운 건 이들이 양쪽에서 동시에 공격할 움직임을 보이고 있다는 것인데…….」

갑작스러운 사태에 급히 입궁한 고위 귀족들은 위급한 상황을 절절히 읊으며 적국과의 협상을 시도하라 국왕께 주청했다. 최선의 방책이라 여기며 아뢴 청이었는데 소년왕은 길어지는 그들의 말을 여지없이 자르고 유유자적 그런 말을 하였다.

「동시에 진을 치고 있어도 지략을 써서 차례차례 해치우면 그만, 사태 파악은 끝났으니 걱정은 그쯤 해두고 이제 돌아가 실전 준비나 마치도록 하시오.」

즉위식 이전, 왕자께서 정무 경험이 부족하시니 잠시라도 섭정 위원회를 구성해야 한다는 귀족들의 말에,

「웃기시는군.」

코웃음을 치며 한마디로 일축하였다는 그. 일찌감치 군대부터 장악한 소년왕에게 귀족들은 이번에도 말 한 마디

못하고 밀릴 수밖에 없었다. 그저 아니꼬움과 불안감을 섞어 지켜볼 도리밖에는.

이처럼 전쟁에 관한 각종 소문이 파다하게 퍼지고 있는 와중에 해나는 그것들과 완전히 동떨어진 삶을 살고 있었다. 애초에 이곳에 있어서는 안 됐어야 할 존재, 그저 은인이었던 선왕의 명복을 빌고 불투명해진 자신의 미래를 곰곰이 들여다보며 시간을 보냈다.

그런데 어젯밤 오랫동안 소식이 없었던 칼 프레데릭에게서 본궁 서재로 와 대기하라는 명이 하달되었다.

그와 마주하는 건 언제나 쉽지 않았다. 왕에 관한 이런저런 하인들의 수군거림을 들으며 참으로 그답다고 냉소하면서도 해나는 저도 모르게 긴장이 되었다.

“시간이 별로 없으니 요점만 간단히 하도록 하지.”

느닷없이 문이 열리며 안으로 들어선 프레데릭은 단숨에 해나에게 걸어와 거두절미하고 말했다.

“마파엘 페레스, 오늘부터 네 가정교사가 되어주실 분이다.”

황당해진 해나는 그의 뒤로 우르르 따라 들어온 사람 중 마파엘 페레스로 추정되는 잿빛 머리칼의 사내를 올려다보았다. 제대로 짚었는지 그가 가볍게 고개 숙여 해나에게 인사를 건넸다.

“언어뿐 아니라 문학, 철학, 역사, 음악, 미술, 궁중 예절 등 필요하다 생각되는 모든 것들을 배우게 될 것이다. 중간중간 네 진척상황을 확인할 것이니 열심히 배우도록."

쫓겨난다 하여도 의연하게 받아들일 준비가 되어 있었다. 선왕께서 계셨을 때 미처 당하지 못한 화풀이를 오늘 전부 당하게 되더라도 침착하자, 굳게 마음먹고 있었다. 한데 가정교사라니, 그것도 여성이 아닌 저 중년의 남성을!

"너, 정신을 어디에 두고 있는 것이냐?"

예상치 못한 상황에 해나가 입이 딱 붙어 떨어질 줄 모르자 프레데릭에게서 엄격한 말이 흘러나왔다. 그가 질색하는 것 중 하나가 대답을 잘라먹는 것이었다.

해나는 혼란스러움을 채 지우지도 못하고 일단은 대답부터 마쳤다.

"예."

"……그럼."

영겁처럼 느껴졌던 잠깐의 눈맞춤과 순간의 침묵. 뒤이어 들려온 짤막한 한 마디. 그 간소한 절차를 끝으로 프레데릭은 지체 없이 등을 돌려 밖으로 나갔다.

그가 향하고 있는 곳은 화약이 터지고 포탄이 날아드는, 하루에도 수천의 병사가 다치고 죽어가는 전쟁터였다. 어린 나이에 무시무시한 곳으로 떠나면서도 그는 이웃 마을에 잠깐 바람이라도 쐬고 올 사람처럼 지나치게 아무렇지 않았다. 머뭇거림도, 주저함도, 두려움도 없이 깔끔하게 돌아서던 그 모습. 덤덤했던 뒷모습이 하도 강렬해 해나는 이날 오래도록 움직이지 못한 채 그가 사라진 곳을 바라보고 있어야 했다.

"별궁의 그 아이."

마파엘에게 해나를 떠맡기고 곧장 밖으로 나와 말에 올라탄 프레데릭. 전장으로 출발하기 직전 최정예 부대를 세워놓고 그는 테오를 내려다보았다.

"예, 전하."

"요즘도 한밤중에 맨발로 별궁을 헤매고 다니더군."

주군의 발언에 테오는 잠시 할 말을 잃었다. 그동안 전하께서 아이의 모국에 관한 정보를 닥치는 대로 읽어내리신 건 알고 있었다. 그렇지만 건강 상태까지 저토록 소상히 꿰고 계실 거라곤 조금도 예상치 못했다. 뚜렷한 이유는 알 수 없으나 좋은 징조는 아닌 것 같아 테오는 슬그머니 넘어가버리기로 하였다.

"전장으로 가시는 길입니다. 궁의들이 알아서 하고 있으니 크게 신경 쓰지 마십시오."

"그럼 내 입에서 이따위 말이 나오지 않도록 너희가 알아서 잘했어야지!"

대수롭지 않다는 비서관의 말투에 프레데릭은 못마땅함을 숨기지 않았다. 밤중에 질질 울고 다니는 꼴을 보이지 않게 하라 명을 내린 지가 언제인데 아직도 그러고 있단 말인가. 전쟁도 터졌겠다, 대비께서도 공국에 머물고 계시니 이보다 더 좋을 수는 없었다. 궁의들이 별궁에 집중할 수 있는 적기라 판단한 그는 저들의 기강도 잡을 겸 협박성의 발언을 서슴없이 해댔다.

"궁의들에게 전해. 다시는 그 아이가 정신을 잃고 유령처럼 돌아다니는 꼴을 내게 보여서는 안 된다고. 불시에 돌아와 확인했을 때 또다시 그런 광경을 보게 된다면 그때에는 그들이 울면서 맨발로 길바닥을 기어 다니게 될 거라고."

"……예, 전하."

"당장 오늘 밤, 그 아이가 의식 없이 침대 밖을 벗어나는 일은 없어야 할 것이다."

"명심하겠습니다."

똑똑한 놈이니 이쯤 해두면 테오가 알아서 궁의들을 닦달할 것이다. 프레데릭은 네가 알아서 잘하라는 경고성의 눈빛을 쏘아준 뒤 허리를 똑바로 세우고 가볍게 말을 출발시켰다. 왕이 움직이자 부동자세로 대기하고 있던 네이비색 유니폼의 군인들도 한 치의 흐트러짐 없이 열을 맞춰 그의 뒤를 따랐다.

보통 이런 날은 화려하게 차려입은 귀족들이 전부 쫓아나와 호화로운 마차를 타고 전장으로 향하는 국왕께 무운과 건승을 기원하기 마련. 저 패기 넘치는 소년왕은 실용적이지 못하다는 이유로 귀족들의 전통적인 오락거리에 깔끔히 재를 뿌렸다. 그에게 필요한 건 가장 혈통 좋은 말

한 필과 성능 좋은 머스킷, 유럽에서도 손꼽히는 최정예 부대가 전부였으니까.

선전 포고도 없이 시작된 이번 전쟁은 곧 북유럽의 다른 열강까지 속속들이 끼어들어 대규모 전쟁으로 번졌다. 각 열강은 이해관계에 따라 숨 가쁘게 연합과 배신을 반복했고, 그로 인해 베르덴을 고립시키려던 작전은 완전히 실패하고 말았다.

이를 막후에서 조종한 건 열일곱의 나이에 왕좌에 올라 저들에게서 애송이라 놀림받던 칼 프레데릭. 그는 탁월한 지략과 전술을 펼치며 군인왕으로서의 면모를 유감없이 발휘했고, 이에 힘입은 베르덴은 눈부신 승전보를 이어갈 수 있었다.

05
6년 후

아직은 푸르스름한 기운이 가시지 않은 이른 새벽, 일명 왕의 숲이라 하여 사람들의 출입이 금지된 그곳에서 미친 듯이 뜀박질을 하고 있는 한 여인이 있었다. 밤하늘처럼 새까만 머리칼은 매끌매끌 윤기가 흐르고 말가니 투명한 진줏빛 피부는 이슬을 머금은 듯 정결했다. 잔가지를 밟아 바스락거리는 소리와,

"헉, 헉, 헉."

거칠게 터져 나오는 숨소리로 고적한 그곳에 생기를 불어넣는 그녀는 흡사 숲의 정령과도 같았다. 그녀가 빠른 속도로 나무들을 휙휙 지날 때마다 놀란 새들은 힘찬 날갯짓으로 푸드덕 날아올랐다. 한참을 달리고 또 내달리던 그녀는 사방이 나무로 둘러싸인 어느 자그마한 연못가에 이르자 두 발을 멈추고 거친 숨을 골랐다.

"하아, 하아."

여름에는 서늘하게 푸른 나무가 우거지고 소리를 내면 공명하여 울리는 이곳. 어린 시절, 나가는 길을 찾지 못해 꼬박 사흘을 헤맨 적도 있지만 이제는 눈을 감고 돌아다닐

수 있을 정도로 숲 전체를 훤히 꿰뚫고 있다. 가슴이 답답할 때마다, 터질 듯이 괴로울 때마다 누군가에게 하소연하는 대신 몰래 찾아와 속이 트일 때까지 달음박질을 해온 까닭이었다.

영원히 이방인일 수밖에 없는 이 나라, 이 왕궁에서 이곳은 다른 누구의 시선도 신경 쓸 필요가 없는 곳. 시시때때로 찾아드는 심적 고통을 훌훌 털어버릴 수 있는 곳. 죄어드는 그의 시선에서도 자유로울 수 있는 유일한 장소였다.

멀리서 희붐하게 동살이 터오며 세상은 점점 황금빛으로 물이 들었다. 자유의 시간, 새벽이 지나고 아침이 밝아오고 있는 것이다. 이제는 궁으로 돌아가야 할 시간. 해나는 묵직하게 차오르는 부담감을 삼키며 천천히 걸음을 돌렸다. 그런데,

"아!"

뒤에서 부스럭, 수풀이 흔들리더니 낯선 여인의 미약한 신음이 선명하게 들렸다. 이 숲은 현왕이 즉위하시며 통제가 강화되어 지금은 우연이라도 함부로 들어올 수 없게 된 곳이었다. 개구멍을 통해 은밀히 들락거리는 처지인 해나는 얼굴이 하얗게 질려 제자리에 그대로 몸을 굳혔다.

소리를 낸 건 실수였던 듯 수풀 속의 여인도 일말의 미동을 보이지 않았다. 상대의 다음 반응을 숨죽여 기다리던 해나는 먼저 다가가보기로 하였다. 한 발 한 발 앞으로 걸어가 마지막 순간 과감하게 수풀 속으로 뛰어들었다.

"잘못했습니다!"

갑작스러운 해나의 돌진에 수풀 속 여인은 자지러지게 놀라며 이마를 바닥에 박고 무작정 빌기부터 하였다. 머리부터 발끝까지 후드와 망토로 전신을 가린 그녀, 어쩐지 사연 있어 보이는 모습에 해나는 경계를 늦추고 조심히 말을 걸어보았다.

"제 얼굴을 보셨습니까?"

"음식을 잘못 먹어 중독이 된 어머니가 계십니다."

"저도 당당한 처지는 아니랍니다."

"겨울에 꽃을 피우는 식물을 찾고 있었습니다."

해나가 다가갈수록 그녀는 기듯이 물러나며 두서없이 말을 꺼냈다. 울먹임이 묻어나는 고운 목소리, 매우 야윈 듯 가늘고 긴 손가락, 손등까지 이어져 있는, 굉장히 고통스러웠을 오래된 흉터. 그녀가 필사적으로 얼굴을 가리고 있는 이유를 조심스레 짐작하며 해나는 걸음을 멈췄다.

"어머니를 위해 약재를 찾고 계셨던 거군요."

"혹시 이곳에서라면 찾을 수 있을까 하여……."

"얼굴을 보지 않겠습니다. 그만 일어나십시오."

"제발 저를 모르는 척해주십시오. 다시는 이곳을 찾지 않겠습니다!"

"그 꽃을, 제가 알고 있는 듯합니다."

거의 울음을 터트릴 것 같았던 여인은 해나의 말에 그대로 주춤, 울먹거림을 멈췄다.

이태 전 함박눈이 흐벅지게 쏟아졌던 그다음 날, 우연히 연못가로 오게 된 해나는 눈앞에 펼쳐진 광경에 탄성을 질렀다. 발이 푹푹 빠질 정도로 깊게 쌓인 눈밭에서 새하얀 꽃송이를 발견한 것이다. 극한의 겨울, 강인한 생명력을 과시하며 점점이 순백의 꽃망울을 터트린 자태가 놀랍도록 신비롭고 당당해 보였다. 당시 해나는 혼자만의 비밀 장소를 알아냈다는 뿌듯함에 감격스럽기까지 하였다.

"제 이름은 해나. 이미 보셨을 테지만 이국인입니다. 또한 이곳을 몰래 드나드는 처지이지요. 이쪽으로 오십시오. 꽃이 필 시기는 아니지만 찾으시는 식물이 맞는지 확인은 하실 수 있을 겁니다."

해나는 경계를 풀지 못하고 딱하도록 떨고 있는 여인을 향해 부드럽게 말했다. 이름을 먼저 밝힌 건 그녀를 안심시키고 싶어서였다. 반응이 돌아올 거란 기대는 하지도 않았기에 그대로 몸을 돌려 연못가로 안내하려 하는데 연약한 목소리가 날아들었다.

"데지레."

놀란 해나가 뒤를 돌아보자 어느새 자리에서 일어난 그녀가 고개를 들고 시선을 맞춰왔다. 붉은빛이 감도는 금발에 회녹색의 눈동자가 고아하고 아름다운 여인. 그녀는 관자놀이에서 광대뼈까지, 그리고 목둘레에 남아 있는 안타까운 흉터를 최대한 가리며 다시 한 번 조심스레 제 이름을 알려주었다.

"제 이름은 데지레입니다."

"올 들어 가장 큰 수확은 저들의 포병 부대입니다. 야포와 경포, 연대포를 포함한 대포 280문, 화포 130문, 탄환 12,000발이 전리품으로 수거되었습니다."

왕의 내실에 붙어 있는 소규모의 다이닝 룸, 주군께 보고를 올리는 비서관의 정중한 목소리가 차분하게 퍼져 나갔다. 지난 6년 전장을 휩쓸며 적국의 노련한 왕들을 철저히 밟아주었던 프레데릭은 뒷일을 사령관에게 맡기고 올해 늦봄, 수도로 완전히 귀환했다. 이제 전쟁에 관한 일이라면 궁에서 여유롭게 보고를 받고 있었다.

"살뜰히도 빼앗겨 제정신이 아니겠군."

"종을 닥치는 대로 녹여 대포 제작에 주력하고 있다는 보고입니다. 심지어 교회의 종까지 무차별적으로 뜯어내 백성들의 원성이 위험 수위까지 다다르고 있는 모양입니다."

"적당히 하고 항복할 것이지, 노인네가 말년에 추태는."

선전 포고도 없이 시작된 전쟁이었으나 열세 살부터 군인으로 살아온 그가 무너질 리 없었다. 도리어 그는 이를 주도한 적국의 국왕을 왕위에서 끌어내리고 그에게 동조한 나머지 왕들도 차례차례 처단해가는 중이었다. 선전 포고라는, 전쟁에서의 가장 기본적인 예의조차 무시한 것들이니 군이 그들을 왕족으로 예우할 필요 따윈 없다는 주장 하에.

"사령관에게 전령을 보내. 이제 그만 그쪽도 해치워버리라고."

빈정대는 주군의 말투에 보고 중인 테오를 비롯해 그곳에서 대기 중인 모두가 숨을 죽였다. 귀로 듣고 반응을 보이고는 있지만, 처음부터 그가 뚫어지게 바라보고 있는 곳은 식탁 맞은편의 텅 비어 있는 곳, 이미 한참 전 별궁의 레이디께서 앉아 계셔야 할 자리였다.

지난날, 가끔 전장에서 돌아오실 때면 주군께서는 말 한 마디 살갑게 건네지도 않으시면서 별궁의 이국인을 불러 아침을 함께 들곤 하셨다. 침묵과 긴장이 감돌아 조금은 살벌하게 느껴졌던, 모두가 불편해했던 그 시간. 뜻밖에 주군께서는 전장에서 완전히 환궁하시던 날 이국인과의 아침 식사를 규칙으로 정해버리셨다. 시간을 정확히 준수할 것, 음식을 남기지 않을 것, 이 두 가지의 주의 사항을 반드시 엄수하라 하명하시며. 그런데 전쟁 영웅이자 절대왕권주의자인 그의 명을 이리도 깡그리 무시하는 위인이 나타날 줄이야.

점점 파랗게 질려가는 피아와 눈치만 보고 있는 시종, 음식을 내오지도 못하고 대기 중인 하인들까지, 팽배해 있는 긴장감에 할 수 없이 테오가 슬그머니 말을 건넸다.

"전하, 시간이 많이 지체되었습니다. 이만 식사를 시작하십시오. 지금 사람을 풀어 찾고 있으니 해나 양도 곧 당도할 것입니다."

"사태 파악이 그리도 안 되는 것이냐?"

"……송구하옵니다."

프레데릭은 여전히 해나가 앉아 있어야 할 곳에서 시선을 떼지 않았다.

"궁은 넓으나 그 아이의 행동반경은 늘 정해져 있다. 사람을 그 정도로 풀었으면 지금쯤은 오고도 남았어야지. 한데 그렇지 않다는 건 둘 중에 하나, 그 아이가 숨어 있거나……, 아니면 사고를 당했거나."

"전하, 왕궁보다 더 안전한 곳은 없습니다."

갈수록 사나워지는 주군의 심기가 염려스러워 테오가 애써보지만 그런 말이 먹힐 리가 없었다. 말할 수 없이 찜찜하고 불길한 이 기분, 본능적으로 위험을 감지한 프레데릭은 테오가 더 이상 입을 열 수 없게끔 싸하게 명했다.

"병사들 풀어."

해나는 거의 숨도 쉬지 못하고 달리고 있다. 꽃이 있는 곳만 알려주고 움직였어야 했는데, 헉헉대는 데지레를 차마 두고 볼 수 없어 알뿌리를 캐는 것까지 돕고 보니 해가 중천에 올라 있었다. 규칙을 중시하는 그가 자리를 지키고 앉아 지금쯤 얼마나 화가 났을지 눈앞에 선연히 그려졌다. 그럴수록 해나는 심장이 터져버릴 만큼 전속력을 다해 달렸다. 조금만 더 가면 본궁으로 이어지는 지름길이 나오는데,

"와우!"

어디선가 괴상한 소리를 지르며 사내들 셋이 우르르 튀어나왔다. 척 봐도 고위 귀족의 자제들인 그들. 기절할 듯 놀란 해나가 정신을 차릴 새도 없이 누군가 뒤에서 기습적으로 허리를 껴안아 위로 들어 올렸다. 키득키득, 저들의 천박한 웃음소리가 불쾌하게 귓가를 자극했다.

"거봐, 이쯤에서 나타날 거라고 내가 그랬지? ……도둑고양이처럼 어딜 그리 다녀오시나?"

등 뒤로 몸을 바짝 밀착한 사내는 해나를 장난감처럼 이리저리 흔들며 귀에 대고 속닥거렸다. 비비적비비적, 하체에서 적나라하게 전해지는 사내의 징그러운 신체 부위와 귓불로 날아드는 습한 입김, 위로 슬금슬금 올라오는 혐오스러운 손길까지. 해나는 속이 메슥거려 이를 악물고 사내의 손등에 거침없이 손톱을 박았다. 살점을 뜯어버리고 싶은 강렬한 욕구를 전부 쓸어 담아서.

"아아악!"

고이 자란 영식답게 사내는 그 정도의 통증도 참아내지 못하고 죽을 듯이 고함을 내질렀다. 그 덕에 가까스로 억센 손아귀에서 벗어난 해나는 그대로 앞을 향해 무작정 달려 나갔다.

어쩌면 분노하신 전하께서 별궁을 한 번 뒤집고 그녀를 찾아서 끌고 오라, 사람들을 곳곳에 풀어놓으셨을지도 모른다. 제발 그의 그물망에 잡히기를 바라며 사력을 다해 달려보지만 이미 호흡이 벅찰 만큼 뛰어버린 상태라 쉽지 않았다. 해나는 기운 좋은 사내 셋을 감당하지 못하고 그대로 포위되어버렸다.

"이런 미친년을 보았나! 청국인이라 하여 내 고이 대해주려 하였건만, 어디서 감히!"

"이봐, 니클라스, 진정하라고. 우리가 요 청국 계집 한번 보려고 그동안 얼마나 공을 들였는지 생각해야지."

"그래, 너무 고분고분 굴어도 재미없잖아."

유럽 전역을 뒤덮은 시누아즈리(chinoiserie) 열풍은 뒤늦게 북유럽에 상륙해 베르덴을 뜨겁게 달궜다. 귀족들은 앞다투어 청국제 비단과 도자기를 사들였고 청국식 티 모임과 가면극을 즐기며 동양 문화에 흠뻑 빠져들었다. 그러자 예술품이고 사치품이고 별 관심이 없던 일부 사내들은 엉뚱한 곳으로 눈길을 돌렸다. 8년째 별궁에서 은둔 중이라는 청국 출신의 여인. 그들은 각종 모임에서 내기의 표적으로 이국인을 입에 올렸고, 팔팔한 기운의 젊은이들은 이상야릇한 상상에 그녀를 대입하기도 하였다.

호기심이 극도로 고조된 상태에서 마주하게 된 여인은 눈처럼 하얗고 깨끗한 외모가 상상 이상으로 볼 만하였다. 잠깐의 추격전마저 짜릿한 성적 유희로 느껴질 만큼, 왕궁이기에 꾹꾹 눌러두었던 엇나간 욕망이 절제선을 뚫고 미친 듯이 솟아올랐을 만큼 인상적이었다.

"맞아, 너희 말이 전부 맞아. 내가 그동안 이년을 보기 위해 얼마나 공을 들여왔는데."

건들건들, 니클라스는 점차 해나와의 거리를 좁히며 이죽거렸다.

"그러니까 지위고 명예고 쓸데없는 겉치레는 던져버리고 미친놈처럼 한 번 놀아봐야지. 지난번 우리가 살롱에서 즐겼던 광란의 밤, 기억나?"

"오호, 정말 화났구나, 너. 진심이냐?"

킥킥거리며 응수하는 두 사내의 얼굴에도 흥분과 기대감이 번들번들 번져나갔다.

"딱 두 배. 우리 오늘 이년 데리고 딱 두 배만 미쳐서 놀아보자. 뒷일은 전부 내가 책임진다."

손등에 새겨진 상처는 보기보다 깊었고, 얄팍한 그의 아량은 와장창 부서진 지 오래였다. 천것이나 다름없는 주제에 허름한 별궁 하나 차지하였다고 도도하게 구는 꼴이 아주 가관이었다. 비위가 상한 니클라스는 날것 그대로의 얼굴을 드러내며 해나에게서 약 두 보 정도를 남겨두고 걸음을 멈췄다. 잠시 뒤의 일을 상상하니 찌릿찌릿 환희까지 미리 느껴졌다. 분노, 파괴욕, 비틀어진 호승심, 온갖 뒤틀린 감정이 하나로 맞물려 맹수로 돌변한 그는 짧았던 고요함을 허물고 눈 깜짝할 새 해나에게 저돌적으로 달려들었다.

"아아아악!"

어찌 된 일인지 니클라스는 여인에게 손도 대지 못하고

두 손으로 얼굴을 감싼 채 몸부림을 쳐댔다. 팔짝팔짝 두 다리로 땅을 구르며 손을 물렸을 때보다 더 큰 고통을 호소했다.

그 틈을 타 해나는 포위망을 뚫고 죽을힘을 다해 질주했다.

나머지 둘은 이국인을 제지할 생각도 못 하고 우왕좌왕 어쩔 줄을 몰랐다.

"왜 그래, 니클라스! 괜찮아?"

"저년 잡아!"

욕망이고 뭐고 니클라스는 이제 약이 오를 대로 올랐다. 손등에 상처를 낸 것도 용서하기 힘든데 얼굴까지 손을 대다니! 계집을 잡아 당장에 화풀이를 못 하면 분하고 억울해 이대로 숨이 넘어가버릴 것 같았다. 어금니를 사리물며 신경질적으로 손을 걷어낸 그는 남아 있는 이성을 놓아버리고 추격을 시작했다.

"세상에!"

뒤에 남은 사내들은 경악스러움에 벌어진 입을 다물 줄을 몰랐다. 왼쪽 눈썹 끝에서 눈꺼풀을 지나 콧등 위까지, 사선으로 움푹 패어 피가 나는 니클라스의 얼굴 상처는 한눈에 보기에도 끔찍했다. 무엇으로 어찌했기에 사람의 얼굴을 저리도 망쳐놓은 것인지. 사태의 심각성을 깨달은 둘은 그제야 헐레벌떡 니클라스의 추격전에 합류했다.

"헉, 헉, 헉."

해나는 폐부가 찢어질 것 같은 고통을 참으며 미친 듯이 달리고 있었다. 이대로 오장육부가 터지고 뒤집힌다 하여도 절대로 멈추지 않을 것이다.

칼 프레데릭이 왕좌에 오르던 날, 해나는 노골적인 괴롭힘을 당하다 미쳐버리거나 처참하게 죽게 될 줄 알았다. 예상은 보기 좋게 빗나갔고 그는 외려 흥미가 떨어진 듯 해나를 가정교사에게 맡긴 채 전장을 누비며 국사에만 전념했다. 지난 6년, 그가 한 짓이라고는 눈앞에 앉혀놓고 체할 것 같은 아침 식사를 들게 한 것이 전부. 한데 이제 와 그가 아닌 생판 모르는 망종들에게서 이런 토끼몰이를 당하고 있으니.

간간이 들려오는 저들의 고함질이 소름 끼쳤고 하필이면 이런 순간 칼 프레데릭이 떠오르는 게 어이없었다. 세상이 조각으로 나뉘어 어지럽게 빙빙 돌면서 자꾸만 정신이 흐물흐물 가라앉았다. 어디로 가고 있는지, 지금 있는 이곳이 어디인지 알 수 없는데 갑자기 쿵, 어느 단단한 물체에 얼굴을 정면으로 부딪쳤다. 탄탄하지만 따뜻하고, 싸하지만 낯설지 않은. 정체 모를 안정감에 해나는 한쪽 뺨을 붙이고 거칠게 호흡했다.

그때,

쿵, 쿵, 쿵.

또 하나의 소리가 귓가에 들려왔다. 비정상적으로 빠르게 쿵쾅이는 이 소리는 사람의 심장 뛰는 소리와 묘하게 닮아 있었다. 점점 크고 빨라지는 소리에 해나가 저도 모르게 호흡을 멈추고 신경을 집중하는데.

"……뭐하는 거야, 지금."

정신이 번쩍 들 만큼 낮익은 목소리가 정수리로 내려앉았다. 해나는 헉, 숨 먹히는 소리를 내며 곧장 고개를 쳐들었다. 코앞에 보이는, 단단히 화가 난 그의 얼굴이 마치 꿈결인 양 그녀의 세상을 정지시켜버렸다.

"이년 어디로 갔어!"

집중력이 흐트러진 사이 시야에서 계집이 감쪽같이 사라지자 니클라스는 노여움에 고래고래 소리를 질렀다.

"저 건물! 저 건물 모퉁이를 돌았어!"

바짝 따라붙은 친우들이 알려주는 대로 니클라스는 눈에 불을 켜고 방향을 틀었다. 숨이 차오르는 것도 잊고 이를 바득바득 갈며 모퉁이를 도는데 느닷없이 퍽, 눈에 번쩍 하고 벼락이 꽂혔다. 단번에 중심을 잃고 쓰러지자 엉치와 눈가에 뼈가 바스러진 듯 강한 통증이 일었다.

불행히도 그게 끝이 아니었다. 상대가 누구인지 확인할 겨를도 없이 무수한 주먹세례가 거침없이 이어졌다. 잘 훈련된, 강하고 억세고 겁이 날 정도로 살기가 깃든 주먹이 무섭도록 그를 내리쳤다.

퍽! 퍽! 퍽!

조모의 교육 원칙대로 오로지 이성만을 따라 살아왔던

프레데릭. 지금만큼은 빌어먹을 이성 따위 철저히 걷어내고 감정에 따라 움직이고 있었다.

분명 머리끝까지 화가 나 있었다. 간단한 규칙 하나 지키지 못해 아침부터 근위대장을 끌고 이리도 애먼 곳을 헤매게 한 그녀가 참으로 짜증스러웠다. 하지만 해나의 손끝에 묻어 있는 핏자국을 보는 순간 그것이 얼마나 하찮은 감정이었는지 깨닫고 말았다.

피범벅이 된 브로치를 꼭 쥐고 있는 손, 온통 땀으로 뒤덮여 있는 얼굴, 불안하게 흔들리던 눈동자, 얼굴 전체에 고스란히 깔려 있던 깊은 혐오감. 어린 시절, 저를 바라보던 그 눈빛을 또다시 보아버린 순간 모두에게서 우러름을 받던 이성이란 자제력은 우스울 정도로 쉽게 무너져 내렸다.

'이런 것들과 내가!'

……너에게는 동급이란 말인가!

차마 그 뒷말까지 떠올리지 못하고 프레데릭은 공중에서 주먹을 멈췄다. 이제는 분노의 이유조차 명확지 않았다. 감히 왕궁의 질서를 어지럽힌 이들의 방자함 때문인지, 이들이 건드리려던 상대가 그의 책임 하에 있는 해나이기 때문인지, 아니면 떠올리고 싶지 않은 표정을 또다시 보게 되어 그러한 것인지.

니클라스는 이미 얼굴 곳곳에 피가 터지고 전체적으로 울퉁불퉁 부위마다 부어오르고 있었다. 무시무시한 기세에 감히 저항도 못 하고 널브러져 있던 그는 실눈을 뜨고 상대를 훔쳐보다 화들짝 놀라 몸을 떨었다.

"저, 전하!"

"나에게 인간이란 딱 두 부류로 구분된다."

프레데릭은 니클라스의 멱살을 틀어쥐고 축 늘어진 그의 상체를 끌어올려 살벌하게 말했다.

"끝까지 지켜야 할 자들과 미련 없이 버려도 되는 것들."

"크흑."

"나에게 너는 무엇일 것 같으냐?"

"저, 전하……, 오, 오해가……."

"지난 6년, 내가 전장에서 목숨 걸고 짐승같이 싸워야 했을 만큼 지키고자 했던 것들! 그 범주 안에 네가 포함될 자격이 있는지 묻고 있는 것이다!"

"오해, 오해이십니다!"

니클라스는 귀족파의 대원로인 알리시아 공작의 장손이자 장차 공작위를 승계할 가문의 후계자였다. 집안의 후광을 등에 업고 어디에서든 무조건적으로 군림을 해왔기에 이런 상황에서는 어떤 식으로 대처해야 할지 막막하기만 하였다. 일단은 오해라고 발뺌을 한 뒤 모든 사달을 계집의 탓으로 돌려야 하는데 그년은 어디로 내뺐는지 흔적조차 없었다. 입술이 부어올라 말은 겉돌고 어디선가 근위병들까지 우르르 나타나 니클라스는 어쩔 줄을 몰랐다.

"전하, 소, 소인의 말을……."

"이제부터 그 자격을, 너 스스로 증명해 보여야 할 것이다. ……헨리크!"

"예, 전하."

일찌감치 니클라스의 두 친우를 결박하고 대기 중이었던 근위대장은 부름을 받고 앞으로 나섰다.

"이것들을 전부 탑으로 데려가도록 하라."

"예."

프레데릭은 니클라스를 내동댕이치듯 놓아버린 뒤 사늘히 등을 돌려 자리를 떠났다.

흙바닥 위로 쓰러진 니클라스는 분하고 억울해 치를 떨었다. 죽이 되도록 두들겨 맞은 것도, 천것들과 진배없이 함부로 다뤄진 것도 믿을 수가 없었다. 반반하게 생긴 하녀를 골라 실컷 가지고 놀다 무마시키는 건 늘 있어왔던 일이었다.

그런데 귀족 가문의 영애도 아니고 그깟 청국 계집 한 번 희롱했다고 이런 꼴을 당하게 되다니.

국왕이 개입하여 일이 커진 만큼 조부의 꾸지람을 피해 갈 순 없을 것이나 언제나 그러했듯 이번에도 탈 없이 마무리될 것이다. 통증으로 앓는 소리가 터져 나올 만큼 얻어맞았음에도 니클라스는 잘못을 인정치 못하고 되레 속으로 이를 갈았다.

'나는 알리시아 가의 대를 이을 장손, 당신은 오늘 귀족파의 중추 가문 중 하나와 크게 척을 진 것이다. 두고 봐,

오늘의 이 수모를 내가 어떤 식으로 되돌려주는지!'

별궁의 처소는 침실, 응접실, 소규모의 다이닝 룸, 그리고 서재로 구성되어 있었다. 벽은 민트빛 파스텔 톤 바탕에 덩굴 문양의 새하얀 랑브리가 장식되어 있고, 미색에 꽃수가 놓인 커튼은 아늑하고 화사한 처소의 분위기를 한층 돋보이게 하였다.

작지만 포근하고 섬세한 이곳, 왕궁의 가장 안쪽에 위치해 더욱 평화로운 이곳에 이제는 한 폭의 그림처럼 자리 잡은 여인이 있다. 어두워지는 저녁, 편안한 슈미즈 드레스에 숄을 걸치고 서재의 책상에 앉아 사각사각 부지런히 펜촉을 놀리고 있는 해나.

책장을 넘기다 무심코 시선이 간 마파엘은 해나의 그런 모습에 조용한 미소를 지었다.

약 3년 전부터 해나는 청국어 문서를 베르덴 어로 번역하는 일을 하며 조금씩 돈을 벌기 시작했다. 가정교사가 되어 처음 이곳에 왔을 때 고분고분 따르는 듯하면서도 칼같이 경계하고 거리를 두었던 이국의 소녀. 오랜 시간이 흐르고, 어느 날 소녀가 처음으로 부탁이라는 걸 해왔을 때 마파엘은 어안이 벙벙하면서도 기분이 좋았다. 마냥 조심스러워하던 아이가 조금씩 마음을 열어주는 것 같아 감격스럽기도 하였다.

「말씀하신 것처럼 미래를 정확히 내다보는 건 불가능한 일입니다. 때문에 역사를 살펴보면 수도 없이 많은 대반전이 기록되어 있는 것이겠지요.」

해나에게서 뜬금없는 소리가 튀어나온 건 3년 전 '대반전의 기록'이라는 역사서를 교재 삼아 한창 수업 중이었을 때였다.

「허나 현재의 상황을 토대로 추측 가능한 미래를 예측하고 준비는 할 수 있을 것입니다. 그리고 저 또한, 그리하고 싶습니다.」

「해나, 갑자기 그게 무슨 말씀이십니까?」

「저를 둘러싼 보호막이 벗겨졌을 때 흔들리지 않고 살아갈 수 있는 준비를 시작하고 싶습니다. 도와주세요, 마파엘. 제가 자립할 수 있는 길을 부디 알려주시기 바랍니다.」

신중하게 말을 마친 해나는 입을 다물고 그를 빤히 올려다보기만 하였다. 초조함, 불안감, 두려움, 조급함, 무수한 감정이 복합된 맑고 새까만 눈동자가 그날따라 유난히 안쓰러워 보였다. 안락한 별궁을 차지하고 있으면서도 소녀가 불안해한다는 사실을 마파엘은 그제야 처음으로 알게 되었다.

그로부터 한 달 뒤, 그는 청국어로 된 문서와 자료를 가져와 해나에게 내밀었다. 대청무역을 하고 있는 상단으로부터 일거리를 얻어 온 것이다. 때마침 베르덴은 시누아즈리 열풍으로 귀족들이 각종 청국제 사치품을 미친 듯이 수집하기 시작한 상태, 청국어를 할 수 있는 인력이 절실히 부족한 상황이었다. 해나의 실력은 단연 수준급이었고 피아의 묵인 아래 마파엘은 지금까지 끊임없이 일거리를 받아다주고 있었다.

"참, 전하께서는 무슨 일로 부르신 겁니까?"

갑자기 들려온 여인의 목소리에 마파엘이 퍼뜩 상념에서 깨어나보니 소파 맞은편에 앉아 수를 놓던 피아가 그를 빤히 응시하고 있다. '전하'라는 말에 해나 역시 손놀림을 멈추고 그를 바라보았다.

"글쎄요, 저도 가봐야 알 것 같습니다."

어깨를 한 번 으쓱해 보인 마파엘은 책을 내려놓고 자리에서 일어나 해나에게 다가갔다.

"무슨 작업을 그리 무리해서 하십니까? 이제 그만……, 아니, 이건!"

그리고 책상 위에 놓인 몇 장의 낯익은 도면을 발견하고 얼굴이 충격으로 경직되었다.

"왜 그러십니까?"

영문을 모르는 해나가 흙빛이 된 마파엘을 걱정스럽게 올려다보자 피아가 수선스레 웃으며 끼어들었다.

"어머, 제가 말씀드린다는 걸 깜박하고 말았네요."

저 어색한 웃음, 깜박한 게 아니라 일부러 말하지 않은 게 틀림없었다. 속이 빤히 보이는 태도에 언제나 평정심을 유지하던 마파엘이 눈에 힘을 주고 피아를 쏘아보았다. 그런데도 피아는 생글생글 여유를 부렸다.

"해나 님께서 참고 자료로 좀 쓰겠다는데 뭘 그리 야박하게 구십니까. 어차피 그 도면, 다 외우고 계시잖아요. 이제는 눈 감고도 찾아갈 수 있으시면서."

청국풍의 다실과 정자를 짓겠다는 귀족들의 허영이 정점을 찍고 있는 요즘, 해나에게는 건축 관련 문서가 봇물처럼 쏟아졌다. 의뢰가 많다는 건 행복한 일이었으나 문제는 전문 용어. 건축 분야에서만 쓰이는 단어들이 너무나 어려워 해나는 잠도 자지 못하고 자료 찾기에 매달려야 했다.

그러자 보다 못한 피아가 먼저 달콤한 말을 건네 왔다.

「자료로 참고할 도안이라면 마파엘에게 괜찮은 게 몇 개 있을 겁니다. 그가 직접 그린 거라 설명도 자세하고 보기에도 깔끔할 거예요. 제가 빌려다드릴까요?」

「마파엘이 설계도 할 줄 압니까?」

뜻밖의 말에 해나가 놀라워하자 피아는 의미심장한 미소를 짓더니 다음 날 자신만만하게 도면을 가져와 내밀었다. 당연히 허락하에 가져온 것으로 생각한 해나는 감사한 마음으로 지금까지 달달 외울 듯 들여다보며 작업을 해오고 있었다. 그런데 놀란 티가 역력한 그를 보고 있자니 크게 실수했음을 깨닫고 속이 뜨끔하였다.

"미안합니다, 마파엘. 저는……."

"괜찮습니다, 해나."

옅게 단념의 빛을 드리운 그가 재빨리 감정을 추스르고 이성적으로 상황을 마무리하였다.

"어차피 밖으로 내돌려질 일도 없을 테니 천천히 보고 돌려주십시오."

"……최대한 조심히 다루겠습니다."

"그것보다, 어제의 여파가 가시지 않았을 것인데 며칠간 작업을 미루고 쉬도록 하십시오. 상단에는 제가 양해를 구해놓겠습니다."

마파엘이 어제 있었던 황망한 사건에 대해 언급하자 새침하게 굴던 피아의 얼굴에도 근심이 떠올랐다.

"저는 괜찮습니다."

"그렇지 않다는 거 알고 있습니다."

그의 시선이 찢어진 상처를 싸맨 채 불편하게 펜을 쥐고 있는 해나의 오른손으로 향했다.

선왕께 선물받아 항시 착용하고 있던 브로치. 그 브로치는 최악의 경우 목숨을 버릴 수도 있었던 해나를 살리고 영광의 상처를 남겼다.

"이제는 진정이 되었습니다. 다행히 제때에 그분과 마주치기도 하였고."

대답 중 떠오른 어제의 기억에 해나의 말끝은 묘한 긴장으로 흐려졌다.

처음이었다. 칼 프레데릭과 마주치고 두려움이 아닌 안

도감을 느꼈던 것은.

「너 왜 이러는 것이냐?」

순식간에 손목을 낚아챈 그가 날카로움이 아닌 다급함을 담아 그렇게 물어온 것은.

아무 말도 못 하고 벌벌 떨기만 했으나 웬일인지 그는 추궁 한 마디 하지 않았다. 가만히 들여다보며 위아래를 샅샅이 훑더니 그대로 누군가에게 넘겨주었다.

「루카스라고 합니다. 별궁까지 안전히 모시겠습니다.」

근위병으로 보이는 그의 부축을 받아 안내하는 대로 갓길을 통해 따라와봤더니 해나는 어느새 피아의 품에 안겨 있었다. 그 때문인지 알리시아 가의 장손과 그 친우들이 수감되어 시끄러워진 지금, 해나의 존재는 누구의 입에서도 거론되지 않았다. 대외적으로 그들은 왕궁에서 하녀를 건드리려다 국왕에게 발각되어 고초를 치르고 있는 것으로 알려져 있을 뿐.

"어제부터 식사도 못 하셨습니다. 마파엘의 조언대로 오늘은 이만 쉬도록 하십시오."

무조건 괜찮다고 하는 것이 걱정되었는지 이어서 피아도 한마디 거들었다.

"음식이 영 들어가질 않아서……."

아무렇지 않은 척 곧바로 변명을 꺼내놓으려던 해나는 종내 말을 맺지 못했다. 사실 저들의 말이 맞다. 이양선에서 내린 이후 더는 정신을 놓는 일이 없었으나 대신에 밤마다 악몽에 시달려야 했다. 영혼을 갉아먹는 듯 끈끈하게 조여드는 어둠과 싸늘한 추위, 귓가에 아른대는 고약한 짐승의 울음소리. 어느 날은 적당히 견딜 수 있을 만큼, 어느 날은 극으로 치달아 몸부림을 치면서도 헤어나지 못할 만큼 악몽은 해나를 괴롭혔다. 특히 정신적으로 힘든 날이면 그 강도는 더욱 거셌다.

신기한 것은 악몽이 극에 달할 때마다 마지막 순간 몸이 방어 작용을 한다는 점이었다. 숨 막히는 어둠을 아늑한 어둠으로, 시린 추위를 따스한 온기로, 짐승의 울음소리를 잔잔한 바람의 소리로. 무의식 상태에서 해나는 스스로 환상을 만들어 고비를 넘겨왔다. 그래서 기분 좋은 온기를 느끼다 잠에서 깰 때면 '전날에 내가 힘들었구나.' 그제야 새삼 자신의 상태를 깨닫곤 하였다.

보통은 왕자가 육체적으로 괴롭혔을 때. 대비께 불려가 매서운 눈초리를 온몸으로 받아내야 했을 때. 대비의 수석 시녀인 백작부인에게서 모멸적인 폭언과 대우를 받아야 했을 때. 그러니까 대부분 어린 시절에만 겪었던 극한의 악몽과 치유의 온기를 해나는 어젯밤, 실로 오랜만에 번갈아 느낄 수 있었다. 어제의 일은 그만큼 힘들고 충격적인 사건이었다.

"해나 님."

"두 분의 말씀이 맞습니다. 오늘은 이쯤에서 쉬는 것이 좋겠습니다."

계속되는 피아의 요청에 해나는 괜한 고집을 버리고 펜을 내려놓았다. 몸과 마음이 힘든 상태임을 인정하고 작업 중인 문서를 정리하려 하는데 갑자기 쾅, 서재의 문이 부서져라 열렸다. 뒤이어 등장한 저 악몽과도 같은 존재. 해나는 자연스럽게 도면으로 일감을 가리고 자리에서 일어섰다.

부드럽게 휘어지던 눈매도, 잔잔한 미소가 서려 있던 입가도 순식간에 감정을 감추고 그 빈자리를 담백함으로 메웠다. 왕궁 생활 8년, 높으신 분들에게 이리저리 차이며 어린 나이에 일찍부터 터득한 나름대로의 생존 방법이었다.

감정은 트집잡히지 않을 정도로 자연스럽고 담담하게.

대답은 최대한 짧고 명료하게.

무슨 말이든 잠자코 듣되, 담지 않고 한 귀로 흘려버린다.

프레데릭은 잔뜩 화가 나 있었다. 6년 전, 독감으로 누워 있던 해나에게 서책을 던져주고 간 뒤 별궁에 그가 나타난 건 처음 있는 일이었다. 필요할 때마다 본궁으로 불러 지시를 내리던 사람이 대체 무슨 일로 여기까지 쫓아온 것인지. 해나는 고요한 얼굴을 하고 있으면서도 초긴장 상태에 돌입했다.

"전하, 부름을 받잡고 찾아뵈려 하였는데 이 시간에 어인 일이시옵니까?"

함부로 입을 열지 않는 해나를 대신해 마파엘이 나서보

았지만 돌아오는 답은 없었다. 왕은 상처를 싸맨 해나의 손을 짧게 주시하다가,

"따라와."

오랜만에 들어보는 익숙하고도 무시무시한 명을 뱉어내었다. 과거, 늘 육체적 고통으로 귀결되었던 의미심장한 한 마디에 해나의 얼굴은 일시에 핏기가 가셨다. 저절로 연상되는 예전의 기억에 당시 부상당했던 몸 구석구석이 통증과도 같은 비명을 질렀다.

앞서 가던 프레데릭은 쫓아오는 소리가 없자 날카로운 빛을 띠며 돌아보았다. 하지만 창백하게 질린 해나가 전신을 굳히고 서 있자 멈칫, 재촉하려던 입을 다물었다. 그제야 자신이 했던 말이 무엇이었는지 깨닫고 안색이 급속도로 일변하였다.

침묵이 내려앉은 서재 안, 마파엘과 피아가 숨을 죽이며 눈치를 보는 가운데 해나와 프레데릭은 서로를 응시했다. 두 사람 다, 어떤 말이 이토록 미묘한 파문을 일으킨 것인지 알고 있었다. 메마른 그의 두 눈에 아릿함 같은 게 언뜻 떠오르다 사라졌다.

해나는 그것이 착각이라 단정하며 그가 입을 떼려는 순간 평소의 상태로 돌아가 시선을 내렸다. 곧바로 걸음도 떼었다.

순종하는 척 고개를 숙이고 걷고 있지만 길게 말을 섞고 싶지 않다는 그녀만의 표현임을, 무엇이든 차라리 빨리 끝

내버리고 말겠다는 부정적인 체념임을 프레데릭이 모를 리 없었다.

놀랍게도 그가 향한 곳은 해나의 거처에 속해 있는 자그마한 다이닝 룸. 가장 협소한 별궁에 딸려 있는 곳답게 6인이 앉을 수 있는 조촐한 테이블이 구비된 장소였다. 아담한 테이블로 걸어가 상석의 의자를 빼내고 걸터앉은 그는 해나를 흘끗 보더니 딱딱하게 명했다.

"와서 앉아."

더 놀라운 건 그다음, 해나가 맞은편에 자리를 잡고 앉자 문이 열리며 하녀들이 들어왔고 본궁에서 공수해 온 것으로 보이는 따끈한 수프가 세팅되었다. 그것도 해나의 앞에만. 입술 사이로 한숨이 새어 나오는 걸 해나는 가까스로 삼켜내었다.

기절하다시피 쓰러져 있다 오늘 오전에 간신히 일어나 보니 많이 놀란 탓인지 속이 더부룩하였다. 때마침 본궁에서의 아침 식사를 생략한다는 전갈이 당도해 점심에도 말린 사과 몇 쪽으로 버티고 있었다.

내일은 그가 며칠간 수송 부대로 시찰을 떠나는 날이었다. 새벽같이 출발할 것이니 푹 쉬었다 진정이 되면 그때부터 조금씩 먹어야겠다, 나름대로 궁리까지 해두었던 참이다. 지금은 김이 모락모락 오르는 수프를 보아도 침이 돌기는커녕 입안이 퍼석하게 말라버렸다. 벌써부터 속이 울렁거려 어떤 식으로 유연히 넘겨야 할까 의도를 숨기고 꾀를 내보려는데 그가 모든 가능성을 차단하고 나섰다.

"먹는 거로 까탈 부려 내 아까운 시간을 낭비하게 한 것은 너다."

"소인은……."

"먹어."

맞은편에 다리를 꼬고 앉은 그는 다 먹을 때까지 지켜볼 작정인 양 뚫어지게 시선을 고정했다.

왜 기어코 먹이려고 하는 것일까?

언제부터인지 그는 해나의 식사 문제에 예민하게 굴었다. 전장에서 돌아와 다짜고짜 아침을 함께할 것을 종용했고 서서히 식사량에 관여하더니 이제는 저렇게 지키고 앉아 있기까지. 만약 다른 누군가가 그랬다면 건강을 염려해 주는구나, 고맙다고 생각했을 것이다. 그러나 도무지 예측할 수 없는 그였기에 해나는 이것이 다른 형태의 괴롭힘인가 싶기도 하였다.

"왜? 요리사에게 책임을 물어야 할 만큼 맛이 없어 보이는 것이냐?"

프레데릭은 타인의 속마음 같은 건 알 바 아니라는 듯 조금의 여유도 주지 않고 몰아붙였다. 결국 생사람을 잡기 전 이번에도 해나가 먼저 수저를 드는 수밖에 없었다.

"즙부터."

강박에 가까울 만큼 규칙을 중히 여기는 그의 명에 따라 해나는 식사 전 항상 마셔야 하는 즙부터 들이켰다. 그런 다음 뽀얀 빛이 도는 수프를 수저에 반쯤 떠서 입으로 가져갔다. 수프의 절반 정도를 적당하게 비워내자 부드러운 대구 요리가 메인으로 이어졌다.

해나는 게워내지 않을 정도로 소량의 식사만 하였고, 프레데릭도 오늘만큼은 음식을 남기는 것에 대해 토를 달지 않았다. 용기를 낸 해나가 마지막에 후식을 건너뛰는 것까지도.

먹는 내내 거친 입자를 씹는 듯 입안이 깔깔했던 해나는 물을 들이켜 나머지를 전부 삼키고 잔을 내려놓았다.

"그렇게 먹으면 될 걸 왜 생으로 굶어 사람을 여기까지 오게 하는 것이냐?"

"소인의 생각이 짧았습니다."

시선이 향하고 있는 곳은 그가 아닌 유리잔의 어디쯤. 대답은 가장 무난하고 반문이 돌아오지 않을 만한 것으로. 더는 보고 싶지 않으니 이쯤에서 가달라는 해나의 빤한 의도가 프레데릭의 신경을 자근자근 눌렀다. 경험상 이럴 때에는 그냥 나가버리는 게 상책이었다.

"나랑 하루 세 끼 같이 먹고 싶지 않으면 다시는 이런 일로 쫓아오게 하지 않도록 해야 한다."

프레데릭은 더 있고 싶지도 않다는 얼굴로 자리에서 곧장 몸을 일으켰다.

시선을 아래에 두고 그가 멀어져가는 소리에 귀를 기울

이던 해나는 어느 순간 숨을 죽이고 몸을 잔뜩 긴장시켰다. 문을 나서기 직전 그가 갑자기 걸음을 멈춘 것이다. 또 무슨 일일까, 해나는 조용히 그의 말을 기다렸다.

"어제와 비슷한 일이 전에도 있었느냐?"

"처음입니다."

"또한 마지막일 것이다."

"……예."

대답을 들음과 동시에 그가 문밖으로 자취를 감추었다. 해나는 안도의 숨을 쉬면서도 미간을 살짝 일그러트렸다. 그냥 협박성의 경고를 끝으로 깔끔하게 나가버릴 것이지. 가끔 그러했듯 이번에도 그는 마지막에 돌연 해나의 기분을 이상하게 만들고 사라졌다.

"전하, 그게 무슨 말씀이십니까!"

별궁의 홀을 걸으며 테오의 격앙된 목소리가 높이 울렸다.

"해나 양에게 춤을 가르치라니요? 무도회에 참석이라도 시킬 생각이십니까? 설마 사교계에 데뷔시킬 생각은 아니시겠지요?"

"왜 아니라고 생각하는 거지?"

"전하!"

태평스러운 주군의 발언에 뒤를 따르던 마파엘은 이렇다 할 반응 없이 눈만 동그랗게 뜨고 있다.

반면 까다로운 성격의 테오는 대번에 정색을 하였다. 저녁에 마파엘을 불러들이라기에 무슨 일인가 하였더니 이리도 기막힌 말씀을 하실 줄이야.

"안 됩니다, 전하."

"왜지?"

상대가 당황하든 말든 프레데릭은 이해할 수 없다는 얼굴로 심드렁하게 물었다.

"왕족도 아니고 외교 사절도 아닌 이국 출신의 여인이 8년이라는 긴 세월, 별궁의 주인이 되어 살고 있습니다. 심지어 전하와 대비 전하께서 궁을 비우신 동안에도 그녀만은 별궁에 남아 의도치 않게 왕궁을 지킨 모양새가 되어버렸습니다. 때문에 베르덴의 귀족들뿐 아니라 주변국들까지도 왕실 내, 해나 양의 정확한 위치를 의심하며 신경을 곤두세우기 시작하였습니다."

"그래서?"

"덴마크와 잉글랜드, 포르투갈의 공주들과 긴밀히 혼인 협상을 진행하는 중입니다. 특히 덴마크 쪽과는 구체적인 세부 사항까지 조율에 들어간 상태이지요. 이 시점에서 잘못된 소문이라도 퍼졌다간 협상이 불리해질 수 있음을 유념하여주십시오."

흠잡을 데 없는 외모와 강력한 통치력, 전쟁으로 이룩한 막대한 부까지, 프레데릭은 정략적인 혼처로 매우 이상적인 미혼의 국왕이었다. 유럽 전역의 나라에서 공주와 대공녀들을 보내지 못해 안달들인데 정작 본인은 군대와 나랏일 외에 별 관심이 없으니, 테오는 슬슬 조바심이 일었다. 혈기 왕성한 젊은 왕이 지금까지 그 흔한 연인이나 정부조차 두지 않았다는 게 상식적으로 납득이 되지 않았다.

일부에서는 그의 성적 취향을 두고 황당한 가설을 내세우다 이제는 오래도록 별궁에 거처하고 있는 이국의 여인에게 의혹의 눈길을 보내고 있었다.

상황이 이러한데 그 여인을 공식적인 무도회에 참석까지 시키겠다고? 절대로 안 될 말이었다.

"언제까지 공주들에게 연연할 것이냐. 대비께서 싫어하실 텐데."

"예, 그분께서는 레이튼 영애를 손주며느님으로 들이고 싶어 하시지요. 하지만 전하께서는 공녀와 혼인할 마음이 전혀 없지 않으십니까. 그러니 하루빨리 좋은 조건의 공주님들 중 유리하게 협상을 벌여……."

"눈치까지 봐가며 협상을 벌여 대체 무엇을 얻고자 하는 것이냐?"

별궁의 홀을 빠져나와 마차에 오르기 전, 프레데릭은 테오를 돌아보며 냉소적으로 물었다.

"더 넓은 영토? 막대한 지참금? 베르덴의 재정은 그 어느 때보다 튼튼하다. 영토 또한 필요하면 정세를 보아 넓히면 그만."

단지 귀찮아서 안 하고 있을 뿐이라는 저 오만한 말투가 어찌나 잘도 어울리시는지. 바로 그러한 점이 가장 큰 문제라는 것을 왜 모르시는 것일까.

주군께서는 후계자도 없으면서 전쟁만 터지면 물불 안 가리고 선두로 나서 미친 듯이 혈투를 벌이셨다. 마치 삶에 대한 미련이 조금도 남아 있지 않은 사람처럼. 마찬가지로 삶에 대한 의지를 강력히 불태우고 있는 사람처럼. 동시에 뿜어 나오는 그 상반된 기운은 아찔할 정도로 아슬아슬하고 위험해 보였다.

어떡하면 주군의 그런 위태로움을 조금이라도 완화해드릴 수 있을까, 고심 끝에 내린 충복의 결론은 혼인이었다. 그의 심신을 달래고 강력한 방패막이 되어줄 완벽한 왕비를 구해드리는 것. 이러한 그의 마음도 모르고 주군께서는 다른 말씀을 하신다.

"비위를 맞춰야 할 건 내가 아니라 그들이다. 네가 지금 해야 할 건 내 말에 토를 다는 것이 아니라 어제의 그 몹쓸 것들을 명령대로 깔끔하게 처리하는 것이고. 그 아비들의 진은 다 빼놓았겠지?"

"어제부터 입궁해 갇힌 상태에서 대기하느라 지금쯤 많이 지쳐 있을 것입니다."

"그럼 이제 가서 매듭을 짓도록 해."

"……예."

"그대는 해나에게 춤을 가르치고 대비께서 주최하시는 다음 무도회에 참석시키도록."

테오의 입을 막아버린 프레데릭은 이어서 마파엘에게 명을 내린 뒤 대답도 듣지 않고 마차에 올랐다.

"본궁으로 함께 안 가십니까?"

"근위대장을 뵈러 가야 합니다."

멀어지는 마차를 망연히 바라보며 테오는 한숨을 섞어 답했다.

"그런데 대비께서 주최하시는 무도회라니요? 그 어른께서 이제 환궁하시는 겁니까?"

"보름 뒤에 돌아오실 겁니다."

"헤젠부르크에서 꼼짝도 안 하시더니……."

"어제 레이튼 가의 공녀가 파리에서 영구 귀국하지 않았습니까. 그녀를 왕비로 들이려면 대비께서 직접 나서야겠다 판단하셨을 것입니다."

"그렇군요."

마파엘의 눈가가 불안하게 흔들렸다. 지금 이 순간 새까만 눈동자의 그 아이가 떠오르는 건 무슨 연유 때문인지. 낯선 나라, 낯선 이들 틈에서 운 좋게 호화로운 생활을 하면서도 끊임없이 살아갈 방법을 궁리하고 있는 그 아이. 어린 나이에 굴곡진 인생을 살아왔을 그 아이가 더 이상은 힘들어지지 않았으면. 마파엘은 애잔한 마음이 차올랐다.

"으아아악!"

잿빛 하늘 아래 삭막하게 서 있는 북쪽 탑, 그 휑하고 황량한 곳에 신경질적인 사내의 비명이 처절하게 울렸다.

"군대요? 군대라고요!"

"진정하거라, 니클라스."

"지금 진정하게 생겼습니까? 왕이라는 작자가 저를 군대에 처넣고 유유자적 시찰을 떠나버렸는데 말입니다!"

"말조심하거라!"

알리시아 자작은 철문 너머를 살피며 아들의 경솔함을 나무랐다. 장남으로 태어나 무조건 떠받들어 키웠더니 이제는 천지 분간도 못 하고 날뛰어 조마조마하였다.

"이곳은 왕의 영역이다. 너의 그 철딱서니 없는 말이 고대로 그분에게 전해질 수 있음을 왜 생각지 않는 것이냐!"

"조부님은 뭐라 하십니까? 소자를 이대로 전장으로 보내시겠답니까?"

머리칼을 쥐어뜯으며 바닥으로 주저앉은 니클라스는 절망에 젖어 부친을 올려다보았다. 아마도 평생을 지고 가게 될 검붉은 흉터와 붓고 멍들어 엉망이 된 얼굴, 아들의 처참한 몰골을 내려다보며 자작도 억장이 무너져 내렸다.

귀족들이 궁에서 하녀를 건드리는 건 엄격히 금지되어 있었다. 그럼에도 불상사는 암암리에 벌어져왔고 역대 왕들은 정치적 상황에 따라 그 일을 크게 키우기도, 혹은 덮어버리기도 하였다.

그제 불려와 아들이 희롱하려던 여인이 하녀가 아닌 별궁의 청국인이었다는 소리를 들었을 땐 정신이 아득해져

왔었다. 머리를 쥐어뜯다 가만 생각해보니 그녀가 귀족이 아닌 것만은 엄연한 사실이었다. 정치적 혼란기도 아닌 지금 처리 문제를 놓고 질질 끌기에 왕께서 군자금이나 뜯어낼 요량이신가 보다 제멋대로 추측하며 한결 마음을 놓았다.

왕은 아비들을 꼬박 하루 동안 각각의 방에 가두고 벌을 세웠다. 어젯밤 불시에 나타난 테오가 두툼한 서류 더미를 던져주었을 때 자작은 오랜 기다림에 진이 다 빠져 있었다. 선왕의 보호를 받았다고는 하나 이국인은 신분이 불분명한 상태였다. 너무한 것 아니냐며 불퉁거렸던 그는 쥐여준 문서를 읽다가 죄어드는 압박감에 입을 다물어야만 했다.

지금까지 아들이 친우들과 저질러온 각종 엽기 행각은 물론 알리시아 가 직계들의 낯 뜨거운 비행, 횡령, 수수, 탈세 등등. 꼬투리를 잡으려면 수도 없이 잡을 만한, 그리하여 어쩌면 가문을 통째로 날려버릴 수도 있는 내용이 결정적 증좌와 함께 서류 안에 빼곡히 정리되어 있었다. 언제부터 이런 것을 모았는지, 얼마나 더 가지고 있는 건지 짐작조차 어려웠다.

「선택하십시오. 가문입니까, 아드님입니까?」

새파랗게 어린 비서관 놈이 사무적인 어투로 물어왔을 때 그는 차마 아들을 선택할 수 없었다. 전쟁놀이에 심취한 철없는 애송이인 줄 알았던 국왕이 실은 치밀하고 지능적인, 타고난 정치가였음을 깨닫는 순간이었다.

「잘 생각하셨습니다. 각하께도 이미 서류를 따로 보내드렸습니다. 알리시아 가의 장손은 왕궁의 하녀를 건드리려다 발각, 손자의 망나니짓을 참다못한 각하께서 직접 입대를 명한 것으로 정리하겠다, 답장을 보내오셨습니다.」

실로 번지르르한 말이었으나 이는 누가 봐도 국왕의 개인적인 감정이 확실히 반영된 처사였다. 세상은 벌써 귀족파의 대원로마저 전쟁 영웅에게 무릎을 꿇었다며 입방아를 찧어대고 있을 것이다. 모욕적이었지만 빠져나갈 구멍은 어디에도 없었다. 정해진 대로 아들이 내일 당장 친우들과 전장으로 떠나는 수밖에는.

"후원금으로 다시 한 번 협상을 해보십시오. 전쟁으로 부를 축적했다고는 하나 전부 군자금으로 쓰이고 있다 들었습니다. 왕실의 재정이 좋지 않다, 조부님께서도 분명 그리 말씀하시지 않았습니까!"

"그건 선왕 시절의 이야기일 뿐이다. 무슨 수를 쓴 것인지 지금의 왕께서 왕좌에 오르시며 그것마저 깨끗이 풀려 있더구나."

"비리를 저지른 게 틀림없습니다. 그 약점을 우리가 찾아내야 합니다!"

"섭정인을 세우기 위해 진즉에 캐보았지. 무엇을 어떻게 하셨는지 흔적조차 남겨두지 않으셨더군. 허나 이렇게 된 이상 내가 직접 나서서 조사를 해보는 수밖에. 일단 출발은 하되 최대한 늑장을 부리도록 하여라. 얼마 후면 대비께서 돌아오시니 급한 대로 그분께 따로 접촉하여 너를 빼내 오도록 하마."

"아니요, 아버지."

죽을 듯이 엄살을 부리던 니클라스는 무슨 마음이 들었는지 이를 바드득 갈며 자리를 박차고 일어났다.

"다 죽어가는 할멈에게 큰돈을 쓰는 것은 아까운 일입니다."

"그게 무슨 소리냐?"

"버텨보겠습니다. 군대든 전장이든 소자가 이를 악물고 버텨볼 것이니 후원금을 들고 대비가 아닌 로젠 공에게로 가십시오. 공국인이나 다름없는 왕보다 그쪽이 훨씬 우리 구미에 맞는 상대가 아닙니까. 기회를 엿보아야 합니다. 청국 계집을 저렇게까지 싸고도는 걸 보면 언젠가 국왕은 그년으로 인해 스스로 무덤을 파는 짓도 서슴지 않을 테니까요."

막다른 곳까지 몰려버린 그도 더 이상 물러설 곳은 없었다. 남은 거라고는 오기와 증오, 삐뚤어진 복수심이 전부였다. 무슨 일이 있어도 깨닫게 해주고 싶었다. 칼 프레데릭이 얼마나 뼈아픈 인생의 실수를 저지르고 만 것인지.

06

도피

 조피 엘레나 아델라이네 헤젠부르크.

선대공의 유일한 후계자인 그녀가 왕국으로 시집을 왔을 때 사람들은 마지막 남은 공국까지 베르덴에 병합될 것이라 믿었다. 예상은 빗나갔고 조피는 부친의 서거 후 스스로 대공위에 올라 오늘날까지 공국을 수중에 틀어쥐고 있었다.

한때 왕국과 공국의 국정을 동시에 장악했던 노련한 정치가인 조피. 선왕의 사후 계속 공국에서 지내온 그녀가 6년 만에 환궁해 제일 먼저 한 일은 해나를 대비궁의 알현실로 불러들인 것이었다.

대비는 예정보다 열흘이나 일찍 도착해 왕궁 사람들을 비롯한 해나까지도 당황하게 하였다. 마음의 준비 없이 갑작스레 불려와 벌서듯이 서 있는 게 벌써 반 시간. 위압적인 분위기 아래 해나는 두 손을 가지런히 앞으로 모으고 차분하게 버티고 있었다. 어떠한 수모를 당해도 지금과 같은 자세를 유지해야 했다. 해나가 상대하고 있는 사람은 이 나라 최고의 권력자 중 하나이자 왕실 제일의 어른이었으므로.

쪼르륵.

대비궁의 수석 시녀 디아나 백작부인이 차를 따라 올리자 조피는 여유롭게 한 모금을 마신 뒤 해나에게 슬쩍 시선을 던졌다. 지칠 때도 되었건만 쥐뿔 가진 것도 없는 주제에 꼿꼿하고 정갈한 태도가 마음에 들지 않았다. 저 담담함이 보기 싫어 조피의 눈가는 평소보다 삭막하고 근엄하게 변해갔다.

"프레데릭이 너를 안았느냐?"

"……."

노골적인 대비의 물음에 반 박자 늦게 그 뜻을 헤아린 해나는 귓불이 화락 붉게 타올랐다. 생각만으로도 끔찍한 일이었다.

"네가 그에게 안겼는지 묻고 있는 것이다."

"아닙니다. 그런 적은 없었습니다."

"그래. 프레데릭이 너 같은 것을 안았을 리가 없지. 너라면 아주 질색을 하는 아이가 아니더냐."

해나의 단호한 부정에 조피는 빈정거림을 덧대어 답했다. 6년 전이나 지금이나 대비는 조금도 변한 것이 없었다. 해나에 대한 경멸이 이전보다 훨씬 깊어졌다는 점만 빼고는.

"한데 이상한 일이구나. 그렇다면 어찌하여 너는 아직까지 이곳에 붙어 있는 것이냐. 죽어가던 아이를 데려다 살려주고 8년이나 보살펴주었으면 이제 염치를 차릴 줄도 알아야지."

"……."

"곧 왕궁의 안주인이 정해질 것이다. 이러한 시기에 너에 대한 억측으로 왕실의 명예가 얼마나 실추되고 있는지 알고는 있느냐?"

"송구하옵니다."

"하여 내 너를, 나의 친정 가문에 들이기로 하였다."

대비의 의중을 알 수 없어 해나가 살며시 고개를 드는데 알현실 안쪽의 문 하나가 당당한 기세로 열렸다. 그곳에서 모습을 드러낸 이는 짙은 그레이 빛 프록코트가 고급스럽게 어울리는, 모두에게서 호감을 살 만한 말쑥한 차림의 사내였다. 대비의 시녀들이 관심을 보이는 가운데 망막 위로 그의 얼굴이 스며드는 순간 해나는 충격으로 호흡이 정지되고 한 자락의 숨도 쉬어낼 수 없었다.

"인사하거라. 이쪽은 나의 조카손자 얀 슐레이튼. 일이 있어 궁에 들렀다 우연히 보게 된 모양인데 썩 마음에 들었는지 너를 책임지고 싶다 하는구나."

풋풋하고 앳되었던 얼굴선이 완숙한 분위기를 자아내고 있지만, 그는 분명 해나가 알고 있는 그 '얀'이었다. 애초에 성(姓)도 모르는 고아라며 미천한 신분임을 당당하게 밝혔던 얀. 뼈아픈 배신감에 무모하게 도망쳐 다시는 마주할 일 없다 믿어 의심치 않았는데 다른 누구도 아닌 대비의 조카손자가 되어 등장하다니. 한 치 앞도 알 수 없는 인생이라는 급류에 해나는 몸을 떨었다.

“홀몸인 처지를 딱히 여겨 얀은 네게서 지참금을 받지 않기로 하였다. 사흘 뒤, 왕실 교회에서 너희끼리 약식으로 혼례를 올리고 얀의 거처로 들어가도록 하여라. ……축하한다, 해나. 네가 아주 과분한 신랑을 만나게 되었구나.”

가늘게 떨고 있는 해나를 주시하며 대비는 흡족해하였다.

프레데릭이 저 아이를 아주 오래전부터 지독하게 괴롭혀온 사실을 그녀도 소상히 알고 있었다. 조피는 손자의 그런 행동이 제 아비에 대한 질투에서 발현된 것이라 추측하고 마음대로 하도록 내버려두었다. 모후를 잃은 그 아이가 부왕의 사랑을 갈구하지 않는 대신 아버지가 관심을 보이는 상대를 미워할 수도 있는 일이었으니.

언제부터였을까, 올라오는 보고 내용이 이상해지기 시작했다. 괴롭힘과 관심의 경계가 모호해지고 못마땅한 것인지 애지중지하는 것인지 정의를 내리기도 힘들었다. 이유가 무엇일지 고민하고 세밀한 보고를 받아봐도 이국인을 향한 손자의 이상 행동을 설명하기에는 역부족이었다. 한 가지, 말도 안 되는 전제를 제외하고는.

지독하다 느껴질 만큼 그가 절대적 신뢰와 애정을 보인 상대는 단 한 명, 신경쇠약에 시달리다 죽어버린 왕비가 유일했다. 심히 뒤틀린 형태이긴 하지만 만일 그가 그때와 비슷한 감정을 저 아이에게 보이고 있는 것이라면. 명망 높은 세 가문을 순식간에 적으로 돌리고 그 자손들을 전부 군대에 처넣은 손자의 결정이 어느 정도 이해는 되었다.

하지만 왜?

감정이라는 게 생겨날 접점이라고는 요만큼도 존재하지 않았는데. 그리 바라왔건만 나에게는 한 번도 보여주지 않았던 충성심을, 저 이국인 따위가 감히 무엇이기에!

이것이 속단일지는 모르겠으나 애초에 불안감 같은 걸 지고 갈 이유는 없었다. 불화의 싹이 될 수 있는 것이라면 그것이 무엇이든 당장에 뽑아 없애버리면 그만이었다.

"자, 그럼, 이 늙은이는 비켜줄 것이니 젊은 사람들끼리 좋은 시간을 가지도록 하여라."

감정의 소용돌이에 휘말려 주먹을 불끈 쥐었던 대비는 삽시에 표정을 바꾸고 알현실을 도도히 빠져나갔다.

"대비 전하, 정말 저 천한 것을 슐레이튼 백작의 배필로 인정하시려는 겁니까?"

뒤에서 문이 닫히자마자 기다렸다는 듯 디아나 백작부인의 질문이 날아들었다. 도저히 믿기지 않는다는 어조에 대비는 얄궂은 미소를 싣고 걸음을 멈췄다. 느긋하게 돌아보자 뒤를 따르던 시녀들이 하나같이 말도 안 된다는 얼굴을 하고 있었다.

"배필? 나는 왕실 교회로 가라고만 했지, 주례 목사 앞에 서라고 한 적은 없다."

"그 말씀은……."

"저들의 주례를 서게 될 자가 진짜 목사인지 아닌지 내가 꼭 알려줘야만 하는 것이냐?"

혹시나 했던 시녀들은 쐐기를 박는 그 말에 저희끼리 눈을 맞추며 고소해하는 속웃음을 주고받았다.

얀 슐레이튼, 그는 공국 생활의 막바지 대비가 건진 뜻밖의 수확이었다. 헤젠부르크 가문의 오랜 가신이자 대비와는 외가 쪽 혈연으로 묶여 있는 슐레이튼 가. 두터운 신임을 받아오던 그 가문이 대외적으로 외면받기 시작한 건 대비의 외종질인 올라프 슐레이튼이 백작위에 오르면서부터다. 외아들로 태어나 온갖 특혜 속에 자라난 그는 명성을 쌓아온 선조의 이름에 먹칠을 하고 죽을 때까지 주색잡기에 빠져 지냈다. 하녀들을 닥치는 대로 건드려 생산해낸 사생아만도 수십 명, 말년에는 화류병에 걸려 그야말로 방탕한 생활의 최후를 적나라하게 보여주었다.

혼인 전부터 문제가 되었던 그의 문란한 사생활의 결과였는지 적자로 태어난 그의 아들은 하나같이 병약했다. 두 명의 아들은 유년기를 넘기지 못하고 사망했고, 하나 남은 후계자는 온갖 병에 시달리다 성년이 되기 전 세상을 떠났다. 슐레이튼 가에 남은 건 세 명의 적녀와 수십에 달하는 사생아가 전부였다. 하녀에게서 태어난 사내아이가 서자로 인정받는 걸 악착같이 막아온 백작부인은 남편의 사후, 모든 권리를 자신과 딸들이 물려받을 거라 확신하였다.

고집 센 시모가 아들 타령을 늘어놨지만 태어나자마자 버림받은 사생아들은 이미 돌이킬 수 없을 만큼 망가진 후였다. 실종되었거나, 범죄에 휘말렸거나, 아비를 닮아 노름과 여자에 빠져 모든 것을 잃고 비렁뱅이가 되었거나. 백작부인은 코웃음을 치며 제대로 된 아이를 찾아오면 집안의 후계자로 인정해주겠다, 시모에게 큰소리를 치기도 하였다. 결단코 찾을 수 없을 거란 확신으로 뱉어낸 말이었는데 백작이 죽고 유언장이 발표되던 날, 반전이 일어났다.

얀 슐레이트.

생전 들어본 적 없는 사내아이가 서자로 인정되어 집안의 후계자로 정해지고, 그 후견인으로 시모가 이름을 올린 것이다. 백작이 죽어가든 말든 여유만만 딸들과 한가로이 파티장을 쏘다니던 백작부인은 뒤통수를 거하게 얻어맞은 기분이었다. 시모가 은밀히 사생아들을 조사한 뒤 적합하다고 판단되는 아이를 발견, 백작이 죽기 전 깔끔히 서류 정리를 해치운 사실을 그때야 알게 되었다.

백작부인은 딸들과 머리를 싸매고 시위하듯 드러누웠으나 희망은 있었다. 후계자로 지목된 서자가 실종 상태라는 것. 유언장에는 5년 안에 내정된 후계자가 나타나지 않을 시 사망한 것으로 간주한다는 내용이 포함되어 있었다. 그와 같은 경우, 모든 재산을 세 명의 적녀에게 균등히 배분한다는 문구와 함께.

시간은 빠르게 흘렀고 걱정과 달리 서자의 소식은 들려오지 않았다. 멀게만 느껴졌던 5년의 기한이 성큼 코앞에 다가와 네 모녀는 기대에 부풀어 올랐는데 마지막 순간 모든 것은 물거품이 되어 사라져버렸다. 실종되었다던 서자가 유효 시일을 얼마 앞두고 거짓말같이 공국에 모습을 드러낸 것이다.

격분한 백작부인과 그 딸들은 헤젠부르크에 머물던 대비에게 쫓아와 눈물로 호소하였다.

「적녀가 엄연히 셋씩이나 존재하거늘, 미천한 사생아 주제에 슐레이튼의 이름을 얻고 가문의 수장이 되다니요! 이를 묵과하시면 슐레이튼 가는 망조가 들 것이고, 헤젠부르크는 유서 깊은 충신 가문 중 하나를 영원히 잃게 될 것입니다!」

쓸 만한 인물 하나 없는 슐레이튼 가는 사실 대비에게 관심 밖의 대상이었다. 방탕했던 백작을 닮아 자식들도 어찌나 하나같이 미련하고 비리비리하던지. 대비는 아들이고 뭐고 거기서 거기인 것들 중 자신이 여인의 몸으로 대공위를 승계했듯 적녀들에게 권리를 주기로 마음을 먹었다. 그래도 외사촌 올케인 슐레이튼 가의 노부인을 모르는 척할 수는 없어 얀 슐레이튼을 궁으로 불러들였다.

그저 노부인의 면을 최소한으로 세워주고 무료했던 시간이나 때울 요량이었는데. 안으로 들어서는 얀을 보는 순간 조피는 오래전에 돌아가신 외숙께서 젊음을 되찾고 자신을 향해 걸어오시는 듯한 착각에 빠졌다. 훤칠한 외모와 호탕한 성정, 해박한 지식으로 모두의 흠모를 받았으나 비교적 젊은 나이에 유명을 달리해 선대공께서도 많이 안타까워하셨던 분. 부친이 아닌 증조부를 닮은 외모와 치우침 없는 얀의 박식함은 대비를 한순간에 사로잡고 적녀들의 인생을 무참히 뒤바꾸었다.

「내 너의 태생적 약점을 보완해줄 수 있다. 네 선조가 그러했듯 헤젠부르크 가문에 충성을 맹세하고 나의 수족이 되어 살아보겠느냐?」

얀 슐레이트은 무릎을 꿇고 충성을 맹세하며 생각지도 못한 한 가지 청을 해왔다. 별궁의 이국인을 우연히 보게 되어 사모하게 되었으니 그녀와 혼인하고 싶다는 요청이었다.

대비는 당혹스러워하면서도 빠르게 셈을 마친 뒤 흔쾌히 그의 청을 받아들였다. 안 그래도 궁에 두는 게 못마땅하였던 존재, 그렇게라도 치워버리고 얀의 충성심을 사는 것도 일거양득이었다. 어차피 반년 정도면 식어버릴 가벼운 감정이 아닌가. 일단 원하는 대로 들어주는 척하다가 얀이 싫증을 낼 무렵 이국인을 해외로 추방하거나 수도원으로 보내버리면 간단한 일이었다. 이후에 대비는 자신의 충직한 시녀 중 하나와 얀을 정식으로 혼인시킬 생각이었다.

"자, 이제 슬슬 다른 준비도 시작해보아야지."

누구와 혼인시키면 좋을까, 대비는 나이 어린 시녀들을 쭉 훑어보며 즐겁게 흥얼거렸다.

갑작스러운 대비의 발언에 디아나 백작부인은 그녀의 속뜻을 헤아리지 못하고 자세히 여쭈었다.

“준비라 함은 무엇을 뜻하시는 것이옵니까?”

“저 이국인 말이다. 시키는 대로 깔끔히 얀에게 가준다면 좋겠지만 그럴 생각이 없다면 다른 길도 터주어야지.”

가장 좋은 건 이국인을 다른 사내의 여인으로 만들어 손자에게서 분리한 뒤 존재감이 사라지면 처리하는 것이었다. 하지만 주제도 모르고 일을 성가시게 만든다면 그에 맞는 대응을 해줄 참이다. 무슨 생각을 하는지 대비의 얼굴 위로 싸늘한 비웃음이 번져나갔다.

기껏해야 출궁일 거라 생각했다. 일감도 있고 고향에서 가져온 패물도 있으니 그 정도는 얼마든지 감당할 수 있다, 외려 그런 명을 내려주길 고대하고 있었다. 인생에는 언제나 대반전이 도사리고 있다는 걸 그리 징글맞게 겪어왔으면서도.

“우리 아기씨, 이제 어른이 되었군요. 여인이 되셨습니다.”

오랜만에 들어보는 모국의 언어가 반갑지 않았다. 저런 놈에게서 고향의 언어를 듣게 되어 그러한 것일까. 아버지와 어머니가 이름 앞에 붙여주던 ‘우리’라는 친근한 표현도

저 입으로는 듣고 싶지 않았다.

"대체 어떻게 되신 겁니까? 어쩌다가 여기까지 오시게 되셨습니까? 그동안 제가 얼마나 찾으며 걱정을 하였는지……."

반가움에 눈물까지 그렁하게 맺혀 있던 얀은 하고 싶은 말을 미처 잇지 못하고 흐지부지 말끝을 흐렸다. 경멸이 깔린 해나의 얼굴이, 싸하게 식어 있는 단호한 시선이 단번에 그를 불안하게 만들었다.

해나는 설움이 북받쳐 올랐다. 내 부모를 죽이고 나를 버린 곳, 억울하고 가슴이 아파 쳐다보기도 싫은 곳이었건만 오랜만에 고향의 언어를 들으니 외로움과 그리움이 끝도 없이 사무쳤다. 돌아가고 싶다. 봄이면 화사하게 피어나는 뒷마당의 매화와 정겨운 장독대의 풍경, 섬돌 위에 가지런히 놓인 꽃신, 파란 하늘 위의 잠자리. 모든 것이 아름답고 꿈결 같던 병판댁 철부지 아기씨의 시절로.

그러나 이제는 갈 수 없는 내 나라. 이 목숨이 다하기 전까지 절대로 만날 수 없는 나의 부모님. 산산이 부서져버린 그 모든 것들이 전부 다, 너 때문인 것이다!

해나는 충혈된 눈으로 얀을 쏘아보았고, 새파랗게 질려 있던 그는 짐작 가는 바가 있었는지 떨리는 음색으로 물었다.

"혹시……, 무엇을 보신 겁니까?"

달려들어 부모님의 최후처럼 똑같이 돌려주고 싶지만,

하다못해 뺨이라도 갈겨주고 싶지만 이상하게 해나는 꼼짝도 할 수 없었다. 지난 8년, 내내 자신을 누르고 울분을 삼키기만 하다가 조금 전 얀과 눈이 마주치는 순간 희미하게 너울대던 마지막 불꽃까지 안에서 전부 소진되어버렸다. 더군다나 이곳은 누군가 지켜보고 있는지도 모를 대비의 거처였다. 해나는 그저 넌덜머리를 내며 물었다.

"정말로 나랑 혼인하고 싶어?"

"해, 해나 아기씨……."

을씨년스럽게 불어오는 늦가을의 바람처럼, 음울하게 떨어지는 초겨울의 비처럼. 해나의 물음은 스산한 추위가 되어 그에게로 들이쳤다. 질문은 평이하였으나 전해지는 눈빛과 억양은 얀에게 똑똑히 알려주고 있었다. 네가 배신한 사실을 알고 있다고. 네 얼굴을 보는 것도, 네 목소리를 듣는 것도 징그럽고 끔찍하다고. 그런데도 나와 혼인이란 것을 하고 싶은 거냐고.

"어쩔 수가 없었습니다. 그렇게라도 하지 않으면……, 제가 협조하지 않았어도 그곳의 왕은 대감을 살려둘 생각이 없었습니다. 다만 아기씨라도 살려야겠기에……."

"뜻대로는 안 될 거야."

아픔과 체념, 쓰디쓴 감정이 교차하는 그의 변명을 해나는 매몰차게 잘라냈다. 일그러진 미간을 수습하고 평상시와 다름없는 표정으로 얼굴을 바꾸자 문이 열리고 백작부인과 하녀들이 들어섰다.

잠시 한쪽 눈썹을 추켜세우며 두 사람의 분위기를 뜯어보던 백작부인은 이어서 뒤에 있던 제 수족들에게 신호를 보냈다. 그러자 그들이 우르르 달려들어 해나의 양팔을 단단히 죄어 잡았다.

"왜 이러십니까?"

"대비 전하의 명이시다."

선왕의 시해 사건 당시 여름 별궁에서 실종되었던 미켈슨 부인의 여식인 디아나 백작부인. 그녀는 늘 그러했듯 경멸을 잔뜩 담아 해나를 노려보았다.

"설사 이것이 나의 명이었다 해도 버르장머리 없이 내 앞에서 대꾸를 하면 아니 되는 것이지!"

느닷없이 달려들어 사람을 죄인 다루듯 옥죄어 잡았다. 영문을 모르니 이유를 묻는 것은 당연한 일인데 대꾸를 하였다고 길길이 날뛰는 모습이라니.

"말씀으로 하십시오. 충분히 알아들을 수 있습니다."

"혼인하는 날까지 여기 있는 아이들이 너와 별궁에서 지내게 될 것이다. 너에 대한 내 아량도 이번이 마지막일 것이니 앞으로는 시키면 시키는 대로 말없이 따르도록 하여라."

신장이 큰 백작부인은 머리 위에서 내리찍듯 고압적인 말투로 위협을 가했다.

얼토당토않은 논리와 삐뚤어진 권위가 한껏 배어 있는 사람. 모든 것은 제자리가 있기 마련인데 해나는 엄한 곳에 자리를 잡고 분에 넘치는 호강을 누리고 있다, 언제나 아니꼬워하는 사람이었다.

그녀와의 대화를 길게 이어가는 건 의미가 없었다. 해나는 알겠다는 몸짓으로 시선을 내리고 순순히 그들의 결박에 응했다. 그렇다고 모든 것을 포기하는 것은 아니다. 이 지긋지긋한 곳에서 정말로 떠나야 할 때임을 뼈저리게 깨닫고 있을 뿐이었다.

왕궁의 가장 끝자락에 있는 지하 감옥.

국왕의 재가 없이 누구도 드나들 수 없다는 그곳에 한 사내가 나흘 전 처음으로 발을 들여놓았다. 대비 측의 은밀한 지원 아래 이곳으로 음식을 나르게 된 그는 한스 그웬발트. 건물 밖에서 보조 일을 해온 지 정확히 다섯 달 만에 안으로 입성하는 쾌거를 이룬 자였다.

선임자가 하루도 거르지 않고 성실히 책무를 다하는 바람에 그동안 얼마나 애를 태워왔는지. 어쩔 수 없이 그는 술수를 부려 선임을 병석에 눕게 한 뒤 간신히 나흘간의 기회를 얻게 되었다.

'마지막 날이다. 무슨 일이 있어도 오늘은 두 눈으로 직접 그녀를 확인해야 한다!'

지난 5개월, 그는 중요한 사실 하나를 알아낼 수 있었다. 죄수 번호 68호, 세간에는 차비로 알려진 그녀가 오랜 옥살이 끝에 정신을 잃고 서서히 미쳐가고 있다는 정보였다.

큰 수확이었지만 직접 확인하지 못하였기에 그는 여태껏 상부에 보고도 못 하고 혼자서 속을 끓이고 있었다. 자칫 하다간 명줄이 끊겨버릴 수도 있는 중대 사안이었으므로 무조건 신중을 기해야 했다.

저 앞, 68호가 수감되어 있는 곳으로 가까이 갈수록 긴장감에 한스의 입안이 퍽퍽하게 말라왔다. 한 줄기 빛도 새어들지 않는 캄캄한 곳이기에 횃불이 있어도 그녀가 안쪽으로 들어앉아 있으면 작은 구멍으로는 아무것도 볼 수가 없었다. 그로 인해 사흘 동안 연달아 허탕을 치고 말았으니 제발 오늘만은 그녀가 바깥쪽으로 나와 있어주길 간절히 기대했다.

배식을 하며 그가 사각형의 조그마한 구멍을 향해 횃불을 가까이 들이댔다. 보일까, 안 보일까, 숨을 삼키며 안쪽을 빠르게 훑는데 찰나, 무언가를 발견하고 그의 두 눈이 놀라움으로 크게 팽창했다.

'그, 그녀다!'

숨을 들이켤 때마다 사늘하면서도 청량한 공기가 폐부 깊숙이 스며들었다. 짧고 강렬하고 쾌적했던 여름이 물러가고 쌀쌀해지기 시작한 요즘, 서늘함과 약간의 눅눅함이 대기 속에서 알력 다툼을 벌이며 해나의 마음처럼 어수선

한 기운을 내뿜고 있다.

지난 사흘, 대비궁의 하녀 외에 누구도 만날 수 없었던 해나는 이른 새벽 별궁을 빠져나와 도주를 실행에 옮겼다. 긴 망토에 후드를 깊이 눌러쓰고, 고향에서 가져온 비단 보따리와 틈틈이 모아온 은화를 가슴에 품고서 세 시간도 넘게 쉬지 않고 걸었다. 개구멍을 통해 금지된 숲으로 나가 지름길을 가로질러 왕궁의 북문으로 향했다.

가시철망을 넘다 군데군데 긁힌 상처가 쓰리고 아팠지만 그런 것까지 신경 쓸 여력이 없었다. 칠흑같이 어두웠던 세상은 어느새 푸른빛으로 바뀌었고 작은 새들은 하나둘 잠에서 깨어나 산드러지게 노래했다.

좁은 길이 중심지까지 연결되어 있는, 주로 하인과 하녀들이 드나든다는 북쪽의 작은 뒷문, 해나는 그 근처에서 마차를 잡아타고 항구로 갈 계획이었다.

"어디까지 가십니까?"

피아가 종알거렸던 말들을 상세히 기억하고 있었기에 북문 근처에서 마차에 오르는 건 어렵지 않았다. 얼굴이 보이지 않도록 최대한 고개를 숙이고 해나는 마차꾼의 질문에 자연스럽게 대답했다.

"항구로 갑니다. 값을 지불할 것이니 다른 객은 태우지 마시고 지금 출발해주십시오. 갈 길이 멀어서 그럽니다."

"뭐, 값을 두둑이 지불해주신다면야."

"저기."

사내가 마차 문을 닫고 걸음을 떼려 할 때 후드를 더 아래로 내리며 해나가 창 밖으로 그를 불러 세웠다.

"왜 그러십니까?"

"하나만 여쭙겠습니다. 이곳 항구에서 가장 멀리 운항하는 배는 어디까지 가는 것입니까?"

"가장 멀리라……, 청국까지 가는 상선이 있기는 하지요."

예상치 못한 답변에 쿵, 심장이 내려앉았다.

"청국이라 하셨습니까?"

그리고 힘차게 뛰어올랐다. 익숙한 그 이름이 벅차도록 반가웠다.

"예. 그게 가장 멀리 가는 배입니다. 혹시 외국으로 가십니까?"

"일단 항구로 가주십시오."

대답할 의사가 전혀 없음을 확실히 내비쳤음에도 마차꾼은 제자리서 꿈쩍도 안 했다. 무언가 생각하는 얼굴로 눈동자를 이리저리 굴리더니 해나를 보며 조금은 비굴한 미소까지 지었다.

"한데 말입니다, 멀리 가는 배는 전부 상선이라 일반인은 태우지 않을 겁니다."

"……."

"그렇다고 방법이 아예 없는 것은 아닙니다. 마침 제가 알고 지내는 선장도 몇 명 있고 하니……, 소개비를 조금

주신다면 그들에게 슬쩍 운을 떼어볼 수도 있기는 합니다만."

어찌해야 할까.

솔직히 청국으로 가는 선박이 있다는 소리에 귀가 번쩍 뜨였다. 긴장감에 손끝이 떨려오고 당장에라도 그러자며 고개를 끄덕이고 싶었다. 기억대로라면 외숙께서는 이미 두 해 전 모국으로 귀국하셨을 것이다. 청나라 황제가 친히 '하늘이 주신 인재'라 칭한 외숙을 조정에서도 감히 홀대하지는 못했을 터, 지금쯤이면 아마 조정에 출사해 안정된 기반을 다지고 계실 것이다.

그렇다면 이제 나도……, 돌아가고 싶다.

그리움이 해나의 가슴에 잔잔한 파문을 일으켰다. 곧장 고향으로 갈 순 없지만, 청에서 자리를 잡는다면 나중에라도 돌아갈 기회가 생길지도 모른다. 이제는 닿을 수 없는 별이 되어 가슴속에 박혀버린 나의 고향. 천운으로 부모님의 무덤이 만들어져 있다면 그곳을 찾아내어 묘를 지키다 눈을 감는 것도 행복일 것이다.

……가자.

이역만리 낯선 곳에서도 살아남았는데 청나라에서 홀로 살아남지 못할까.

뜻밖의 상황에서 결심이 선 해나는 가슴이 벅차올라 비단 꾸러미를 꼬옥 힘주어 안았다.

"그냥 여쭤본 것입니다. 저는 페테르부르크로 갈 예정입니다."

"아, 가까운 곳으로 가시는군요. 하면 그리로 운항하는 배 앞에서 내려드리겠습니다."

아쉽다는 듯 입맛을 쩝쩝 다신 마차꾼이 느릿느릿 자신의 자리로 돌아갔다.

마차가 움직이기 시작하자 해나는 깊은 숨을 내쉬었다. 이러니저러니 해도 에리카에서 가장 빨리 벗어나는 방법은 항구를 통해 빠져나가는 것이었다. 얼굴을 가리고 도심 주변을 배회하다간 대비에게 잡혀가는 것은 시간문제에 불과했다. 오늘로 예정된 혼인식에서 꼼짝없이 얀의 신부가 되어야 할 판이었다. 그러느니 차라리 모험을 강행하는 편이 나았다. 청국으로의 항해는 상상 이상의 위험을 감수해야 하니 급한 대로 이곳을 벗어나 외모를 감추고 여행 준비를 치밀하게 세워볼 작정이었다.

열한 살에 궁에 들어가 열아홉이 되어서야 나온 바깥세상. 처음으로 이 땅에 발을 내디딘 곳에서 해나는 베르덴의 생활을 완전히 정리하려 하고 있었다. 일찍부터 출항한 고깃배들이 자리를 비우고 부두는 한산한 모습이었다. 마차에서 내린 해나는 첫 번째 기착지가 페테르부르크라는 선박 앞에 서서 사람들을 유심히 지켜보고 있었다.

다른 나라로 이동하는 일이니만큼 선박에 대한 정보가 필요했다. 삯을 주고 오르는 배가 맞는 것인지, 자신 외에도 선박을 이용하는 사람들이 있기는 한 건지, 여인 홀로 승선해도 무관한 것인지. 한참을 지켜보다 한 여인이 나타나 삯을 주고 배에 오르자 해나도 결심을 굳히고 그녀의 뒤를 따랐다.

선박 위에서는 여러 선원이 짐을 옮기고, 마스트를 점검하고, 갑판을 청소하는 등 활발히 움직이고 있었다. 해나는 다른 이들과 함께 선장을 따라 갑판 아래로 내려가 선실이 늘어선 복도를 걸었다. 별 탈 없이 모든 일이 순조롭게 진행되어가는데,

'늦는 것은 질색이다.'

엉뚱하게도 환청이 들려왔다. 깐깐하고, 뾰족하고, 서늘한 그의 목소리가.

가만 생각해보니 얼마 후면 그가 환궁하는 날이었다. 늦은 오후쯤 도착해 디너를 함께하겠다, 명이 내려올 것이다. 조금이라도 늦으면 가시로 찌르듯 온몸을 날카롭게 쏘아볼 것은 너무나 자명했다. 순간적으로 숨이 콱 막히는 것 같은데 선장의 말소리가 해나의 환각을 단박에 부수었다.

"여기입니다."

"……예."

정신을 차리고 주위를 흘끗거리니 다른 이들은 모두 선실을 배정받은 것인지 홀로 남아 있었다. 떠나는 순간까지 그에게 혼날 걱정을 하느라 이리도 넋을 빼놓고 있었다니,

기가 막혀 실소가 새어 나왔다. 동시에 그에 대한 생각도 말끔히 지워냈다.

'잊자. 앞으로는 영원히 마주할 일도 없을 테니까.'

해나는 비좁은 선실로 들어서며 이미 알고 있는 사실을 다시 한 번 확실히 되짚어보았다.

"첫 번째 기착지가 페테르부르크인 게 확실합니까?"

"예. 여기서 가까우니 얼마 걸리지도 않을 겁니다. 초행길이신가 보군요."

"그렇습니다."

"말씀드렸듯이 오늘은 날씨가 좋지 않습니다. 파도가 높아 실족 위험이 있으니 배가 움직이는 동안은 갑판 위로 올라오는 일이 없도록 하여주십시오."

"알겠습니다."

고개를 숙이고 슬쩍 훔쳐본 선장은 선한 미소가 인상적이었다. 좋은 사람을 만난 것 같아 얼마간 마음이 놓였다. 그가 문을 닫고 나가자 해나는 선실 문을 잠그고 다리에 힘이 풀려 제자리에 주저앉았다.

잠시 후, 선박이 천천히 움직이기 시작했다.

정말로 이 나라를 떠나는 것인가. 도저히 실감나지 않으면서도 머릿속에 하나둘 고마웠던 얼굴들이 스쳐 지났다.

피아, 마파엘, 그리고…….

감성에 젖어들던 해나의 얼굴 위로 난데없는 불쾌감이 확 번졌다. 마지막으로 떠오른 사람이 적절치 못했다. 거기서 왜 짙은 쪽빛 눈동자의 사내가 튀어나온 것인지. 끈덕지게 따라붙는 프레데릭이란 거대한 존재감에 해나의 마음속엔 당혹감이 어렸다.

어찌 보면 이것은 당연한 현상이었다. 지난 시간, 해나는 미래에 대해 고민할 때를 제외하고 매순간 그를 머릿속에 담지 않은 적이 없었다. 그 인간이 언제 들이닥칠지, 또 얼마나 황당한 요구로 사람을 기함시킬지, 대체 무슨 생각으로 그러는 것인지, 언제나 긴장을 늦추지 못하고 동태를 살펴야 했다. 하지만 이제 그 짓도 끝. 당분간은 어쩔 수 없겠지만, 시간이 흐르면 뿌리 깊게 자리 잡은 그의 장악력 또한 흐려질 것이다.

고개를 절레절레 흔들며 그를 머릿속에서 밀어낸 해나는 문에 등을 기대고 눈을 감았다. 페테르부르크에 도착하면 제일 먼저 피아와 마파엘에게 서신을 쓰자, 우선적으로 해야 할 일을 떠올려보았다.

"후우……."

흔들리는 배 안에서 한 시간이 흐르자 멀미가 시작되었다.

이렇게 끔찍한 것이었나?

바다 특유의 짭조름한 내음이 내장을 뒤집어 심하게 메스껍고 육체는 흐물흐물, 정신이 까마득히 멀어졌다 수면 위로 올라오길 반복했다. 밖으로 나가 바람이라도 쐴 수

있으면 좋으련만. 괴로움에 숨을 크게 들이켜는데,

팡! 파팡!

거대한 폭발음과 함께 선박이 어딘가에 드세게 부딪혀 강한 충격이 일었다. 그로 인해 해나는 바닥으로 거칠게 쓰러졌다. 손바닥과 팔목이 쓸리고 어깨, 골반, 다리 곳곳에서 통증이 솟았다.

"으윽."

힘겹게 상체를 일으킨 해나는 범선이 완전히 멈추어 있음을 감지했다. 무언가 큰일이 터진 게 틀림없었다. 숨을 죽이고 귀를 기울여보면 갑판 위로 사내들의 고함과 우르르 뛰어다니는 발걸음 소리가 요란하게 울렸다.

'해적인가?'

생각만으로도 머리털이 주뼛 곤두서는 기분이었다. 정말이지 무엇 하나 순탄한 게 없었다. 바깥에서 들려오는 고함이 커질수록 해나의 공포심도 최고치를 경신했다. 바짝바짝 심장을 조이는 외부의 소음은 한참을 이어가다가 어느 순간,

꽝!

잠갔던 게 우스울 정도로 누군가 선실 문을 거칠게 걷어차며 안으로 들어섰다. 후드를 깊게 뒤집어쓴 해나는 벽에 찰싹 달라붙어 고개를 숙였다. 해적이라니, 여기서 또다시 인생이 꼬여버릴 수는 없었다. 긴박한 상황에 대책을 강구하려 머리가 깨질 듯이 아파오는데 뜻밖의 상황이 벌어졌

다.

"해나 님?"

무지막지하게 쳐들어온 사내의 입에서 자신의 이름이 흘러나온 것이다. 잘못 들은 게 아닐까, 해나는 일순 착각이 일었다.

"해나 님 맞으십니까?"

그러나 저 걱정이 배어든 사려 깊은 울림은 분명 어디선가 들어본 음성이었다. 서서히 고개를 든 해나는 사내의 얼굴을 확인하고 소스라치게 놀라 자리에서 벌떡 몸을 일으켰다.

"루카스! 어떻게 여기까지……."

"해나 님!"

그는 안도의 숨을 내쉬며 해나를 불렀고, 그의 동료 중 하나는 어딘가로 후다닥 뛰어나갔다.

해나는 가슴이 쿵쾅거렸다. 근위병이 이곳에 있다는 건 왕의 명령을 수행하고 있다는 의미가 아닌가.

"가시지요. 전하께서 찾고 계십니다."

"대체 여기는 어찌 알고 오신 겁니까?"

저의 행방을 정확히 파악하고 있는 것도 놀라웠고 바다 한가운데까지 근위대를 보낸 것도 황당했다. 막무가내 기질이 다분하기는 하지만 왕은 이런 식으로 인력을 낭비하는 비효율적인 사람이 절대로 아니었다.

이건 마치…….

그의 행동이 기이해 해나도 갈피를 잡지 못하고 있는데 복도에서 발걸음 소리가 또렷하게 들려왔다. 노여움과 갈급함이 섞여 있는, 해나의 귀에서 세상 모든 소음을 잠재우고 오로지 제가 내는 소리에만 온전히 집중을 시키는.

설마……, 아닐 것이다.

그가 여기까지 왔을 리도 없거니와 언제나 여유 만만하신 분이 저리도 다급하게 걸어오실 리 없었다. 하지만 해나의 팔뚝에는 이미 도돌도돌 소름이 돋았고, 눈앞의 근위병은 일제히 부동자세를 취하고 있다. 싸하게 번져가는 주변의 긴장감에 갑자기 숨이 막혔다.

시원한 바람이 불어오듯 그에게서 나는 특유의 체취가 코끝으로 밀려오자 해나는 어지럼증을 느꼈다. 고개를 저어 정신을 차려보면 프레데릭은 어느새 눈앞에 버티고 서서 폭발할 것 같은 얼굴로 이쪽을 노려보고 있었다. 아청빛 프록코트 속으로 은빛의 웨이스트 코트를 받쳐 입었고 목 주위를 감싼 넥스톡은 눈부시게 하얗고 깔끔했다. 그 단정하면서도 어쩐지 황망해하는 모습에 해나는 조금 무섭기도 하였고 왈칵 울음이 터질 것 같기도 하였다. 여기까지 그가 직접 쫓아왔을 줄은 정말이지 상상도 못 했다.

"너……, 보아주는 것도 정도가 있지."

"저는……."

"겁도 없이 여기가 어디라고 궁을 빠져나온 것이냐!"

그가 버럭 고함을 지르자 이상하게도 해나는 놀랐던 가

슴이 진정되고 머릿속도 더욱 명료해지는 기분이었다.

"전하, 물러가 있을 테니 천천히 얘기 나누고 오십시오."

갑자기 끼어든 생소한 목소리에 해나가 힐끔 쳐다보자 한 사내가 근위병들을 이끌고 있었다. 태양처럼 빛나는 금빛 머리칼에 짙은 녹안이 여인처럼 곱고 아름다운 자였다. 확실히 시선을 끄는 외모였으나 그가 마지막으로 문을 닫고 나갔을 때 해나의 머릿속에는 잔영조차 남지 않았다. 곤두선 신경을 온통 빼앗고 있는 건 죽일 듯이 저를 쏘아보고 있는 칼 프레데릭이었으니.

그는 위태로워 보였고, 해나는 말갛게 시선을 맞추며 조용히 때를 기다렸다. 이윽고 파박, 그가 폭발하기 일보 직전 해나는 차분하고 담담하게 먼저 선수를 쳤다. 봇물 터지듯 쏟아질 그의 감정을 그렇게나마 조금은 가라앉히고 싶었다.

"인사도 올리지 못하고 떠나온 건 잘못이었습니다."

"그것만이 잘못인가?"

"그동안 소인을 보살펴주셨다는 거 잘 알고 있습니다."

"말 한번 잘하였다! 사람이라는 게 염치가 있어야지. 먹여주고, 입혀주고, 재워줬더니 감히 이런 식으로 나를 쫓아오게 만들어!"

해나의 노력에도 끝내 폭주할 듯 화를 내던 그는,

"……등신 같은 것, 하려면 제대로나 할 것이지."

"……."

뜻밖에도 감정을 억누르며 겨우 한마디를 덧붙이고 입을 다물었다. 쓴맛이 묻어나는 그의 마지막 발언이 묘한 여운을 남기며 공중으로 흩어졌다.

평소 해나에게 있어 그는 지우고 싶은 악몽이었다. 하지만 조금 전과 같이 한마디의 말이, 어떠한 행동이 무시할 수 없는 힘을 발휘하게 될 때면 그가 자신에게 한 꺼풀 남아 있는 단 하나의 보호막이라는 사실을 상기하곤 하였다. 과거가 어떠했든 이국인을 내보내라는 대귀족들의 권유를 무시하고 선왕에 이어 자신을 끝까지 별궁에 머물게 해준 건 그였으니까. 공국에서 줄기차게 서신을 보내 출궁을 종용하던 대비의 권고까지 무시해가며.

마음이 이상해진 해나가 아무 말도 못 하고 시선을 내리뜨는데.

"벗어나고 싶으냐?"

그답지 않은, 약간의 허무함마저 감도는 목소리가 날아들었다.

"괴로운 적도 많았지만……, 안전한 울타리였습니다."

"헌데?"

"그자와 혼인할 수 없습니다."

전장에 나가 있으면서도 왕궁 안의 모든 일을 속속들이 파악하던 그였다. 혼인 문제 역시 이미 보고가 들어갔을 것이라 짐작한 해나는 자세한 설명을 배제하고 핵심만 털어놓았다.

"또한, 이제는 자립해야 한다고 생각합니다. 더 이상 전하께 누를 끼치는 건 사람 된 도리가 아닌 듯싶으니 여기서 그만 마지막 인사를 올리겠습니다. 물질적으로 베풀어주신 은혜, 전부 갚을 길은 없겠으나……."

"지독하군."

낮게 말을 자르는 그의 읊조림이 어쩐지 씁쓸했다. 언젠가 인내심이 한계에 다다라 진절머리를 치며 도망갈 수도 있겠구나, 갈수록 표정 관리가 노련해지는 해나를 지켜보며 프레데릭은 내심 그런 생각을 하고 있었다.

그런 날이 오면 어떻게 대처해야 할까, 나름대로의 준비를 한다고 해왔는데. 자립, 누를 끼침, 마지막 인사, 갚을 길 없는 물질적인 은혜, 그런 말들이 튀어나올 때마다 눈빛과 안면 근육이 시시각각 변화하며 꿈틀대었다. 프레데릭은 해나의 말을 여유롭게 받아들이지 못하고 급소라도 맞은 듯 동요하였다.

"알고 보면 성격도 급하고 둔감하기 이를 데 없지, 너는."

"……."

"돌아간다."

"전하!"

여기까지 어떠한 마음으로 쫓아왔는지 그도 알 수 없었다. 생각이라는 것을 할 겨를조차 없었다고 해야 하나. 그가 아는 것은 해나가 곧 또 한 번의 경멸을 드러낼 것이고,

그는 잠자코 받아들여야 한다는 것이었다. 아무래도 상관없었다. 해나가 저를 어떤 식으로 쳐다보든, 무엇이라 여기든, 중요한 것은 이곳에서 그녀를 데리고 나가야 한다는 것일 테니.

"네 말대로라면 내게 갚아야 할 것이 많지 않나? 이제껏 순종하는 척 받기만 하다가 마음에 들지 않는다고 이런 식으로 도망을 치는 건 올바른 셈법이 아니지."

"얌전히 혼례를 치렀어야 한다 이 말씀이십니까?"

"열심히 먹여놨더니 상상력만 키우고 있었군."

"돌아가지 않겠습니다."

"대화는 여기까지다."

해나의 말을 단칼에 잘라버린 프레데릭은 더는 대화하지 않겠다는 의지를 행동으로 몸소 보여주었다.

"전하!"

눈 깜짝할 새 해나를 짐짝처럼 어깨에 둘러멘 뒤 선실 문을 발로 뻥, 신경질적으로 걷어찼다. 바동바동 해나가 아무리 팔다리를 휘저어도 그는 끄떡하지 않고 거침없이 앞으로 걸어 나갔다.

"그자와 혼인할 수 없습니다. 보내주십시오! 내려주십시오!"

소리치며 저항하는 와중에 그는 갑판 위로 올라왔고 해나는 또 한 번 아연실색하였다. 수많은 해군함이 범선 한 척을 둥글게 포위하고 있는 것이 기가 막혔다. 전쟁이 난

것도 아니고 저 하나를 잡자고 해군까지 동원하였다는 게 믿어지지 않았다.

재빨리 해군함으로 옮겨 온 프레데릭은 계단을 내려와 어느 쾌적한 선실로 들어서 해나를 푹신한 침대 위로 사정없이 내던졌다. 그런 뒤에 곧바로 쾅! 귀가 얼얼해질 정도로 요란한 문소리를 내며 그대로 자취를 감추었다.

피가 머리로 몰렸다 풀렸기 때문인지 해나는 사방이 어질어질, 범선도 쾌속으로 달리고 있어 정신이 하나도 없었다. 할 수 없이 그 상태로 눈을 감고 현기증이 잦아들길 기다렸다.

앞으로 어떡해야 할까. 울렁거림을 삼키며 생각에 빠져드는데 난데없이 귀청이 찢어질 듯 포탄이 발사되는 소리가 들려왔다. 해군함이 진동하여 울릴 정도로 거대한 폭발음 또한 연이어 강타했다.

콰쾅! 쾅!

눈을 크게 뜬 해나는 머릿속을 스치는 끔찍한 상상에 한기가 가슴속을 파고드는 기분이었다.

'설마! ……그럴 리 없어!'

포악한 면이 다분한 것은 사실이었으나 생명을 경시하는 사람은 절대로 아니었다. 해나는 상상이 과하다고 부정하면서도 몸을 일으켜 치맛자락을 움켜쥐고 선실 밖으로 부랴부랴 뛰어나갔다. 얼굴은 하얗게 질리고 손발은 마구 떨렸다. 가까스로 계단을 올라 갑판으로 달려 나온 해나는 믿을 수 없는 장면에 숨이 넘어갈 듯 목구멍에서 컥컥, 이상한 소리가 새어 나왔다.

수없이 발사되고 있는 대포, 초토화된 무역선, 시뻘겋게 타오르는 불길, 그리고 그 모든 광경을 눈 하나 깜짝 않고 구경 중인 칼 프레데릭. 해나를 저지하는 근위병들의 소란에 천천히 뒤를 돌아본 그는 무표정한 얼굴이 마치 피도 눈물도 없는 잔인한 악마와도 같았다.

치장을 위해 하녀들이 부산스럽게 움직이는 가운데 말없이 서 있는 해나는 살아 있는 인형과 다름없었다. 얇게 잡힌 머리칼이 수 갈래로 나뉘어 땋이고 있어도, 얼굴에 촉촉한 화장수가 덧발라지고 있어도. 벗기면 벗기는 대로, 입히면 입히는 대로 해나는 표정 없는 얼굴로 서 있기만 하였다.

오전의 기억은 쭉 이어지지 못하고 그림처럼 뜨문뜨문 끊기듯이 머릿속에서 반복되었다.

갑판 위에서 해나는 왕에게로 달려갔다. 그러지 말라고, 저들은 아무런 죄가 없다고. 중간에 저지되어 끌려가면서도 해나는 차라리 자신을 벌해달라 청했다. 프레데릭은 모든 것을 묵묵히, 그리고 끝까지 지켜볼 뿐이었다.

「일반인을 상선에 태우는 건 본래 법으로 금지되어 있는 일입니다. 타고 계시던 선박은 상선으로 등록된 것이었습니다.」

선실에 도로 갇히기 전 루카스가 왕의 편에서 한마디를 거들었다. 해나는 이해할 수 없었다. 그렇다고 어떻게 저 큰 선박을 보란 듯이 폭파할 수 있단 말인가. 사람들은 다른 곳으로 옮기고 저러는 것이겠지. 해나는 그런 생각을 하면서도 매번 상식을 뛰어넘는 그의 행동에 완전히 질려 버리고 말았다.

많이 놀란 탓인지 이후로 해나는 탈진하였고, 감정을 내보이며 저항하기보다 혼자만의 세계로 빠져들었다. 어느 순간 살랑살랑 보드라운 바람이 불어와 얼굴을 간질이기 직전까지는.

"다 되셨습니다."

바람이 불어오는 쪽을 쳐다보니 이름 모를 하녀가 얼굴에 부채질을 해대며 거울을 보라고 재촉하였다. 물끄러미 전신을 비추는 거울을 보니 해나는 흠잡을 데 없는 대귀족의 영애와 같은 모습을 하고 있었다.

헤라 로즈가 프린트된 화려한 살굿빛 로브, 땋아 올린 부분 외에는 허리까지 물결처럼 길게 늘어트린 탐스러운 흑색의 머리카락. 윤기가 흐르는 올린 머리 위에는 새빨간 장미처럼 요염한 루비가 촘촘히 장식되어 고혹적인 분위기마저 자아내고 있었다.

"이쪽으로 오십시오."

심한 타박상으로 움직일 때마다 허리와 다리가 불편했지만 해나는 저들이 이끄는 대로 조용히 방을 나섰다. 감정에 취해 이성을 잃는 것도, 완벽한 준비 없이 섣부르게 일을 치는 것도 용납될 수 없었다. 이 상태로 교회까지 끌려가 혼인하게 되어도 일단은 침착하자, 해나가 평정심을 최대한 끌어 모으는데 앞서 가던 하녀가 갑작스레 걸음을 멈췄다.

그녀를 따라 멈춰 선 해나는 주위를 둘러보고 놀라움에 눈이 동그랗게 커졌다.

크리스털 드롭이 장식된 반짝이는 샹들리에 아래, 은은한 불을 밝히는 은촛대와 최고급의 은식기가 크림색의 테이블 보 위로 정갈하게 세팅되어 있었다. 중앙에는 입맛을 돋우는 허브 식물이 일렬로 배치되어 있고, 사이사이 온실에서 갓 따온 장미로 포인트를 주어 기다란 테이블은 마치 하나의 장식물처럼 풍성하고도 아름다웠다.

해나는 어느새 지금까지 보아온 다이닝 룸 중 가장 우아하다고 평을 내릴 만한 낯선 곳에 서 있었다.

"여기는……."

만찬을 위한 자리인지 물으려던 해나는 뒷말을 잇지 못하고 조용히 입을 다물었다. 테오와 디아나 백작부인을 비롯해 무역선에서 보았던 녹안의 금발 머리 사내, 그리고 자리에 앉아 서릿발을 풀풀 휘날리고 있는 대비까지, 평소 해나가 불편해하는 사람들이 줄줄이 시야에 들어온 까닭이었다.

해나를 쏘아보던 대비는 눈매가 매우 살벌해지더니 분을 삭이지 못하고 자리에서 일어나 쏜살같이 걸음을 옮겼다. 해나에게로 점점 가까이, 한 보 앞까지 다가와 오른팔을 위협적으로 추켜올렸다. 그다음은 보나마나. 미처 피할 새도 없이,

찰싹!

눈을 질끈 감았던 해나는 의아함에 한쪽 눈썹을 꿈틀거렸다. 분명 귓전이 울리도록 마찰음이 세차게 났건만 아프지가 않았다. 대신 여기저기서 헛숨을 들이켜는 소리만 강렬하게 대기 중으로 섞여들었다. 긴장이 고조된 적막 속, 해나가 살며시 눈을 떠보니 코앞에 보이는 건 청색의 프록코트를 입은 어느 건장한 사내의 듬직한 등 부분이었다.

곧이어 끼이익, 의자가 급히 밀쳐지는 소리가 나더니,

"전하!"

당혹스러움이 역력한 금발 사내의 목소리가 들려왔다. 득달같이 달려온 테오의 음성도 공중 위로 급박하게 퍼져나갔다.

"궁의를 부르라!"

얼마나 드세게 후려쳤는지 오랫동안 체력을 단련해온 프레데릭의 고개가 홱 돌아가 있었다. 모두가 파랗게 질려 수선을 떠는 가운데 정작 당사자인 그는 대수롭지 않게 고개를 바로 하며 말했다.

"이런, 저는 그저 오랜만에 조모님께 인사를 올리고 싶었던 것인데……."

설마 했던 목소리가 실제로 들려오자 차마 움직이지 못했던 해나는 비로소 천천히 앞으로 나가보았다. 대비와 그가 마주 보고 있는 중간 지점쯤. 걸음을 멈추고 프레데릭을 향해 고개를 들다가 그대로 숨이 흡! 다시 한 번 크게 놀라고 말았다.

터진 입술, 붉게 멍들어 부어오른 뺨, 그 위로 가늘고 길게 긁혀서 번져 나오는 핏줄기.

하얗게 질린 해나가 대비 쪽으로 시선을 내려보니 크고 화려한 반지를 주렁주렁 끼고 있는 그녀의 손이 한눈에 들어왔다. 너무 놀란 나머지 조피는 손바닥을 편 채로 완전히 얼어붙어 있었다.

한바탕 일었던 폭풍이 잦아들고 다이닝 룸에는 지독한 정적이 내려앉았다. 충격에 빠진 대비가 입을 굳게 다물고 있어 이곳에 있는 어느 누구도 함부로 입을 열지 못했다.

해나는 창백히 질린 얼굴로 한쪽에 서서 로젠 공이라 불리던 금발 사내의 시선을 따갑도록 받고 있었다. 소문으로 들어왔던 존재가 처음부터 노골적인 눈길을 보내오는 게 불쾌했지만, 그쪽으로는 신경 쓸 정신이 남아 있지 않았다. 의중을 알 수 없는 왕의 행동에 머릿속이 복잡했고 얀과의 혼인 문제를 어떻게 처리해야 할지 암담하기 이를 데

없었다.

“다행히 상처가 깊지 않아 흉터가 남는 일은 없을 것이옵니다.”

얼마 못 가 수석 궁정의의 목소리가 괴괴한 침묵을 깨며 들려왔다. 상념을 떨쳐낸 해나가 고개를 들어 살펴보니 궁정의가 대비에게 보고를 올리고 있었다.

간단한 처치를 끝내고 돌아온 프레데릭은 아무 일도 없었다는 듯 태연하게 상석에 자리를 잡았다. 지혈을 한 뒤 한 줄로 붉게 그어진 상처에 약을 바른 모습이었다.

“감히 왕의 얼굴에 상처를 내다니……, 이 할미가 큰 실수를 하였습니다.”

“아닙니다. 상황도 모르고 분별없이 끼어든 저의 잘못입니다.”

아무리 대비라지만 국왕의 몸에 손을 대는 것은 또 다른 문제였다. 게다가 다른 곳도 아닌 왕의 얼굴을 건드려놨으니, 시작부터 주도권을 넘겨버린 대비는 손자의 말도 안 되는 대답에 이렇다 할 반박조차 못했다. 이국인을 내리칠 때 갑자기 끼어든 그의 행동이 전적으로 고의적이었음을 빤히 알고 있으면서도.

“너는 뭐하고 서 있는 것이냐. 와서 앉아.”

뿐만 아니라 그가 천박한 이국인을 자신과 한 테이블에 앉히는 것 또한 오늘만큼은 거부할 수 없었다. 조피는 속이 부글부글 끓어오르면서도 무표정한 가면을 쓰고 해나가 자리를 잡는 모습을 태연히 지켜보아야 했다.

모두가 착석하자 난리를 치르는 동안 여러 차례 데워졌을 요리가 서빙되기 시작했다.

깔끔하게 플레이팅된 전식을 내려다보고 해나는 그제야 하루 종일 아무것도 먹지 못했음을 인지했다. 그런데도 배가 고프기는커녕 입맛조차 돌지 않았다. 온종일 끔찍한 경험을 한데다 왕족들만 앉아 있는 테이블에, 심지어 디아나 백작부인조차 기립하고 있는 와중에 뜬금없이 한자리를 차지하고 있으려니 내키지가 않았다.

"그리고 너."

그렇다고 슬그머니 자리를 피할 수도 없어서 포크를 들고 음식을 뒤적거리고 있는데 근엄한 질타가 날카롭게 꽂혀들었다. 고개를 들어보니 프레데릭의 시린 눈동자가 정확히 이쪽으로 고정되어 있었다.

"오늘 만찬 자리에 늦지 말라고 분명 기별을 보냈을 것인데 감히 명을 어기고 엄한 곳에 놀러 다녀?"

예정보다 나흘이나 앞당겨 온 그가 기별 같은 것을 보냈을 리 없었다. 그의 말은 오전에 벌어진 해나의 도주 소동을 이것으로 전부 덮겠다는 확고한 의사였고, 입장에 따라 테이블에 앉아 있는 이의 표정은 현저하게 갈렸다. 방관자적 태도를 보이는 로젠 공은 소리 없이 웃음을 터트린 반면 대비는 감히 바라보기도 힘들 만큼 얼굴이 구겨지고 있었다.

"지금 때가 어느 때인데 철없이 그러고 다닌단 말인가. 네 정녕 별궁에 갇혀 실컷 혼이 나야 정신을 차릴 것이냐?"

"저는 단순히 놀러 나갔던 게……."

"네가 지금 잘했다는 것이냐!"

원수 놈과의 혼인 문제가 걸려 있는 만큼 이번만은 해나도 어영부영 넘길 수가 없었다. 어떻게든 확실히 짚고 넘어가려 하는데 가차 없이 말을 잘라버린 프레데릭은 대비에게로 시선을 돌렸다.

"식사 중에 큰 소리가 나는 것을 이해하여주십시오. 저 어리석은 것이 조모님께서 왕인 이 사람의 재가도 없이 자신을 어떤 사생아와 혼인시키려 했다고 헛소리를 하지 뭐겠습니까."

"그건……."

"물론."

순간적으로 사색이 된 조피가 입을 떼려 했지만, 프레데릭은 조금의 틈도 없이 해나에게로 다시 고개를 틀었다.

"네게는 그런 놈도 과분하다만 너는 선왕께서 후원하시던 아이, 그분의 명예를 봐서라도 그런 일은 가능할 수 없다. 너를 그리 치부하는 건 선왕 전하의 명예를 떨어트리는 것, 너는 지금 대비 전하께서 말도 안 되는 일을 벌였다는 헛소리로 우리 왕실을 모욕하고 있는 것이다."

도무지 예측할 수 없는 행동으로 어린 시절부터 해나를 경악케 하였던 칼 프레데릭. 우스운 착각일지는 모르겠으나 언젠가부터 한 번씩 그는 제 생각을 해나에게 빤히 보여 줄 때가 있었다.

바로 지금처럼.

이것은 일종의 경고나 다름없었다. 상황을 수습하고 있으니 입 다물고 고분고분 듣기나 하라는. 하여 해나는 여태까지 그러했던 것처럼 조용히 입을 닫고 그의 호통을 잠잠히 받아들이기로 하였다.

"한 번만 더 그런 허튼소리를 지껄였다간 너는 그에 합당한 벌을 받게 될 것이다."

그러더니 그는 마음에 안 들었던 부분까지 콕 집어 지적했다.

"대비 전하께서 계시는 자리다. 식사 똑바로 해."

예리하게 직시하는 저 눈빛의 의미를 해나는 너무나 잘 알고 있었다. 깨작거리지 말고, 남기지도 말고, 주어진 양을 제대로 다 먹으라는 소리였다.

여전히 입맛은 돌지 않았으나 어쨌든 혼인에 관한 문제는 일단락되었다. 안 그래도 주목받는 것이 부담스러웠던 해나는 그가 뜻하는 바대로 연한 송아지고기를 적당히 썰어 입으로 가져갔다.

'볼 만하군.'

살벌한 분위기 속에서 왕의 명연기가 막을 내린 지금, 이날의 생난리를 처음부터 끝까지 곁에서 지켜본 또 한 사람이 있었다. 프레데릭이 원정으로 자주 궁을 비웠던 지난 6년, 국왕 직무 대행이라는 의무조차 팽개치고 멋대로 타국을 쏘다니다 반년 전에야 돌아와 사교계를 평정한 레오폴트 패르손 드 로젠. 무슨 재미있는 연극이라도 구경하듯 그는 왕성한 호기심을 드러내며 눈앞의 상황을 즐기는 중이었다.

가차 없는 말을 내뱉으면서도 먹는 양까지 확인하며 여인에게서 눈을 떼지 못하고 있는 프레데릭. 그런 손자에게 시선을 고정한 채 갈수록 미간이 일그러지고 있는 대비. 그 사이에 앉아 대쪽 같은 눈빛을 유지하고 있는 서정적인 분위기의 이국인.

'재미있는 조합이야.'

귀족파의 구심점이 된다 하여 대비로부터 따가운 견제를 받아왔던 그였기에 레오폴트는 지금의 상황이 마냥 유쾌했다. 목하 왕의 안중엔 이국인을 제외한 그 누구도 없는 것 같았다. 하물며 공국파를 움직이는 고귀하신 대비 전하까지도. 저 또한 같은 처지였으나 그런 것에 굳이 연연하지 않았다. 손자의 얼굴에 상처를 입히는 바람에 이 상황에서 말 한 마디 못 하고 분해하는 대비를 보는 것만으로도 그는 대단히 만족스러웠다.

대화가 사라지고 침묵이 내려앉은 다이닝 룸, 모두가 묵묵히 식사만 하는 것 같지만 기실 눈으로 서로 다른 상대를 좇느라 음식이 어디로 들어가는지 모를 정도로 난장판이었다. 특히 이국인을 향한 왕의 눈빛은 빤한 것 같으면서도 단정 짓기가 어려웠다. 호감이라기엔 맹목적이고, 욕정이라기엔 순수하고, 사랑에 빠진 사내라기엔 극히 조심스럽다.

어쩌다 저 지경이 되어버린 것일까.

유심히 살펴도 산뜻한 결론이 나지 않자 레오폴트는 피식 웃음을 지었다. 느긋하게 와인으로 목을 축이며 관조적으로 왕과 이국인을 번갈아 보았다. 당장에 알아야 할 필요는 없었다. 보고도 알 수 없다면 당분간 곁에 붙어 찬찬히 지켜보면 되는 일이었으니.

본래 대비는 격식과 예절을 까다로울 만큼 완벽히 따지고 지키는 사람이었다. 언젠가 선왕이 저명한 문인을 만찬 자리에 초대했을 때, 그자의 신분이 낮다는 이유로 격렬한 말다툼을 벌이다 자리를 떠나버린 일화는 지금까지도 유명할 정도였다.

몰래 벌인 일이 비틀려 그때와 같은 거부 반응은 삼갔다 해도, 만찬 내내 해나를 쏘아보던 대비의 눈빛은 적의로 가득 차 있었다. 뿐만 아니라 수시로 와 닿던 칼 프레데릭의 집요한 시선과 로젠 공의 거리낌 없는 눈길이 더해져 왕족들과의 시간은 잔인할 만큼 더디게 흘렀다. 그리고 마침

내 버거웠던 만찬 자리가 파하였을 때 해나는 극심한 심리적 압박에 눈이 빠질 것 같은 두통에 시달리고 있었다.

저들에게 있어 천한 이국인에 불과한 신분임에도 왕은 아랑곳없이 해나를 왕족들 사이에 동석케 하였다. 명에 따라 자리를 지키면서도 그의 의도를 알 수 없어 혼란스러웠는데 이제 보니 그것은 벌을 주기 위함이었음이라. 그는 스스로에게조차 가차 없는, 뼛속까지 지휘관인 사람이었다. 어릴 때에는 부왕의 관심을 빼앗겨 해나를 미워했다면 이제는 정해놓은 규칙에서 벗어나려는 태도가 마음에 들지 않아 길들이기를 하는 것일 터였다.

소리 없는 한숨이 절로 새어 나오는 밤, 해나는 대비의 뒤로 걷고 있는 시녀들의 끄트머리를 따라 조용히 본궁을 벗어났다. 이제 계단을 내려가 대비가 처소로 향하는 마차에 오르면 피 말리는 하루도 막을 내리게 되는데 생각지도 못한 마지막 관문이 버티고 있었다.

"이국인 말이야, 백작부인께서 명을 내리셨는데 그거 따르기 싫다고 도망갔다가 잡혀 온 거라면서?"

"도망이 아니라 전하께서 계신 곳으로 고자질하러 나간 거였다더라. 생각해봐. 궁에서 호의호식하는데 너 같으면 다른 데로 도망가고 싶겠니? 백작부인의 명은 받들기 싫고 왕궁에서는 계속 대접받으며 살고 싶으니까 잔머리를 굴린 거지. 청국이라는 나라는 낙원 같은 곳이라던데 어디서 저런 정체도 알 수 없는 여우같은 게 들어왔나 몰라."

지난 6년, 해나는 비교적 조용한 삶을 살 수 있었다. 선왕의 붕어 후 전쟁이 터지자 칼 프레데릭은 전장에, 대비는 시녀들을 이끌고 공국에 머무른 까닭이었다. 왕비도 공주도 존재하지 않았던 왕궁, 무도회는커녕 올해 초까지만 해도 사회적으로 자중하는 분위기가 형성되어 별궁의 이방인은 잠시나마 사람들의 관심에서 멀어질 수 있었다. 하지만 그런 상황에서도 소소하게 텃세를 부리며 알게 모르게 꾸준히 신경을 긁어대는 무리가 존재했다. 거대한 왕궁 안, 보이지 않는 곳곳에 빈틈없이 자리한 일부 하녀들이었다.

"아까도 봐라, 눈 하나 깜짝 않고 만찬 자리에 끼어 앉는 거. 백작부인도 서 계시는 자리에서 뻔뻔스럽게 끼어 앉는데, 내가 다 민망해 죽는 줄 알았네. 거기가 어디라고 지가 감히 끼어들어, 끼어들긴."

"별궁에서 좀 살았다고 왕족이라도 되는 줄 아나 보지. 하여간 주제 파악 못 하는 데 일가견이 있다니까."

"뭣들 하는 짓이냐!"

하녀들은 대비가 올라탈 마차를 정리한 뒤 배웅을 위해 대기하던 중이었다. 예상보다 대비께서 나오시는 시각이 늦어지자 도란도란 뒷얘기를 나누다 백작부인의 호통에 기절할 듯 놀라 고개를 숙였다.

웃전께서 오신 줄도 모르고 흐트러져 있었으니 명백히 예법에 어긋나는 일이었다. 게다가 대비께서는 하녀들이 왕실에 대해 떠드는 걸 무척이나 싫어하는 분이셨다. 불벼락이 떨어지겠구나, 모두가 와들와들 떠는데 대비는 하녀가 아닌 뒤에 서 있는 해나를 향해 경멸에 찬 눈길을 보냈다.

"쯧쯧. 하물며 일개 하녀조차 저리 명확히 잘 알고 있거늘. 가정교사씩이나 거느리고 있다면서 어찌하여 여태껏 주제 파악도 못 하고 있었던 것인고?"

"……."

"고자질도 모자라 분수도 모르고 감히 내가 앉아 있는 자리에 끼어들다니. 대체 네까짓 것한테 가정교사가 무에 필요하단 말이냐? 6년이 넘게 배웠어도 결국 하녀만도 못한 주제에!"

대비의 두 눈에는 노기가 등등이 살아 있었다. 저따위 천것 하나 어쩌지 못해 한자리서 같이 식사까지 하였다는 게 견딜 수 없을 만큼 치욕스러웠다. 애초에 저런 아이를 별궁에 들여놓는 것이 아니었는데. 상대하는 게 하도 같잖아 내버려두었더니 작금 손자 곁에 들러붙어 감히 머리꼭대기까지 기어오르려 하고 있었다.

시녀들이 긴장할 만큼 자신이 분노하는데도 무너지지 않고 담담히 버티는 해나가 대비는 꼴도 보기 싫었다. 속에서 부아가 치밀고 퍼붓고 싶은 독설이 혀끝에서 맴돌았다. 조금 더 모욕을 주고 싶은 충동이 일었지만, 대비는 그쯤에서 입을 다물고 고개를 돌렸다. 저런 것한테 일일이 반응하다간 면이 서지 않을 것이다. 모든 일은 적당한 때라는 게 있는 법, 기회는 언제고 다시 찾아올 것이니 지위에 맞게 현묵(玄默)하다 때가 되면 왕궁에서 빠르고 완벽하게 쳐내버릴 것이다.

대비와 시녀들이 마차에 오르자 하녀들도 슬금슬금 해나를 피해 움직였다. 아무리 미워도 어쨌든 해나는 왕의 보호를 받고 있는 신분, 뒤에서 수천 번 욕을 할지언정 직접적인 대립은 그들로서도 부담스러운 일이었다.

하녀들이 사라지자 해나의 곁에는 마차를 통제하는 중인 하인 몇 명과 며칠 만에 얼굴을 마주한 피아만이 남아 있었다. 마치 1년과도 같은 긴 하루를 보냈으나 아무것도 변한 것이 없어 짙은 공허감이 가슴을 메웠다.

"해나 님……."

피아의 입에서 안타까운 음성이 흘러나왔다. 다른 때 같으면 저 하녀들을 가만두지 않겠다, 씩씩거렸을 테지만 오늘은 이쯤에서 끝내야 한다는 걸 알고 있는 그녀다.

해나의 머리가 쪼개질 듯 두통이 더욱 심해졌다. 다행히 대기 중이었던 마차는 빠르게 진입해 바로 앞에 멈춰 섰다.

통증에 짓눌려 눈가가 찌푸려진 해나가 걸음을 옮겨 마차에 오르는데 손을 잡아주는 상대의 손길이 무척이나 낯설게 느껴졌다. 길고 부드러운 피아의 손이 아닌 크고 굳은살이 박인 사내의 손길. 마차의 계단 위로 발을 올리려던 해나는 반사적으로 동작을 멈추고 확인을 위해 고개를 틀었다.

"해나 님은 내가 모실 것이니 너는 뒤에 오는 마차를 이용하도록 하여라."

어둠 속에서 불시에 튀어나와 피아를 밀치고 해나의 손을 잡아준 사람은 얀. 피아가 항의하려 하자 권위 있는 태도와 엄중한 말씨로 사전에 이의를 차단하는 모습이 몸에 밴 듯 자연스럽다.

문득, 따갑도록 달라붙는 누군가의 지켜보는 것 같은 시선이 실제인 듯 착각인 듯 해나의 목덜미를 서늘하게 쓸었다.

「참, 얀 슐레이트은 사생아가 아닙니다. 슐레이트 백작이 죽기 전 그를 서자로 인정했고, 가문에서 법적 인지를 받은 유일한 아들로서 아비의 지위를 승계하였습니다. 엄밀히 따지자면 근본도 알 수 없는 다른 인종의 천한 고아를 아내로 맞기에는 지나치게 귀한 신분이지요.」

대비는 한 마디의 말도 없이 식사를 끝냈다. 그러나 자리를 뜨기 전 감정 없는 어조로 얀에 대한 정보를 정정하고 해나의 처지를 신랄하게 비꼬았다.

밤바람이 제법 써늘해진 시각, 손을 뿌리친 해나는 어둠 속에서 대비가 했던 말을 떠올리며 맞은편의 얀을 응시했다. 어린 시절 항상 우수에 젖어 사람을 걱정케 하였던 그는 특유의 분위기에 우미한 품위가 더해져 월등히 영근 모습이었다.

예상치 못한 만남도 모자라 완전히 뒤바뀐 신분이라니, 혼란은 가중되었지만 얀에 대한 감상은 그쯤이면 충분했다. 사생아로 버려져 가문의 수장이 되기까지 지난 세월 그가 무슨 일을 겪었는지 궁금해할 필요도 없었다. 해나는 그저 현재의 신분과 처지에 맞게 불편한 마음을 드러내고 이쯤에서 그와의 인연을 확실히 정리하고 싶었다.

"이게 무슨 짓입니까?"

"일단 오르십시오."

조용히 침묵하다 한꺼번에 쏟아진 두 개의 언어. 해나만 들을 수 있도록 목소리를 낮췄던 얀의 얼굴 위로 언뜻 상처가 스쳤다.

톤 조절을 하지 않은 음성과 깍듯한 존대. 이는 자신과 고향의 언어를 섞고 싶지 않다는 암묵적 표현이며 확실한 거리를 두겠다는 해나의 의지임을 얀도 모르지 않았다. 어느 정도 각오는 되어 있었으나 막상 겪어보니 밀려드는 서운함이 아프게 가슴을 찔렀다.

"조용히 나누고 싶은 말이 있습니다."

"불행히도 저는 그러고 싶지 않습니다."

"오래 걸리지 않을 것입니다."

"비켜주십시오."

주위에 지켜보는 눈이 있어 과거의 연을 드러내 보일 수도, 속마음을 털어놓을 수도 없었다. 불리한 상황임을 충분히 알면서도 얀은 물러서지 않았다.

"신중하지 못하셨습니다. 도망치듯 궁을 나가 전하를 자극하시다니요."

"교회로 끌려가지 않기 위한 최선의 선택이었습니다."

"저와의 혼인이 그리도 싫으셨습니까?"

"허면 좋아해야 하겠습니까?"

거부당할 거라는 건 알고 있었지만 돌아오는 해나의 반문이 지나치게 무념했다. 표정도, 어조도, 음색도, 전해지는 감정까지도. 저러는 게 당연하다 여기면서도 얀은 조바심이 일어 평정을 유지하는 게 어려웠다.

"정말 모르시겠습니까? 제가 그리했던 이유를 조금만 깊이 생각해주시면……."

"피아!"

어떻게든 제 마음을 전달하고 다른 날로 해나와의 약속을 잡아보려 하였지만. 하필 그 순간 근위대장 헨리크가 나타나 뒷말을 가로막고 모두의 시선을 앗아갔다. 그는 한쪽으로 물러나 얀을 경계하고 있는 피아에게 짐짓 나무라는 척 지금의 상황이 옳지 않음을 지적했다.

"얼른 별궁으로 돌아가 쉬게 해드리지 않고 여기서 무엇을 하고 있는 것이냐?"

"송구합니다. 막 마차에 오르려던 참이었는데……."

피아가 곤란한 표정을 지으며 자신을 바라보자 얀은 헨

리크를 향해 정중히 양해를 구했다. 마침 레이튼 공의 소개로 몇 시간 전 인사를 나눈 바 있기에 어색함은 없었다.

"소란스럽게 하였다면 사과드립니다. 대비 전하의 하명과 관련해 오해하시는 부분이 있는 것 같아 잠시 시간을 내어주십사 부탁드리고 있었습니다. 되도록 빨리 얘기를 끝낼 것이니 잠시만 기다려주십시오."

"그러지 않는 것이 좋을 것이네."

점잖음 속에 내재된 헨리크의 단호함은 적절한 때에 위력을 발휘해 힘들이지 않고 상대를 제압하는 노련미를 갖추고 있었다.

"내가 우연히 근처를 지나다 상황을 목격하고 끼어든 것 같은가?"

"……."

"지금 서 있는 이곳이 전하께서 계시는 본궁임을 잊어서는 아니 되네."

의미심장한 헨리크의 조언에 해나의 몸이 저절로 비스듬히 돌아갔다. 어둠과 불빛이 뒤섞인 야경 속에서 시선이 구석구석 점을 이으며 바쁘게 곡선을 그렸다.

이윽고 해나의 눈동자가 멈춘 곳은 고개를 뒤로 젖혀야 볼 수 있는, 불이 환하게 쏟아지는 2층 창가. 그곳에서는 한 사내가 빛을 등지고 서서 보란 듯이 이쪽을 내려다보고 있었다. 음영이 강한데다 거리가 있어 이목구비가 뚜렷이 보이지는 않지만, 신체의 윤곽과 그만의 고유한 분위기를 몰라볼 리 없었다.

지금껏 저 위에서 지켜보고 있었던 것인가!

식사가 끝나자마자 본체만체 올라가버린 그였기에 지금의 상황은 굉장히 뜻밖이었다. 작정하고 보고 있는 것인지, 우연히 다른 곳으로 향하다 보게 된 것인지 짐작도 되지 않았다. 당당히 빛을 등지고 위쪽에 버티고 선 칼 프레데릭은 명암이 극대화되어 산처럼 거대하고 기괴한 분위기마저 풍기고 있었다.

그래서였을까, 다른 때 같으면 곧바로 외면해버렸을 해나가 보이지 않는 올무에 걸린 것처럼 시선을 그에게로 고정한 채 옴짝달싹도 못 했다. 마치 가까이에서 짙고 푸른 눈동자와 대치하고 있는 듯 숨이 가쁘고 긴장감이 최고조에 달했다.

자칫하다간 아침이 밝도록 어둠 속을 하염없이 응시하고 있을 것 같은데. 해나가 흠칫하여 시선이 흔들린 건 차진 마찰음이 환청으로 귓가에 퍼지며 눈앞에 벽처럼 서 있던 커다란 그의 등이 떠올랐을 때였다. 찰나 당황한 해나는 시선을 내려 캄캄해서 보이지도 않는 그의 뺨 언저리를 배회하다가,

“해나 님, 오르십시오.”

마침 들려온 피아의 부름에 도망치듯 시선을 거두어들였다. 왕을 너무 오랜 시간, 당돌하게 쳐다보고 말았음을 인지한 것도 그 순간이었다. 당황한 해나는 신속히 몸을

돌려 마차 안으로 안전하게 몸을 숨겼다.

해나를 태운 마차가 별궁을 향해 출발하자 헨리크도 가벼운 눈인사를 남기고 지체 없이 자리를 떠났다. 마차를 통제하던 하인도 뿔뿔이 흩어지고 얀은 홀로 남아 있었다. 끝내 다음을 기약하는 어떠한 약조도 얻지 못하고 해나를 보냈다는 생각에 허탈감에 젖었다.

세상을 모두 잃은 사람처럼 제자리에 서 있던 그는 멀어지는 마차가 어둠 속으로 완전히 사라진 후에야 비로소 쓸쓸히 발길을 돌렸다.

한 걸음, 두 걸음 앞으로 나아가다 무심코 고개를 들어 눈길이 향한 곳은 왕이 서 있던 2층 창가. 지금쯤이면 당연히 자리를 떠났을 거라 여기며 올려다본 것이었다. 그러나 처음과 다름없이 그 모습 그대로 자리를 지키고 있는 검은 인영을 발견하자 얀은 저도 모르게 제자리에서 걸음을 멈췄다. 왕이 자신을 주시하고 있었다는 생각에 퍼뜩 정신이 드는 기분이었다.

굉장히 뜻밖이었으나 어차피 조만간 대비의 주선 하에 사적인 자리에서 얼굴을 마주해야 하는 분. 침착하게 마음을 가다듬은 얀이 인사를 올리기 위해 고개를 숙이려던 순간, 너 같은 건 처음부터 안중에도 없었다는 듯 왕은 무심하게 몸을 틀어 창가에서 흔적도 없이 떠나갔다.

과연 이것을 어떻게 받아들여야 할까?

민망해진 얀은 텅 비어 있는 2층 창가에서 쉽사리 눈을 떼지 못했다.

아직은 아무것도 확신할 수 없지만, 저 젊은 왕은 그의 조모인 대비보다 상대하기 훨씬 까다로운 존재임이 분명해 보였다.

07

대혼란

낙엽의 향기가 운치 있게 기분 좋은 왕궁의 후원. 화창한 여름 뒤 반짝 머무는 베르덴의 가을은 잠깐의 순간이 아쉬울 만큼 선선하고 상쾌했다. 후원에서도 인적이 드문 어느 후미진 장소, 피아를 따돌린 해나는 반 시간이 넘도록 수풀 속에 누워 골몰히 생각에 빠져 있었다. 살아온 과거, 살아가야 할 미래, 그리하여 도출될 수밖에 없는 하나의 필연적인 결론에 대하여.

「이 세상의 많은 사람들이 스스로를 믿지 못해 자멸의 길로 들어서고는 하지.」

아들이 없던 부친께서는 법도를 깨고 어린 해나의 글공부를 손수 가르치시며 그런 말씀을 하시곤 하였다.

「참으로 안타까운 일입니다, 아버님.」

「허나 그들을 탓할 일만도 아니란다. 원래 남을 믿는 것보다 자신을 믿는 것이 더 어려운 법이거든.」

「나 자신을 먼저 믿는 것이 그토록 힘들고 중요한 일이었군요.」

「그래, 해나야. 중요한 건 바로 스스로를 믿는 것이다.

성별에 상관없이, 귀천에 상관없이, 처지에 상관없이. 너 자신부터 네 의견을 존중하고 흔들림 없는 자부심을 가질 때, 언제 어디서 무엇을 하든 비로소 바른 뜻을 세울 수가 있는 것이지.」

그 귀한 가르침을 받고도 지난 8년, 해나는 이곳에서 제대로 된 의견을 세워본 적도, 존중한 적도, 자부심을 가져본 적도 없었다. 이곳은 타국이었고, 언어가 달랐고, 살아남아야 했으며 대립하고 있는 이는 마주하기도 벅찬 오만한 왕족이었으니까.

그러면서도 그것은 약아빠진 핑계에 불과하다는 생각도 들었다. 사실 이 모든 사달은 환경의 탓이 아닌 별궁에 안주하기 위해 수동적으로 대처해온 자신의 비겁함 때문이었을 거라고, 알아서 숨을 죽이면 편안한 생활을 보장받을 수 있는 이곳이 기댈 곳 없는 바깥세상보다는 안락했던 거라고.

과거가 어떠했든 앞으로는 달라지고 싶었다. 해나는 이제 진정한 자립을 꿈꾼다. 지나간 세월에 비소를 날리며 자책하는 것보다 소신 있게 미래를 설계하고 실천하는 것이 그릇된 과거에 대한 참된 반성이라 여기며. 도망치는 게 비굴하다면 당당히 고개 들고 정문으로 나가주면 되는 일. 일단 왕궁을 벗어나 어떤 식으로든 그에게 신세를 갚고 나면 아무런 빚도, 흔적도 없이 이 나라를 훌훌 떠나가고 싶다.

쾌청한 하늘, 멋스럽게 뻗어 있는 관목을 바라보며 미래를 상상하던 해나는 문득 떠오르는 한 가지 기억에 어깨를 움찔하였다.

철썩!

귓전을 울리는 어마어마한 소리를 시작으로 홱 돌아간 얼굴, 부어오른 뺨, 실줄기처럼 그어진 상처, 새빨갛게 번져 나오던 핏물. 지난 며칠, 수시로 떠올라 마음을 괴롭게 하였던 그날의 충격이 고스란히 눈앞에 환영이 되어 펼쳐졌다.

'대신……, 맞아준 것일까?'

그러고 나면 슬그머니 고개를 쳐드는 똑같은 물음에,

'아니야, 그 미치광이가 무엇 때문에!'

해나는 강력히 부정하며 머릿속에서 그런 의문을 털어 내었다. 그는 한때 병석에 누워 있던 자신을 죽이려고까지 하였던 사람, 까딱 수틀리는 일이 생기면 바다 위 범선까지도 아무렇지 않게 침몰시키는 무자비한 사람이었다. 가끔 기이한 짓을 하여 사람의 마음을 이상하게 만들곤 했지만 그런 식으로 맞아주는 건 있을 수도 없는 일이었다.

그나마 다행이라고 할 수 있는 건 바다에서의 소동 이후 그가 자체 훈련에 돌입했다는 점이다. 훈련 기간 중 그는 끼니도 실전처럼 병사들과 똑같이 야외에서 간단히 해결하기에 해나는 요즘 여유로운 아침을 맞고 있었다.

'이대로 영영 그가 나를 찾지 말아주었으면…….'

해나가 불가능한 현실을 꿈꾸며 탁 트인 하늘을 올려다보는데 가까운 곳에서 낙엽이 밟히는 여러 명의 발걸음 소리가 들려왔다. 누운 채로 심호흡하던 해나는 저절로 미간을 찌푸렸다. 구석진 곳이라 사람들이 드물게 찾는다는 장점이 있지만 그렇기에 가끔은 민망한 소리나 누군가의 불평 어린 대화를 참아내야 할 때도 있었다.

이번에는 제발 짧게 끝내주기를.

해나는 체념한 얼굴로 눈을 감았다가 곧이어 온몸을 굳히며 두 눈을 크게 뜨고 말았다.

"정녕 차비가 미쳐버렸다는 것이냐?"

산산하게 내려앉은 숲 속의 공기를 뚫고 대비의 근엄한 목소리가 들려온 탓이다. 까무러칠 듯 놀란 해나는 단박에 호흡을 멈추고 조심히 수풀 밖을 내다보았다.

그곳에는 실제로 대비가 고위 귀족으로 보이는 중년의 사내와 디아나 백작부인을 대동하고 서 있었다. 앞쪽으로는 정체불명의 사내가 흙바닥에 한쪽 무릎을 꿇고 고개를 조아린 채였다. 한눈에 보기에도 밀정의 보고를 받고 있는 모양새였다.

한데 차비라니?

해나는 저도 모르게 귀를 쫑긋 세웠다.

"머리는 하얗게 세었고 때때로 발작을 일으키며 괴성을 지르기도 하였습니다."

"그렇단 말이지?"

두 눈으로 확인한 지하 감옥의 잔혹한 환경에 한스는 보고를 하면서도 진저리를 쳐댔다.

고되었던 세월을 증명이라도 하듯 차비는 바스러질 듯 뼈만 남은 몸에 푸석하게 세어버린 백발을 미친 듯이 쥐어뜯고 있었다. 팔 군데군데가 흉측하게 뭉그러져 피가 흐르는 것으로 보건대 제 살을 물어뜯기도 하는 것 같았다.

"오랫동안 햇빛을 보지 못한데다 온갖 벌레와 쥐떼에 둘러싸여 있어……."

"됐다."

조피는 언짢음이 가미된 짧은 명으로 그의 말을 저지했다. 그런 다음 더 들을 필요도 없다고 판단하였는지 발길을 돌려 그곳을 떠나버렸다. 중년의 사내도 즉시 대비의 뒤를 따랐다. 자리에는 오직 디아나 백작부인만이 남아 사내에게 질문을 이었다.

"막스 알렘버그의 행적은?"

"아직입니다. 이제 꼬리가 밟힐 때도 되었는데 이렇게까지 묘연한 것을 보면 그자도 목숨을 잃은 게 아닐까, 슬슬 생각해보셔야 할 것 같습니다."

"아니. 그놈은 살아 있다."

백작부인의 확언에 사내의 두 눈이 살짝 가늘어졌다가 제 크기를 찾았다.

"예. 물론 그럴 것입니다."

"여름 별궁의 일은 어떻게 되어가고 있는가?"

"그쪽도 마찬가지입니다. 그날 밤 살해된 고용인들 외에 실종된 자들도 있지 않았습니까. 조사한 내용을 토대로 추리를 해보면 검에 찔린 뒤 별궁을 둘러싼 수로로 떨어져 멀리까지 떠내려간 것으로 보입니다. 찾고 계시는 자작부인께서도 아마 그렇게 된 것이 아닐까, 추측하고 있습니다."

언제나 냉담한 빛을 보이던 백작부인의 눈가에 고통과 괴로움이 번졌다. 사고 소식을 들은 이후 예민해진 신경으로 고통받으면서도 매일매일 어머니가 살아 계시다는 희망을 놓은 적이 없었다. 막스 알렘버그에게 인질로 잡혀 계신 것은 아닐까, 사고를 당해 기억을 잃으신 건 아닐까, 오만 가지 생각에 가슴을 졸였다. 하지만 이제 그녀는 어머니가 이 세상 사람이 아님을 받아들이기로 하였다. 온전한 시신을 찾지 못할 거라는 사실도 알고 있었다. 그러니까 제발, 흔적만이라도 찾을 수 있게 되길 백작부인은 마지막으로 소원했다.

"얼마든지 기다릴 수 있으니 꼼꼼히, 구석구석 조사해보도록 하게."

"걱정 마십시오. 허나 떠내려간 시신 중 지금까지 발견된 것은 단 한 구도 없었음을 유념하여주십시오."

"알고 있네. 수고하게."

"대체 미켈슨 자작부인은 어떤 분이십니까?"

디아나 백작부인이 힘없이 몸을 반쯤 틀었을 때, 한스가 궁금증을 참지 못하고 질문을 던졌다. 호기로운 행동이었으나 백작부인이 냉랭한 빛을 띠며 돌아보자 그는 실수했다는 생각에 고개부터 수그렸다.

"송구합니다! 소인은 그저 그곳의 시녀님이라고만 들었는데 대비 전하께서 하도 애틋해하시는 것 같기에 그만 실언하고 말았습니다!"

"……그분은 공국의 충신이네. 그러니 최선을 다해주게."

싸늘했던 분위기와 달리 백작부인은 궁금증을 풀어준 뒤 등을 돌려 멀어졌다. 안도의 숨을 깊게 내리쉬는 사내. 제자리서 꼼짝도 않던 그는 백작부인이 어느 정도 멀어지자 주위를 한 번 살피고 반대쪽으로 날래게 모습을 감추었다.

"하아……."

사내까지 멀어진 것을 확인한 해나는 그제야 안도의 숨을 쉬었다. 얼마나 긴장했는지 숨 쉬는 것조차 잊고 있었다.

차비라면 정부와 공모해 선왕을 암살했다는 혐의로 지하 감옥에 갇혀 계시는 그분이었다. 수배 중인 차비의 정부를 쫓는 건 당연하지만 이미 옥에 갇혀 있는 사람을 몰래 감시까지 하다니.

비록 사이는 소원했으나 대비는 아들을 먼저 보낸 어머니였다. 차비에 대한 대비의 깊은 원한을 이해 못 하는 바는 아니지만 해나는 어쩐지 기분이 오싹하였다. 척을 지고 있는 상대에게 저리도 집요한 이라면 화살의 방향이 언제 저에게로 틀어질지 아무도 모를 일이었다. 자립을 서둘러야 하는 이유가 하나둘 늘어나고 있었다.

구석진 곳을 빠져나온 조피는 레이튼 공의 에스코트를 받으며 공들여 가꾼 정원을 한가로이 걸었다. 농익은 빛을 띠는 정원수를 따라 한들한들 눈송이와 같은 방울꽃이 끝도 없이 늘어선 꽃길. 건듯건듯 불어오는 가만바람이 상쾌했고, 그 바람에 실려 오는 화향은 아련하게 감성을 건드렸다.

선왕이었던 칼 필립스가 어린 나이에 즉위하자 조피가 섭정인이 되며 공국파는 하나의 세력으로 자리를 잡았다. 중심은 대비였으나 공식적으로 계파를 이끌며 그녀의 오른팔 역할을 수행하고 있는 이는 레이튼 공작이었다. 대비에게 그는 하나밖에 없는 고모의 장손이자, 장차 손자며느리가 될 마벨의 아비였으며, 대공위를 두고 신경전을 벌였던 정치적 맞수이기도 하였다.

선대공의 서거 후, 질기게도 장수하셨던 고모님 빌헬름 공주께서는 조피가 타국의 대비라는 이유로 레이튼 공이 대공위를 승계해야 한다 주장하셨다. 공국 대다수의 귀족이 그녀의 말에 동의했고 화가 난 조피는 베르덴의 군대를 투입해 그들의 입을 살벌하게 막아주었다.

그때의 분란에서 한발 물러서 있기는 했지만 조피는 당

시 레이튼 공이 흔들리고 있었음을 꿰뚫어 보았다. 조피가 그를 왕국으로 데려와 재물과 지위를 하사하며 제 오른팔 역할을 떠넘긴 결정적 이유였다. 탐내지 마라. 네가 나를 따른다면 죽는 그날까지 대공위에 못지않은 부와 명예가 주어질 것이다. 레이튼 공은 대비의 속뜻을 단번에 알아챘고 오늘날까지 충실히 제구실을 다하고 있었다.

"얀은 어찌 지내고 있느냐?"

긴 시간 걷기만 하던 대비가 침묵을 깨고 궁금해한 일은 환궁할 때 직접 데려온 새로운 인물에 관한 것이었다.

"에리카에 따로 거처가 마련되기 전까지 우선 레이튼 가에서 지내기로 하였습니다."

"음……."

중심이 잡혀 있는 게 상당히 총명하고 마음에 드는 아이였다. 곁에 두고 하나씩 가르친다면 필시 우수한 인재로 거듭날 것이다. 하필 이국인에게 빠져 있는 게 유감이었지만 어차피 이성을 향한 호기심은 개화했다 지는 꽃처럼 의미 없고 빠르게 퇴색하는 것이었다. 마침 레이튼 외에도 젊고 믿을 만한 측근이 필요했던 대비는 친족 내에서 인물을 건졌다는 사실에 매우 흡족해하였다.

"물질적으로 부족한 건 채워주고 조만간 함께 입궁하도록 하게."

"예. 그리하겠습니다."

멋스러운 후원에서 바람을 쐰 지 꽤 오래이건만 대비는

좀처럼 기분이 나아지질 않았다. 이국인의 일이라면 물불 안 가리고 뛰어드는 손자의 행동에 충격을 받고 신경이 곤두선 지 여러 날이 흘렀다. 애초에 걷는 행위 따위로 기분 전환이 될 리 없었다.

조피의 눈에 손자는 불나비처럼 저돌적이고 위험해 보였다. 지금까지는 그 천한 것의 무엇이 프레데릭을 그토록 흔드는 것인지 궁금했다면 이제는 그럴 여유조차 없었다. 그의 감정이 구체화되기 전에, 별궁의 요망한 것이 이를 눈치 채고 프레데릭을 들쑤시기 전에 대책을 강구해야만 했다. 대비의 얼굴 위로 근심과 걱정이 드리워지는데.

"하하하."

그런 그녀를 비웃기라도 하듯 어디선가 시원한 웃음소리가 뻗어와 정원 구석구석을 채웠다. 출처를 따라 시선을 돌리던 조피는 저 멀리 눈부시게 빛이 나는 금빛 머리칼의 두 남녀를 포착하고 단박에 눈초리가 식었다.

"경박스러운 것."

"젊은이들 아닙니까."

레이튼 공은 딸과 레오폴트를 바라보며 이해하시라는 어조로 넘겼지만 그러한 태도는 대비의 심기와 어긋나는 것이었다.

"저 서자의 아들놈이 무슨 생각으로 마벨에게 붙어 있다고 생각하는 것이냐?"

"최근에 귀국하여 오랜만에 만났으니 인사를 나누고 있

는 것이 아니겠습니까."

"무얼 그리 적극적으로 옹호를 하누. 왜, 설마 저놈과 결탁하여 내 뒤통수라도 칠 셈이더냐?"

"전하! 그럴 리가 있겠사옵니까!"

비웃듯이 느긋하게 물어오는 대비의 삐딱함에 한결같이 정중하던 레이튼 공은 사색이 되어 소리쳤다.

"카셀 가의 장녀가 살아 있을 때 그 아이에게도 달라붙었던 놈이다. 비록 그 아이가 마뜩지는 않았으나 그래도 왕자비 감으로 거론되었던 아이. 제 주제에 어디 감히 그런 여인에게 치근덕대었던 것인지."

아마도 저놈은 프레데릭의 모든 것을 탐내고 있는 것일 테다. 주제 파악도 못 하고 어디 왕궁 주위를 어슬렁어슬렁 마치 제집인 양 돌아다니고 있는 것인지. 반반한 얼굴 하나로 경망스러운 귀족파 여편네들의 우상이 되었든 말든, 그의 개인사에 대해서는 아무 관심 없었다. 하나 프레데릭의 고귀한 명성에 흠집을 내려 한다면 조피는 절대로 참지 않을 생각이었다.

"마벨의 나이 올해로 스물하나, 전쟁으로 인해 어쩔 수 없었다 해도 까다롭게 고르자면 나이가 너무 많다는 생각도 드는구나."

"신이 경솔하였습니다."

차비와 로젠 공이라면 대비는 지금도 이를 갈며 치를 떨었다. 그런 분 앞에서 실수하였음을 깨달은 레이튼 공은 진땀을 빼며 고개를 숙였다.

"차기 베르덴 국왕의 외조부가 되고 싶으냐?"

"전하."

"명심하여라. 조금의 추잡한 소문도 나는 심히 불쾌해할 것이고, 공국에는 마벨을 대신할 영애들이 얼마든지 널려 있다는 사실을."

"명심하겠사옵니다."

레이튼 공이 답을 올렸으나 조피는 끝까지 들어주지도 않고 쌩하게 돌아섰다.

레오폴트, 그는 프레데릭이 후계를 보지 않고 있는 지금 왕위 계승 서열 1위에 올라 있는 조피의 또 다른 손자다. 정확히 말하자면 그녀의 남편이었던 선대왕과 그 차비였던 아말리아의 손자. 귀족파가 내세운 명문가 출신의 아말리아는 조피보다 늦게 궁에 들어와 곧바로 회임해 한 번에 아들을 낳았다. 이후 어린 왕자를 앞세워 귀족과 백성들의 지지를 받으며 감히 왕비의 자리를 위협하고 욕을 보였다.

그때의 치욕을 잊지 않고 있던 조피는 사촌임을 내세워 손자 곁에 붙어 있는 레오폴트가 상당히 못마땅하였다. 저 놈이 저렇게 당당할 수 있는 건 프레데릭이 그런 쪽으로 아직은 미숙한 탓, 이제부터라도 왕궁 안팎의 고삐를 바짝 죄어야 할 필요가 있었다.

이것으로 마른침을 삼킨 게 벌써 몇 번째인 것인지.

산전수전 다 겪으며 세상의 모든 고통을 맛보았던 지난 세월, 이제 어떠한 상황이 닥쳐도 유연할 수 있다, 그리 자신하고 있었건만. 곧고 경직된 자세로 앉아 있는 얀의 눈가에 긴장으로 인한 피로가 파르라니 드러났다.

이곳은 본궁에 자리한 왕의 집무실. 며칠 전 그 밤 아예 없는 사람 취급을 하시기에 당분간 따로 뵐 일은 없겠구나, 단순히 그리 여기고 있었다. 때문에 오늘 오전, 불시에 왕궁에서 부름을 받았을 때 나름대로 놀라기는 하였으나 이렇게까지 긴장하게 되리라고는 생각지 못했다.

왕은 요즘 소수의 최정예 군인을 선발해 왕궁 숲에서 자체 훈련에 돌입했다고 들었다. 꽉 짜인 일정으로 하루가 분주할 것인데 어찌 된 일인지 그는 소파에 느긋하게 앉아 여유를 부리고 있었다. 순백의 찻잔에 시원한 민트 향의 허브티를 천천히 즐기며. 서두르는 기색도, 무언가 말을 꺼낼 것 같은 기미도 전혀 드러내지 않고서.

왕의 저러한 분위기는 사실 뜻밖이었다. 어릴 적부터 전장을 누비며 수많은 무용담을 배출한 그였기에 얀은 다소 거칠고 야수 같은 모습의 지배자를 상상했었다. 하지만 오늘, 밝은 곳에서 가까이 마주한 그는 위압적이면서도 기품이 넘쳤고 거침없어 보이면서도 이성적인, 최고 통치자와 같은 모습을 하고 있었다.

“왕궁에 들렀다 우연히 그 아이를 보게 되었다고?”

기나긴 침묵 끝에 기습적으로 날아든 질문. 흠칫 놀랄 만도 하건만 얀은 조금의 동요 없이 침착하게 대응했다.

“밖으로 잘 나오지 않는 분이라 들었습니다. 운 좋게도 이른 아침, 채소원을 지나다 보게 되었습니다.”

“채소원?”

“헤젠부르크에서 대비 전하를 뵙기 전 조모님과 에리카에 왔다가 왕궁을 방문할 기회가 있었습니다.”

“내 비밀 하나를 알려주지.”

순순히 대답을 들어주던 프레데릭은 들고 있던 찻잔을 내려놓으며 조금은 엉뚱한 소리를 하였다.

“그 아이는 청국 출신이 아니다.”

“…….”

“그보다는 작은 나라. 유럽에는 알려지지 않은 은둔의 나라. 그 멀고 먼 나라에서 한 나쁜 사람이 그 아이를 여기까지 제멋대로 끌고 왔다 하더군.”

다음 순간 프레데릭은 얼굴에서 표정이라는 것을 싸악 지우고 써늘하게 물었다.

“그 이유는?”

“전하…….”

“그래, 너에게 하문하는 것이다. 그 이유를 말하라.”

왕의 갑작스러운 공격에 얀은 단번에 맥박이 빨라지고 가슴이 조여드는 것 같았다. 무언가 알고 있는 것인가? 도무지 감이 잡히지 않아 얀은 일단 모호한 답변을 내어놓았다.

“전하, 너무나 뜻밖의 말씀인지라 신이 감히 무슨 대답을 올려야 할지…….”

“혼인하기 싫은 게 아니라 혼인할 수 없다 하더군. 정확한 의미가 무엇일까, 궁금한 마음에 조사라는 것을 해보았지.”

그럴 줄 알았다는 듯 얀의 말을 잘라버린 프레데릭은 그의 과거 행적을 막힘없이 읊어대기 시작했다.

“동인도회사에 들어가 일을 배우기 시작한 게 열둘. 나가사키로 향하던 중 열넷에 청국과 맞닿아 있는 어느 왕국에 표착, 스물에 본국으로 귀환. 네가 귀환할 때 타고 온 상선의 입항 기록과 문서가 내 수중에 있다. 즉, 당시 그 배에 승선했던 선원들의 증언까지 이미 확보하였다는 소리다.”

얀의 손바닥에 식은땀이 축축이 배어나고 있었다.

그날 밤, 철저히 무시했던 이유가 실상 이것이었나? 관심 없는 척 상대를 안도하게 해놓고 철저한 뒷조사로 덫을 놓은 뒤 빠져나갈 틈도 없이 몰아넣기 위하여?

생각보다 치밀한 왕의 성정에 굳게 붙은 입술이 떨어질 줄 모른다. 저렇게까지 상세히 알고 있는데 계속해서 모르쇠로 일관하는 것은 무모한 짓이었다. 곧이곧대로 실토도 할 수 없어 침묵을 지키는 것 외에는 별다른 도리가 없었다.

“욕심이 났나? 당시 그 아이의 나이가 겨우 열 살이었다. 뭐, 가끔 어린아이를 좋아하는 미친것들이 있기는 하지.”

"……."

"허나 해나가 성인이 된 지금까지 집착을 보이고 있는 것을 보면 단순히 취향 때문에 그 아이를 데려온 것은 아닐 터, 세세한 이유까지 내 알 바는 아니다만 네가 잊고 있는 게 하나 있다."

얀은 시선을 들어 왕을 바로 보았다.

"현재 그 아이의 보호자가 나, 칼 프레데릭이라는 것. 나는 내 보호 아래 있는 모든 것들이 남에 의해 휘둘리는 것을 무척이나 싫어한다. 대비 전하의 눈에 들어 왕궁을 자유로이 드나들고 있는 모양인데, 영리하게 줄을 잘 잡았으니 슐레이트 가문과 네 현재의 신분을 생각해 그것까지 잘라버리지는 않을 것이다. 하나 내 조모님을 앞세워 한 번만 더 해나를 가지려 한다면!"

노여움의 강도를 높여가던 프레데릭은 마지막 순간 평정을 되찾고 차분한 어조로 마무리하였다.

"대비궁에 네 실체를 낱낱이 전하는 것은 물론, 네가 얻은 모든 것을 마지막 하나까지 모조리 잃게 되는 순간을 맛보여줄 것이다. 눈에 띄지 마라. 왕궁에서의 동선은 대비궁에 한정되어야 할 것이며, 언제 어디서든 그저 몸을 낮추고 자중하는 태도를 보여야 할 것이다."

지금까지 느긋하게 굴던 태도와는 달리 왕은 표정과 눈빛, 목소리에 첨예한 경계심을 실었다. 혹시라도 제 소중한 것이 사라질까, 누군가 그것을 다치게 하지는 않을까,

날카롭게 발톱을 세우고 지독한 보호 본능을 드러내는 모양새였다.

'아니야, 말도 안 돼!'

퍼뜩 떠오른 생각에 얀은 저도 모르게 왕의 시선을 피하고 지금 받은 이 느낌을 착각이라 단정했다. 그가 드러내고 있는 것은 순수한 보호 본능이 아닌 취해보지 못한 것에 대한 더러운 욕정과 소유욕일 뿐이라고. 그리하여 조만간 막강한 권력과 지위를 이용해 무방비한 해나를 나락으로 던져버리게 될 거라고.

권력자에게 진심이라니. 차라리 시전에 나가 제 물건이 최고라며 허풍 떠는 장사치들의 혓바닥을 믿어줄 것이다.

얀은 손가락 마디가 하얘지도록 주먹을 틀어쥐었다. 8년 전 감쪽같이 사라진 해나를 찾아 얼마나 헤매고 다녔는지 모른다. 상단을 통해 슐레이튼 가에서 자신을 찾고 있다는 소식을 듣고도 아랑곳없이 에리카를 샅샅이 뒤지고 다녔다. 그 과정에서 우연히 듣게 된, 왕궁에서 흘러나온 이상한 소문. 등장한 시기와 나이를 따졌을 때 얀은 소문의 그 청국 소녀가 해나라는 것을 확신했다.

어쩌다가 왕궁까지 갔는지는 모를 일이었으나 일단은 만나야 했다. 해서 백방으로 노력해보았고, 다가갈 방법이 전혀 없음에 좌절하였다. 궁리 끝에 떠올린 게 저를 버렸던 가문. 얀은 오직 필요한 것을 얻기 위해 공국으로 돌아가 생전 처음 보는 슐레이튼 가의 노부인 앞에 섰다. 그리고 그녀가 시키는 대로 공국의 한 거처에 숨어 몇 년에 걸쳐 비밀리에 혹독한 후계자 수업을 받았다.

노부인은 대비를 흡족케 해 얀을 후계자로 인정받게 할 생각이었지만 그는 에리카의 왕궁에 입성해 해나를 만나는 게 목적이었다. 눈부신 결과로 노부인과 대비의 환심을 사 이 자리에 서기까지, 얼마나 많은 인내와 노고가 필요한 세월이 흘렀는지. 이제 해나와 재회해 예전으로 돌아가는 일만 남았구나, 마음 깊이 안도하고 있었는데 생각지 못한 해나의 분노도 모자라 무려 왕이라는 무시무시한 변수의 등장이라니.

힘이 빠져 막막하고 지치기는 하였으나 물러설 생각은 없었다. 어떡하든 대비궁에 안착해 해나의 마음을 돌리고 왕의 숨겨진 본색을 낱낱이 들춰보고 싶었다. 칼 프레데릭의 공격에 비틀거렸던 얀은 특유의 뚝심으로 마음을 다지고 또다시 새로운 의지를 불태웠다.

가을은 스치듯 기울었다. 며칠 새 차가운 북풍이 불어와 부쩍 추워진 날씨. 점차 강해지는 한풍이 유리창에 부딪혀 괴이한 공명음을 만들어내는 시기다. 희미한 기억 속, 이맘때쯤 고향은 청명한 가을 하늘이 푸르렀던 것 같은데 이곳은 벌써 겨울이 성큼 다가와 있었다.

미처 누리지 못한 가을이 아쉬웠던 것일까. 요즘 들어 해나는 아침을 먹는 게 신통치 않았다. 딱히 불편한 점이 있는 것도 아닌데 혼자 오도카니 앉아 식사를 하려니 입맛이 사라지고 영문 모를 허전함이 들었다.

"왜 또 그렇게 식사를 못 하십니까? 요즘 아침마다 계속 그러시네."

하루를 시작하는 아침, 해나가 접시 위의 음식을 깨작거리다 창 밖으로 한눈을 팔자 피아가 걱정의 소리를 하였다. 며칠 상태를 지켜보던 그녀는 심각한 일이라도 발생한 양 꼼꼼히 안색까지 살폈다. 의원을 불러야 할까, 진지하게 고민하는 얼굴이더니 곧 왜 그러는지 알겠다는 듯 가볍게 손바닥을 마주쳤다.

"얼마 전에 요리사가 바뀌지 않았습니까! 그때부터 음식이 입에 맞지 않으셨던 것인지요?"

"음식은 맛있습니다. 아침이라 그런지 잘 안 넘어가네요."

계절을 타나 싶기도 했지만 이제껏 한 번도 그런 적이 없어 확신은 없었다. 해나는 딱히 댈 만한 이유가 없어 슬그머니 포크를 내려놓고 가장 무난한 핑계를 대었다.

"아침은 이쯤 하고 점심때 조금 더 먹도록 하겠습니다."

"이상하시네. 점심도, 저녁도 평소처럼 잘 드시는데 왜 유독 아침을 못 드시는 건지……. 식탁 위가 허전해서 그러시나?"

고개를 갸웃대며 혼잣말로 중얼거리던 피아는 돌연 시중들던 손길을 멈추고 해나를 빤히 내려다보았다.

"혹시 적적하신 겁니까?"

"네?"

해나는 말뜻을 헤아리지 못해 피아를 올려다보면서도 이상하게 '적적하다'는 단어가 가슴에 와 닿았다. 고향을 떠나온 뒤 언제나 혼자여야 했던 삶. 다행히도 곁에는 늘 피아가 있었고 못지않게 별궁을 드나드는 마파엘도 있었다. 항상 반복되는 일상이라 딱히 적적함을 느낄 일도 없는데 갑자기 이 무슨 생뚱맞은 감정인지. 종잡을 수 없는 마음에 해나는 시선을 다시 접시 위로 내렸지만, 이어지는 피아의 추측은 당황스럽기까지 하였다.

"그럴 만도 합니다. 지난봄부터 아침을 내내 전하와 함께 드시지 않았습니까. 시찰을 나가시면 며칠씩 거르기는 하였지만 이번에는 궁을 비우신 다음 곧바로 훈련까지 돌입하셨으니. 공백이 길어져 혼자 아침을 드시는 게……."

"아니요, 피아. 그런 게 아닙니다."

아침마다 곤욕을 치르지 않아 얼마나 마음이 편한데 저런 소리를 한단 말인가. 납득할 수 없는 말에 해나는 더 들을 필요도 없이 피아의 말을 잘랐다.

왕에 대한 해나의 서늘한 반응에 익숙한 피아는 그러려니 하면서도 조곤조곤 할 말을 다 했다.

"예, 압니다. 저는 그냥 언젠가부터 해나 님이 본궁에서의 아침 식사에 익숙해지신 것 같아 드린 말씀이었습니다."

"……."

"솔직히 처음에는 매일같이 체하시면 어떡하나, 걱정이 이만저만이 아니었거든요. 그런데 생각보다 적응을 잘하셨습니다. 초반에만 며칠 고생하시고 그다음부터는 괜찮으셨으니까요. 입맛이란 원래 누군가와 함께할 때 더 도는 법이니 혹여 빈자리를 느끼신 게 아닌가, 잠깐 생각해보았습니다. 든 자리는 몰라도 난 자리는 표가 난다 하였으니까요."

피아는 포트에다 느긋하게 차를 우리며 생각지도 못한, 그러나 되새길수록 꽤 놀라게 되는 한 가지 사실을 태평스레 일깨워주었다.

'익숙해…… 졌다고?'

적적함의 문제는 차치한다 해도 칼 프레데릭과의 식사에 적응하고 있다는 말은 해나에게 새삼 놀라움으로 다가왔다. 아니, 자못 충격이었다.

얼핏 진지해질 것 같은 순간, 해나는 놀라움을 걷어내고 습관대로 그에 대한 생각을 단순화하였다. 그와 함께하는 일에 익숙해질 수 있다는 게 놀라웠으나 사람은 누구나 새로운 환경에 적응하기 마련이었다. 하루 이틀 같이 식사하는 것도 아닌데 매일같이 체하고, 매일같이 게워내고. 그것이 외려 비정상이 아닐까? 적응은 순리와도 같았다.

밀려드는 생각은 그보다 훨씬 많고 복잡했지만, 굳이 파고들 필요는 없었다. 칼 프레데릭과 관련된 일이라면 그 어떤 생각도 무조건 짧고 단순하기를 바란다.

깊은 밤, 잠자리에 누운 해나는 잠들지 못하고 한참이나 뒤척였다. 얀의 출현과 바다에서의 소동이 충격적이었는지 알리시아 가의 영식에게 쫓긴 이후 한동안 잠잠했던 악몽이 다시금 해나를 괴롭히고 있었다. 이 밤도 악몽을 꾸게 되지 않을까, 잠자리가 뒤숭숭해 잠이 드는 게 쉽지 않았다.

게다가 오늘 아침, 은근히 허를 찌른 피아의 한마디가 미처 의식하지 못했던 세세한 일들을 떠올리게 하여 온종일 해나를 들쑤시고 있었다. 지워내고, 털어내고, 별일 아닌 듯 단순화해버리고. 보통 그런 식으로 흘려버리면 편안할 수 있었는데 어찌 된 일인지 이번에는 아무 소용이 없었다. 새록새록 신기하고 더 나아가 작은 것 하나까지 전부 새롭게 보였다.

4년 전 전장에서 일시적으로 환궁했던 칼 프레데릭은 어느 아침, 예고도 없이 해나를 본궁으로 불러내었다. 얼떨결에 처음으로 그와 한 식탁에 마주 앉았던 그날, 해나는 급체하여 해종일 아침에 먹은 것들을 토해내야만 했다. 하얗게 질린 얼굴로 침대에 누워 죽었다 깨어나도 다시는 그와 식사하지 못할 거라고, 앞으로도 계속 이런 일이 반복

된다면 매일같이 체하다 말라 죽고 말 거라며 진저리를 쳐댔다.

그런데 지금은 어떠한가?

프레데릭이 영구적으로 환궁해 정식으로 아침을 함께한 지 벌써 수개월이 흘렀다. 그와의 식사가 자연스러운 것은 아니지만 특별한 일이 있을 때, 예를 들면 몸이 안 좋거나 귀족 가문의 영식들에게 쫓겨 큰일을 치를 뻔했을 때를 제하면 곧잘 아침을 들었다.

썰렁한 침묵이 주변을 압도해도, 식사 도중 짙푸른 바닷빛의 눈동자와 시선이 마주쳐도, 급박한 정세로 프레데릭이 비서관을 문책할 때에도. 시중드는 모두가 긴장해 있는 가운데 오직 두 사람, 그와 해나만은 별스럽지 않게 식사를 마쳤다.

이후에 두 사람은 가끔 티 테이블로 자리를 옮겨 말없이 차와 후식을 들기도 하였다. 그럴 때면 프레데릭은 잠자코 테오의 보고를 들으며 잔에 차를 듬뿍 따라 습관처럼 해나 앞으로 먼저 밀어주었다. 시원하고 달콤한 후식을 먹을 때에도 순서는 언제나 해나가 먼저. 그러면 해나는 그것이 주어진 몫이라 여기며 찻잔을, 접시를 묵묵히 비워내곤 하였다.

곰곰이 지난 시간을 돌아보던 해나는 무언가를 하나씩 의식하게 될 때마다 늪으로 하염없이 빠져드는 기분이었다. 아무리 시달려도 익숙해지지 않는 악몽처럼 칼 프레데릭도 분명 그런 존재여야 하거늘. 그가 따라주는 차를, 손수 덜어주는 후식을 마치 가까운 누군가가 건네주는 것처럼. 어찌 보면 챙겨주고, 그것을 당연시 여기고.

언제부터 그렇게 되어버린 것일까?

우연히 깨닫고 만 현실이 생각보다 훨씬 당혹스러워 해나는 그만 눈을 감고 말았다.

결국 또 어둠 속을 헤매고 있다. 태산을 어깨에 지고 있는 듯 몸이 천근만근 무겁다. 사위는 먹물처럼 시꺼먼 어둠에 잠식되어 한 치 앞도 내다볼 수 없었다. 괴로운 건 저 소름 끼치는 짐승의 소리.

컹! 컹! 컹!

사방에서 몰아치는 저 소리가 해나를 나락으로 떨어트렸다. 등에 방울방울 식은땀이 맺혀 오르고 손바닥은 얼음물에 담가놓은 것처럼 시리고 뻣뻣하다. 도망치고 싶다. 겁에 질린 해나는 기를 쓰고 다리를 움직여보았지만 무거운 몸뚱이가 말을 듣지 않아 종내 울음이 터져 나왔다. 그때,

쉬잇.

마음을 적시는 바람 같은 소리가 들리며 손바닥에 익숙한 온기가 찾아와주었다. 이번에도 어김없이, 한계에 다다를 때마다 잊지도 않고. 손바닥에 내려앉은 온기는 서서히 전신으로 퍼져 나가 심장까지 뜨끈하게 데워주었다. 오랜

만에 느껴보는 이 안정감. 그러면서도 해나가 눈물을 멈추지 못하자 따스함은 짭조름한 그것마저 거두어주었다. 그렇다면 이제 곧 사라질 시간.

가지 마!

무의식 상태에서도 순서를 기억해낸 해나는 손에 힘을 주어 떠나려는 온기를 잡으려 하였다. 온기의 힘은 세졌고 해나는 몸이 들릴 정도로 필사적으로 매달리다 눈을 번쩍 뜨며 잠에서 완전히 깨어났다.

몽롱한 기운이 맴도는 가운데 타닥타닥 벽난로의 장작 타는 소리가 들려오고 이어서 찰칵, 조용히 문 닫히는 소리가 귓가로 쏙 들어와 박혔다.

그 소리에 정신이 든 해나는 상체를 벌떡 일으켜 허겁지겁 침대 밑으로 내려섰다. 꿈인지 생시인지 구분도 안 되는 지금, 아득히 멀어지는 저 구두 굽 소리를, 놓치고 싶지 않은 그 온기를 붙잡기 위해 허둥거렸다. 그러다 주춤, 해나는 채 두 걸음도 나아가지 못하고 제자리에 그대로 얼어붙었다.

벽난로의 불빛이 번하게 차 있는 훈훈한 실내. 우련하게 흩어진 누군가의 체취가 잔잔히 밀려와 해나의 코끝을 자극하고 전신의 감각을 일깨웠다. 지끈지끈 신경을 눌러대며 머리칼의 뿌리까지 전부 곤두서게 하는 이 시원한 향. 익숙하되 결코 익숙할 수 없는 그 향에 벼락같은 충격이 해나의 머리 꼭대기를 내리쳤다.

'……말도 안 돼!'

부르르, 온몸이 경악으로 물이 들었다.

동도 트지 않은 새벽, 해나는 왕궁 깊숙한 곳에 위치한 작은 규모의 마구간에 도착해 가쁜 숨을 골랐다. 두툼한 벨벳 드레스 위로 모피를 댄 펠리스(pelisse)를 걸치고 있지만, 손과 무릎은 심각할 정도로 떨리고 있다. 그 밤 이후 미친 듯이 폭주하는 심장이 진정될 기미를 보이지 않고 있었다.

정원사들이 짐을 나를 때 부리는 노새의 거처인 이곳. 격에 맞지 않게 근위병 둘이 출입문을 지키고 있지 않았다면 해나는 이곳에 그가 있다는 정보를 절대 믿지 않았을 것이다.

언젠가 마파엘에게서 들은 기억이 있었다. 왕은 한겨울에도 훈련에 돌입하면 군막을 벗어나 마구간에서 며칠씩 건초를 이불 삼아 잠을 청하곤 한다고. 이는 원정을 대비한 훈련의 일환으로, 그렇게 고된 훈련을 몸소 행하기에 모든 병사가 왕을 마음으로 믿고 따르는 거라고.

"여기가 어디라고 찾아오신 겁니까?"

금방이라도 뛰어들 듯 치맛자락을 쥐고서 부들부들 떨고 있던 해나는 불쑥 들려온 질타에 몸을 돌렸다. 몰락한 귀족 가문의 자손이었으나 뛰어난 머리 하나로 어린 왕자에게 발탁, 현재 왕이 된 그의 오른팔 역할을 수행하고 있는 테오. 그가 언제나처럼 쌀쌀맞은 눈초리로 해나를 바라보고 있었다.

"전하를 뵙고자 왔습니다. 꼭 뵈어야 할 일이 있는데 테오 님을 뵙는 것조차 어려워 이럴 수밖에 없었음을 이해하여주십시오."

"막무가내로 찾아온다 하여 뵐 수 있는 분이 아니십니다. 그동안 해나 양께서 전하를 자주 뵐 수 있는 기회를 누리기는 하였지만, 본래대로라면 이것이 정상이어야 합니다. 이럴 시간이 있으면 차라리 가서 춤이라도 한 번 더 연습하도록 하십시오. 곧 있을 무도회에서 전하께 누가 되는 일은 절대 없어야 할 것입니다."

최근 시작된 악몽은 그제 밤 해나의 꿈자리를 위협했다. 괴로웠지만 이전에도 그러했듯 어느 순간 따스한 온기가 스며들어 안정을 되찾을 수 있었다. 악몽을 꿀 때면 소리 없이 찾아와 다정하게 보듬어주던 그 손길. 무섭고 힘들어 믿고 의지할 안식처로 자신이 만들어낸 환상이라 여겼던 꿈속의 온기가 놀랍게도 그 밤, 선명한 존재의 자취를 남기고 사라졌다.

"잠깐이면 됩니다. 확인할 게 있어서 이러는 것입니다."

"물러가십시오."

"성가시게 굴지 않겠습니다. 다만 이 자리에 서 있다 전하께서 나오시면 잠시 뵙도록 하겠습니다."

"저로 하여금 무력을 행하게 하는 일은 부디 없도록 하여주십시오."

테오는 완강했다. 언제부터인가 저를 보는 눈빛에 날을 세우고 있는 사람. 테오는 절대로 알현을 허하지 않을 것이다. 해나는 매달리는 게 소용없는 짓임을 깨달으면서도 저토록 경계하며 몰아붙이는 테오에게 조금은 화도 느꼈다. 그를 해하려는 것도 아닌데 무엇 때문에 매번 저리 날카로운 반응을 보이는 것인지.

"전하께 아뢰어 의중을 묻지도 않고 이리 쳐내기만 하시는 게 정녕 옳은 일이겠습니까."

"제가 지금 꾸지람을 다 듣고 있습니다."

"안 된다고 하시니 이만 물러가보겠습니다."

테오의 빈정거림에 해나 역시 딱딱하게 응수한 뒤 곧바로 발길을 돌려 어둠 속으로 뛰어들었다. 빠른 걸음과 새벽의 찬바람이 정면으로 부딪쳐 옷깃 사이로 추위가 쉴 새 없이 들이쳤다. 그런데도 해나는 움츠러들지 않고 오히려 걸음을 빨리할 뿐이다.

그 밤, 해나는 다시 잠들지 못했다. 하얗게 밤을 새우고 프레데릭과 만날 방법을 모색해봤지만, 훈련 중인 그를 만날 길은 어디에도 없었다. 그를 꼭 봐야 했던 해나는 발을 동동거리다 마파엘에게서 겨우 귀띔을 얻어 여기까지 올 수 있었다. 어젯밤도 거의 뜬눈으로 지새운 채.

그러니 이대로 포기할 수는 없다. 알현이 허락되지 않는다면 다른 수를 써서라도 그를 만나야 했다. 코끝에 감도는 이 체향이 흐지부지 사라져버리기 전에.

"해나 님! 해나 님, 대체 왜 그러십니까!"

침실에 딸린 자그마한 밀실. 따스한 아이보리색 바탕에 은은한 민트색 직물 벽지가 포근하게 느껴지는 그곳에 해나가 문을 잠그고 들어앉아 있다. 새벽에 별궁으로 돌아와 밀실로 직행해 하루 세 끼 몽땅 거르고 고집스레 앉아 있는 중이었다.

탕! 탕! 탕!

별궁을 담당하게 된 이후 처음으로 벌어진 상황에 피아와 마파엘이 당황하여 온갖 회유를 해봐도 소용없었다. 해나는 입을 굳게 다물고 일절 대응하지 않았다. 그들에게는 미안했지만 그렇다고 따로 이해를 구할 수도 없는 문제였으니.

타향살이 초반, 어린 소녀는 형체 없는 따스함에 기대어 매일 밤 고비를 넘기고 삭막한 이곳 생활을 견뎌왔던 거라고. 세월이 흐른 지금까지도 그것은 마음의 안식처로 남아 있는데, 극한의 고단함에서 기인한 환상이라 여겼던 그것이 어쩌면 실제로 존재하는 것인지도 모르겠다고. 그런 뜬구름 같은 소리를 어떻게 할 수 있단 말인가. 더군다나 그 상대가 피도 눈물도 없는 칼 프레데릭이라면. 자신도 믿어지지 않는 이 상황을 다른 이에게 설명한다는 건 어불성설이었다.

끊임없이 문 두드리는 소리에 해나의 머리도 같이 울렸다. 보기도 싫을 땐 매일 아침 얼굴을 맞대는 게 고역이더니 막상 만나고 싶을 땐 이렇게나 힘이 들다니. 지치고 기력이 딸려 현기증이 강해지는데 쉴 새 없이 이어지던 소음이 뚝, 갑자기 문밖에 적막이 찾아들었다.

왔다!

식사 문제에 관해선 언제나 예민하게 굴었던 사람, 보고를 받고 참다못해 화가 나서 달려왔을 것이다. 아니나 다를까, 곧이어 사람 하나가 통과할 만한 작은 크기의 문짝이 쩍 갈라지는 소리를 내며 요란하게 열렸다.

활짝 트인 좁은 공간 사이로 그토록 기다렸던 칼 프레데릭이 드디어 모습을 드러냈다. 화가 잔뜩 난 그는 무시무시한 표정을 하고서 성큼성큼 안으로 들었다.

조금 더 가까이. 더 가까이.

그에게서 뿜어 나오는 화기에 해나도 조마조마 가슴이 떨렸다. 그래도 끝까지 버티며 그가 가까이 다가오기를 기다렸다.

"죽고 싶으냐?"

두 보 앞에서 걸음을 멈춘 그가 저음의 목소리로 살벌하게 위협을 가했다.

"감히 네가 무슨 짓을 하였는지 알고나 있는 것이냐!"

소파에 앉아 꼼짝도 않던 해나는 그제야 자리에서 일어나 그에게로 반 발짝 다가가보았다. 그런 다음 숨을 깊게 들이쉬자 후각이 기억하는, 얼마쯤 희미해진 그 밤의 체취가 똑똑히 흘러들었다. 절반 이상의 확신. 코끝이 시큰대고 머릿속이 하얗게 타들어가는 듯하였다.

"훈련 중인 나를 여기까지 걸음하게 하였으니 그에 합당한 이유가 있어야 할 것이다."

"납득이 안 되면 소인을 죽이실 겁니까?"

"궁금하면 아무거나 한번 대보든지."

해나는 입이 타고 애가 말랐다. 환상의 존재가 그녀에게 어떠한 의미인지 누구도 짐작지 못할 것이다. 처음에는 내가 미쳐가는구나, 무서워도 했었다. 하지만 악몽을 꿀 때면 어김없이 찾아와 따뜻하게 얼러주던 위로의 손길은 중독과도 같았다. 해나는 서서히, 그리고 끝도 없이 빠져들었다. 그래서 보다 간절히, 명확하게 확인하고 싶은 것이다.

"그제 밤, 어디에 계셨습니까?"

"설마 그런 게 궁금하여 이런 소동을 벌인 것은 아닐 테고."

"중요한 일입니다. 말씀해주십시오."

"그걸 네가 왜 궁금해하는 것이냐?"

"소인에 관한 모든 것을 보고받으시면서 저는 질문 하나도 던지면 안 되는 것이었습니까?"

"바다 한가운데까지 쫓아가 데려다놓았더니 건방이 하늘을 찌르는군."

해나는 그의 손을 내려다보며 손가락을 꿈틀거렸다. 손길과 체온을 기억하고 있기에 그의 손을 잡아보면 확실히 알 수 있을 것 같았다. 욕구가 이성을 뒤덮고 절실함이 손을 움직이게 하였다.

"전하, 잠시만. 소인이 잠시만 실례를……."

오로지 그의 손만 바라보며 해나가 다급히 팔을 뻗는데 손가락 끝이 그의 손에 닿는 순간, 짜악, 그가 야멸치게 해나의 손등을 쳐냈다.

"뭐하는 짓이냐!"

흡사 손에 붙은 벌레를 기겁하여 쳐내는 것처럼 그의 손동작은 단호하고 가차 없었다.

해나는 분노가 끓어올랐다. 불쾌한 얼굴로 사정없이 쳐내는 손길이 야속하게만 느껴졌다. 이 모든 게 그의 장난질은 아니었는지. 이러다 소중한 환상이 부서져버리는 건 아닐지. 혹여라도 자신이 정말 착각하고 있었던 건 아니었는지. 불안감에 신경이 날카롭게 벼려져 오래도록 상처로 남아 있는 기억을 원망 섞인 어조로 꺼내놓게 하였다.

"……왜, 더럽습니까?"

흠칫 놀라 손을 쳐냈던 프레데릭은 분기에 찬 해나의 반격에 머리 위로 물벼락을 뒤집어쓴 표정이었다. 얼굴빛이 하얘진 것인지 매끈한 뺨 위로 아물고 있는 상처가 유난히도 빨갛게 도드라져 보였다.

"예, 기분이 나쁘시겠지요."

“너…….”

“가당찮은 이유로 예까지 걸음하게 만들고 귀하신 보체에 감히 더러운 손까지 대려 하였으니, 이제 저를 죽이실 겁니까!”

“…….”

“용무는 끝났습니다. 식사는 알아서 할 터이니 죽이실 게 아니라면 이만 돌아가주십시오.”

“이 버릇없는 것 같으니!”

“아앗…….”

프레데릭은 격분하였다. 감정을 자제하지 못하고 해나의 손목을 부러트릴 듯 강하게 움켜잡았다.

“이 난리를 피워놓고, 뭐? 돌아가? 내 오냐오냐 받아주었더니 하는 짓이 아주 가관이로다!”

분노를 쏘아댄 그는 여인의 가느다란 손목을 매몰차게 당기며 걸음을 떼었다. 사내의 힘을 감당치 못하고 해나는 넘어질 듯 비틀거리며 그에게 질질 끌려 나갔다. 침실로 나가 응접실을 지나서 자그마한 다이닝 룸으로. 팔이 빠질 것 같다고 느끼는 순간 프레데릭은 힘을 가하며 손을 놓았고, 해나는 완력에 의해 고꾸라질 듯 앞으로 밀려 나갔다. 속도를 통제하지 못하고 테이블 가장자리에 몸을 드세게 부딪치며 쓰러지듯 바닥으로 주저앉았다.

해나는 몸도 일으키지 못하고 끙끙댔지만, 프레데릭은 조금도 사정을 봐주지 않았다.

"사고를 친 것도 말없이 넘어가주었더니 이제는 아무것도 뵈는 게 없는 것이냐! 계속 그따위로 기어오르다간 다시는 음식 구경을 못 하게 되는 수도 있다. 굶어 죽고 싶지 않거든 여기 차려진 음식, 하나도 남김없이 다 먹어치워야 할 것이다!"

해나가 간신히 몸을 일으켰을 때 그는 이미 떠나고 없었다. 대신에 그가 남겨두고 간 하인 하나가 감정 없는 얼굴로 들어와 다이닝 룸 한구석에 자리를 잡았다. 먹는 것을 꼼꼼히 확인한 뒤 그에게 돌아가 보고를 올리는 임무를 맡았을 것이다. 음식을 다 먹을 때까지 누구도 안으로 들지 못하게 막은 것은 불 보듯 뻔했다.

해나의 손이 욱신거렸다. 짝 소리가 나도록 그에게 내쳐진 오른손이 아프게 화끈거렸다.

정신적으로 편안할 수 없었지만 일정한 틀 안에서 조용했던 일상. 그나마 유지되었던 평온한 삶이 대비의 귀환과 왕에 대한 새로운 의혹으로 대혼란을 맞이하고 있었다.

격해진 감정을 다스리며 계단을 내려온 프레데릭은 별궁을 나서자 걸음을 멈추고 세상을 가득 메운 어둠을 바라보았다.

자신을 피하기에 급급했던 아이가 단식까지 해가며 그를 불러들였다. 결코 평범치 않은 상황에 프레데릭은 화가 났다기보다 까닭이 궁금하였다. 도대체 왜 그러는 것일까.

기꺼이 달려와주었고, 호기심에 이유를 캐물었다가 생각지도 못한 질문에 당황하고 말았다. 무슨 말을 어찌 해야 할지 몰라 필요 이상으로 감정적인 대응을 해버렸을 정도로.

"전하, 마차에 오르십시오. 시간이……."

"조용."

말을 끊어낸 그는 고요하면서도 단호했다. 조금은 속상하고, 조금은 난감하고, 조금은 낭패스러운 기색도 언뜻 감돈다.

그에게 있어 전쟁처럼 쉬운 것도 없었다. 아무리 수만의 군사가 쳐들어와도 최정예 요원 수십 명만 이끌고 기습하여 우두머리 몇 명만 처단하면 그다음은 일사천리. 한데 비쩍 말라 눈만 초롱초롱한 그 아이는 말 한 마디, 눈빛 하나로 그를 번민에 빠져들게 하였다.

설마 그때의 일을 아직까지 가슴에 담고 있을 줄이야.

더럽냐고 반문하던 원망 섞인 목소리와 눈 속 깊이 배어 있던 과거의 상처. 해나의 아픔이 그에게로 전해져 가슴속에 짙은 씁쓸함을 새겼다.

"하긴. 잊을 만한 상황은 아니었지."

"예?"

"그런 눈을 마주 보며 무슨 춤을 출 수 있을까."

힘없이 흘러나온 중얼거림은 바람 소리와 뒤섞여 뒤로 서 있는 테오에게는 불분명하게 전달되었다.

"전하, 어인 말씀이십니까?"

도통 주군의 말을 알아들을 수 없어 테오는 고개를 살짝 기울였다.

프레데릭은 이렇다 할 대답 없이 여전히 허공 어딘가를 응시하며 다른 명을 내렸다.

"훈련을 연장할 것이다. 내일 아침 로젠 공을 들라 하라."

군함에서부터 오늘에 이르기까지, 연이어 해나가 보내온 깊은 혐오의 눈길. 그 증오 섞인 시선을 차마 감당할 수 없어 규칙과 계획을 목숨처럼 따르던 프레데릭은 마침내 정해진 일정마저 바꿔버리기로 하였다.

조피의 두 뺨 위로 좀처럼 보기 힘든 발그레한 홍조가 어렸다. 그녀의 만족스러운 흥분에 레이튼 공의 입가에도 잔잔한 미소가 그려졌다.

대비가 이토록 흥분하는 이유는 최고의 투명도와 신비로운 색상으로 그 가치를 세계적으로 인정받고 있는 핑크 다이아몬드, 일명 '비너스의 심장'이라 일컬어지는 희귀 보석 때문이었다.

"6년이나 행방을 알 수 없던 이 보석을 대체 어디서 찾아낸 것이냐?"

"덴마크의 무역상을 통해 구입했습니다. 그들이 입을 닫고 있어 소신 또한 정확한 출처는 모르오나 이제 전하의 소유가 되었으니 그게 다 무슨 상관이겠습니까. 이번 무도회에 하고 나가시면 좋을 것 같아 목걸이로 제작해보았습니다. 마음에 드시는지요?"

조피는 평소 그토록 인색하던 미소를 드리우며 내심 흡족한 마음을 대신했다. 왜 아니겠는가. 소유자에게 사랑과 행복이 따른다는 속설로 부와 권력을 가진 여인이라면 누구나 한 번쯤은 탐을 내는 보석이었다. 때문에 종적을 감춘 지난 6년, 유럽의 왕후들은 이 다이아몬드를 손에 넣기 위해 저마다 사람을 풀어 미친 듯이 자취를 수소문하였다.

조피의 눈가에 만족스러움과 서러움이 동시에 떠올랐다. 오랫동안 바라왔던 보석을 마침내 손에 쥐게 되어 기뻤고 무정했던 남편 칼 구스타프가 떠올라 서러웠다.

'지켜보고 계십니까? 구스타프. 당신이 그녀에게 주고자 했던 이 다이아몬드가 결국은 제 수중에 들어오게 되었습니다.'

구스타프는 이 보석을 차비였던 아말리아에게 왕자를 낳은 기념으로 선물로 주고 싶어 했다. 왕자비로 들어와 왕비가 되고 5년이 넘도록 태기가 없어 왕국의 귀족들에게서 따돌림을 당했던 자신을 모르는 척 내버려두고서.

뒤늦게 아말리아가 남편의 옛 정인이었음을 알고 얼마나 기가 막혔었는지. 그들에게 조피는 둘의 순수한 사랑을 가로막은 정치적 산물에 지나지 않았다. 정략혼 이후 남편은 아말리아를 차마 정부로 만들 수 없어 다른 사내에게 보내주려고까지 하였다던가. 그는 결국 '차비'라는 귀족들의 제안을 어쩔 수 없이 수락하는 척하며 그 징그러운 연정에 방점을 찍었다. 조피는 설움이 폭발했고 급기야 이 핑크 다이아몬드를 손에 넣고자 안간힘을 써왔다.

'이것을 얻기 위해 근 50년을 기다려왔다니…….'

대비의 얼굴 위로 원망과 서글픔이 아릿하게 드러났다. 13년 전, 일찌감치 이 보석을 손에 넣을 기회를 가진 적이 있었다. 그 꿈을 단박에 부서트린 사람은 다름 아닌 그녀의 친아들. 언제부터인가 어머니란 말 대신 조피를 꼬박꼬박 '대비'라고 칭하던 선왕이었다.

그들은 모른다. 자신이 어떠한 마음으로 이 보석을 가지고 싶어 했던 것인지. 남편도, 아들도 모두 떠나고 없는 지금 아기의 주먹만 한 핑크 다이아몬드를 눈앞에 두고 조피는 애통함에 잠겼다.

"국왕 전하께서 드셨습니다."

대비가 하염없이 목걸이를 바라보고 있는데 안으로 든 디아나 백작부인이 왕의 방문을 알렸다. 그 소리에 천천히 고개를 들어보니 어느덧 안으로 든 손자가 그녀의 손바닥에 놓여 있는 다이아몬드를 뚫어지게 내려다보고 있었다.

"비너스의 심장. 이것이 그 실물이지요. 레이튼 공이 신경을 많이 쓴 모양입니다. 다 늙어 빠진 주제에 이제 와 이런 게 무슨 소용 있을까 싶기도 합니다만."

"그런 말씀 마십시오. 다른 누구보다 대비 전하께 어울리는 보석입니다."

주거니 받거니, 대비와 레이트 공 사이에서 빈말 한 마디 보태줄 만도 하건만,

"……전투 훈련 문제로 긴히 드릴 말씀이 있습니다."

프레데릭은 두 사람이 민망해할 정도로 침묵을 지키다 곧바로 용건을 꺼냈다. 왕의 그런 태도에 괜스레 무안해진 레이튼 공은 눈치껏 일어나 조용히 자리를 피해주었다.

늦은 밤, 침대에 누운 해나는 잠들지 않으려 기를 쓰고 있었다. 정신적으로 힘들었던 날이면 잊지 않고 찾아와 달래주었으니 오늘도 와주지 않을까. 불과 몇 시간 전 그 난리를 쳐놓고 은근한 기대에 잠을 자기가 싫었다. 과거의 행적을 상세히 따져보았을 때 해나는 그가 와줄 거라 거의 확신하고 있었다.

어린 시절 자주 찾아와주었던 그것은 지난 6년, 아주 드물게 나타나 해나의 애를 태웠다. 대비와 왕이 궁을 비운 덕에 정신적으로 안정이 되어 그러는구나, 원인을 분석하며 안타까워하기도 하였다. 그러다가도 한 번씩, 왕이 환궁해 신경을 긁을 때마다 예기치 않게 나타나주는 게 얼마나 신기하던지. 흐름대로라면 그가 전장으로 떠나며 사라졌다가 귀환과 동시에 나타났던 게 틀림없었다.

이대로 자는 척을 하다가 그가 나타나 손을 잡아주면 곧바로 눈을 떠버리자, 해나는 절반의 확신에 기대어 의지를

다졌다. 도망가지 못하게 손을 잡고서 이게 뭐하는 짓이냐고, 왜 미친 듯이 괴롭히다 뒤에서 달래주었던 거냐고, 어느 것이 진짜 당신의 모습이냐고 따져 묻고 싶었다. 그런데……, 왜 이리도 정신이 흐물흐물해지는 것인지.

왜 이러지?

주체할 수 없이 밀려드는 잠기운에 아무 데나 잡히는 곳을 꼬집어보지만, 손에 힘조차 들어가지 않았다. 원인은 손목을 봐주었던 궁의가 마지막으로 내밀었던 그것.

약을 마시는 게 아니었는데…….

뒤늦게 후회가 일었으나 정신은 이미 까마득히 멀어지고 있었다. 그리고 어느 순간, 말라 있던 가슴을 촉촉하게 적셔주는 시원한 내음이 밀려들었다. 지난 이틀 해나를 잠 못 들게 뒤흔들고 사태를 이 지경까지 내몰았던 바로 그 내음.

그다.

다정한 손길도 느껴졌다. 벌게졌던 손등을, 흐트러진 머리를 따스함이 부드럽게 훑고 지나 팔 위에서 도닥도닥. 흐려진 정신을 감미롭게 달래주다 깊은 잠에 빠지도록 유도하였다.

그가 왔는데, 눈을 떠야 하는데…….

해나는 그런 생각을 하면서도 이것이 약기운이 만들어준 환상인지, 실제로 벌어지는 현시인지, 어느 쪽도 확신하지 못했다. 그저 기분 좋은 나른함에 가물가물 수마 속으로 정신없이 빨려들었다.

무도회를 며칠 앞두고 왕은 훈련 중이라는 이유를 들어 불참을 선언했다. 일정을 칼같이 지키는 분이 웬일인가 싶기도 했지만 왕은 애초에 파티를 즐기는 분이 아니었다. 해나는 그가 훈련을 택한 게 당연하다 여기며 조금은 안도하고 있었다. 그의 부재는 자신 또한 귀족들이 바글대는 무도회에 참석할 필요가 없다는 뜻이었으니.

"마음이 좀 놓이십니까?"

"고위 귀족들만 참석하는 무도회에 신분도 명확지 않은 이국인이 끼어들다니요. 애초에 말이 안 되는 소리였습니다."

정오의 햇살이 창을 통해 환하게 스며드는 별궁의 응접실. 바느질을 하던 피아가 농을 섞어 물어오자 책을 펴놓고 벽난로의 불꽃만 망연히 응시하던 해나가 덤덤하게 답했다. 얼마 전이었다면 이 소식은 해나를 충분히 기쁘게 하고도 남았을 것이다. 그러나 지난 며칠, 온 신경을 한 사람에게로 집중하다 보니 다른 것에는 크게 반응할 여력이 없었다.

프레데릭이 폭력을 멈춘 이후 해나는 자신과 관련된 일일 때에만 왕의 행적에 신경을 기울였다. 그가 전장에서 대승을 거둬도, 귀족들과의 머리싸움에서 기막힌 묘수를 발휘해 전세를 뒤집어도 자신과 관련된 일이 아니면 눈을 감고 귀를 덮고자 하였다. 강력한 잔상이 되어 언제 어디서든 튀어나오는 그의 모습을 조금이라도 지우고 싶다는 바람 때문이었을 것이다.

그랬던 해나가 이제는 그에 관한 모든 일에 적극적으로 촉각을 곤두세웠다. '전하'라는 말만 들어도 흠칫하여 하던 일도 멈추고 그에 관한 얘기에만 귀를 쫑긋거렸다. 그럴수록 속내는 복잡하게 얽혀들었다.

뭐가 이렇게 간절한 것일까.

어중간한 증거로 환상이 아닌 그일 거라 확신하고, 밤에 찾아와 달래주지 않을까 기다리고, 그가 정말로 나타나 손을 잡아주는 꿈을 꾸고. 아침에 꿈에서 깨어나 정신을 차리면 지난밤 그에게 가졌던 지나친 기대에 자괴감을 느끼며 치를 떨고. 제발 그가 아니기를 바라는 것인지, 그라도 좋으니 온기가 실재이길 바라는 것인지 도무지 자신의 마음을 알 길이 없었다. 우스운 건 제 마음을 몰라 갈팡질팡하다가도 그가 손을 쳐냈을 때 느꼈던 서운함을 떠올리면,

"후우……."

한숨이 터져 나왔다.

"해나 님."

한숨을 다른 의미로 받아들였는지 피아는 바느질감을 내려놓고 다정하게 해나를 불렀다.

"전하께서는 속이 깊고 다정한 분이세요. 해나 님을 무도회에 참석시키려는 건 좁은 별궁에서 벗어나 바깥세상에도 완전히 적응하길 바라셔서 그러는 것입니다. 전하께서는 해나 님과 귀족들이 이제 서로에게 익숙해져야 할 때라 생각하고 계시거든요."

해나는 의아한 눈길로 피아를 보았다. 그녀는 지금 왕의 의중을 말하는 데 있어 가정(假定)이 아닌 평서(平敍)를 사용하고 있었다.

어떻게 피아는 그의 생각을 저토록 확신할 수 있는 것일까.

"정말 안타깝습니다. 우리 해나 님도 얼른 그분의 진가를 알아보셔야 할 텐데……."

목소리와 눈빛에서 전해지는 진한 안쓰러움은 왕을 향한 그녀의 마음이 진심임을 드러내고 있었다. 그러고 보면 피아와 마파엘은 국왕이 지정하여 보내준 사람들이었다. 그가 전장에 나가 있으면서도 해나의 일거수일투족을 낱낱이 꿰고 있던 건 전부 이들의 협력이 빚어낸 결과였을 터였다. 오랜 세월 함께하며 이제는 내 사람이라는 착각에 빠져 있을 때 새삼 되짚게 되는 불편한 진실. 다른 때 같으면 기분이 상했겠지만, 상황이 상황이니만큼 해나는 다른 것들을 궁금해하였다.

"피아에게 전하는 어떤 분이십니까?"

"예?"

뜬금없는 질문이었는지 피아가 눈을 둥그렇게 뜨고 해나를 보았다.

"아니, 그냥……. 생각해보면 피아는 전하의 사람이 아니었습니까. 하루아침에 왕자궁에서 외진 별궁으로. 탐탁지 않았을 것인데 불평 한 마디 없이 지금껏 지내는 게 보통 일은 아니라는 생각이 들었습니다. 전하와의 인연은 오래되신 겁니까?"

해나의 말에 피아는 그제야 빙그레 웃음을 지었다.

"정말 후미진 곳을 몰라서 그러시는 겁니다. 왕자궁에 비할 바는 아니지만 저는 아직도 이런 곳에서 지내는 게 감사할 따름입니다."

"처음부터 왕자궁에서 지냈던 게 아니었습니까?"

"어린 시절, 유일한 가족이었던 할머니를 여의고 충격에 말문을 닫아버린 적이 있습니다. 후에 목소리를 되찾고 왕궁에서 일하며 목숨을 이어갈 수 있었지만 고된 삶이었지요. 땔감을 나르고, 불을 지피고, 벽난로를 청소하고. 그런 저를 거두어서 돌봐주신 분이 왕자님이십니다."

"그런 일이 있었군요."

"해나 님, 전하는 정말……."

바짝 곁으로 다가온 피아가 본격적으로 그에 관한 말을 건네려 하는데 기척도 없이 문이 열렸다. 해나와 피아가 함께 있는 이상 이곳에 들어올 사람은 마파엘밖에 없었다. 평상시 놀라울 만큼 예의를 깍듯이 지켜온 그이기에 웬일로 노크도 없이 들어오나, 두 사람은 동시에 고개를 돌렸다. 문이 열리고 안으로 들어선 사람은 뜻밖에 디아나 백작부인. 화들짝 놀라 몸을 일으킨 해나는 뒤이어 등장한 여인의 존재에 두 눈이 등잔만 하게 커졌다.

눈부시게 아름답다는 말은 아마도 이럴 때 쓰는 표현인 듯싶었다. 햇살이 굽이쳐 내려앉은 듯 반짝이는 금발에 우윳빛의 맑고 투명한 피부. 새하얀 피부 덕에 몇 배나 돋보이는 청명한 벽안은 어느 책에선가 읽었던 고귀한 여신을 떠올리게 하였다.

"인사를 올려라. 장차 왕궁의 안주인이 되실 분이다."

백작부인이 주장하는 미래의 왕비라면 레이튼 공의 막내딸, 마벨 아우구스타 레이튼일 것이다. 익히 그 이름을 들어 알고 있던 해나는 무릎을 굽혀 인사를 올렸다.

"처음 인사를 드립니다. 별궁에 거처하는 해나라고 합니다."

"……."

해나의 인사에도 마벨은 이렇다 할 반응 없이 얼굴을 빤히 주시하기만 하였다. 오늘 이 자리까지 오게 된 건 자신의 의지가 아니었기에 아직 갈피를 잡지 못하고 있는 탓이었다.

「국왕 전하의 갑작스러운 결정이 섭섭하시겠습니다.」

「전승이나 국가 기념일을 축하하는 공식적인 자리가 아니니 전하의 불참이 법도에 어긋나는 일은 아니지. 헌데 알고 있느냐. 프레데릭이 이번 무도회에서 별궁의 아이와 첫 춤을 추려 하였다더구나.」

그저 대비를 위로코자 한 마디를 건넨 것이 이렇게까지 이어지게 될 줄은 생각도 못 했다.

「그 아이의 인사를 받아본 적이 있더냐?」

「이야기만 들었을 뿐입니다.」

「그럼 오늘 별궁으로 구경을 한 번 가보든지.」

대비는 마벨의 의견도 묻지 않고 무작정 디아나 백작부인에게 안내를 명했다.

어차피 사교계에 섞일 수도 없는 미천한 이방인. 과연 이 계집이 자신의 시선과 관심을 받을 만한 가치가 있는지 마벨은 이곳까지 오는 내내 회의감이 들었다. 하나 귀족들의 수런거림과 대비의 반대에도 왕이 지금까지 별궁에 꼭꼭 묶어두고 있는 아이. 계속 모르는 척할 수만도 없어 그녀는 일단 디아나 백작부인을 보낸 뒤 응접실에 자리를 잡았다.

대비궁에서 직접 가져온 티 세트가 준비되자 마벨은 천천히 찻잔을 들어 그윽한 라벤더의 향기를 음미했다. 행동, 표정, 손짓 하나까지도 그녀는 이미 왕궁의 안주인인 것처럼 무척이나 당당하고 자연스럽다.

소파에 편히 앉아 여유롭게 차를 마시는 마벨과 벌이라도 받는 듯 그녀 앞에 덩그러니 서 있는 해나. 모두가 자리를 비우고 둘만 남은 응접실은 오랜 시간 정적만이 감돌았다.

“제법 잘 참는군.”

그렇게 얼마간의 시간이 흐르자 예고도 없이 마벨에게서 감정 없는 목소리가 흘러나왔다. 해나는 시선을 들어 말끄러미 그녀를 건너다보았다. 마주하는 것이 처음임에도 이상하게 그녀가 낯설지 않았다. 침묵하는 동안 이유를 여러모로 따져보던 해나는 목소리에서 해답을 얻었다. 저 차가움. 아름다운 외모에서 뿜어 나오는 저 감파란 기운은 대비를 대할 때 느꼈던 그 몸서리 쳐지는 차가움과 완벽히 닮아 있었다.

결국 대비를 닮은 여인이 왕비가 되어 그의 온기를 차지하는 것인가. 겉모습과 달리 포근하고 따스한 손길을 저 여인도 머지않아 알게 되겠지. 내 손은 매정하게 쳐내버렸으면서 저 손은 또 얼마나 소중하게 잡아주려나.

자신이 얼마나 미친 생각을 하고 있는지 자각하지 못한 채 해나는 그와 함께 있는 여인의 모습을 상상하며 심기가 뒤틀리고 있었다. 겉으로야 시선을 내리고 공녀의 말을 경청하는 것처럼 보이겠지만.

“시킨다고 춤 연습을 하고 무도회에 나갈 준비를 하고 있다 하여 주제도 모르는 것인가, 조금은 골치가 아팠더랬지. 침묵하고 기다릴 줄 아는 너의 태도는 봐줄 만하다만…….”

“…….”

"기어이 나를 이곳까지 걸음하게 한 네 처신은 비난받아 마땅할 것이다."

차분하고 점잖은 어조에서 노골적으로 배어나는 상대에 대한 깊은 멸시. 타인의 시선을 신경 쓸 필요가 없는 곳에서의 마벨은 대비보다 한층 위협적이었다.

카셀 영애를 영원히 묻어버린 이후 국왕과 관련해 더 이상 나설 일은 없을 줄 알았다. 그런데 6년이 흐르고 아직도 이러고 있는 자신의 모습에 마벨은 생각하면 할수록 분기가 솟았다.

더욱이 눈앞에 있는 저 아이는 '정적'이라 부르기에도 낯뜨거울 만큼 격이 떨어지는 상대였다.

어느 모로 보나 흠 잡을 데 없었던 카셀 영애, 그녀가 조금만 용감했다면 마벨은 그녀를 제거하지 않았을 것이다. 안타깝게도 6년 전 그녀에게 고의로 접근해 확인해본 결과 에스텔은 꼭 없어져야 할 존재였다. 연모하는 이가 따로 있으면서도 똑 부러지게 처신하지 못하고 우왕좌왕. 그녀는 몸 따로 마음 따로, 어른들의 결정에 밀려 왕자비가 될 가능성이 농후해 보였다.

저로 인해 그녀가 목숨까지 버린 것은 유감이었으나 후회는 없다. 권력다툼이란 본시 목숨을 내어놓고 하는 것이었으므로. 그러나 눈앞에 서 있는 저 계집은 그럴 가치조차 없었다.

"네가 이곳에서 무엇을 하든 나는 상관치 않을 것이다.

별궁에 관한 일이라면 신경 쓰고 싶지도, 돌아보고 싶지도 않다. 사람이라는 게 원래 잡다한 것까지 전부 신경 쓰며 살 수는 없는 노릇이 아니더냐. 허나 네가 경계선 밖으로 나오려 한다면 얘기는 달라질 것이다. ……살고 싶으냐?"

"……."

"그럼 주제를 알고 분수를 지켜라. 어떠한 경우에도 네 잘못된 처신으로 오늘같이 내가 여기까지 걸음하게 만들어선 아니 될 것이다. 오직 지금과 같이 침묵으로 일관하다 소리도 소문도 없이 이곳에서 사라질 방도를 궁리토록 하여라. 기간은 넉넉히 주도록 하지."

열넷, 다소 이른 나이에 권력 세계에 스스로 뛰어든 마벨은 스물하나가 된 지금에 와서 순진한 공녀 역할을 할 생각따윈 조금도 없었다. 그렇다고 수준에 맞지도 않는 계집과 이런 식의 격 떨어지는 대면이 아무렇지 않다는 것도 아니다. 에스텔의 제거가 성취감을 안겨준 필요악이었다면 저 이방인을 상대하는 건 불필요한 시간 낭비에 불과한 일이었다.

해야 할 말을 모두 마친 마벨은 해나를 그대로 세워놓고 찻잔에 남아 있는 차를 입안에 머금었다. 보통의 공녀라면 당장에 자리를 박차고 나갔을 것이나 원숙한 그녀에게는 해당하지 않는 말이었다.

대비의 주선에 최소한의 성의를 보이기 위해 마벨은 지금부터 약 일각 정도 이 상태로 앉아 차 맛을 음미해볼 생각이었다.

프레데릭은 전장에서 돌아온 이후로도 왕궁에 열흘 이상 머무는 날이 드물었다. 이레에서 열흘간 정무를 한꺼번에 몰아서 해결한 뒤 군부대로, 무기 제작소로, 야외 훈련장으로 쉬지 않고 돌아다녔다. 아마도 그래서 해나는 그와 함께하는 아침 식사를 견딜 수 있었던 건지도 모른다. 며칠을 잘 참아내면 또 얼마간의 보상 같은 자유가 주어질 테니까.

그 절대적인 법칙에 균열이 생긴 건 최근이었다. 무조건 피하고 싶은 그이지만 왕궁에 도사리고 있는 온갖 위험으로부터 자신을 지켜줄 사람도 그밖에 없다는 모순을 깨달았을 때부터.

비록 훈련에 전념하고는 있으나 그가 왕궁에 있다는 사실에 안도하며 해나는 근래 별궁에서 꼼짝도 하지 않았다. 작금의 혼란을 어떻게 정리해야 할까, 내처 그 생각에만 몰두하고 있는데 어젯밤 로젠 공에게서 면담을 청하는 서신을 받았다. 말이 좋아 청이었지 서열상 왕국의 2인자라는 위치로 보았을 때 그의 말은 명령이나 다름없었다.

"어서 오십시오."

한갓진 오후, 해나는 안내를 받아 레오폴트가 왕궁에서

머무는 거처로 들어섰다. 마치 오랜 시간 알고 지내온 사이인 듯 그는 상냥한 얼굴로 한달음에 달려 나와 다과가 준비된 자리로 해나를 에스코트하였다.

"이번에 청국에서 들여온 차입니다. 해나 양을 위해 특별히 준비한 것이니 찬찬히 음미해보도록 하십시오."

화려하게 차려진 티 세트를 흘끗 내려다본 해나는 형식적인 인사말을 건넨 뒤 주저 없이 본론으로 들어갔다. 불러대는 사람도, 찾아오는 사람도 많아져 피곤한 요즘, 될 수 있는 한 이 자리를 빨리 벗어나고 싶었다.

"전하의 업무를 대행하시느라 각하께서 매우 다망하시다 들었습니다. 신경 쓰실 일이 한둘이 아닐 텐데 무슨 일로 소인까지 보자고 하셨습니까?"

"전하께서 훈련 중이시기는 하나 중요한 건 직접 처리하고 계십니다. 무엇보다 전하의 곁에는 완벽한 비서관이 하나 붙어 있지 않습니까."

해나의 다소 건조한 어투에 레오폴트는 싱긋 웃으며 친절하게 답했다.

"하여 저는 자리만 지키고 앉아 내가 하고 싶은 것만 골라 하자, 그러는 중입니다. 제가 원래 남의 자리에는 별 관심이 없어서요. 완전히 내 것이 된다면 또 모를까."

상냥한 말투와 눈빛, 전체적으로 따스한 느낌을 주는 사내였지만 사이사이 느껴지는 서늘함은 그가 왕족임을 잊지 않게 하였다. 게다가 저 아슬아슬한 발언. 농담처럼 유하게 건네는 말 속에 뼈가 담겨 있는 말끝이 해나는 영 껄끄러웠다.

"하면 그저 차 한 잔을 청하기 위해 저를 굳이 이곳까지 부르셨다 그 말씀이십니까?"

"전하께서는 다른 일로 바쁘시고 테오도 요즘 정신이 없는 것 같아 이때를 놓치기 싫었던 것이지요."

"각하의 뜻을 헤아리지 못하겠습니다."

"한 번쯤은 해나 양과 이렇게 개인적인 시간을 가져보고 싶었습니다. 궁금한 게 아주 많아서 말입니다."

늘 친절하게 웃고는 있지만, 그는 프레데릭과 마찬가지로 속을 알 수 없는 사람이었다. 무역선이 폭파되어 침몰하던 현장에서도 그는 저 웃음, 저 표정을 그대로 유지하고 있었다. 어쩌면 프레데릭보다 더 무섭고 더 알 수 없는 사람일지도 모른다.

"저는 각하께 드릴 만한 말씀이 아무것도 없습니다."

"이 사람에게 감정이 별로 좋지 않으시군요."

"감정이 좋고 나쁘고의 문제가 아닙니다."

심히 애석해하는 그에게 해나는 최대한 감정을 자제하고 거리를 두었다.

"그래도 은인을 대하는 태도가 바람직하지 못한 것은 사실입니다."

"은인이라 하셨습니까?"

"제가 전하를 모시고 무역선까지 쫓아갔던 일을 설마 잊은 것은 아니시겠지요?"

황당함에 해나가 한쪽 눈썹을 추켜세우자 레오폴트는 살살 미소를 지으며 두 눈을 맞춰왔다. 그러고 보면 저자의 정신세계도 가히 정상은 아니었다. 해나는 치밀어 오르는 짜증을 애써 누르며 조금은 냉소적인 어조로 대꾸를 하였다.

"물론 기억하고 있습니다. 어찌 잊을 수 있겠습니까? 무역선을 폭파하고 그 안에 있던 사람들을……, 여쭙겠습니다. 선장과 선원들, 아니, 그 안에 있던 사람들은 전부 어찌 되었습니까?"

"지금쯤은 물고기 밥이 되었겠지요."

어깨를 으쓱하며 여상하게 답하는 레오폴트의 웃는 얼굴이 무척이나 섬뜩했다. 결코 농담이라 볼 수 없는 저 반응. 해나의 심장이 쿵쾅쿵쾅 미친 듯이 질주했다.

법을 어긴 죄로 혹시 과한 처벌을 받지 않았을까 염려가 되어 물어본 말이었다. 그런데 물고기 밥이라니! 얼굴이 벌겋게 달아오른 해나는 놀란 마음에 목소리를 높였다.

"설마……, 선박과 함께 전부 수장시켜버렸단 말입니까? 진심이십니까!"

"사실 그렇게 죽이는 걸 저도 굉장히 반대하였습니다. 개인적으로 저는 보복을 신봉하는 사람이라서요. 받은 만큼 소상히 기억하여 그대로 돌려주는 것. 물론 경우에 따라 그 이자는 얼마든지 불어날 수도 있는 것이긴 합니다만.”

바람둥이라 소문이 자자한 저자가 실은 미치광이였던가. 말도 안 되는 이 대화에 해나는 폭발할 것 같은데 내내 미소 짓던 레오폴트가 일순 강약을 조절하며 스산하게 말을 이었다.

“저라면 전하처럼 그들을 모두 한 방에 끝내버리지는 않았을 겁니다. 모조리 해적선에 태워 지중해로 보내버렸겠지요. 평생을 누군가의 노예로 살며 두고두고 벌을 받을 수 있도록, 참기 힘든 고통으로 미쳐가다 서서히 죽어버릴 수 있도록.”

“그게 지금, 무슨 말씀이십니까?”

알 듯 말 듯 얕은 숨만 간신히 쉬어대는 해나를 마주 보며 레오폴트는 친히 한 자 한 자 힘주어 진실을 까발려주었다.

“받은 대로 돌려준다. 그들은 수배령이 내려진 노예 상인들이었습니다.”

“…….”

어지러웠다. 누군가에게서 뒤통수를 사정없이 얻어맞은 듯한 이 얼얼한 느낌.

“노름꾼들에게 빚을 지워 어린 딸들을 빼앗거나 빈민가의 소녀들을 납치해 간 쓰레기들. 여인이 홀로 외국으로 여행을 간다는데 아무런 제재도 없이 태워주려 했다니요. 말도 안 되는 소리입니다.”

"그럴 리가……, 삯을 주고 배에 오르는 자들을 분명 확인하였습니다."

"한통속이었을 겁니다. 그저 보여주기 식의 연극이었을 테지요. 그들은 해나 양이 동양인임을 잘 알고 있었으니까요. 하여 흠 없이 비싼 값에 팔고자 선실에 따로 분리해놓았던 것입니다. 아, 참고로 그 배의 목적지는 오스만 제국이었습니다. 노예 매매가 활발히 성행하고 있는 그곳을 들어는 보셨겠지요?"

노예 매매라니, 그래서 선실에 따로 머무르도록 했던 것이라니!

선한 미소를 짓고 있던 선장과 순박했던 선원들의 얼굴이 공중에서 둥둥 떠다니다 파박, 어느 순간 눈앞에서 수만 개의 조각으로 산산이 부서지며 흩어져 내렸다. 새롭게 드러난 추악한 진실 앞에 해나는 지독한 편두통이 이는 것을 느꼈다.

"당시 그 배에는 10대 초반의 어린 소녀 수십이 쇠사슬에 짐승처럼 묶여 있었고, 해나 양은 가장 마지막으로 구출되었던 것입니다."

"세상에!"

대체 무슨 변을 당할 뻔했었다는 것인지. 귓속에서 윙윙 이명이 이는데,

「……등신 같은 것, 하려면 제대로나 할 것이지.」

그날 다급하게 쫓아와 씁쓸하게 내뱉던 프레데릭의 목

소리가 또렷하게 떠올랐다. 해나는 차갑게 식어 바르르 떨리는 두 손을 하나로 꽉 모아 쥐었다.

"어떻게 그런 일이……."

"전하께서는 그들과 마차꾼이 하나로 연계되어 있던 것으로 보고 계십니다. 저들은 해나 양이 일찍부터 궁을 빠져나올 것을 알고 있었고, 마차꾼이 대기하고 있다가 목적지까지 가는 선박이라며 노예선 앞에서 내려준 것이지요."

그랬던 것인가. 청국으로 가는 상선을 소개해주겠다더니……. 그게 다 노예선으로 넘기기 전 돈을 뜯어내기 위한 수작이었단 말인가!

조심하고 또 조심했건만 전부 소용없는 짓이었다. 그런 줄도 모르고 구해주러 온 그를 탓하며 로젠 공을 미치광이로 취급하고 있었으니. 해나는 자신이 너무나 한심스러웠다.

"전하께서는 어찌 알고 거기까지 쫓아오신 겁니까?"

"그건 직접 여쭈어보십시오."

"허면 그들을 매수하고 마차꾼과 연계하여 저를 노예선에 태우도록 종용한 그 배후는……."

그걸 지금 몰라서 묻는단 말인가. 왕의 보호를 받고 있는 자신에게 그런 짓을 꾸밀 수 있는 사람은 왕궁에 딱 한 명밖에 없었다.

이미 나와 있는 빤한 답을 넘겨버리고 해나는 이해할 수 없는 또 다른 질문을 건넸다.

"그렇다면 왜 아무도 제게 진실을 알려주지 않았던 겁니까? 피아와 마파엘도 이러한 사실을 알고 있었습니까?"

"군사 기밀을 굳이 그들에게까지 알릴 필요는 없겠지요. 저 같으면 오해받고 싶지 않아 당장에 틈을 보아 말했겠지만, 전하께서는 본인의 평판에 일일이 신경 쓰는 분도 아니시고, 당사자가 모르는 게 낫겠다 판단하신 듯합니다."

그러더니 레오폴트는 다 알지 않느냐는 의미심장한 표정을 지으며 말을 덧붙였다.

"게다가 용의선상에 올라 있는 배후 중 전하께서 보호하셔야 할 인물이 있을지도 모르니……. 어쨌든 여러 가지 이유로 전하께서 함구령을 내리시는 바람에 그리 되었습니다."

"함구령이 내려졌다면 어찌하여 각하께서는 제게 그 모든 사실을 알려주시는 겁니까?"

가만히 그의 말을 듣고 있던 해나는 솟구치는 의심을 떨치지 못하고 또다시 경계의 빛을 띠었다. 그러든 말든 레오폴트는 별 상관없는 듯 보였지만.

"저야 범인이 누구든 보호할 생각이 없고, 결정적으로 해나 양에게서 받아야 할 것이 있기에 미리 드리는 것이지요."

하, 실소가 터졌다. 왕족들이란 원래 저리도 한결같이 속을 알 수 없는 족속들인가.

"받아야 할 것이라고요?"

"궁금한 것이 매우 많다, 이미 말씀을 드리지 않았습니까."

"소인이 그리도 궁금하신 겁니까?"

"아니요."

그의 빠르고 단호한 부정에 해나는 말문이 막혔다.

"이 사람이 궁금한 쪽은 전하이십니다. 개인적으로 많이 알아두어야 할 필요가 있어서 말이지요."

정말로 속을 알 수 없는 또 다른 한 사람. 망연자실 그를 응시하고 있는 해나에게 레오폴트는 홀릴 듯 아름다운 눈웃음을 보냈다.

"그날 전하께서 화를 많이 내신 걸로 아는데 걱정이 되어 그러셨을 것이니 이해하도록 하시고. 이제 해나 양께서 이야기를 해주실 차례입니다. 전하와의 첫 만남에서부터 최근에 있었던 일까지 편안한 마음으로 풀어내어주십시오. 말하고 싶지 않은 부분은 건너뛰시고 듬성듬성 아무 말이나 좋습니다. 대충이라도 말씀을 해주시면 제가 알아서 정리하며 새겨듣도록 하겠습니다."

해나의 가슴이 묵직하게 내려앉고 뒷목이 뻣뻣해져왔다. 깊은 충격에 이야기고 뭐고 우선은 이곳을 벗어나 눕고 싶었지만.

"참, 제가 해나 양의 은인임을 인정은 하시는 거겠지요?"

레오폴트의 은근한 압박이 그녀의 발목을 단단히 움켜

잡고 있었다.

한 걸음 한 걸음 앞으로 나아갈 때마다 보드라운 가죽 구두 아래서 뽀드득뽀드득. 간밤에 내린 솜털 같은 눈은 온 세상을 순백으로 뒤덮고 해나의 발밑에서 폭신하게 밟혔다.

눈인지 나무인지 구분이 안 될 정도로 길섶을 따라 새하얗고 수려하게 늘어선 자작나무. 푸르르 새들이 날아오를 때면 햇살에 부딪쳐 반짝반짝 흩어져 날리는 은백색의 눈가루. 한 계절을 보내고 오랜만에 다시 찾은 왕의 숲은 여전히 신비로웠고, 여전히 평화로웠다.

로젠 공을 만난 지 오늘로 사흘째, 충격의 여파가 가시지 않아 마음은 여전히 분분했다. 특히 어젯밤, 오늘부로 전하께서 훈련을 종료하고 내일부터 다시 아침을 함께하시겠다는 전갈을 받은 이후 더더욱 그러했다. 당장 내일 아침 그를 만나면 감사 인사를 해야 할지, 이대로 모르는 척 평소대로 행동해야 할지 갈피를 잡을 수가 없었다.

그의 침묵을 이해한다. 조모가 배후일 가능성이 높은 상황에서 모든 것을 곧이곧대로 밝히기는 어려웠을 것이다. 그래도 그렇지, 바다 한가운데까지 쫓아와 구해준 것도 모자라 자신이 쏟아낸 비난을 변명 한 마디 없이 듣고만 있었다니. 버릇없는 행동까지 무조건적으로 받아준 그의 태도가 마음에 걸렸다.

왜 그렇게까지 해주었던 것일까.

만약 그가 악몽을 꿀 때면 나타나 달래주었던 존재가 확실하다면…….

점차 달아오르던 심장은 별궁에서 손을 쳐내던 그의 차가움이 떠오르자 초라하고 싸늘하게 식어갔다. 상식적으로 빤할 것 같은 결론도 그와의 지독했던 시간을 돌아보면 모든 것은 흐지부지, 다시 미궁 속으로 빠졌다. 이것도 저것도 아닌 기이한 행적들. 그의 생각을 도저히 읽어낼 수 없어 머릿속이 복잡해지는데 길가에서 희미하게 부스럭거리는 소리가 들렸다.

'데지레?'

언뜻 떠오른 생각에 나무 사이를 살피던 해나는 일순 멈칫하여 고개를 더 틀었다. 지금까지 자신이 걸어왔던 길을 눈이 휘둥그레져 돌아보았다. 길섶에서의 인기척을 넘겨버리고도 남을 만큼 의아하고 괴괴한 소리가 저 멀리서 들려온 까닭이었다.

무엇일까?

해나는 전신의 감각을 전부 청각으로 끌어 모아 점점 가까워지는 소리에 귀를 기울였다. 달려오는 소리가 지나치게 가벼운 것으로 보아 사람은 아니었다. 인간보다 빠르고 하나가 아닌 여럿.

'짐승?'

빠르게 그 존재를 파악한 찰나 귓속으로 확 꽂히듯 들려오는 소리에 해나는 정신없이 앞으로 달려 나갔다. 으스스 온몸에 소름이 끼치고 숨이 가빠져 눈물이 왈칵 터져 나왔다.

컹! 컹! 컹!

까마득히 오래전인 그날 밤, 어머니와 어린 해나를 위협하고 끈질기게 따라붙어 두 사람을 공포에 몰아넣었던 지독한 소리. 두 번 다시 듣고 싶지 않았던 그 소리에 고통스러운 과거의 편린이 하나둘 떠올라 해나는 이것이 악몽인지 현실인지 구분조차 어려웠다.

달리기에 박차를 가하고는 있지만, 발 빠른 짐승을 따돌리기에는 역부족이었다. 눈 깜짝할 새 맹렬한 기세로 코앞까지 달려온 맹견. 늑대만큼 덩치가 큰 그것들은 눅진한 침이 잔뜩 고인 뾰족한 이빨을 드러내며 한꺼번에 해나를 향해 뛰어올랐다.

"아악!"

우악스럽게 덤벼든 맹견의 무게를 견디지 못하고 해나는 눈벌 위로 나뒹굴었다. 이어서 가슴팍으로 올라탄 한 마리가 사납게 입을 벌리고 해나의 목을 콱 잡아 뜯으려다가 갑자기 퍽! 둔탁한 소리가 울리는 것과 동시에 저만치 나가떨어졌다. 안도할 새도 없이 연이어 덤벼드는 또 다른 한 마리. 뒤이어 덩치 큰 짐승을 주먹으로 사정없이 강타

하며 눈앞에 나타난 익숙한 저 얼굴.

“전하!”

“뛰어!”

몸을 급히 일으킨 해나는 단도에 찔려 널브러진 짐승을 보고 움찔했다가 프레데릭이 한쪽 팔을 물린 채 사투를 벌이는 모습에 크게 울부짖었다.

무서울 정도로 시뻘건 눈동자, 무시무시한 송곳니, 귀가 따갑도록 포악하게 짖어대는 으르렁거림. 그는 왼팔을 내어준 채 해나를 향해 돌진하려는 또 다른 맹견을 오른팔로 기를 쓰고 막으며 큰 소리로 외쳤다.

“정신 차리고 뛰란 말이다! 어서!”

“…….”

“해나!”

악몽과 현실이 반반씩 뒤섞인 가운데 주춤거리던 해나는 저를 부르는 다급한 외침을 기점으로 미친 듯이 달리기 시작했다. 눈길이 미끄러워 몇 번이고 발이 헛나갔지만 멈추지 않고 사력을 다해 앞으로, 앞으로.

내리쬐는 햇볕이 눈밭에 반사되어 세상은 눈부시도록 하얗게 변했다가 삽시간에 암흑으로 돌변하였다. 그리고 펼쳐지는 아렴풋한 장면 하나. 끝도 없이 깔린 암흑 속, 누군가 저 앞에서 달리고 있다. 추레한 옷차림에 쪽을 진 머리, 걷기도 힘들어 보이는 몸으로 악착같이 달리고 있는 그녀는,

'어머니!'

막막한 어둠 속으로 혼자서 뛰어드는 어머니의 마지막 뒷모습은 금세 또 다른 사람으로 바뀌어 있었다. 사나운 맹견에게 팔을 물린 상태로 피를 철철 흘리고 있는 칼 프레데릭.

"허억!"

뛰는 속도가 느려지다 어느덧 완전히 멈춰버린 해나는 자신이 행한 반인륜적 태도를 깨닫고 대경실색하였다. 혼자서 도망을 치다니. 그를 놔두고 혼자서만 도망을 치다니!

내가 지금 무슨 짓을…….

"아아악!"

자괴감이 끓어올라 비명과 눈물이 동시에 터져 나온 해나는 그대로 몸을 돌려 왔던 길을 허겁지겁 되돌아갔다. 무엇을 어찌할지 대책도 없으면서 무턱대고 전력을 다해 그에게로 달려갔다. 아무 생각도 나지 않았다. 한시바삐 그에게로 돌아가야 한다는 생각 외에는.

눈앞이 온통 부옇게 흐려져 정신없이 내달리던 해나는 어느 지점에 다다르자 우뚝 두 다리를 멈추었다. 분명 이곳이었다. 프레데릭이 맹견과 뒤엉켜 혈투를 벌이던 그곳. 아무리 보아도 여기가 틀림없는데 사방은 고요했고 그도, 맹견도, 낭자했던 핏자국도 감쪽같이 사라지고 없었다. 빠알간 핏방울이 튀어 있는 정결한 손수건 한 장만이 차가운 눈 위에 처연하게 떨어져 있을 뿐.

눈물과 땀으로 뒤범벅된 해나가 왕의 거처로 뛰어들었다. 핑크색 공단 스커트가 형편없이 구겨졌고 걸치고 있던 펠리스도 아무렇게나 헤쳐져 상당히 위급해 보였다. 마침 복도에서 근위대장과 심각한 대화를 나누던 중이던 테오는 속도를 제어하지 못하고 고꾸라질 듯 앞으로 쓰러지는 해나를 아슬아슬하게 잡아주었다.

"드릴 말씀이 있습니다!"

테오의 얼굴을 확인한 해나는 숨도 고르지 못한 채 그의 팔을 부여잡고 급박하게 외쳤다.

"전하께서……."

"전하께서는 지금 해나 양을 만나지 못하십니다."

"그런 게 아니라……."

"해나 양!"

해나가 입을 열 때마다 싹둑싹둑 말을 잘라버린 테오는 그녀의 눈을 똑바로 마주 보며 목소리에 힘을 주었다.

"전하께서 훈련을 하시다 약간의 부상을 당하셨습니다."

"……."

"늘 있던 경미한 사고라 알리지 않았지만 덧날 수 있다는 궁정의의 판단에 따라 얼마간의 절대 안정이 필요하십니다."

눈가에 그득히 고여 있던 눈물이 테오의 대답에 주르륵

흘러내렸다. 순식간에 벌어진 일들이 뒤죽박죽 엉키어 혼란스럽다. 그래도 그가 무사하다는 것만은 정확히 인지할 수 있었다. 거칠게 호흡하던 해나의 몸에서 힘이 스르르 빠지는데.

"어디를 얼마나 다친 것이냐?"

오싹할 정도로 듣기 거북한 목소리가 들려왔다. 어느 틈엔가 당도해 싸한 분위기를 발하고 서 있는 대비.

"팔에 약간의 부상을 입으셨습니다. 다행히 가죽을 덧대고 계셨기에 상태가 위중하신 것은 아닙니다. 지금은 약을 드시고 수면을 취하고 계십니다."

"걱정이 되어 와봤다. 심각한 것 같지 않으니 우선은 쉬시게 하여라. 내일 다시 들르도록 하지."

말을 마치고 돌아서던 대비는 새쭉한 눈초리로 엉망이 된 몰골의 해나를 흘끗 보았다. 마치 더러운 것을 응시하듯 날카로운 눈매에 불쾌감이 촘촘히 깔려 있다. 해나 또한 시선을 피하지 않고 말간 눈으로 끝까지 마주 보고 있는데 시립해 있던 디아나 백작부인이 발끈하며 나섰다.

"가당찮게 누구를 똑바로 쳐다보는 것이냐!"

"그만두어라. 근본도 없는 계집이 무엇을 안다고, 쯧쯧."

백작부인은 곧장 뺨이라도 후려칠 기세였지만 뜻밖에 대비는 그럴 마음이 없어 보였다. 천박한 것과는 한데 얽히고 싶지도 않다는 듯 가볍게 혀를 차는 것으로 상황을 마무리 지었다.

돌아서서 멀어지는 대비의 뒷모습을 해나는 물끄러미 응시했다. 정말로 그녀가 자신을 노예선에 팔아버린 것인지, 조금 전의 일에도 관여되어 있는 것은 아닌지 여러모로 복잡한 마음이 들었다. 숲을 돌아다니고 있는 것이 벌써 수년째, 맹견이 출현한 건 이번이 처음이었다. 이는 필시 누군가 고의로 풀어놓은 게 틀림없었다.

최대한 몸을 낮추고 죽은 듯이 숨도 쉬지 않고 살아왔건만. 시시각각 목을 조여오는 왕궁 안에서 과연 얼마나 더 목숨을 보전하며 버틸 수 있을지. 더구나 칼 프레데릭, 그는 어떻게 이번에도 어김없이 그 자리에 나타났던 것인지…….

"별궁까지 타고 갈 마차가 준비되어 있습니다."

깊은 수심에 잠겨 있던 해나는 테오의 말소리에 퍼뜩 정신이 들었다. 궁금한 게 많아 이대로 자리를 뜨는 게 내키지 않았으나 물어본다 하여 답을 해줄 그도 아니었다. 별궁으로 돌아가 생각을 정리하자, 해나는 결론을 내린 뒤 여느 때와 마찬가지로 조용히 입을 닫고 걸음을 옮겼다.

"많이 놀란 것 같은데 저리 두어도 괜찮겠는가?"

"지금은 침묵을 지키는 것 외에 할 수 있는 것이 아무것도 없습니다."

헨리크의 걱정 어린 말에도 테오의 반응은 냉담했다. 근거리에서 왕을 엄호하는 비밀 경호대가 갑자기 모습을 드러내어 가슴이 덜컥 내려앉았다. 이는 주군께 사고가 벌어졌음을 뜻하는 일이기에 하마터면 그도 이성을 잃을 뻔하였다. 아니나 다를까, 부축을 받고 나타난 왕은 피로 흥건히 젖은 천을 팔뚝에 친친 동여매고 있었다.

신성한 왕의 숲에 들개가 출현하다니, 무척이나 놀라운 일이지만 이국인 때문에 왕이 경호원들을 규정 이상으로 떨어트려놓은 게 그에게는 더 큰 충격이었다.

'조마조마하여 그리도 별궁을 경계하였건만…….'

당혹감을 드러낸 테오는 이내 표정을 지우고 의연해지려 애썼다.

그에게 있어 가장 시급한 건 주군의 건강 문제. 더욱이 주군께서 깨어나시면 가장 먼저 사건의 경위와 배후를 캐물으실 것이니, 다른 복잡다단한 문제는 일단 미뤄두는 게 옳았다.

기진맥진하여 별궁으로 돌아온 해나는 응접실 소파에 혼절하듯 쓰러졌다. 심장은 아직도 거세게 팔딱이고 하염없이 흐르는 눈물은 그칠 줄을 몰랐다. 그 모습이 안쓰러워 해나의 등을 살살 쓸어주던 피아는 눈물을 글썽이며 속삭였다.

"잠시 이대로 쉬고 계십시오. 금방 물을 데우겠습니다. 따뜻한 물에 몸을 담그면 기분이 조금은 나아질 겁니다."

"고맙습니다, 피아."

얼마나 찬바람을 삼키며 달렸는지 속에서 깔깔한 목소

리가 갈라져 나왔다. 피아가 잰걸음으로 응접실을 나가자 해나는 소파에 엎드려 벽난로의 불꽃을 주시했다.

한참을 그러고 있다가 손에서 느껴지는 감촉에 손바닥을 펴보니 두 눈에 들어온 건 눈밭에서 주워 온 그의 손수건. 새하얀 바탕에 시뻘겋게 번져 있는 몇 개의 핏방울이 가슴을 을씨년스럽게 울렸던 그것이었다. 해나는 손에서 손수건을 놓아버리려는데 얼굴 위로 돌연 의아한 빛이 떠올랐다. '그럴 리가' 하는 얼굴로 몸을 일으켜 재빨리 손수건을 소파 위에 펼쳐보았다.

"이건……."

놀라움에 해나의 두 눈이 회동그랗게 커졌다.

이곳에 처음 와 언어조차 익숙지 않았던 시절, 몸이 나아지며 하루 종일 할 게 없던 해나는 조그마한 손수건을 만들고 그 위에 제비꽃을 수놓았었다. 미숙한 솜씨로 오랜 시간에 걸쳐 겨우 완성해낸 세 송이의 제비꽃. 모양새가 보기 딱할 정도로 어설펐지만 그래도 해나는 뿌듯해하였다. 고향 생각이 날 때면 한 번씩 꺼내 보는 용도로 그만이었다.

아마도 6년 전쯤이었을 것이다. 어느 날 그것이 사라져 침실을 샅샅이 뒤지다 급기야 별궁 전체를 혼자서 헤매고 다녔던 것이. 종국엔 찾지 못해 포기하고 말았는데 어찌하여 그것이 이런 식으로 돌아온 것인지 해나는 얼떨떨하였다.

미숙하게 수놓은 제비꽃, 턱없이 작고 볼품없는 천 재질. 아무리 보아도 이는 오래전 자신이 만들었던 그것이 분명하였다.

도대체 왜!

그는 이 손수건을 지니고 있었던 것일까. 우연히 싹을 틔운 하나의 의문은 꼬리에 꼬리를 물고 길게 이어져 그동안 눌러왔던 수많은 의구심을 전체적으로 들여다보게 하였다.

그는 왜 위험을 무릅쓰고 그렇게까지 나를 구해준 것일까?

어린 시절 괴롭힌 게 미안해서? 아니. 그는 조금의 거리낌도 없이 그런 일을 자행했고 이후로도 어떠한 미안함이나 후회의 빛은 보이지 않았다. 그런데 왜, 위험할 때마다 귀신같이 나타나 구해주고, 대신 맞아주고, 이딴 손수건을 몰래 간직하고 있으며 몸을 사리지 않고 짐승에게 덤벼들었단 말인가. 이건 마치, 마치…….

세상에!

정수리로 내리꽂힌 순간의 깨달음이 해나의 뒷목을 거쳐 척추를 따라 사느랗게 훑고 지났다. 그로 인해 충격을 흡수한 몸과 마음은 오들오들 오한이 인 듯 마구 떨렸다. 그이기에, 자신이기에, 그와 자신이기에 생각조차 할 수 없었던 감정.

그 금단의 영역을 보아버린 해나는 습격을 받은 것만큼

깊은 충격에 빠져 제자리에 석상처럼 굳어지고 말았다.

오래전의 일이다. 해나가 열다섯, 그가 열아홉. 전쟁이 잠시 소강상태에 접어들자 일시적으로 환궁한 그는 다짜고짜 해나를 아침 식사 자리로 불러들였다.

해나에게 있어 그는 계단에서 사정없이 밀어버려 일생일대의 통증을 맛보게 해준 사람. 은밀하고 잔악한 괴롭힘으로 육체적 고통 외에도 정신적 황폐화의 끝자락을 보여준 사람. 소름 돋고 위협적인 한 마디로 사람의 마음을 새까맣게 짓밟는 사람.

호칭만 들어도 등골이 오싹한데 난데없이 마주 앉아 식사를 하려니 음식이 넘어갈 턱이 없었다. 이태 만에 환궁한 그였기에 이전보다 키가 크고 성숙한 외양이 해나를 더욱 주눅 들게 하는 점도 있었다.

저분이 왜 또 저러실까.

열다섯의 해나는 포크로 접시 위를 깨작거리기만 했을 뿐 감히 음식물을 찍어 목으로 넘길 생각을 하지 못했다.

「먹어.」

그때 날아든 짤막한 명령. 먹지 않으면 베어버릴 것 같은 위압적인 분위기는 어린 소녀를 충분히 겁먹게 하였다. 대체 왜 그러는지 짐작도 할 수 없었으나 그의 강한 눈빛에 떠밀려 해나는 어쩔 수 없이 음식을 입으로 가져갔다. 접시 위에 놓인 음식을 포크로 대충 찍어 입속으로 넣기를 여러 번, 집요하게 따라붙는 눈빛이 하도 따가워 무엇을 먹는지도 모르고 한참을 먹었다.

「편식을 하는군.」

그런데 어느 순간 그의 목소리가 날아들었고, 시선을 내려보니 접시 위에는 육류만이 그대로 남아 있었다. 공교롭게도 그때까지 채소만 열심히 집어 먹고 있었던 것이다.

「상관없어. 어차피 거기 있는 건 곧 네가 다 먹을 테니까.」

자신의 몫을 이미 깨끗하게 비워버린 프레데릭은 바른 자세로 앉아 해나에게 시선을 고정했다. 네가 전부 먹을 때까지 지켜볼 거라는 확고한 의지가 담긴 몸짓이었다.

「음식은 항상 네가 먹을 만큼만 주어질 것이다. 그러니 어떠한 상황에서도 음식을 깨작거리거나 남겨서는 아니 된다. 기억해두도록.」

그는 짧은 경고와 함께 계속 먹으라는 신호를 보냈고, 해나는 의식 없이 음식물을 씹다가 삼켜버리기를 반복했다. 모래알이 식도를 타고 내려가는 것과 같이 아무 맛도 느껴지지 않았던 그와의 첫 번째 식사. 그날 해나는 프레데릭이 지켜보는 가운데 접시를 깨끗이 비워야 했고,

「그럼 내일 보지.」

식사를 끝낸 뒤 그가 건넨 마지막 한마디에 절망하였으며, 급체하여 온종일 먹은 것을 토해내야만 했다.

그것이 과연 상대를 좋아하는 사람의 행동이었을까?

아니다. 그럴 수는 없었다.

깊은 밤, 달빛이 스며드는 유리창에 해나가 봉긋한 이마를 기대고 고개를 가로저었다. 머리가 움직일 때마다 얼어붙은 창에 문대지는 이마가 빨갛게 얼었다.

하나의 진실을 깨닫고, 그를 봐야겠다고 생각하였으나 알현이 거절되며 혼란이 찾아왔다. 시간이 갈수록 깨달음은 착각으로, 진실은 곡해로, 의심은 과대망상으로 자꾸만 추측이 변해갔다.

손수건을 잃어버린 건 전쟁이 터졌을 즈음. 그때부터 그가 손수건을 간직하고 있었다는 게 말이 되지 않았다. 해나는 말도 안 된다고 최근의 깨달음을 강하게 부정하다가도,

'하지만 이 상황은? 도망치라 외치던 그때의 표정은? 지울 수 없는 그 밤의 온기는?'

또 다른 근거를 내세워 부정을 보류했다.

혹여 이것 또한 일종의 괴롭힘이요, 눈속임인 것일까?

그렇다면 가장 한심한 사람은 바로 나. 어찌하여 그가 던진 황당한 난제에 아무것도 못 하고 며칠째 고민에 빠져 있는 것인지.

못된 짓을 했으면서 무시와 증오조차 허락지 않는 사람이라니.

부정과 긍정이 교차하는 이 밤, 해나의 시름은 깊어졌고 새벽은 가까워지고 있었다.

08

그의 마음

"어머, 저 여자는……."

금방이라도 함박눈이 쏟아질 듯 무거운 잿빛 구름이 하늘을 뒤덮은 에리카의 어느 오후. 대비의 심부름차 마벨과 동석하여 레이튼 가로 향하던 디아나 백작부인은 공녀의 유모가 중얼거리는 소리에 창 밖을 내다보았다.

인적이 드문 어느 협소한 골목, 한 중년 여인이 큰길로 들어서며 황급히 후드를 덮어쓰고 있었다. 혹시라도 누군가 저를 보지 않을까, 최대한 몸을 사리고 있는 게 역력해 보였다.

"아는 사람인가?"

"메테른 부인이라고 카셀 영애의 유모 같은데……, 확실치는 않습니다."

"그럼 아니겠지. 카셀 가가 떠났을 때 함께 가지 않았겠는가."

카셀 영애라는 말에 슬쩍 관심을 보였던 백작부인은 곧바로 시큰둥한 표정을 지었다.

"소인도 처음에는 그런 줄로 알았습니다. 나중에 알고

보니 수도에 남아 빈민가의 아픈 아이들을 돌보고 있다지 뭐겠습니까."

"아픈 아이들을 돌보고 있다?"

"그 여자가 무슨 집시의 딸이라는데 이상한 걸 본다는 말이 있어 다들 가까이하기를 꺼려하였습죠. 한데 의술 하나는 귀신같이 뛰어나 유모라는 이름하에 카셀 영애의 건강을 돌보았다는 소문입니다. 그 영애가 어렸을 적 몸이 아주 약하지 않았습니까. 여섯 살쯤부터 메테른 부인이 돌보기 시작했으니 사실상 유모는 아니었지요."

"흐음……."

"솔솔 들리는 말에 의하면 저치가 카셀 영애의 시신을 거두고 무덤을 만들어 지금까지 돌보고 있는 것이랍니다. 아마도 그렇기에 수도를 떠나지 못하고……."

평소 새침하던 백작부인이 추임새를 넣어주자 덩달아 신이 나 떠들던 유모는 일순 펄쩍 놀라 입을 다물었다. 제상전 앞에서 감히 카셀 영애를 입에 담았음을 뒤늦게야 깨달은 것이다. 데구루루 눈동자만 굴려 옆에 있는 마벨의 동정을 살피는 유모. 다행히 그녀가 깊은 생각에 잠겨 있자 안도의 숨을 내쉬었다.

유모의 그런 아이 같은 행동에 백작부인은 옅은 웃음을 흘렸다. 어린 상전을 무서워하는 유모의 마음을 충분히 이해할 수 있었다. 아무도 상상치 못할 것이다. 6년 전, 겨우 열넷에 불과했던 어린 소녀가 처음부터 끝까지 홀로 모든 계획을 세우고 움직여 그 순진한 아가씨를 죽음의 길로 내몰았다는 것을. 과연 어떻게 처리할까, 묵묵히 마벨을 지켜보았던 백작부인은 에스텔뿐 아니라 카셀 가문, 더 나아가 귀족파 전체를 뒤흔든 그녀의 독한 계략에 혀를 내둘렀었다. 그녀와 같은 편에 서 있는 현실을 천행이라 여기며.

이번 일은 또 어떻게 처리할지 기대감에 부풀어 백작부인은 넌지시 마벨을 떠보았다.

"약을 먹인 맹견들을 전하의 수하들이 전부 거둬 갔다 하더군요. 앞으로 어찌하실 겁니까?"

"저는 모르는 일입니다."

깊은 생각에 빠져 있던 마벨은 백작부인의 물음에 태연한 말투로 응수를 해왔다.

"전하께서 계신 것도 확인 않고 일을 그르친 한스라는 작자가 책임을 지겠지요. 지금쯤은 목숨으로 그 책임을 다하였을 것입니다."

"그렇군요. 허면 청국 계집도 따로 처리하실 겁니까?"

"그 아이에 대한 전하의 마음은 알았으니 당분간은 놔둘 생각입니다."

예상치 못한 대답에 백작부인이 눈을 가늘게 뜨자 마벨은 방긋 미소를 띠었다.

"왜요, 제가 그 계집과 끝장이라도 볼 줄 알았습니까? 에스텔처럼?"

"그냥 놔두실 줄은 몰랐습니다."

"그것이 뭐라고 제가 쓸데없이 두 번이나 힘을 빼겠습니까. 전하께서도 몇 번 건드리다 싫증이 나면 버리시겠지요."

대수롭지 않게 대꾸하며 창 밖으로 시선을 돌리는 마벨, 겉으로는 여유가 넘쳤으나 속으로는 그렇지 못했다.

프레데릭과 공식적으로 처음 만난 그날을 마벨은 잊을 수가 없었다. 착실하게 익혀온 예법대로 최대한 우아하게 예를 올리는 자신을 지독히도 무감하게 바라보던 사람. 마치 새로 들여놓은 가구를 응시하듯 성의 없고 냉담했던 그 눈길은 시간이 흘러도, 아무리 얼굴을 마주쳐도 변함이 없었다. 파리라는 화려한 도시에서 뭇 사내들의 우러름과 청혼을 받아온 자신인데도 말이다.

불편한 감정에 잠시 울화가 치밀었던 마벨은 곧 찬찬히 호흡하며 불필요한 감정을 말끔히 털어냈다. 그의 감정이 어떠하든, 그의 마음이 어디로 향해 있든 어차피 그런 것은 아무 상관도 없었다. 자신이 프레데릭을 택한 이유는 오직 하나. 그가 이 나라의 절대 권력, 그 자체이기 때문이었으니까.

'그러니 당신이 그 계집을 데리고 무슨 짓을 하든 나는 더 이상 상관하지 않겠어. 계획대로 내가 왕비가 되고, 내 아들이 당신의 후계자가 된다면 말이야.'

수만 권의 장서가 책장 가득 빼곡히 꽂혀 있는 대규모의 서재. 그 귀퉁이에 있는 작은 문을 열고 들어가면 밀실과 같이 포근한 분위기의 또 다른 서재가 나온다. 프레데릭이 이곳에 올 때면 거의 머물다시피 하는 곳이었다.

"안 그래도 사나운 개한테 약까지 먹였다?"

사고 당시 가죽을 덧대고는 있었지만 상처는 생각보다 깊었다. 당연히 충분한 휴식을 취해야 함에도 프레데릭은 궁의의 말을 대놓고 무시한 채 손에서 일을 놓는 법이 없었다. 지금도 그는 서재의 별실에 앉아 사건과 관련한 헨리크의 보고를 받고 있는 중이었다.

"누군가 해나 양의 물건을 훔쳐 개들의 후각을 자극하고 얼마간 먹이를 끊은 뒤 숲에다 풀어놓은 것으로 보입니다. 용의자를 추려 뒤를 밟는 동시에 사체에서 채집된 약 성분을 토대로 역추적 중입니다."

"반드시 배후를 가려내야 할 것이다. 도전을 해왔으니 기대에 부응을 해야지. 해나의 경호는?"

"별궁의 보초를 하루 3교대로 바꾸고 드나드는 이들을 철저히 제한하고 있습니다. 그리고……, 해나 양이 알현을 청하고 있습니다."

푹신한 소파에 편히 기대고 있던 프레데릭은 마지막 한 마디에 움찔하여 동작을 멈췄다. 믿을 수가 없다. 지금까지 단 한 번도 제 발로 찾아온 적이 없는 아이였는데. 당혹감, 그리고 약간의 의아함을 섞어 헨리크를 보았다.

주군의 흔들림을 모르는 척 근위대장은 일말의 흐트러

짐 없이 마치 공식적인 문제를 보고하듯 딱딱하게 상황을 설명했다.

"지난 며칠, 테오가 과한 충성심으로 본분을 잊고 그 부분만 자의적으로 누락시키는 것을 지켜본 바, 더는 묵인할 수 없기에 보고를 올립니다."

"지금 서재 앞에 와 있다는 말인가?"

"약 두 시간째 본실 입구에서 테오와 대치 중에 있습니다."

"그걸 왜 이제! ……됐다, 당장 들게 하라."

벌써 두 시간째 그러고 있었다는 말에 발끈했던 프레데릭은 곧바로 감정을 추스르고 고개를 돌렸다. 지금 이 떨림이 테오의 방자함 때문인지, 예상치 못한 소식을 들었기 때문인지 알 수가 없다. 이상하리만치 손끝이 떨리고 가슴이 서걱거려 헨리크가 예를 올리고 물러나는 것조차 신경 쓰지 못했다.

해나가 어쩐 일로 여기까지 찾아온 것일까. 실없이 가슴이 부풀다가도 금방 한기가 들어찼다. 혹시라도 그녀가 숲 속에서의 일을 캐물어올까 봐. 그날 어떻게 그곳에 있었느냐 물어오면 정말이지 해줄 말이 아무것도 없어서.

간만에 청쾌했던 하늘과 유난히도 볕이 좋았던 한적한 오후. 이 계절에 흔치 않은 자연의 축복 아래, 잠깐의 평화로운 산책을 즐기고 싶었다. 그녀도 모르게 그녀와 함께. 해나의 작은 보폭에 맞춰 소복이 쌓여 있던 눈을 밟으며 그는 실로 오랜만에 치유의 시간을 가질 수 있었다. 잔잔한 바람, 맑고 차가운 공기, 숲 속의 풍요로운 내음, 그리고 편안한 모습의 해나.

"전하."

회상에 젖어 있던 프레데릭은 갑작스레 찾아든 차분한 음성에 상념에서 벗어나 현실로 돌아왔다. 고개를 바로 하여 문 쪽을 바라보니 언제인지도 모르게 그녀가 들어와 다소곳이 서 있었다. 며칠 새, 많이 상해버린 안쓰러운 얼굴을 하고서.

"앉아."

명을 받은 해나는 조용조용 발을 떼어 그에게로 다가갔다. 상처를 동여맨 청결한 삼각건과 피로가 쌓여 있는 그의 얼굴을 차례로 주시했다. 고집을 부려 나와 있는 것이겠지만 이번에는 그도 확실히 힘들어 보였다. 하여 그와 한 발씩 가까워질 때마다 미안함, 걱정스러움, 의아함, 그리고 혼란스러움이 번갈아 교차했다.

그간의 시간은 지옥이었다. 왜 그렇게밖에 대처하지 못하였는지, 그는 정말로 괜찮은 것인지, 자신이 깨달은 진실이 맞는 것인지. 매일매일 조바심과 싸우고 본궁에서 들려오는 소식에 귀를 기울였다. 말초 신경이 온통 그에게로 정조준되어 잠도 자지 못하고 밥도 먹지 못하며 하루 종일 안절부절못하다 급기야 원망까지 일었다. 그렇게 괴롭혔으면서, 죽일 듯이 아프게 하였으면서. 끝까지 나쁜 놈으로 남을 것이지, 왜 이제 와 생각해주는 척 마음 빚에 목숨 빚까지 지게 하는 거냐고.

가슴에 남아 있는 앙금, 따스함에 대한 갈망, 표현할 길 없는 고마움, 모순적인 그의 행동. 모든 것이 엉망진창으로 뒤섞여 전쟁을 치른 듯 정신적으로 한계에 다다른 해나는 결국 지치고 말았다. 모든 것을 잊고 악몽과도 같은 이곳에서 벗어나고만 싶다. 감정적으로 뒤엉켜 더 큰 혼란을 초래하기 전에, 확인도 되지 않는 온기에 볼썽사나운 집착을 보이다 더 큰 문제에 말려들기 전에. 이쯤에서 그만 복잡한 감정을 정리하고 조용히 사라지고 싶었다.

덤덤한 얼굴로 자리에 앉은 해나는 제일 먼저 그의 팔을 슬쩍 살펴보았다. 따로 할 말은 없었다. 상태에 관해서는 이미 근위대장에게서 수도 없이 들어왔기에 불필요한 안부를 생략하고 곧바로 본론에 들어갔다.

"변명은 않겠습니다. 소인은 무서웠고 뛰어야 한다는 것 외엔 아무것도 생각할 수 없었습니다."

"거기서 돕겠다고 나섰으면 사태는 악화되었을 것이다."

"그동안 숲을 마음대로 드나들었습니다."

"……."

"전하께서 알고 계신 줄도 모르고. 아둔하게도 소인은 모두를 속이고 있다 철석같이 믿고 있었습니다."

숲에서의 일을 최대한 모르는 척하고 싶었던 프레데릭은 쏟아져 나오는 해나의 말에 신경이 곤두섰다. 턱 근육이 긴장으로 단단하게 굳어져 입을 떼기도 쉽지 않았다.

"무슨 말이 듣고 싶은 것이냐?"

"저는 항상 아무것도 모릅니다. 세상은 이렇게 크고 복잡한데 제가 보는 식견은 늘 별궁의 크기만큼 좁기만 합니다. 심지어 이제는 제가 무엇을 좋아하고 무엇을 싫어하는지조차 모르겠습니다. 어릴 때에는 분명 좋고 싫음이 명확했던 것 같은데 말입니다."

이번 일을 겪고 나서 처음으로 알게 되었다. 자신이 개라는 짐승을 그렇게까지 무서워하고 있었다는 것을. 어린 시절 해나는 금상께 하사받은 혈통 좋은 사냥개를 손수 챙기기도 했을 만큼 개에 대한 거부감이 전혀 없었다. 한데 어찌하여 그때에는 멀리서 짖어대는 소리만 듣고도 그렇게 얼이 빠지고 말았었는지. 그저 악몽을 꿀 때면 들려오는 소리라 치부하였던 그것이 실은 크나큰 상처의 후유증이었음을 이제야 깨닫고 있었다. 별궁의 작고 안락한 세상에는 무심코 길을 지나는 개 한 마리조차 없었으니까.

"전하의 말씀대로 소인은 등신이었습니다. 스스로 할 줄 아는 게 아무것도 없는 사람이지요. 노예로 끌려갈 뻔하고, 들개에 몰리고. 앞으로도 이런 일은 무수하게 벌어질 것입니다. 그럴 때면 저는 엄청난 힘과 권세에 밀려 감히 대항도 못 하고 무기력하게 당하기만 하다가……, 운이 좋으면 전하께서 구해주시겠지요. 그것은 또 누군가를 자극하여 다음을 기약하게 될 것입니다. 결국, 악순환이 반복되는 것입니다."

"문안을 온 것이면 목적에만 충실하라."

"이곳에 소인의 자리는 없습니다."

"괜찮으냔 말 한 마디, 그게 그렇게도 어려우냐?"

"궁을 나가겠습니다."

"……."

"도심에 작은 거처를 마련하고 스스로의 힘으로 살아보겠습니다. 지금껏 전하께서 베풀어주신 은혜……."

"그만!"

어쩐지 위태위태하였다. 해나가 자책성의 발언을 할 때부터 예감이 좋지 않았던 프레데릭은 불안감에 목소리가 저절로 높아졌다.

"너 요즘 무얼 믿고 그리 무모한 것이냐! 화를 돋우지 마라. 그렇게 혼이 나고도 이젠 내가 무섭지도 않은 것이냐!"

"무엇을 무서워해야 합니까? 6년 전에 끝난 전하의 폭력?"

아예 독기를 품고 온 것인지 해나의 반격도 만만치 않았다. 고분고분하였던 그간의 태도를 버리고 과거의 일까지 들먹이며 천하의 군인왕을 단숨에 궁지로 몰아넣었다. 해나의 한 마디는 가슴 부위의 근육을 뒤틀어 심장에 압박을 가했다. 그런데도 프레데릭은 완벽한 가면을 쓰고 차가운 태도로 일관했다.

"나는 얼마든지 다시 잔인해질 수 있다."

"그리하여보십시오. 그럴수록 괴로워지는 건 전하가 아니십니까."

"별 해괴한 소리를 다 듣는군."

"제가 알아버렸습니다, 전하."

해나의 목소리가 오늘따라 왜 이리도 냉철하게 들려오는 것인지. 아무리 화를 내도 눈 하나 깜짝 않고 꼬박꼬박 말대답을 해오는 그녀, 끝내 그에게 결정적인 치명타까지 날렸다.

"어쩌다 그리되셨는지 알 길 없으나, 전하께서는 저를 좋아하고 계십니다. 혼자서, 연모하고 계십니다."

"……."

"이렇게 모든 것을 알아버리고 말았는데 앞으로도 저와 계속 마주 볼 자신이 있으십니까? 참고로 저는 전하의 마음과 일치하는 부분이 조금도 없음을 말씀드리고 싶습니다."

짝사랑 중인 이에게 가장 가혹한 형벌. 그의 감정을, 그녀가 알아버린 사실을 면전에서 전부 공개하고 일언지하로 그의 마음을 거절한 것이다.

이런 식으로 상대에게서 충격을 받아본 건 십수 년 만에 또 처음이었다. 들켜버린 것으로도 머리가 알딸딸할 지경인데 저 아이, 피하지도 못하게 서늘한 눈으로 저의 시선을 꽉 붙들고 있다. 아무것도 생각할 수 없는 이 순간, 그는 해나가 했던, 머릿속을 맴도는 마지막 한마디를 힘없이 중얼거렸다.

"일치하는 부분이…… 없다."

"물론입니다. 지독하지 않으셨습니까. 어린 시절, 철저히 약자였던 저에게 전하께서 행했던 그 가혹 행위들을 떠올려보십시오. 물질적으로 베풀어주신 은혜, 감사하고 또 감사할 것이나 어린아이에게 가한 지독했던 학대는 결코 치유되지 못하고 있습니다. 평생 잊을 수 없을 것이며 이해하기도 어려울 것입니다!"

"……."

"하여 소인은 전하를 눈곱만큼도 좋아하지 않고, 좋아한 적도 없으며 앞으로도 절대! 좋아할 일은 없을 것입니다."

그의 안색이 창백하게 질리고 있다. 호통이라도 칠 줄 알았건만 어느 순간 입을 닫은 그는 마지막까지 입도 벙긋 못하고 바르쥔 주먹을 약하게 떨기만 하였다. 입술도, 턱도 미세하게 떨어대며 들숨과 날숨을 얕고 불편하게 이어갔다.

그런 프레데릭을 똑바로 지켜보던 해나는 서서히 그를 외면했다. 벼르고 별렀던 일인데. 과거, 관계의 역전을 수없이 상상하며 그리도 짜릿해하였는데. 막상 여러 일을 겪은 뒤 이런 일이 벌어지니 가슴에 못이 박힌 것 같았다. 스스로의 가슴에 칼을 그은 듯 아팠고, 휘청거리는 그를 보고 있는 게 지옥이었다. 더 지켜보고 있다간 자신이 먼저 무너질 것 같은 예감에 해나는 자리에서 일어나 마지막 쐐기를 박았다.

"그러게……, 죽일 듯이 괴롭히던 사람을 마음에 품지 마셨어야지요. 전하께서 하실 말씀은 없는 듯하오니 소인은 이만 물러가보겠습니다."

그가 답을 하든 말든 해나는 우아하게 예를 올린 뒤 빠르게 별실을 빠져나왔다. 문을 열자마자 앞에 서 있던 테오와 눈이 마주쳤지만 조금도 흔들리지 않았다. 시종일관 차분하게 별실의 문을 닫고 대규모의 홀을 가로질렀다. 여인의 또각거리는 굽 소리 위로 사내의 진중한 발걸음 소리가 묵직하게 겹쳐왔다.

해나는 서재를 벗어나 침묵을 유지하며 유유히 걷기만 하였다. 오로지 앞만 보며 한참을 걷다가 인적이 드문 어느 구석진 곳에서 걸음을 멈추고 얼마쯤 떨어져 따라오고 있는 테오를 돌아보았다. 그는 분노로 얼굴이 벌겋게 상기되어 씩씩거리고 있었다. 해나는 별다른 표정 변화 없이 지켜만 보다가 그가 걸음을 멈추고 마주 보자 냉랭히 입을 열었다.

"지나친 충성심은 재앙을 부르기도 하지요. 주군의 말을 엿듣는 건 나쁜 습관입니다."

"아무 때나 그럴 것이라는 억측은 버리십시오!"

"예, 전하와 제가 단둘이 별실에 있는 것을 참지 못하셨겠지요."

"당신이 무어라고 생각하는 겁니까? 당신이 무언데 감

히 전하께 그런 망발을 지껄인단 말입니까!"

"허면!"

테오가 흥분하여 비난의 수위를 높이자 해나도 지지 않고 반격을 퍼부었다.

"제가 장단이라도 맞춰드려야 했단 말입니까? 아니면 무조건 모르는 척 저에 대한 감정을 키우시도록 놔두어야 했던 것입니까?"

"그건……."

"누구보다도 테오 님께서 저의 출궁을 원하지 않으셨습니까! 저를 눈엣가시처럼 여기고 계시다는 거, 모르지 않습니다."

해나의 물음에 말끝을 흐렸던 테오는 새삼스러운 눈길로 그녀를 보았다. 언제나 알아서 입을 다물고 될 수 있는 한 별궁에 꼭꼭 숨어 눈에 띄지 않으려고 노력했던 그녀. 참고 참다가 한 번씩 서늘함을 드러낸 적은 있지만, 이토록 노골적인 반격을 해온 건 처음이었다.

테오는 물끄러미 해나를 응시하던 중 별안간 미간을 약하게 구기며 의구심을 느꼈다. 냉담해 보이는 새까만 눈동자 위로 넘치도록 표류 중인 대혼란을 발견한 것이다. 이해할 수 없었다. 전하께서 그렇게까지 당해주셨건만 어찌하여 여인에게선 티끌만큼의 통쾌함도 찾아볼 수 없는 것인지.

그렇게 힘들어하고, 그렇게 괴로워하였으면서, 왜?

두 눈이 가늘어지도록 생각에 잠기던 테오는 얼핏 무언가를 깨닫고 아연한 표정을 지었다. 다물고 있던 입술이 살짝 벌어지는데 무표정한 해나가 당면한 상황을 마무리하였다.

"진정으로 제가 사라지길 바란다면 무엄하기 그지없는 이 태도를 방관하셔야 할 겁니다. 분노하신 전하께서 내일이라도 당장 저를 밖으로 내치시도록 말입니다."

해나는 테오가 뭐라 입을 열기 전에 단호히 돌아섰다. 야무지게 걸음을 떼어 빠르지도, 느리지도 않게 계단을 내려갔다. 겉으로 보기에는 평상시와 다름없는 모습이었으나 유순한 눈망울엔 번민이 가득했다. 박제라도 되어버린 듯 완벽히 굳어 있던 프레데릭의 마지막 모습. 머릿속에 그림처럼 박혀 있는 마지막 순간의 그가 지워지지 않아 마음이 어수선하였다.

해나가 퍼부은 말 중에는 하고 싶은 것도 있었고, 과장을 섞은 것도 있었다. 중요한 것은 그와의 관계가 돌이킬 수 없을 만큼 파괴되었다는 것. 끓어오르는 감정은 미로와 같이 복잡하고 미묘했지만 내릴 수 있는 가장 현실적인 결론은 하나밖에 없었다. 고마운 것도, 미웠던 것도, 궁금했던 마음도 이것으로 전부 묻고 밖으로 나가 새로운 삶을 살자.

이제 해야 할 일은 단 하나. 왕궁을 나가 상관없는 사람으로 살아갈 테니 건드리지 말아달라, 대비에게 달려가 협의를 봐야 할 차례였다.

대비궁의 응접실. 한쪽에 자리를 잡은 얀이 무감한 얼굴로 소파에 앉아 있는 세 사람을 주시하고 있다. 얀의 옆자리에 레이튼 공이, 그 앞으로 디아나 백작부인이 앉아 있는 가운데 상석에 자리한 대비가 골똘히 생각에 잠겨 있었다. 한참을 침묵하고 있던 그녀는 입술 끝을 삐뚜름히 비틀어 다시 한 번 되물었다.

"그 계집이 내게 알현을 청하고 있다?"

"예. 대비 전하께 긴히 드릴 말씀이 있다 하옵니다."

"흠……."

조피의 얼굴에 설핏 '그래볼까.' 하는 빛이 엿보이더니 삽시간에 다시 얼음장으로 돌변하였다.

"미친것. 내가 부르지도 않았는데 감히 어딜 찾아와 무슨 얘기를 하겠다는 것이야. 돌려보내라. 차후 그것이 또 알현을 청해온다 하여도 내게 보고할 필요는 없다."

"예. 대비 전하."

백작부인이 대기 중이던 다른 시녀에게 눈짓을 보내자 도도한 표정의 그녀가 고개를 한 번 끄덕이며 조용히 그곳을 빠져나갔다.

상쾌한 허브차로 목을 축인 대비는 다음 주제로 관심을 돌렸다.

"저쪽에서는 왕비로 세울 만한 영애를 정했다 하던가?"

"그렇지 못한 것 같습니다. 원래는 알리시아 가문의 공녀로 합의를 보았으나 그 장손이 전하의 노여움을 사 군에 입대하게 되며 틀어진 것 같습니다. 지금은 비등비등한 세 가문이 붙어 신경전을 벌이고 있어 그들 안에서도 의견이 갈리고 있는 모양새입니다."

"천박한 것들. 그 뿌리가 곁가지들이니 본색을 드러내고 있는 것이지. 감히 내 손자에게 어느 하찮은 것을 가져다 붙이려고."

저놈의 곁가지 소리. 대비의 호통에 사생아로 태어난 얀은 반항심이 똬리를 틀고 피어올랐다. 베르덴의 초대 국왕이 서자였다 하여 이곳 사람들을 전부 곁가지로 싸잡아 비난하는 공국인들의 자부심은 딱할 지경이었다. 더 이상 왕국보다 뛰어난 그 무엇도 제시할 수 없게 된 저들. 마지막 보루인 혈통을 앞세워 자신들의 고귀함을 인정받고 싶어 하는 모습이 구차해 보였다. 쓴웃음이 절로 그려지는데 대비의 신경질적인 외침이 주의를 끌었다.

"다니엘!"

"예, 대비 전하."

"이번에야말로 쓸데없는 것들을 전부 정리하고 싶구나."

대비는 무언가를 말할 듯하다가 얀을 슬쩍 보더니 결정적인 말을 삼키고 두루뭉술 다른 말부터 하였다.

"우선 내 곁에 붙어 프레데릭의 눈과 귀가 되어주고 있는 것들의 명단을 가져오도록 하여라. 이번에는 실수가 없어야지."

"즉시 준비하겠습니다."

대비는 대답을 듣는 둥 마는 둥 피곤하다며 자리에서 일어나 백작부인과 내실로 모습을 감추었다. 문이 닫히고 레이튼 공작마저 그곳을 떠나려 하자 얀은 불길한 마음에 출입문을 가로막고 그에게 매달렸다.

"별궁에 있는 청국인을 해하려는 겁니까? 그녀를 어찌 하실 겁니까?"

"자네가 왜 그런 것을 궁금해 하는가?"

지금까지 점잖은 얼굴을 하고 있던 공작이 대번에 표정을 바꾸며 사납게 물었다.

"대비 전하의 환심을 조금 샀다 하여 뭐라도 된 듯 착각해서는 아니 되네. 슐레이트튼이란 이름 아래 사람들이 고개를 숙여도 천한 자네 어미의 신분을 기억하고 조심할 줄도 알아야지! 대비께서는 측근들의 경거망동을 가장 싫어하는 분이시네. 잠시의 관심이 아닌 그분의 신뢰를 얻고 싶다면 주제넘은 참견을 삼가고 무조건적인 충성을 보이도록 해야 할 것이야."

레이튼 공은 얀의 어깨를 거세게 밀치며 밖으로 나갔다. 대비 앞에서는 유순하고 정중한 척 굴다가도 돌아서는 순간 얼굴을 바꾸고 권위를 내세우는 사내, 매번 당하면서도 완벽하게 뒤바뀌는 이중적인 모습에 이번에도 얀은 멈칫하였다. 하지만 이대로 넘길 수는 없어 허겁지겁 그의 뒤를 따랐다.

금세 어디로 가버린 것인지 공작은 복도 어디에도 없었다. 급한 마음에 발 빠르게 움직여 계단 쪽으로 내려가는데 저 앞, 낯설면서도 익숙한 뒷모습의 여인이 한눈에 들어왔다.

"아기씨……."

어느덧 성장해 우아한 아름다움을 뽐내고 있는 병판댁의 아기씨. 지금까지 알현을 청하고 대기했던 것인지 피아와 나란히 대비궁을 빠져나가고 있었다.

검고 긴 머리칼과 길쭉길쭉 늘씬하게 자라 있는 팔다리. 조그맣던 아기씨가 언제 저렇게 자라 여인이 되었는지. 어느 모로 보아도 성숙해진 모습에 얀은 지난 일을 떠올리며 감회에 젖었다.

「자!」

그녀를 처음 만난 건 얀이 병판 대감의 배려로 그 댁에서 기거를 시작한 지 약 달포 정도가 지났을 무렵이었다. 당시 일곱 살이었던 병판댁의 귀한 아기씨가 어느 날 느닷없이 나타나 하얀 꾸러미 하나를 앞으로 내밀었다. 새하얀 얼굴에 까맣고 큰 눈망울이 인상적이었던 아이.

「이거 받아. 그냥 먹으면 돼.」

하도 귀신 취급을 당해 관청 밖에서는 입을 닫고 사람들과 교우하지 않았던 그는 여아의 접근이 달갑지 않았다. 못 알아들었다고 생각했는지 아이는 먹는 시늉까지 내었고 그는 빨리 떼어버리기 위해 그것을 받아 우적우적 씹어 먹었다.

한참을 먹고 있는데 머리 위로 무언가가 스르르 스쳐 지났다. 바닥에 앉아 있던 그가 고개를 들어보니 어느덧 가까이 다가온 아이가 그의 머리를 쓰다듬고 있었다. 그때의 황당함이란. 며칠 전 얀은 이 아기씨가 어느 혈통 좋은 사냥개에게 먹이를 던져준 뒤 가까이 다가가 머리를 쓰다듬는 모습을 본 적이 있었다. 딱 지금과 같은 모습으로.

그날을 기점으로 여자아이는 시시때때로 꾸러미를 들고 나타나 그에게 먹을 것을 내밀었다. 무언가를 입에 넣어준 다음에는 어김없이 다가와 머리를 쓸어주었다.

이 아이는 나를 키우는 짐승쯤으로 여기는구나.

기가 찼지만 가져오는 음식들이 하나같이 훌륭해 얀은 군말 없이 받아먹기로 하였다.

어느 날 안채 근처를 지나다 아이의 울음소리와 정부인의 엄격한 목소리에 얀은 걸음을 멈췄다. 가만 서서 들어보니 대감을 위해 만들어놓은 귀한 음식을 아이가 빼내 오다 걸린 것 같았다. 그날 얀은 자신이 그동안 먹어치운 것들이 청국에서 들여온 각종 귀한 약재로 만든 대감의 보양식이었음을 알고 매우 놀랐다. 특히 그중에는 대궐에 진상하려 했던 음식도 있었다 하니 덜컥 겁이 나기까지 했는데, 아이의 울먹임이 들려왔다.

「잘못했습니다! 분명 말을 할 줄 아는데 아무 말도 못 하는 아이가 있습니다. 배가 고파 힘이 없어서 그러는 것입니다. 조금만 더 좋은 음식을 먹이면 힘을 낼 수 있을 것 같으니 그것까지만 내어주시어요. 말은 트게 해주어야 하지 않겠습니까!」

혼이 나면서도 음식을 내어달라 조르는 아이의 울음 섞인 애원이 이상하게도 그의 가슴을 파고들었다. 자신을 짐승이 아닌 온전한 사람으로 보고 있었다는 데 놀랐고, 어린아이에게서 진심 어린 걱정이 느껴져 기분이 기이했다. 가만가만 쓰다듬던 손짓이 아픈 이를 걱정하는 마음의 표현이었단 말인가.

부모의 얼굴도 모르고 자란 그에게 가족이라고는 매일같이 때리기만 했던 술주정뱅이 외조모가 전부였다. 사랑은커녕 연민조차 받아본 적 없는 인생이었다. 생애 처음으로 누군가의 진심 어린 걱정을 받아본 얀은 그날 이후 서서히 마음을 열기 시작했고 병판댁의 하인들과도 어울리며 완전히 정착할 수 있었다.

다시는 돌아갈 수 없게 된 그 시절. 멀어지는 해나의 뒷모습을 바라보며 잠시 향수에 젖어 있던 얀은 남아 있는 생각을 털어내고 공작을 찾아 다시 걸음을 떼었다. 지금 그에게 중요한 건 대비가 벌이려는 일들이 무엇인지 정확히 파악하는 것이었다.

누군가의 침 삼키는 소리가 크나큰 울림이 되어 퍼져 나갔다. 이곳은 국왕 처소에 속해 있는 소규모의 다이닝 룸, 평소 프레데릭이 해나와 함께 아침을 먹는 장소였다. 왕을 비롯해 대기 중인 인원까지 족히 열이 넘는 이곳에 숨 막히는 적막감이 감돌고 있었다.

무겁게 쏟아지는 함박눈으로 날은 어두웠지만 조금만 더 있으면 아침이 아닌 점심을 들어야 할 시간. 남들보다 기상이 이른 국왕은 아침 일찍 이곳으로 나와 벌써 몇 시간째 자리를 지키고 앉아 있었다. 언젠가 그러했듯 텅 비어 있는 맞은편의 자리를 뚫어지게 응시하면서.

오늘부로 아침 식사에 참석하지 않겠다, 당당히 버티고 있는 해나를 그는 하염없이 기다리고 있는 중이었다. 음식은 몇 번이나 반복해서 데워지다 현재는 새로이 만들어지고 있는 상황. 근신 중에 시종장의 부름을 받고 달려온 테오는 소리 없는 한숨을 길게 토해내고 말았다.

이국인과 함께하는 아침 식사를 누구보다 못마땅해하던 그였다. 그녀에 대한 주군의 감정 또한 하루빨리 털어내야 한다고도 생각한다. 그런데 막상 저러고 계시는 모습을 보고 있으니 테오의 억장이 무너져 내렸다. 하명을 하시면 당장에 끌고 올 것인데 무작정 앉아 기다리시는 저 마음이 그로서는 헤아리지도 못할 만큼 깊어 보였다. 도대체 왜, 언제부터 저런 마음을 키워오신 것인지, 그동안 자신이 무엇을 놓치고 있었던 것인지 답답하기만 하였다.

"전하."

"입 다물어."

차마 더는 볼 수 없어 근신 중인 테오가 말을 붙여보지만, 프레데릭은 그의 입을 막으며 자리에서 일어났다. 마지막까지 해나의 자리에 시선을 고정했던 왕은 싸하게 몸을 돌려 무서운 얼굴로 테오를 보았다.

"너는 지금 근신 중이다. 본분을 망각하고 내게 오려는 사람을 마음대로 골라낸 죄. 이번에는 근신으로 끝나지만 다시 한 번 그런 일이 발생하면 너는 가차 없이 버림받게 될 것이다."

"차라리 하명을 하십시오. 가서 데려와라, 한마디만 하시면 되는 것입니다!"

"근신이 끝날 때까지 눈앞에 나타나지 마라. 마지막 경고다."

날이 선 얼굴로 경고를 남긴 프레데릭은 지체 없이 그곳을 나섰다. 빠르게 복도를 벗어나 대리석이 깔린 거대한 홀을 가로질러 궂은 날씨 속으로 거침없이 걸어나갔다. 하늘에서 펑펑 쏟아지는 눈이 온 세상을 하얗게 뒤덮고 그의 머리 위로, 그의 눈썹 위로, 그의 어깨 위로 나붓나붓 내려앉았다.

조용히 지켜보는 시간이 좋았다. 그의 앞에서는 늘 사색이 되어 굳어버리는 아이. 그가 없는 곳에서는 자연스레 웃고, 자연스레 찡그리고, 자연스레 행동하는 모습이 보기 좋았다. 그래도 얼마쯤의 욕심은 버릴 수 없었다. 나에게 익숙해지길, 나를 알아봐주길. 하루에 한 번 마주 보고 식사라도 하게 되면 그럴 수 있을까, 무리해서 그 아이를 끌고 와 앞에다 앉혀놓았다. 소소한 대화를 나누고, 음식 맛을 평하고, 간간이 미소 지을 수 있는 그런 일상을 꿈꾸며.

하지만 이제는 안다. 그것이 얼마나 이기적인 행동이었는지, 그것이 얼마나 그녀를 괴롭게 한 일이었는지. 그런 식의 강요는 안 되는 거였다. 그가 기억하는 무수한 날들이 그녀에게는 없는 시간일 테니. 눈으로만 담는다는 것을 마음으로 담아버린 그가 혼자서 감당했어야 할 일이다.

쉬지 않고 쏟아지는 함박눈 아래, 끝도 없이 뻗어 있는 순백의 설원. 그 깨끗하고 순결한 눈길을 걸으며 그가 자신을 탓한다. 속마음을 들켜버린 것도, 그녀에게 부담을 안긴 것도, 그런데도 놓을 수 없는 그 마음도 전부 제 못난 이기심이라 탓한다.

흰추위로 뒤덮인 산과 들, 창마다 뿌옇게 피어난 성에, 처마 끝에 주렁주렁 달려 있는 뽀얀 빛의 고드름. 추위가 절정에 달하고 있는 것 같지만, 에리카의 겨울은 실상 이제부터가 시작이었다. 외부의 맹추위와 상관없이 별궁의 서재는 벽난로에 불을 활활 지펴 언제나 훈훈한 온기를 유지했다. 해나는 그곳의 책상에 앉아 마파엘이 시중에서 가져다준, 풍자적인 내용이 실리곤 한다는 인쇄물을 들여다보고 있었다. 더러 표현이 과한 면도 있으나 잘 뜯어보면 이 나라 사람들의 생활상을 간접적으로나마 엿볼 수 있는 좋은 자료였다.

해나가 정신없이 인쇄물들을 들여다보고 있는 사이 마파엘과 피아는 한쪽으로 나란히 비켜서서 곤란한 표정을 짓고 있었다. 책상 맞은편에서 살벌한 기를 내뿜는 테오와 끝까지 그를 무시하고 있는 해나가 그들 눈에는 영 불안해 보였던 것이다.

"제 말 듣고 있습니까?"

"듣고 있습니다. 전하께서 미령하시지만 또 위중하신 것은 아니라고요."

"어느 누구도 전하의 병을 그리 가벼이 여겨서는 안 됩니다!"

"그러니까 요는, 전하께 문안 인사를 가보라 이 말씀이 아니십니까!"

계속되는 테오의 신경질에 해나는 고개를 똑바로 들어 목소리를 높였다.

"일관성 있는 태도를 보여주십시오. 그토록 알현을 청할 땐 한사코 막으며 핑계를 대시더니 이제는 여기까지 쫓아와 전하를 찾아뵈라니요. 일전에 제가 드린 말씀에 테오님께서도 수긍하신 게 아니셨습니까!"

"궁에 기거하는 자가 미령하신 전하께 문안을 드리는 건 당연한 도리입니다."

해나의 완강한 반발에 테오에게서 한풀 꺾인 목소리가 새어 나왔다.

지난 보름, 주군께서는 아침 식사 때마다 몇 시간씩 자리를 지키다 음식에 손도 대지 않은 채 조용히 다이닝 룸을 나서곤 하셨다. 이어지는 점심과 저녁이 제대로 이루어질 리 없었고 팔의 상처가 아물기도 전에 무리한 일정을 강행하셨다. 빈속으로 집무실에 처박혀 미친 듯이 정무에 매달리시거나, 연무장으로 달려가 야간 훈련까지 소화해내시거나.

당연히 몸은 버티지를 못하고 탈이 나고 말았다. 군에 입대한 이후 고도의 훈련으로 다져져 병이라고는 감기도 앓지 않으셨던 분, 금방 쾌차하실 줄 알았는데 열은 계속 높아지고 몸은 점점 야위었다. 그리고 며칠 전, 궁의는 왕께서 원인을 알 수 없는 심리적 압박 상태에 놓여 있으셔서 치유가 더딘 것 같다는 의학적 소견을 넌지시 제시했다.

원인을 정확히 알고 있던 테오는 정치적 상황이고 뭐고 근신이 풀리자마자 제일 먼저 별궁으로 달려왔다. 주군께서 이국인을 감정적으로 지워내셔야 한다는 생각에는 변함이 없었다. 다만 사람의 마음이라는 게 말처럼 쉬이 정리될 수 있는 문제가 아니니 일단은 주군의 마음을 어떤 식으로든 진정시켜드리고 싶었다.

"어차피 한두 번은 더 뵈어야 할 것 아닙니까. 그중 한 번이라 생각하시고 다녀와주십시오. 미령하신 몸으로 이 추위에 멀리까지 가시는 분, 마음의 짐이라도 덜어주길 부탁드리는 것입니다."

"멀리까지 가신다니요? 전하께서 시찰을 가십니까?"

"내일 정오에 출발하실 겁니다. 벌써 여러 차례 미뤄졌던 일정이라 이번에는 말릴 수가 없었습니다."

모든 것을 묻어버리자, 결심까지 해놓고 가슴속 격랑은 조금도 진정되지 않았다.

해나는 하루에도 몇 번씩 그에게로 달려가 꼬치꼬치 캐묻는 상상에 빠지곤 하였다. 정말로 나를 마음에 품고 있는 거냐고, 그렇다면 언제부터 어쩌다가 그렇게 되어버린 거냐고, 여태까지 괴롭힌 건 무슨 마음으로 그러했던 거냐고. 얼굴을 마주하면 그 밖에 또 어떤 질문이 튀어나올지 몰라 차라리 이대로 쫓아내주길 바라고 있었다.

그런데 오히려 그가 시찰을 나간다니.

한 번 더 찾아가야 할까.

그의 몸이 아프다는 소식에 마음이 흔들린 건 사실이었다. 마지막으로 뵈었던 날, 목숨을 구해준 것에 대한 감사인사도 없이 무조건 몰아치다 나온 것이 내내 마음에 걸렸다. 무엇보다 해나는 궁금했다. 몸은 어떠한지, 상처는 나았는지, 그가 무슨 생각을 하고 있는지. 갖가지 생각에 마음이 심란해진 해나는 테오의 부탁을 거절하지 못하고 씁쓸하게 말했다.

"내일 아침 일찍 찾아뵙겠습니다."

과거에 화려하게 치장되었을 왕의 거처는 현 주인의 성정에 따라 일말의 군더더기 없이 정제된 분위기로 단장되어 있었다. 튀지도, 가라앉지도 않는 색감의 조화와 오랫동안 고심하여 놓았을 예술품 같은 가구들, 흠 잡을 데 없이 절제된 균형미를 강조하는 장식들. 심지어 자그마한 장식 수술 하나까지도 깔끔하게 딱 떨어져 흐트러질까 손을 대기도 꺼려지는 분위기였다.

지나치게 완벽해 차가운 기운마저 흐르는 이곳에서 그나마 아늑한 곳을 하나 꼽자면 비단 침구가 깔린 거대한 캐노피 침대일 것이다. 해나는 침대맡에 놓인 의자에 앉아 묵직한 처소의 분위기를 견디고 있다. 침대 헤드에 푹신한 베개를 대고 기대앉은 프레데릭, 그가 침묵하고 있어 감당해야 할 압박의 기운은 보다 무거웠다.

한참의 시간이 흐르고, 해나는 고개를 들어 고집스레 입을 다물고 있는 프레데릭을 살폈다. 오랜만에 마주한 그는 수척해진 얼굴과는 별개로 여전히 강인했고 여전히 위압적이었다. 침대에서도 저리 단정할 수 있다니. 살짝 기가 꺾일 뻔했지만 단단함 속에 엿보이는 어쩐지 풀이 죽은 듯한 기운, 가려져 있던 아픔의 흔적을 발견하자 이상하게도 가슴께에 시릿한 바람이 일었다. 평소라면 이미 한참 전에 하루를 시작하셨을 분인데, 시찰을 나가는 날까지 이러고 계신 것을 보면 생각보다 많이 불편하신 게 틀림없었다.

"더 숨어 있어야 하는 거 아닌가?"

길었던 정적 후 드디어 그가 입을 열었다. 목소리와 말투에는 약간의 날카로움이 덧대여 있었다.

"아직은 참아줄 만한데."

"무엇을 참아주고 계십니까?"

"네 무엄함을."

"그러지 않으셔도 됩니다. 참지 마시고 처벌을 내려주십시오."

"기가 차는군."

해나의 대답은 당돌했다. 사실 직전까지도 고민이 되었다. 몸이 편치 않으시니 본래의 의도대로 안부만 여쭙고 물러날까, 아니면 조금 더 화를 돋워 확실하게 마무리를 해버릴까. 한참의 머뭇거림 뒤 해나가 내린 결론은 이도 저도 아닌 전혀 다른 것이었다.

이왕 이렇게 된 거, 궁금했던 점들을 솔직하게 물어나 보자.

해나는 단도직입적으로 물었다. 긴장감과 기대감, 두 개의 감정을 절반씩 나누어 갖고서.

"소인을 정말로 마음에 두셨습니까?"

"흔들렸을지도 모르지."

호통이 떨어질 줄 알았는데 예상외로 그의 답은 시원시원하였다. 해나의 기대감은 속절없이 상승했다.

"저를 왜 좋아하십니까?"

"사내란 원래 그런 것이다. 끔찍이도 싫어하던 여인이 어느 날 갑자기 새롭게 보일 수도 있는 것이지. 부와 권력을 가진 자들은 원래 특이한 걸 좋아하는 법이다."

"진정으로 하는 말씀이십니까?"

"너와 마주 앉아 농지거리나 해댈 사람으로 보이는 것이냐."

지독히도 감정 없는 저 목소리. 기대감이 실망으로, 떨림이 분노로 바뀌는 건 한순간이었다.

그는 일말의 망설임도 없었다. 너에 대한 마음은 연심이 아닌 수컷의 그저 그런 호기심에 불과하다고. 사내라면 누구나 한 번씩 가질 수 있는, 흔하디흔한 가벼운 감정일 따름이라고. 수많은 밤, 잠들지 못하고 번뇌했던 그녀의 시간을 단번에 무의미한 것으로 만들어놓았다.

졸지에 특이한 여자가 되어버린 해나는 노여움이 타올라 비아냥거림을 쏟아내었다.

"술과 여인을 가까이하지 않으시고 훈련과 정무에만 힘을 쏟는 분이시다, 그리 칭송받는 전하께서 실은 특이한 여인만 좋아하시는 취향이셨나 봅니다."

"그러니까 당분간은 곁에 있도록 해. 출궁? 독립할 능력이나 되는 것이냐!"

"허면 이대로 남아 유희 상대라도 되어드리길 바라십니까?"

"못 할 것도 없지."

기가 막혔다. 그런데 더 기가 막히는 건 이렇게 폭발할 듯 분기가 솟구치는 중에도 그의 말이 믿기지가 않는다는 것이었다. 야누스적 형상을 띠고 있는 그의 행적을 이미 알아버렸기 때문이었을까. 핏방울이 번져 있던 초라한 손수건을 두 눈으로 직접 확인했기 때문인지도 모른다. 말끔한 얼굴로 내뱉는 저 파렴치한 소리가 해나에게는 그저 이질적으로만 들려왔다.

"……나는 왕이다."

그리고 이어지는 냉철한 말들을 들으며 해나는 그 까닭을 짐작할 수 있었다.

"특이하고 관심이 간다 해서 아무나 함부로 가까이하는 일은 있을 수도 없다. 이국에서 건너온 너라면 더더욱 그러하다."

"……."

"그러니까 기다려."

"무엇을 기다려야 하는 것입니까?"

"감정이 정리되면 보내줄 것이다. 네가 원하는 곳, 세상 그 어디에라도."

"……."

"오래 걸리지 않을 것이다."

"거절하겠습니다."

해나의 힘없는 대답이 공중으로 덤덤하게 울려 나갔다.

아무나, 함부로…….

그의 말을 듣는 동안 맥이 빠져버린 해나는 분노마저 허탈하게 식어버린 상태였다. 구구절절한 고백을 듣길 원한 건 아니지만, 진심의 끝자락이라도 엿볼 수 있을 줄 알았다. 그가 보여준 이해할 수 없는 행동의 간극을 조금이라도 납득할 수 있게 되길 바랐다. 이토록 명확하게 마음이 아닌 현실을 상기시켜줄 거라곤 전혀 예상치 못했다.

덕분에 이것만은 확실히 알 것 같았다. 자신이 감정에 취해 허우적거릴 때 그는 한 번도 이성을 잃은 적이 없었다는 것. 아무리 안달 내고 진심을 알고 싶다 다그쳐보아도 그는 절대로 속마음을 보여주지 않을 터였다.

그에게 있어 자신은 한 번쯤은 흔들려도 가까이해서는 안 되는 여인. 안 보이게 손을 잡아줄지언정 그 이상을 바라게 해서는 안 되는 여인. 어쩌다 감정이 싹튼다 해도 의지대로 마음을 수습할 수 있는 다른 세상의 여인에 지나지 않았다. 하여 처음부터 반듯한 선을 그어놓고서 혹시 모를 자신의 접근을 완벽히 차단해놓고 있었던 것이다. 다른 인종, 다른 신분, 다른 처지, 완전히 다른 세계의 사람임을 한시도 잊지 않고서.

저렇게 쏘아보고는 있지만, 그에게서 나올 다음 말을 해나는 듣지 않아도 알 것 같았다.

“강요는 안 해.”

그의 대답에는 조금의 미련도, 질척임도, 비집고 들어

갈 틈조차도 없었다. 이 방과 같이 자로 잰 듯 깔끔하게 떨어지는 명료함. 그가 자신을 받아들일 수 있는 선은 딱 거기까지인 것이다. 생각보다 아팠다. 옛일을 떠올리면 기가 막힐 노릇이지만 어느새 그에게 마음을 주고 있었나 보다.

해나의 목 안이 칼칼하게 메어왔다. 참으로 바보 같은 생각이 아닐 수 없다. 주제도 모르고, 현실 상황은 생각도 않은 채 그와 자신을 순수한 남과 여로 바라보고 있었다니. 세상을 보는 무지하고 편협했던 시각을 반성하며 해나는 자리에서 조용히 몸을 일으켰다.

"소인은 이만 물러가보겠습니다."

그는 끝까지 해나를 잡지 않았고, 두 사람은 그렇게 종지부를 찍었다.

시작도 해보지 못한 마음을, 조금은 묘하고 모호했던 관계를 맥없이 정리하고 만 것이다.

처소로 돌아온 해나는 정오가 지나도록 서재에 있다가 옷을 챙겨 입고 밖으로 향했다. 마음도 다스릴 겸 별궁에 딸린 조그마한 후원을 고요히 걸었다. 가지마다 백색의 얼음알갱이를 다보록이 지고 있는 정원수 사이사이를 한적하게 걸으며 허기진 마음을 어떻게든 달래고자 노력했다. 그러나 불쑥불쑥 떠오르는 그와의 대화에 마음은 더욱 싱숭생숭. 억지로 무시하고 지우려 하다가 어느 순간 울컥 눈물이 터질 것 같았다.

정확한 이유를 댈 수 없는 서운함이 버겁도록 감성을 장악했다. 오늘부로 왕궁을 떠나는 게 기정사실이 되었으니 준비할 것이 한두 가지가 아니건만 생산적인 그 무엇도 떠오르지 않았다. 그저 답답하고 허망하다는 생각에 속상하기만 한데 막 지나고 있던 풍성한 전나무의 가지가 흔들렸다. 흑색의 가지 위로 소복하게 쌓여 있던 눈가루가 난분분히 흩어져 날렸다. 처음부터 그 광경을 보고 있던 해나는 누군가 눈가루 사이로 몸을 슬며시 들이밀자 제자리서 우뚝 걸음을 멈췄다.

……얀.

"부탁입니다, 아기씨. 잠시만 시간을 내어주십시오."

습격 사건 이후 보강된 인력의 보초병들은 작은 별궁을 엄중히 에워싸고 규칙적으로 해나의 움직임을 확인했다. 그들의 시선을 피해 커다란 나무 뒤에 숨어 있던 얀은 오랫동안 그러고 있었던 것인지 손도, 뺨도, 코끝도 빨갛게 얼어 있었다.

"아기씨께 해를 가하려는 게 아닙니다."

"충분히 위협적이십니다."

"제발 그 존대 좀 집어치워주십시오! 신분에 맞게 저를 존중해주는 것이란 말도 듣지 않겠습니다. 거리를 두고자 하는 마음은 알겠으나 그런다고 달라지는 건 아무것도 없습니다!"

가문의 이름을 받고 작위를 얻은 건 권력에 편승해 사람들 위에 서고자 함이 아니었다. 그리했던 이유는 오직 하나, 해나와 재회해 다시 예전으로 돌아가고 싶은 마음이 간절했기 때문이었다. 그런데 지금 다른 누구도 아닌 해나가 마치 그런 과거는 없었다는 듯, 오로지 저를 대비 쪽 사람으로만 여기고 그리 대하자 자신도 모르게 설움이 북받쳐 올랐다.

무엇보다 얀을 힘들게 하는 건 발끈하는 제 모습에도 어떠한 표정 변화 없이 응시하고만 있는 해나. 절망감이 커지며 힘없이 고개를 떨어트리고 마는데.

"……들어는 보겠습니다."

"……."

얼마간의 침묵 후 조용히 흘러나온 한마디에 얀은 놀라움을 담아 해나를 보았다.

"먹을 것을 숨겨 몰래 가져다드리면 힘없이 미소 짓던 얼굴을 기억하고 있습니다. 어린 마음에 저는 그 미소가 슬프다고 생각하였지요. 시간이 흘러 말문이 트이고 사람들과 크게 웃기 시작하였지만 그래도 저는 당신이 웃을 때마다 마음이 아팠습니다."

"아기씨……."

"이제 처지가 바뀌었고, 그때 당신의 심정을 조금은 알 것도 같습니다. 저는 몰매를 맞은 적도 없고, 귀신 취급을 당하지도 않았고, 노비처럼 지내지도 않았는데 이상하게 항상 서럽습니다. 갈 곳도, 머물 곳도, 기댈 곳도 없는 제

상황이 한시도 편히 웃을 수 없게 만들고 있지요. 이런 저보다 더 열악한 환경에 놓여 있던 분이시니, 한 번쯤은 그런 처지에 있던 당신의 말을 들어줘야 한다고 생각하였습니다. 그러니 말씀해보십시오."

약간의 망설임도 있었지만, 진심으로 그를 믿고 싶었다. 어머니 몰래 담을 넘을 수 있게 기꺼이 등을 내어주고, 나무를 타면 혹시라도 저가 떨어질까 발을 동동거리며 안절부절못했던 사람. 가족처럼 지냈던 그와의 과거가 악몽이 아닌 아름다운 추억이었다고, 해나는 그렇게 믿고 싶었다.

"제 처지를 이해해주실 수 없는 겁니까?"

"그러니까 말씀을 해보십시오. 왜 이판 대감의 서신을 당신이 가지고 있었고, 저를 관비로 만들어달라 하였으며 이 머나먼 나라까지 데려왔던 것인지."

"금상과 이판은 무슨 수를 써서든 대감을 제거하려 하였고, 저는 아기씨만이라도 살리고 싶었습니다. 이곳까지 데려온 건 사실이지만 한두 해만 머물다 상단의 일을 정리하고 아기씨와 다시 청국으로 돌아가려 하였습니다. 아기씨의 병을 고치는 데도 이곳이 훨씬 낫다고 판단했기 때문입니다."

"거짓말."

과거를 회상하며 조금은 녹녹해졌던 해나가 다시금 차갑게 식어버렸다.

"그렇다면 어찌하여 저와 혼인하고자 하였습니까?"

"왕궁에서 아기씨를 빼낼 방법은 그 길밖에 없다고 생각하였습니다. 지금이라도 늦지 않았습니다. 제가 아기씨를 청국으로 보내드릴 것이니, 제발 저와 함께 이곳을 벗어나 주십시오. 이곳은 지옥입니다. 상상도 할 수 없을 만큼 끔찍한 괴물들이 사는 곳입니다!"

"어느 곳을 가든, 어떠한 형태로든 괴물이 되어버린 사람은 항시 존재합니다. 저는 도망치지 않습니다. 당신과 함께 가는 일은 더더욱 없을 것입니다."

"아기씨!"

"당신도 어쩔 수 없으셨겠지요. 아무리 상대가 은인이라 해도 목숨을 위협당하는 상황이었다면 약자는 따를 수밖에 없는 게 현실입니다. 그래도 제가 당신이었다면 선택의 기회는 주었을 것입니다. 온 가족이 함께 깔끔히 자결이라도 할 수 있는 최소한의 기회, 그 정도는 해줄 수 있었던 것 아닙니까!"

가슴에 묻어두고 꺼내보려 하지 않았던 그날의 기억, 참혹했던 그때가 선명하게 떠올라 해나를 시큰하게 울렸다.

"아버지의 머리가 공중에 매달리고, 숨조차 쉬지 못했던 어머니가 저를 위해 어둠 속으로 뛰어드셨습니다. 그런데도 저는 무력하게 지켜봐야 했을 뿐 부모님의 시신조차 수습하지 못하였지요. 당신을 보면 그날의 참극이 떠오릅니다. 제발 부탁입니다. 다시는 제 앞에 나타나지 말아주십시오."

"왕궁에 이상한 소문이 퍼지고 있습니다."

별궁으로 돌아가려 발길을 돌리던 해나는 얀의 경고에 다시 걸음을 멈췄다.

병판 대감과 정부인에 관한 얘기로 눈시울이 붉어졌던 얀, 그는 어느새 냉정을 되찾고 해나에게 객관적인 사실을 알려주었다.

"최근 들어 과하다 싶을 정도로 별궁에 병사들을 많이 배치하는 건 전하께서 아기씨를 정부로 삼으셨기 때문이라더군요."

"……."

궁이란 원래 쓸데없는 말들이 들끓다 스러지는 곳이었다. 고유의 특성을 알기에 무시해버리면 그만이었으나 타인에 의한 '정부'라는 지칭어는 진실이든 아니든, 사람을 참으로 치욕스럽게 하였다.

"아가씨의 성정은 제가 알고 있습니다. 소문은 억측일 뿐이지요. 그래도 왕은 조심하셔야 합니다."

"당신에게서 들을 소리는 아닌 것 같습니다."

"왕의 본심은 아무도 모르는 것입니다. 흉중에 얼마나 음험한 생각을 품고 있을지 평범한 사람들이 어떻게 짐작이나 할 수 있겠습니까."

"함부로 넘겨짚지 마십시오. 그런 분이 아니십니다."

얼마 전까지만 해도 속을 알 수 없는 왕의 행동에 불안해하고, 숨이 막히고, 원망스러워했는데 지금의 해나는 무의

식중에 그를 두둔하고 있었다. 근거도 없이 무조건 음흉하다 프레데릭을 비난하는 소리가 귀에 거슬리도록 듣기 싫었다.

왕을 편드는 해나의 발언은 얀에게 충격으로 다가왔다. 그러한 태도는 해나를 싸고돌며 자신을 경계하던 국왕의 모습과 묘하게 겹쳐져 가슴속에 허무함 같은 게 밀려들었다. 입안에 쓴 기운이 감돈다. 부질없는 상처를 쓰게 삼키고 얀은 저를 쏘아보는 해나에게 얼마 전에야 알게 된 진실을 들려주었다.

“제 말을 허투루 넘기지 마십시오. 자애로운 척 백성들에게서 높은 신임을 받고 있지만 문란한 사생활로 왕실의 재정을 갉아먹은 선왕의 아들입니다. 그런 사람이 과연 무엇을 배우며 자랐겠습니까.”

“말조심하십시오.”

현왕도 모자라 큰 은혜를 입은 선왕까지 모욕하려 하다니. 선왕에 대한 험담에 해나는 얼굴을 차게 굳혔지만 얀은 물러서지 않았다.

“진실입니다.”

그는 레이튼 가에 머물며 틈틈이 비밀 문서를 몰래 들여다봐왔다. 최근에는 대비의 동정을 살피기 위해 위험을 무릅쓰고 깊숙한 곳까지 침투, 우연히 선왕에 관한 오래전 문서를 보게 되었다.

대외적으로 성정이 유하고 인자하다고 알려졌던 선왕.

놀랍게도 그는 대비와의 깊은 불화로 실권을 빼앗기고 재위 기간 내내 꼭두각시 신세를 면치 못했다. 모후와 공국파에 여러 번 대항하며 노력도 해보았지만 번번이 좌절을 맛봤다. 마지막 시도가 실패로 돌아갔을 때 절망에 빠진 선왕은 술과 도박으로 마음을 달래며 환각제에 손을 대었다.

처음에는 그저 공허한 마음을 달래고자 일시적으로 손을 대었던 일탈 행위에 불과했다. 그 위로는 무엇보다 짜릿했고 선왕은 속수무책으로 빠져들어 스스로도 헤어나지 못할 지경에 이르렀다. 왕궁의 가장 은밀한 곳에 폐쇄적인 살롱을 차리고 고정 멤버 몇몇과 향락을 일삼으며 왕실의 재정을 파탄으로 몰아넣었을 만큼 심각한 지경이었다.

최종 확인자가 레이튼 공으로 되어 있어 누가 얼마나 또 알고 있는지 알 수는 없으나 이는 명백한 진실이었다.

"생각해보십시오. 아무리 왕이시지만 누군지도 모르는 이국의 소녀를 단지 선의로 궁에 데려와 별궁까지 내주셨겠습니까? 나라에서 운영하는 의료원과 고아원을 버젓이 놔두고도 말입니다."

선왕께서는 그런 분이 아니라고 부정해야 하는데 해나는 입도 벙긋 못하고 얀의 말을 듣기만 하였다. 그동안 살아왔던 인생이, 겪었던 일들이, 일단은 입을 닥치고 들어야 한다며 신호를 보내오고 있었다.

"동양 무역으로 떼돈을 번 졸부들 사이에서 시누아즈리

열풍은 한때 기형적으로 변질되어 퍼지기도 하였습니다. 청국에서 들여온 값비싼 물건으로 방 전체를 꾸며놓고 그 안에 청국 출신의 소녀를 매매해 들여놓는 것이지요. 아시다시피 이곳에서 청국 출신의 소녀는 희귀합니다. 대부분은 빈민굴에서 여자아이를 사들여 청국인처럼 꾸민 뒤 방 안에 들여놓곤 하였지요. 소녀들이 그곳에 갇혀 무엇을 했을 것 같습니까?"

"……."

"감이 조금 잡히십니까? 아기씨께서 신기할 정도로 연달아 아프지 않았다면 지금쯤 어찌 되셨을지 아무도 모르는 일이었습니다!"

기밀 문서에 기재되어 있던 마지막 문구는 그야말로 경악스러웠다. 투병 중인 별궁의 청국 소녀가 건강을 되찾으면 선왕의 노리개가 될지도 모르겠다는 전망.

얀은 아무 말도 못 하고 서 있는 해나가 안타까워 어떻게든 위로라도 해주고 싶었다. 하지만 이 상태로 더 있다간 발각될지도 모른다는 생각에 마지막으로 진심을 다해 해나에게 호소했다.

"믿기 힘드신 거 압니다. 하지만 이곳은 왕궁입니다. 상식적으로 믿기 힘든 일들이 수시로 벌어지고 아무렇지 않게 행해지는 곳이지요. 제가 궁 밖에 기거하실 거처를 따로 마련해놓겠습니다. 내키지 않으시겠지만 생각해보시고 다음번에 대답을 주십시오. 원하신다면 거처만 알아봐드리고 아기씨 앞에 다시는 나타나지 않겠습니다."

준비해둔 말을 모두 마친 얀은 보초병들의 시선을 피해 정원수와 정원수 사이로 숨어들다 숲 속으로 재빠르게 뛰어들었다. 그 모습을 멀거니 지켜보고 있던 해나는 다시 방향을 돌려 산책을 이어가기 시작했다.

차갑게 불어오는 바람을 코로, 입으로 깊이 들이마시자 멍멍했던 정신이 깨어나는 기분이었다. 해나는 시린 바람을 맞으며 겉으로나마 아무 일도 없었던 듯 생각에 잠겨 한참을 걸었다.

과거, 해나는 아프지 않을 수 없었다. 크고 강한 악마가 끈덕지게 달라붙어 소녀를 병들게 하고 침상에서 일어나질 못하게 하였다. 죽음의 문턱을 넘나들며 해나는 악마를 끝도 없이 원망하고 저주를 쏟아부었다. 그런데 이제 와 진실은 그게 아니었다고 말한다. 악마로 인해 아프지 않았다면 믿고 따르던 천사에게 너는 이미 먹혀버렸을지도 모를 일이었다고.

지금까지의 상황을 종합해보았을 때 칼 프레데릭에게도 나름대로의 사정이 있지 않았을까, 조심히 짐작은 하고 있었다. 하지만 그 이유가 대비도 아닌 선왕이었다니. 믿어야 할까, 일단은 두고 보아야 할까. 해나의 의식은 어느덧 과거로 멀리멀리 번지고 있었다.

「그 아이, 손대지 마십시오.」

불어오는 겨울바람 속, 한 소년의 깔끔한 목소리도 날아들었다. 얼굴 가득 날카로운 경계심을 드러내고 있던 소년. 계단에서 구르고 끔찍한 통증에 시달렸던 첫날, 소년은 경멸의 빛을 띠고 감히 부왕을 똑바로 응시하며 그런 말을 내뱉었다.

「더럽습니다.」

안색이 파랗게 질려 일그러지던 선왕은 당시 언제인지도 모르게 별궁을 벗어나 다시는 해나에게 걸음하지 않았다. 이후로 그를 본 건 본궁으로 불려가 브로치를 선물받았을 때가 마지막.

"내가……, 아니었던가?"

가슴이 거칠게 뛰었다.

나를 향한 비난이 아니었던 것인가!

정신이 아득해지는 와중에 그럴듯한 정황이 속속들이 떠올랐다. 일례로 그의 괴롭힘은 때때로 궁을 비웠던 선왕께서 환궁하실 때쯤 유독 그악스러워지곤 하였다. 부왕의 관심을 빼앗겼다는 질투에 괜한 심통을 부리는 게 아닐까 의심이 들기도 하였을 만큼.

호숫가로 데려가 얼음물에 던지기도 하였지만, 그보다 더 잔인했던 것은 바로 저 계단. 문득 걸음을 멈춘 해나가 혼란스러운 눈으로 보고 있는 것은 오래전 끔찍했던 낙상 이후 처음으로 와본 어느 건물의 계단. 이유 없는 그의 괴롭힘이 최초로 시작된 바로 그곳이었다.

"해나 양."

넋을 놓고 계단을 바라보던 해나는 불현듯 들려온 친근한 부름에 몸을 비스듬히 돌렸다. 가까이 서 있는 사람은 근위대장 헨리크 울렌도프. 예법에 따라 해나는 무릎을 굽혀 인사를 올렸다.

"지나던 길에 아는 얼굴이 보여 들어와봤습니다."

별궁에서부터 조용히 뒤를 따라왔는지 저만치에서 루카스가 사방을 경계하고 있었다.

"전하와 함께 가지 않으신 겁니까?"

"간단히 다녀오신다며 제게는 따로 임무를 주셨습니다. 이런 곳에서 무엇을 하고 계십니까?"

"아니요, 그냥……, 예전에 누군가 싫어하는 사람을 죽이려고 저 계단에서 밀어버렸다는 소문을 들은 적이 있습니다."

"그럴 리가요. 왕궁이라는 곳은 원래 수도 없이 많은 '설'들이 떠다니는 곳입니다."

"'설'이 아니라 사실이면 어떨 것 같습니까?"

해나의 물음에 헨리크는 싱긋 웃으며 진지하게 대답해 주었다.

"사실이라 해도 죽이려던 의도는 없었을 겁니다. 자세히 보십시오, 저 완만하고 높지 않은 계단을. 저기서 구른다고 과연 사람이 죽을 수나 있겠습니까? 운이 없었다면 심하게 다치기는 하였겠지요. 하나 정말로 그 사람을 죽이고 싶었다면 다른 계단을 선택했을 것입니다."

그의 말은 사실이었다. 어릴 때에는 그토록 높아만 보였는데 이제는 자랐기 때문인지, 원래부터 그러했던 것인지 계단은 높지도, 가파르지도 않았다.

「네가 이곳으로 오게 된 게 행운일까, 불행일까?」

아주 오래전 저 계단 위에서 그가 악마의 얼굴을 하고 물었다.

「네 거처로 돌아가 생각해보라. 웅장하고 화려한 건물, 예쁜 옷을 입은 사람들, 달콤하고 맛있는 음식이 넘쳐나는 이곳. 이곳이 네게, 천국일지 혹은 지옥일지.」

그것은 귀띔이었던 것일까?

지금부터 너는 천사의 탈을 쓴 악마를 조심해야 하는 거라고?

어쩌면 평생 알지 못하고 지나쳤을 거대한 진실 앞에 바르르 경련이 일었다. 떨림은 곧 극심한 오한이 되어 전신을 덮쳐왔지만, 해나는 입가에 미소까지 지으며 간결하게 마무리를 하였다.

"듣고 보니 정말 근거 없는 '설'들 중 하나였나 봅니다. 그럼 저는 이만 별궁으로 돌아가보겠습니다."

얌전하게 예를 올리고 돌아서는 해나를 헨리크는 말없이 지켜보았다. 훌륭한 마무리였으나 떨리는 저 어깨가 안쓰러워 그는 쉽게 눈을 떼지 못했다.

부왕의 무관심과 왕비의 광증, 조모의 과도한 욕심에도

늘 천사같이 웃던 어린 왕자가 있었다. 밝고 착하고 배려심이 많았던 소년. 그 아이의 웃음이 무참히 짓밟히던 날 그는 도움을 청하는 어린 왕자의 눈빛을 외면하고 지하 감옥의 문을 닫아버렸다. 대비의 명에 따라 어린 소년을 그곳에 가두고, 가두고 또 가두고, 아이의 얼굴에서, 목소리에서, 가슴에서 점점 더 감정이 말라가는 과정을 지켜봐야만 했다.

급기야 겉모습만으로는 도저히 생각을 읽을 수 없을 만큼 표정을 잃어버린 소년. 웃지도, 울지도, 싫은 티도 내지 않아 감정이 없는 사람처럼 굴던 그가 어느 날 저 계단 앞에 서서 심각한 고민을 하고 있었다.

「여기는 웬일이십니까?」

오랜만에 보는 사람다운 표정이 반가워 헨리크는 저도 모르게 달려가 말을 붙였다.

질문에 대한 소년의 대답은 엉뚱했다.

「여기서 구르면 사람이 죽는가?」

「크게 다쳐 고생은 해도 웬만해서는 죽지 않을 것입니다.'

「확실한가?」

왕자의 얼굴에 반가운 기색이 반짝 드러나 보였다. 믿을 수 없는 반응에 헨리크는 착각이었나, 갸웃거리면서도 성실히 답을 올렸다.

「사람의 명운은 모르는 것이나 쉬이 죽지는 않을 것입니다. 한데 무엇 때문에 그런 걱정을 하시는 겁니까?」

「죽으면?」

「죽지 않습니다. 기술적인 부분을 가르쳐드릴까요?」

왕자는 침묵했고 헨리크도 대답을 듣고자 건넨 말이 아니었기에 예를 올리고 물러났다. 몇 발짝 멀어지는데 나지막하게 중얼거리는 왕자의 혼잣말이 흐릿하면서도 끝까지 불어와 귓가를 간질였다.

「지키고자 하는 것이니까…….」

환청이었나 싶을 정도로 작게 들려온 소리였다. 그런데도 잘못 들은 것으로 치부해버리기엔 당시 왕자가 내뿜던 미묘한 분위기와 상당히 어울리는 말이었다. 며칠 후 구석진 별궁에서 이상한 소식이 들려왔고, 헨리크는 긴가민가했던 부분을 확신하며 두 가지 새로운 사실을 알게 되었다.

왕자께서는 별궁의 소녀를 지키고자 하신다는 것. 왕자께서는 감정이 전부 말라버린 것이 아니라 드러내지 않고 계실 뿐이라는 것.

근거리에서 선왕을 모셨기에 그분의 부적절한 사생활을 알고 있던 헨리크는 왕자께서 누구로부터 소녀를 지키고자 하시는 것인지 어렴풋이 짐작할 수 있었다. 그러면서도 비밀 장소에서 벌어지는 왕의 사생활을, 심지어 대비조차 눈치 채지 못하고 있던 그 일을 왕자께서는 어떻게 아셨을까 매우 놀라기도 하였다.

시간이 흘러 헨리크는 왕자에서 국왕이 되신 그분의 근위대장이 되었다. 왕을 지척에서 모시며 주군께서 별궁의 일에 관여하실 때마다 그분의 마음 한구석을 몰래 훔쳐보고 있는 듯한 기분이 들었다. 그 때문인지 오래전 계단 앞에서 왕자와 나누었던 대화를 누구에게도 발설할 수 없었다.

그래도 단 한 사람, 당시 열여섯의 왕자가 지켜주고 싶어했던 당사자에게만은 살짝이라도 전해주고 싶었다.

그때부터 지금까지, 당신을 뒤에서 남몰래 아껴주는 바보 같은 사내가 하나 있다고. 그러니 그를 향해 뿜어내는 공포와 두려움, 타오르는 증오를 조금이라도 거두어달라고. 그는 당신을 지켜주고 싶었던 것이라고.

Interlude
소년 칼 프레데릭

정도가 어떠하든 누구나 인생을 살면서 한 번쯤은 힘들어도 참고 견뎌야 할 시간이 찾아온다. 프레데릭은 남들보다 그러한 시기를 일찍 맞이했고 그 끝은 보이지도 않았다. 어린 그가 선택할 수 있는 길도 두 가지밖에 없었다. 평범한 아홉 살 아이처럼 행동하다 미쳐버리든, 다 참고 이겨내어 모든 것을 손에 넣어버리든. 그는 후자를 택해야 했고 살고자 노력했다.

나이를 고려해 지하에 내려가는 시간은 닷새에 한 번. 반나절을 들어갔다 나오면 악몽을 꾸며 사흘을 앓아누웠다. 날이 갈수록 내려가는 시간도, 안에서 머무는 시간도 늘어날 것이다.

어떡하면 살아남을 수 있을까.

끙끙 앓으면서도 고심했던 소년은 훈련방과 관련해 초대 국왕께서 손수 저술하신 책이 한 권 있음을 알게 되었다. 이른바 '훈련방에서의 운동법'. 기초적인 맨손 체조 동작이 기술되어 있던 그 책은 시시하다는 이유로 역대 왕들로부터 외면당한 채 도서관 구석에 처박혀 있었다.

어렸던 프레데릭은 그 책을 생명줄처럼 붙잡고 독파해 나갔다. 그림으로 설명된 동작을 일일이 암기해두었다 지하로 내려가면 어둠 속에서 눈을 감고 그대로 따라 했다. 이 방을 만들고 수시로 드나들며 버텨내신 분이니 그분의 조언대로 무작정 따라 하자 단순하게 생각했던 것이다.

손동작, 발동작, 움직임, 각각의 횟수까지. 예닐곱 번 정도 들락거리며 무조건 따라 했을 때 소년은 훈련장 한 바퀴를 쭉 돌고 어느 구석까지 도달해 있었다. 그 자리에 서서 또다시 벽을 짚는 손동작, 이어지는 발동작을 했을 때였다.

"어? ……어!"

느닷없이 무언가 움직이는 느낌이 들더니 짚고 있던 벽이 스르르 옆으로 밀리며 프레데릭은 균형을 잃고 바닥으로 넘어지고 말았다.

'벽이, 벽이 열렸어!'

소년은 넘어지면서도 벽이 열렸다는 사실에 놀라워하였다. 그리고 눈앞에 펼쳐진 광경을 바라보며 자신이 서서히 미쳐가고 있는 게 아닐까 의심했다. 벽이 열리며 나타난 빈 공간, 그 어둠 속에서 빛을 내고 있는 야광석이 코앞에서부터 저 멀리까지 일렬로 쭉 늘어놓여 있었다.

이렇게 크고 많은 야광석을 보는 것은 처음이기에 소년은 홀린 듯 일어나 그것을 따라 걸음을 옮겼다. 가장 끝자리까지 다다랐을 때 주먹만 한 야광석 하나가 제 가슴께쯤의 높이에 떠 있는 것을 발견했다. 프레데릭은 당연히 손을 뻗어 본능적으로 그것을 옆으로 돌려보았다.

육중한 문이 뻑뻑하게 열리며 소년은 새로운 공간에 발을 들여놓았다. 어두워서 어떤 곳인지 알 수 없으나 전신을 감싸는 공기가 굉장히 신선하고 상쾌했다. 어둠 속에서 좌우를 살피던 소년은 지금까지 보았던 것보다 더 밝은 빛을 발하는 야광석이 있는 것을 보고 그쪽으로 다가갔다.

"이건!"

야광석은 책상으로 추정되는 곳에 전시되어 있었는데 바로 옆에 초와 불을 켤 수 있는 도구가 가지런히 놓여 있었다.

그리고 초에 불을 밝히는 순간.

"우아……."

어린 프레데릭은 터져 나오는 탄성을 멈출 수가 없었다. 그곳은 창만 없었을 뿐이지 완벽한 국왕의 내실처럼 꾸며져 있었다. 침실과 서재를 합쳐놓은 느낌. 사주식 침대와 소파, 책상, 벽난로, 서가, 그리고 한쪽으로 빽빽하게 정리된 수십 개의 커다란 함. 프레데릭은 그쪽으로 다가가 제 가슴께까지 닿는 함을 힘겹게 열어보았다. 이미 충분히 놀랐다고 생각하였건만.

"금이다!"

함마다 가득 채워져 있는 금괴, 은괴, 보석, 마지막 함에서 발견된 어마어마한 분량의 도면까지. 초대 국왕의 손길이 닿은 이후 오랫동안 지하에 묻혀 잠들어 있던 비밀의 방이 어린 소년에 의해 막 깨어나는 순간이었다.

최후의 승자가 되어 거대한 왕국을 세웠던 베르덴의 초대 국왕. 그는 위대한 업적을 이룬 뒤 변질되어버린 공신들을 지켜보며 어찌하면 저들의 손에서 왕가의 명맥을 대대손손 유지할 수 있을지 고민하였다. 일찍이 외조부의 품에 안겨 무엇이든 그와 상의하려 드는 아들, 아직은 너무 어린 손자. 고심을 거듭했던 그는 왕궁을 건설하는 일에 적극 개입했고, 남은 인생을 모조리 쏟아부어 수많은 비밀 통로와 이 비밀의 방을 만들었다.

일개 노동자들은 자신들이 무엇을 만드는지 알지 못했다. 시키는 대로 만들어놓고 물러나면 그들을 통솔하는 감독들이 나타나 은밀히 뒷마무리를 하는 식으로 거미줄 같은 비밀 통로를 완성했다. 이후 왕은 비밀을 알고 있는 건축가들을 한꺼번에 처단한 뒤 설계도의 최종 원본을 이곳에 묻었다. 공국을 하나씩 정복할 때마다 획득한 막대한 양의 보물과 함께.

그는 아들에게 시간을 주고자 하였다. 외조부에게 의지해 모든 것을 내보이는 그가 훗날 왕좌에 올라 그것이 부질없는 짓이었음을 깨달았을 때 이 방을 찾아주길 바랐다. 최악의 경우 실권을 빼앗겼다 해도 이곳은 그에게 든든한 재기의 발판을 마련해줄 테니까. 아들뿐 아니라 손자도, 그 손자도 왕이 되었을 때 이 방을 찾길 바랐다. 하여 그는 왕들을 위한 '훈련방에서의 운동법'이라는 간단한 책을 저술하여 비밀 열쇠를 남기고 입버릇처럼 그런 말을 하였다.

「명심하거라. 지하 감옥을 완벽히 장악한 자만이 이 왕궁의 진짜 주인이 될 수 있다는 것을.」

그의 바람과 달리 비밀 열쇠는 시시하다는 이유로 아들에게서도, 손자에게서도, 그 뒤를 이은 왕들에게서도 외면을 당했다. 이리저리 차이고 함부로 다루어지다 200여 년이 흐른 뒤에야 순수했던 소년에 의해 빛을 보게 되었다. 책에 나와 있는 대로 정직하게 절차를 밟아 초대 국왕 이후 처음으로 비밀의 방에 발을 들여놓은 프레데릭. 그는 이날, 아홉이라는 어린 나이로 이 거대한 왕궁의 진짜 주인이 될 수 있었다.

비밀의 방을 발견한 뒤 프레데릭은 훈련을 하겠다며 스스로 지하 감옥으로 와서 모두를 놀라게 하였다. 뿐만 아니라 안으로 들어가 직접 문을 걸어 잠가 헨리크를 소스라치게 만들었다. 사람들의 반응이 어떠하든 왕궁 안에 보관 중인 설계도가 전부 쓸모없는 것임을 깨달은 소년은 함에서 도면을 한 장씩 꺼내 연구하는 재미에 빠져들었다.

제일 먼저 알게 된 건 비밀의 방이 북쪽 숲과 연결되어 있다는 사실. 초대 국왕은 지하 감옥을 통하지 않고 외부로 나갈 수 있는 길을 북쪽 숲으로 뚫어놓았다. 그런 다음 정복 전쟁으로 목숨을 잃은 왕의 이복아우들이 혼령이 되어 그곳에서 떠돈다는 오싹한 소문을 퍼트렸다.

출처가 불분명한 소문은 개개인의 상상력까지 더해져 널리 퍼져 나갔다. 백성들은 그것을 진실이라 믿었고 북쪽 숲에 가는 것을 꺼리게 되었다. 그러자 국왕은 그곳을 '왕의 숲'이라 명명하고 사람들의 출입을 전면 금했다. 누군가 그곳을 들락거리다 우연히라도 비밀 방의 출입구를 발견하게 될까 봐 왕이 고안해낸 꼼수, 그 얄팍한 말장난에 온 백성이 제대로 속아 넘어간 것이다.

프레데릭은 이곳에 올 때마다 도면을 한 장씩 챙겨 들고 비밀 통로를 이용해 왕궁 탐험에 나섰다. 왕궁의 외곽부터 시작해 점점 더 중심부 쪽으로. 워낙 방대하고 복잡하게 얽혀 있는 터라 그가 공을 들여 부왕과 대비의 처소까지 모두 섭렵하였을 땐 열여섯이라는 나이가 되어 있었다.

그날도 프레데릭은 가장 중요하고 복잡한 국왕 처소의 비밀 통로를 둘러보는 중이었다. 오늘도 특정한 곳에서 어김없이 들려오는 시끌벅적한 소리. 그곳은 초대 국왕께서 의도적으로 공개해놓으신 몇몇 비밀 장소 중 하나로 현재 부왕께서 향락을 즐기고 계신 곳이었다. 이곳에 올 때면 프레데릭은 거르지 않고 한 번씩 그 안을 들여다보았다. 호기심이 아닌, 저곳에 누가 있는지 그 얼굴들을 똑똑히 기억해두기 위하여.

깔깔대는 여인의 간드러진 웃음소리가 소음이 되어 귓가를 자극했다. 구성원에 변함이 없음을 확인한 프레데릭

이 그쯤에서 물러나려 소리 나지 않게 살며시 구멍을 닫으려는데,

"전하, 청국에서 온 그 계집아이 말입니다."

주의를 잡아끄는 말이 들려왔다.

"정말로 그렇게 피부가 곱고 야들야들하더이까?"

"야들야들?"

"예. 웰튼 가의 여인들이 러시아로 여행을 갔다 청국에서 흘러온 여자아이를 만져볼 기회가 있었답니다. 촉감이 보들보들하고 매끄러웠다고 어찌나 수다를 떨어대던지. 진짜인지 아닌지 궁금해서 참을 수가 없었습니다."

"그래? 알았다. 그 아이가 몸을 추스르고 사람 구실을 하게 되면 내 직접 구석구석 만져보고 알려주도록 하마."

술과 약에 취해 해롱거리는 사람들의 웃음소리를 끝으로 프레데릭은 구멍을 닫았다. 이대로 다시 걸음을 떼야 하는데 충격으로 인한 울림은 도저히 그를 움직이지 못하게 하였다.

아이는 그저 아이일 뿐인데 어린 존재를 다르게 볼 수 있다는 게 경악스러웠다. 게다가 청국에서 온 아이라면 그때 그 아이. 수개월 전, 처참한 몰골로 정신을 잃어가면서도 울지 말라며 손을 뻗어준 여자아이가 분명하였다.

아홉 살 이후로 눈물을 흘린 것도, 누군가에게 우는 모습을 들킨 것도, 위로를 받은 것도 그때가 처음이었다. 비록 열이 높아 스스로가 무엇을 하는지도 모르는 것 같았지만,

아이의 작은 손은 무척이나 다정했다. 그 심적 온기에 간신히 누르고 있던 눈물이 왈칵 치솟아 저도 모르게 아이를 품에서 던져버리고 말았을 만큼.

뺨에 닿았던 손의 촉감을 기억해버린 프레데릭은 순식간에 몸을 돌려 급하게 움직였다. 그동안 익혀온 비밀 통로를 이용해 별궁으로 이동, 아이가 잠들어 있는 곳까지 단숨에 도달했다.

비쩍 말라 한 줌도 안 돼 보이던 아이는 악몽을 꾸는지 자면서도 시름시름 앓고 있었다. 아직은 시간적 여유가 있다고 판단한 그는 제 방으로 돌아가 고민하기 시작했다. 어찌해야 부왕이 죄를 짓는 것을 막고 아이 역시 온전하게 지켜줄 수 있을까.

지위만 왕자일 뿐 프레데릭은 궁에서 아무런 힘이 없었다. 누군가를 지키기에 턱없이 부족한 처지였다. 초조감에 몇 날 며칠 깊은 생각에 빠져 있던 그는 불현듯 뇌리를 스치는 생각에 곤란함과 안도감을 동시에 느꼈다. '몸을 추스르고 사람 구실을 하게 되면.'이라던 부왕의 말. 프레데릭은 그 말에 상응하여 '그러지 못하게 만들어버리면 되는 것이 아닌가!'라는, 단순하면서도 꺼림칙스러운 해답을 도출해내었다.

자세한 계획을 세운 뒤 여기저기를 돌아다니다 완만한 계단 하나를 찾아낸 그는 근처에 서서 한참을 고민했다. 과연 이것이 최선일까, 몇 번이나 자신에게 반문하며 긴장감을 감추지 못했다. 마침 그곳을 지나던 헨리크의 말을 듣고 어느 정도 안심은 되었지만 지나치게 왜소하고 약해 보였던 아이, 그런 아이를 계단에서 밀어버린다는 게 상상 이상으로 끔찍스러웠다. 그래도 한 번의 고통으로 오래도록 병상에 누워 있게 만들 수 있는 길은 당장에는 이것밖에 없었다.

잔인하긴 하지만 어쩔 수 없다. 이 모든 건,

"지키고자 하는 것이니까……."

찰박, 찰박, 물기를 머금은 촉촉한 나뭇잎이 구두 굽에 짓이겨져 가녀린 반항의 소리를 내질렀다. 바람은 듣기 싫은 소리를 만들어내었고 빌어먹을 빗줄기는 성가시게 부슬부슬 내려 사람의 속을 뒤집어놓았다.

지난주, 분쟁 지역에서 진흙탕을 구르며 수도 없이 핏물을 뒤집어썼던 프레데릭은 환궁하자마자 대련이라는 명목으로 또다시 핏물이 튀자 더 이상 참지 못하고 미친 듯이 숲으로 뛰어들었다. 그러고는 터벅터벅, 눈의 초점을 잃고 정처 없이 헤매고 있었다.

피곤하다…….

어린 나이에 전장을 누비며 조금도 떨지 않고 용맹스럽게 전투를 치러 온 지난날. 군대를 장악하기 위해 하루하루 엄격한 훈련을 소화해내고 있지만 언제부터였을까, 이러한 영웅 놀이가 피곤해지기 시작한 것이. 따지고 보면 그는 한 번도 영웅이 되고자 한 적이 없었다. 그저 영웅이 필요한 대비의 손자로 태어나 이를 악물고서 버티고 있을 따름이었다.

심신을 안정시켜 인간의 마음을 치유해준다는 숲. 푸르게 우거진 북쪽 숲의 싱그러움 안에서 프레데릭은 치미는 욕지기를 진정시키고 싶었다. 그런데 어찌 된 일인지 세상은 온통 붉게만 보였다. 하늘도, 나무도, 땅도. 세상이 붉게 보이니 비릿한 피 냄새가 코끝에 감돌아 비위가 상했다. 빙글빙글 돌아버리기 일보 직전까지 내몰려 그는 한쪽 발을 쾅! 세차게 내디뎠다.

하지만 그게 전부였다. 소년은 시원하게 절규 한 번 못하고 모든 감정을 속으로 꾸역꾸역 삭이기만 하였다. 그러다가 설핏 자신이 떠맡고 있는 또 하나의 과제가 떠올랐다.

'그 아이, 분명 다 나아가고 있다고 했는데…….'

생각은 곧 행동으로 이어졌다. 죽을 것 같은 얼굴을 하고서도 그는 습관적으로 다시 별궁을 향해 걸음을 옮겼다. 비밀 통로를 이용해 아무도 모르게 내부로 들어가 힘없이 복도를 걸었다. 이번에는 또 어떤 방법을 써야 할까, 이러다가 아이의 몸이 배겨나지 못하면 어떻게 되는 것일까. 당하는 아이도 힘들겠지만 아프게 해야 하는 그도 죽을 맛이었다. 한숨이 저절로 새어 나왔다.

그때 저 앞에서 흐느끼는 소리가 들려왔다. 이미 아이의 병세를 알고 있던 프레데릭은 걸음을 멈추고서 가까이 다가오고 있는 아이를 기운 빠진 얼굴로 지켜보았다.

저 특이한 병을 잡으라는 명령을 내렸을 때 궁의는 그런 답을 하였다.

「내상이 심한 듯 보입니다. 증세와 몸의 상태만 놓고 보자면 어린 나이에 정신을 놓지 않고 있는 것이 신기할 뿐입니다.」

아이는 혼자서 어둠 속을 헤매며 알아들을 수 없는 두 개의 짧은 단어를 반복했다. 무슨 뜻인지 이해할 수 없으나 굳이 묻지 않아도 알 것 같았다. 아이들이 가장 많이 찾는다는 그 단어, '어머니' '아버지'가 아닐까. 어쩌면 아이는 가장 가까웠던 존재를 애타게 부르며 마지막 선을 넘지 않기 위해 악착같이 버티고 있는 것일 수도 있었다.

점점 가까워지는 아이를 바라보며 프레데릭은 돌연 가슴속에 싸한 파문이 이는 것을 느꼈다. 그러고 보면 그는 무서울 때, 힘이 들 때, 외로울 때 누군가를 절박하게 불러본 적이 없었다. 이렇게 힘이 들고 죽을 것만 같은데 혼자서 삭이는 것 외에 다른 누구도 떠올리지 못했다.

스산한 밤, 맨발로 어둠 속을 헤매며 의식까지 잃고 있는 주제에 아이는 새삼 그에게 한 가지 욕심을 갖게 하였다.

'누군가를 저토록 가슴으로 부를 수 있는 날이, 나에게도 한 번쯤은 허락되어주기를…….'

바로 그 순간이었을 것이다. 일직선으로 다가오던 아이

가 갑자기 회랑의 기둥 쪽으로 방향을 틀어버린 것은. 몇 발짝 더 내딛다가는 대리석 기둥에 머리를 제대로 찧을 판이었다. 난데없는 상황에 당황해버린 그는 마지막 순간 후다닥 달려가 아슬아슬하게 아이의 방향을 바꿔주었다. 그리고 또 다른 깨달음을 얻었다. 아이의 병은 특이할 뿐 아니라 상당한 위험성까지 수반하고 있다는 것을.

프레데릭은 그날 밤, 아무것도 못 하고 아이가 쓰러져 잠들 때까지 뒤를 졸졸 따르며 뒤치다꺼리를 해야 했다.

아이를 챙기는 건 중독이었다. 위험성을 인지한 후 그는 밤만 되면 한 번씩 아이를 들여다보게 되었다. 잘 자고 있으면 몸 상태를 확인했고, 악몽을 꾸면 다독거려주었고, 특이한 병세를 보이면 조용히 뒤를 따르며 수발을 들었다. 그렇게 매일같이 드나들며 돌보기 시작하자 성격상 나 몰라라 끊을 수도 없었고, 아이는 그의 일상에 공기처럼 스며들어 일부가 되었다.

처음에는 조용히 뒤를 따르다 잘못된 방향을 잡아주기만 하던 그는 시간이 갈수록 점차 적극적으로 변해갔다. 장애물이 보이면 미리미리 치워주고, 잠이 들 것 같으면 가까운 곳에 앉혀다 토닥토닥, 아이가 완전히 잠이 들면 품에 안아다 침대에 눕혀주었다. 아는 척을 할 수 없는 대낮에는 아이의 섭생과 관련해 피아로부터 식습관과 식사량을 보고받기까지. 저도 모르는 새 프레데릭은 아이를 점점 가깝게 느끼며 정성을 쏟게 되었다.

이게 뭐하는 짓인가, 가끔은 자각의 시간이 찾아오기도 했지만, 아이를 곁에서 지켜보고 있으면 이상하게도 마음이 편해지곤 하였다. 마음 붙일 곳이 없었던 왕궁 안, 프레데릭은 자신과 같은 처지의 아이를 돌보며 어느덧 스스로를 위로하고 있었다.

내게 누이가 있다면 이런 기분이었을까?

어언간 그는 해나와의 특이한 시간을 즐기게 되었다. 날씨가 좋으면 좋은 대로, 궂으면 궂은 대로, 그는 해나와 나란히 걷기도 하였고, 침대에 눕혀 지켜보다 악몽을 꾸면 손을 잡아주기도 하였다.

벽난로의 불길이 활활 타올라 따스한 온기가 돌고 있는 실내, 해나의 공간은 아늑했다. 비록 저의 괴롭힘으로 퀭한 얼굴을 하고 있지만 해나가 규칙적인 숨소리를 내며 평화로이 자는 모습이 보기 좋았다. 방 안의 풋풋한 향기도, 이불의 보송보송한 느낌도, 벽난로의 장작 때는 소리도 전부 좋았다. 프레데릭은 해나를 통해 다른 세상을 만났고, 잊고 있던 본래의 모습을 찾아갔다. 자신이 원래 무엇을 좋아했고 무엇을 하고 싶어 했는지 하나씩 떠올리게 되면서.

하지만 그로 인한 부작용도 만만치가 않았다. 아이에 대한 마음이 애틋해질수록 괴로움은 배가 되어 커져만 갔다. 살려달라는 아이를 찬물에 담가놓고 기어이 폐렴까지 걸리게 한 어느 겨울, 죄책감에 빠져 있던 그는 한동안 해나를 찾아가지 못했다. 독감을 털자마자 초반에 쫓아가긴 하였으나 의식이 또렷한 아이에게 쏟아낸 말이라곤 협박이 들어간 독설이 전부. 제 역할을 다하는 것뿐인데도 자괴감에 얼굴을 들 수 없었다.

이런 방법밖에 몰라 미안하다. 내가 힘이 없어서 그래…….

해나를 가까이 느낄수록 프레데릭은 외로워지기 시작했다. 함께하는 잠깐의 시간이 지난 뒤 아무것도 기억하지 못하고 오직 증오와 공포로만 그를 대하는 해나의 눈빛에 상실감은 눈덩이처럼 불어만 갔다. 심적 고통이 가장 깊어졌을 때 그는 산속으로 훈련을 나갔다 눈 속에 피어 있는 보물을 발견할 수 있었다. 겨울에 피는 보기 드문 꽃인데다 약재로서의 가치가 희귀할 정도로 높아 발견하는 순간 그는 해나를 떠올리게 되었다.

어찌하면 이 꽃을 그 아이에게 선물할 수 있을까. 고민을 거듭했던 그는 일단 북쪽 숲에 꽃을 옮겨 심고 두 손으로 직접 가꿔보기로 하였다. 꽃이 자라 무성하게 피어날 때쯤 언젠가 그 광경을 해나에게 보여줄 수 있기를 고대하며.

네가 울었던 만큼 언젠가 이 꽃을 바라보며 환히 웃을 수 있기를.

네가 아팠던 만큼 때가 되면 이 꽃으로 시들었던 건강을 되찾을 수 있기를.

눈 속에서 한 송이씩 꽃망울이 터질 때마다 프레데릭은 순결한 겨울 꽃을 바라보며 언제나 그런 기원을 하였다.

해나가 항상 정신을 잃고 돌아다니는 게 아니었기에 프레데릭은 숨을 죽이고 기다려야만 했다. 초조하면서도 행복했던 기다림의 시간은 그가 왕이 되어 전장으로 떠나며 마지막을 맞게 되었다.

그즈음 해나의 증세는 애매한 상태였다. 지시를 받은 궁의들이 초반에만 열정적으로 달라붙다 갈수록 흐지부지, 기강이 해이해져 있었다. 당연히 호통을 내려야 했지만 해나와의 시간에 빠지고 만 프레데릭은 그들을 닦달하지 않고 차일피일 미루며 모르는 척 내버려두었다. 때문에 해나는 닷새에 한두 번 규칙적으로 어둠 속을 헤맸고, 어중간하게 수면제를 복용하고 있어 도중에 깨는 일도 없었다.

"많은 일이 있었어. 전하께서 돌아가시고 나는 왕이 되었다."

그날 해나는 방 안을 헤매는 중이었다. 상황을 지켜보다 안으로 든 프레데릭은 침대 옆에 떨어진 작은 손수건을 주워 안주머니에 챙긴 뒤 해나의 손을 잡고 창가로 이끌었다. 깊어진 겨울밤, 사나운 삭풍은 휘파람 소리를 만들며 창문을 떨걱떨걱 흔들었다. 그는 음울한 바람 소리를 무시하고 밤하늘에 떠 있는 희푸른 반달과 촘촘한 별들을 주시했다.

"왕이 될 때까지 견디기만 하면 될 줄 알았는데 내 뜻대로 되는 건 하나도 없네. 사실 나는 이제부터가 시작이야."

언제나처럼 그는 해나에게 말하듯 혼자서 중얼거렸다. 듣고 있되 아무것도 듣지 못하는 해나는 텅 비어 있는 눈을 하고서 그에게 힘없이 머리를 기대고 있었다.

"나는 내일 전장으로 떠나. 그래서 이제 네 병을 완전히 고쳐놓을 거야."

내가 없는 곳에서 너 혼자 이러고 다니는 것을 상상하면 나는 견딜 수가 없을 테니까.

"병이 나으면 너, 다시는 내게 이런 기회를 주지 않을 텐데……."

우리가 함께했던 무수한 시간을 나는 과연 어떻게 묻어야 하는 것일까?

"해나……, 듣고 있니?"

너와 함께했던 모든 순간이 나에게는 가장 행복한 시간이었고, 또 잔인한 시간이었다.

시간이 흐를수록 그는 열망하고 또 열망하였다.

네가 나에게 대답해주길, 네가 나의 두 눈을 바라봐주길.

그럴 거면서 왜 나를 아프게 하느냐고 해나가 물어오면 차마 부왕을 욕되이 할 수 없어 차갑게 외면해버릴 거면서.

그래도 프레데릭은 언제나 해나에게 바라고는 하였다.

네가 나를 알아봐주길, 네가 나를 기억해주길.

밝은 햇살 아래서도 눈을 맞추고 해나와 아는 척을 하고 싶었다.

09

그녀의 마음

프레이야, 이둔, 에이르, 발드르, 쇼븐. 신화에 등장하는 신비로운 여신들을 유백색 석상으로 형상화해 역동적으로 표현한 에리카의 상징적인 분수가 있다. 시내 중심에 위치한 가장 번화한 대광장. 그 한쪽 면을 온통 차지하고 있는 바로크 양식의 거대한 분수는 백성들의 쉼터이자 귀족들의 산책 코스로도 유명한 곳이었다.

장사를 시작하는 사람들이 하나둘 준비를 시작하는 이른 아침, 거리는 한산했다. 레오폴트는 새하얀 눈꽃이 머리마다 화관처럼 내려앉은 분수대의 여신상을 완상하며 느긋이 때 이른 산책을 즐기고 있다. 연락도 없이 불쑥 나타나 의미 없는 말을 주워섬기는 귀족파의 대표적인 두 원로와 함께.

알리시아 공작과 프란손 후작은 숨소리가 제법 거칠어지고 있었다. 입을 열 때마다 하얀 입김이 모락모락 피어났고, 단단히 준비하고 나왔음에도 추위로 손가락과 발가락이 곱아들었다. 왕궁으로 향하던 길을 막고 벌써 오래도록 잡아두고 있었다. 이쯤 되면 넌지시 그 이유를 물어올

만도 하건만 로젠 공은 기꺼이 두 사람을 환대하고 그들보다 더 유유자적 추위 속의 산책을 즐기는 모습이었다. 불안해진 두 사람이 시선을 교환하며 말할 틈을 엿보는데, 여태껏 간단히 대답만 해오던 레오폴트가 입가에 호선을 그리며 말을 꺼냈다.

"참, 니클라스는 요즘 어찌 지낸다 합니까? 아무리 사고를 쳤어도 그렇지 귀한 장손을 군대에 넣어버리시다니요. 처사가 지나쳤습니다."

"……원하는 대로만 살게 할 순 없는 노릇이지요. 큰일을 하려면 때에 따라 참고 견뎌야 할 줄도 알아야 합니다."

속사정을 빤히 알면서 짓궂게 나오는 레오폴트의 태도가 알리시아 공의 기분을 언짢게 하였다. 뜬금없이 군대로 끌려간 장손 이야기를 면전에서 꺼내놓다니. 그렇다고 이 상황에서 노기를 띨 수도 없어 공작은 감정을 조절하며 노련미를 과시했다.

"역시 알리시아 가의 후계자 교육은 남다른 데가 있습니다. 니클라스가 군대에서 어떤 활약을 보여줄지 개인적으로도 기대해보겠습니다. 그건 그렇고. 오늘은 어쩐 일로 두 분께서 이렇게 나란히 저를 찾아오신 겁니까? 왕비 전하를 들이는 문제로 각기 다른 편에 서 계시다, 상황은 전해 듣고 있었습니다."

"어쩐 일이라니요. 각하께서는 우리 귀족파의 구심점이 되는 분이십니다. 따로 찾아뵌 지가 오래인 것 같아 안부도 여쭐 겸 들러본 것입니다."

"기회를 드릴 때 요점만 간단히 하십시오. 자칫 제 기분이 틀어지면 끝까지 걷기만 하다 이 자리를 조용히 파하는 수가 있습니다."

프란손 후의 빈말에 살짝 짜증이 난 레오폴트는 입가에 잔잔한 미소를 드리우며 약간의 본성을 드러냈다. 알 수 없는 선득함에 두 원로의 눈이 동그랗게 커지자 그는 부드러운 어조로 재빨리 뒷말을 덧붙였다.

"전하께서는 왕궁을 비우실 때마다 그래도 형님이라고 매번 저를 불러 대리인으로 앉히고 계십니다. 심지어 이번에는 똘똘한 비서관까지 데려가셨으니 저는 지금 반드시 왕궁에 있어야 할 사람이지요. 한데 그 사실을 누구보다 잘 아는 두 분께서 아침부터 연락도 없이 들이닥쳐 길을 막으신 겁니다. 바보도 아니고 상황이 눈에 훤히 보이는데 계속해서 빙빙 돌리는 말만 듣고 있자니 저도 모르게 기분이 상하였나 봅니다. 이해해주십시오."

깍듯하면서도 허를 찌르는 그 말에 두 사람은 멋쩍은 얼굴로 잠시 헛기침을 연발했다. 그런 다음 슬며시 먼저 입을 연 사람은 연장자인 알리시아 공작이었다.

"언짢으셨다면 사과드리겠습니다. 저희도 어젯밤에야 연락을 받은데다 사안이 워낙 중대해 쉬이 말을 꺼내기가 어려웠습니다. 양해해주십시오."

"짐작은 하고 있습니다. 누구에게서 무슨 연락을 받으신 겁니까?"

"레이튼 공에게서 대비 전하의 뜻이 전달되었습니다."

생각지도 못한 인물이 튀어나오자 레오폴트도 의외였는지 한쪽 눈썹을 삐죽 추켜세웠다.

"왕궁에서 긴히 처리할 일이 있으니 로젠 공의 입궁을 막아달라는 이야기였습니다."

"처리할 일이라니요? ……혹 별궁의 이국인에 관한 일입니까?"

"왕비 문제를 공론화하기 전에 골치 아플 수 있는 부분을 합심하여 제거하자, 요점은 그러하였습니다."

프란손 후의 대답에 레오폴트는 피식 웃으며 걸음을 멈췄다. 힘겹게 그와 보조를 맞추던 두 원로도 살았다 하는 얼굴로 걸음을 멈추고 숨을 몰아쉬었다.

"제가 없으면 대리인 권한은 대비께로 넘어가니 보다 막강한 힘을 발휘할 수 있으시겠지요. 왕궁 내에서 근위병들을 마음대로 휘두를 수도 있으실 테고요. 헌데 뭐가 그리 급하다고 무리를 하시려는 것인지."

"정보에 의하면 전하께서 시찰을 떠나시던 날 저녁, 대비께서 비밀 보고를 받으시고 진노하시는 일이 있었다고 합니다. 무슨 내용인지 정확히는 모르오나 이국인이 그분의 심기를 단단히 거스른 게 틀림없어 보입니다."

"그래도 그렇지. 후에 전하께서 돌아오시면 가만 계실리 없거니와 그만한 준비도 없이 움직이지는 않으셨을 텐데 말입니다."

"그쪽에서도 무언가를 준비하고 있겠지요. 선왕과의 사이가 틀어진 뒤 대비께서는 국왕 전하께 심혈을 기울이지 않으셨습니까. 그 정도는 감당할 수 있다 자신하시는 듯하였습니다."

"흠……."

레오폴트가 골똘히 생각에 잠겨들자 두 원로는 적극적으로 설득에 나섰다.

"사실 대비께서 무모하게 일을 벌여주신다면 우리로서는 손해 볼 게 아무것도 없습니다. 이대로 이국인을 별궁에서 치우신다 하여도, 그로 인해 국왕 전하와 크게 틀어지신다 하여도, 우리에게 득이 되면 되었지 해가 될 게 무에 있겠습니까. 이도 저도 아닌 최악의 경우, 우리는 그 이국인을 약점 삼아 국왕 전하를 흔들어볼 수도 있을 것입니다."

"로젠 공, 어찌하시겠습니까?"

제자리에 서서 생각에 잠겨 있던 레오폴트는 원로들의 채근에 느긋하게 답했다.

"이 사람이 무슨 힘이 있습니까. 두 절대 권력이 한판 붙게 생겼는데 얌전히 물러나 구경이나 해야지요. 이럴 때일수록 저 같은 사람은 몸을 사리는 게 중요합니다. 날씨도 뒤숭숭하니 간단히 독감이라 알리겠습니다."

"하하하, 그러실 줄 알았습니다. ……그건 그렇고 로젠 공, 일전에 우리 가문에서 보낸 혼담은 생각해보셨습니까?"

"아, 알리시아 영애와의 혼담 말이시군요."

은근히 기대감을 드러내는 알리시아 공의 눈빛이 같잖고 우스웠다. 손녀를 왕비로 들이려다 장손으로 인해 좌절되자 이제야 자신에게 손을 내미는 꼴이라니. 빈정대는 말이 튀어나올 것 같아 고개를 돌리던 레오폴트의 숨이 그대로 콱 막혀들었다. 동작도, 심장도, 세상의 소리도 전부 멈췄다. 그의 눈에 보이는 건 오직 저 앞, 깊게 내려쓴 후드에 얼굴의 절반을 두툼한 숄로 휘감고 있는 그녀. 반대편에서 조심히 걸어오다 그와 눈이 마주치자 화들짝 놀라 움직임을 멈춰버린 한 여인이었다.

회녹색의 고아한 눈동자에 바람이 불 때마다 살몃살몃 보이는 붉은빛이 감도는 금색의 머리카락. 어쩐지 익숙한 그 외모는 레오폴트의 유일한 약점이 되어버린 과거의 한 부분을 건드렸고 두 다리를 움직이게 하였다. 옆도, 뒤도 살피지 않고 넋이 빠진 사람처럼 무작정 앞으로 걸음을 떼었다. 겁에 질린 눈으로 이쪽을 지켜보던 여인도 그에 맞춰 천천히 뒷걸음질을 시작했다. 급기야 여인이 몸을 돌려 달아나자 그 또한 달리기에 박차를 가했다.

"로젠 공!"

누군가의 외침이 메아리쳐 광장 곳곳으로 울렸지만 정작 레오폴트는 아무런 소리도 들을 수 없었다. 차가운 바람이 정면에서 불어와 가슴을 울리고 눈시울을 뜨끈하게 달구었다.

그녀다.

그녀일 리 없다.

두 개의 마음이 동시에 끓어올라 위험한 빙판길을 광인처럼 질주했다. 한참을 내달리다 갈래갈래 나뉜 비좁은 골목길에 들어서자 비로소 긴박했던 달리기도 막을 내렸다. 어느 쪽으로 가야 할지 감도 오지 않았다. 이리저리 방향을 틀어대던 레오폴트는 움직임을 멈추고 비통한 심정을 작은 신음으로 표출했다.

"에스텔……."

그가 만들어낸 업보였다.

해나는 응접실의 소파에 누워 물결치는 햇살을 가만히 보고 있었다. 창을 통해 쏟아지는 오후의 볕이 매끄러운 곡선의 세브르 화병에 부딪혀 노랑, 주황, 분홍의 빛깔로 화사하게 반짝였다. 난색이 주는 포근함은 취할 듯이 황홀했다. 평온한 시간, 모든 것이 완벽한 황홀경 속에서 해나는 은연중에 혼잣말로 중얼댔다.

"나를 보호해주고 있었다니……."

벌써 며칠째 수십 번도 넘게 되뇌었던 말이다. 선왕에 대한 얀의 폭로는 믿을 수가 없었다. 왕자가 가했던, 진절머리 나도록 잔인했던 폭력이 실은 구원의 손길이었다는 것 또한 충격이었다.

돌이켜보면 상황은 한 치의 어긋남도 없이 들어맞았다. 프레데릭이 직접적인 위해를 가한 것은 어린 시절, 초겨울의 추운 날 얼음물에 담가두었던 게 마지막. 선왕의 서거와 함께 폭력을 끝낸 그는 실상 해나가 위험할 때마다 가장 먼저 달려와주었다. 그래서 해나는 편견에 가리어 그를 꺼려하면서도 위험한 순간이 닥치면 가장 먼저 그를 떠올리곤 하였다.

어쩌면 해나도 본능적으로 알고 있었는지 모른다. 과거가 어떠했든 언제부터인지 그가 자신을 보호해주고 있었다는 사실을. 자각하지 못했다 해도 무의식이 그를 인정하고 받아들여 저도 모르게 그에게 익숙함을 느끼고, 그의 향기에 반응하고, 그의 온기에 집착하고. 아무도 모르게 그를 새겨온 것일 수도 있었다.

'왜 진실을 말해주지 않은 것일까? 어째서 그는 미치광이 역할을 자처했던 것일까?'

해나는 불쑥불쑥 두서없이 의문점을 토해내었다가도,

'부왕께서 그런 분이시라고 차마 입에 담기 어려웠겠지.'

대부분은 조금만 생각해도 알 수 있는 것들, 그녀 스스로 해답을 찾아 조각을 맞춰갔다.

'며칠 남았더라?'

잊지 않고 날짜도 꼽아보았다. 그가 돌아올 날이 며칠이나 남았을까. 조급한 마음에 무엇 하나 손에 잡지 못하고 속절없이 누워서 더디 가는 시간을 매 순간순간 재고만 있었다. 고마웠다는 말도, 오해해서 미안했다는 말도 그가 부왕에 관해 입을 다무는 한 먼저 꺼내지도 못할 거면서. 하루라도 빨리 그가 돌아오기를 기다렸다.

어느새 빛의 일렁임도 잊고 그에 대한 생각으로 머릿속이 후끈 달아올라 있는데 쾅! 굉음이 울리며 응접실의 문이 다급하게 열렸다. 도망치듯 뛰어 들어오다 바닥으로 넘어진 사람은,

"피아!"

무슨 일인가 싶어 자리에서 일어난 해나는 부리나케 달려가 그녀를 일으켜 세웠다. 뺨이 불그름히 부어오른 피아가 눈에 눈물을 매달고 울먹이는 게 아무래도 큰일인 듯싶었다. 왜 이러는 거냐고 미처 묻기도 전에 다수의 발걸음 소리가 나면서 문이 거칠게 열렸다.

해나가 놀라서 돌아보니 디아나 백작부인이 대비궁의 시녀와 하녀, 그리고 병사들을 이끌고 당당히 안으로 들어섰다. 이번에도 백작부인이었다. 언제나 경멸 어린 눈으로 저를 노려보던 그녀가 이제는 피아에게도 폭력을 가하고 별궁을 범한 것이다. 전하께서 출타 중이시라고 함부로 쳐들어와 행패를 부리다니, 이번에는 해나도 참지 않았다.

"대체 이게 무슨……."

적극적으로 나아가 항의해보았지만 채 몇 마디 건네기도 전에 디아나 백작부인의 손이 날아들었다. 골격이 큰 그녀의 공격에 가냘픈 체구의 해나는 눈앞에서 불이 튀는 것을 느끼며 중심을 잃고 쓰러졌다.

"윽!"

해나가 떠밀려 쓰러진 곳은 콘솔의 길트우드 프레임. 단단한 모서리에 머리를 사정없이 박아버린 해나는 두개골이 깨질 듯한 고통에 신음을 흘렸다. 왼쪽 뺨은 얼얼했고 입안의 속살이 찢어져 비릿한 피 내음이 풍겼다. 머리를 심하게 부딪친 것인지 뜨거운 액체가 머리카락을 타고 주르륵 흘러내렸다.

"천한 것이 어디서 감히 눈을 똑바로 부릅뜨고! 너에 대한 내 아량은 이미 바닥이 났다. 일전에 경고하지 않았더냐! 끌고 가!"

대비궁의 하녀들은 폭력의 여파로 몸을 가누지도 못하는 해나를 양쪽에서 달라붙어 아무렇게나 끌어냈다.

"왜 이러십니까! 해나 님을 놔주십시오! 해나 님을 어디로 데려가는 것입니까!"

울부짖는 피아의 절규가 희미하게 들려오다 아득하게 멀어졌다. 계단을 내려와 밖으로 나와보니 별궁을 지키던 병사들은 그 몇 배수에 달하는 병력에 의해 전부 제압된 상태. 살을 엘 듯한 칼바람이 불어오는 곳으로 하녀들은 실내복만 입은 해나를 무지막지하게 끌고 갔다. 신발은 언제인지도 모르게 벗겨져 강제로 발을 내디딜 때마다 실크 스타킹 속으로 얼음물이 스며들었다.

머리가 깨져 고통스러워하는 해나를 저들은 눈이 푹푹 빠지는 눈밭 위로 이끌었다. 어딘가 후미진 곳으로 데려가고 있는 듯했다. 머리에서 흘러내린 검붉은 핏방울이 새하얀 설원 위로 떨어져 자국을 남겼다. 발은 꽁꽁 얼어 감각이 사라졌고, 갑작스러운 출혈에다 찬바람을 맞아 창백하게 질린 피부가 부르르 떨렸다.

머리에서 몰아치는 깨질 듯한 통증과 끌려오면서 일어난 몸싸움으로 해나는 진이 다 빠졌다. 정신까지 흐물흐물 혼미해지는데 눈벌을 벗어나 어느 구석진 곳에서 강제로 무릎이 꿇렸다. 딱딱하게 얼어붙은 흙바닥 위로 연한 살결이 아프게 뭉개졌다.

추위와 통증, 두려움으로 인해 몸을 덜덜 떨면서 해나는 주위를 둘러보았다. 소박한 마차 한 대가 보이고 시립해 있는 대비궁의 시녀와 하녀들, 그리고 매서운 눈빛을 발하고 있는 대비가 있었다. 해가 낮아지며 어둠이 깔리기 시작한 에리카의 저녁, 모피를 댄 재킷 코트로 추위를 완벽히 차단한 대비는 삭풍 같은 시선으로 엉망이 된 해나를 내려다보았다.

결국 대비였던가.

만찬 자리에서 죽일 듯이 쏘아보던 저 어른의 눈매가 예사롭지 않았다. 노예선 이후로 맹견 사건을 겪으며 이다음은 또 무슨 일이 벌어질까, 혹시나 하는 마음에 보초병이 보강된 별궁에서 꼼짝도 하지 않았다. 얌전히 틀어박혀 있다가 왕궁을 떠나면 저분과의 악연도 끝낼 수 있을 거라 믿었는데, 대비께서 이렇게까지 직접 나서실 줄은 꿈에도 생각지 못했다.

"소인이 무슨 잘못이라도 하였습니까?"

강한 추위에 몸이 경직된 해나는 이를 딱딱 부딪칠 정도로 떨고 있었다.

"너야 늘 잘못을 하고 있지."

"궁을 나가기로 하였습니다. 전하께도 이미 아뢰었습니다. 그간 대비 전하께 알현을 청했던 이유도 그 문제를 말씀드리기 위해서였습니다!"

"그럼 잘되었구나. 마침 나도 너를 내보낼 생각이었으니까."

마차를 보는 순간 짐작은 하고 있었지만, 확답을 들으니 눈앞이 캄캄했다. 이 추위에 이 상태로 쫓겨났다간 하룻밤도 넘기지 못하고 동사할 것이다. 준비가 필요했다. 고향에서 가져온 패물과 그동안 모아온 은화, 외모를 가릴 수 있는 겉옷만이라도.

"잠시만 말미를 주십시오. 최소한의 준비만 하여 즉시 궁을 나가겠습니다."

"준비는 필요 없다."

대비는 해나의 간곡한 청을 가볍게 무시했다. 어쩐지 선뜩한 기운에 해나가 그녀를 똑바로 올려다보니 싸하게 식은 얼굴에는 여태까지와는 비교도 안 될 정도의 증오와 앙심이 도사리고 있었다. 무슨 상황일까, 다급히 사태를 짐작해보는데 바람을 타고 날아온 대비의 한마디는 온몸의 솜털을 올올이 곤두서게 하였다.

"어차피 그 무엇도 쓸모없게 될 테니까."

해나를 바라보는 대비의 눈동자가 극도의 혐오로 번들거렸다.

손자가 다친 것이 훈련 때문이 아닌 저 계집을 보호하려다 그리되었다는 말을 듣는 순간, 분노가 최고치로 끓어올랐다. 귀족파에서 들개를 풀었든, 제3의 인물이 계집을 죽이려 하였든 사건의 경위 따위 귀에 들어오지도 않았다. 중요한 건 손자가 하잘것없는 계집을 지켜보려 조용히 뒤를 따랐고, 그녀를 위해 기꺼이 제 한 몸을 위기로 내몰았다는 점. 아말리아에게 남편을, 매르타에게 아들을 빼앗겼던 것처럼 손자마저 허무하게 빼앗겼다는 상실감에 조피의 화증이 폭발했다.

왕궁에서 쫓아내는 것으로 끝날 문제가 아니었다. 철벽 같은 손자를 뒤흔들고 자신을 비참하게 만든 요망한 계집, 이참에 확실하게 제거하고 평온했던 시절로 되돌아갈 것이다. 애초에 손자와 관련된 모든 불안 요소는 무리를 해서라도 깔끔히 정리했어야 할 일이다.

퍼렇게 질려 오들오들 떨고 있는 해나를 내려다보며 대비는 음산하게 명했다.

"가거라."

악몽을 꾸고 있는 느낌이었다. 어깨를 뜯어낼 듯 양팔을 우악스럽게 잡고 있는 하녀들. 비웃음을 머금은 백작부인. 석벽에 부딪혀 숲 전체로 울려가는 비명과도 같은 자신의 울부짖음.

처절하게 저항하다 마차에 태워진 해나는 백작부인이 내리친 또 한 번의 손찌검에 힘을 잃고 구석으로 쓰러졌다. 그 바람에 거의 지혈되어가던 해나의 깨진 머리가 마차 내벽에 맞부딪쳐 극한의 통증을 일으켰다.

"흐흑……."

해나에게서 울음과도 같은 신음이 터져 나왔다. 뜨거운 피가 주르륵 머리칼을 적시며 흘러내렸다.

죽으러 가는 길이었다. 이대로 성문을 나서면 누군가의 손으로 넘겨져 쥐도 새도 모르게 죽게 될 것이다, 대비의 눈은 분명 그리 말하고 있었다. 해나는 몸이 와들와들 떨렸다. 삶에 대한 미련이 크지는 않았지만 이런 식으로 죽는 것 또한 받아들일 수 없었다. 이렇게 허무하게 죽으라고 어머니께서 그날 밤, 귀한 목숨 바쳐 어둠 속으로 뛰어드신 게 아니었으니.

절박함에 시선이 흔들리는데 창 밖으로 높은 나무가 조밀하게 솟아 있는 빽빽한 숲이 시야에 들어왔다.

여긴!

북쪽 숲에서 지엽적으로 갈라져 왕궁까지 뻗어 있는 삼림. 어디로 온 건가 했더니 북쪽의 후미진 별궁에서 더 끝자락까지 끌려왔었나 보다.

위치를 가늠하던 해나는 일순 눈가에 긴장감을 반짝 드러냈다. 그러고는 슬며시 눈동자를 굴려 현재의 상황을 살폈다. 마차 안에는 해나 외에도 두 사람이 더 타고 있었다. 옆자리에 앉아 있는 덩치 큰 하녀와 앞자리를 넓게 차지하고 있는 백작부인. 눈을 부릅뜨고 위협을 가하던 그들은 해나가 지친 상태로 널브러져 있자 긴장을 풀고 있는 상태였다.

……도망을 쳐야 한다면 바로 지금이어야 하지 않을까.

이 숲이 끝나고 그림처럼 정돈된 풍경이 시작되면 도주는 꿈도 꾸지 못하게 될 것이다. 해나는 주먹을 단단히 말아 쥐었다. 두 번의 기회는 없다. 반드시 한 번에 성공해야만 한다. 오직 그 생각으로 해나는 옆자리에 앉아 있는 하녀의 얼굴을, 정확히 그녀의 콧대를 힘껏 가격했다. 눈 깜짝할 새 벌어진 일이었다.

"아아악!"

생각 없이 앉아 있다 공격을 당한 하녀는 두 손으로 콧대를 감싸고 죽을 듯이 비명을 내질렀다. 커다란 덩치로 몸부림을 쳐대자 조그만 마차가 들썩들썩 불안하게 흔들렸다.

해나 또한 손가락이 부러졌는지 통증이 어마어마하였다. 그러나 어디를 얼마나 다쳤는지 살펴볼 겨를은 없었다. 움찔했던 백작부인이 험악한 얼굴로 달려들고 있었다. 더 이상 오른손에 힘을 줄 수 없었던 해나는 제 위로 덮쳐오는 백작부인을 향해 이를 악물고 발길질을 하였다. 해나의 오른발이 상대의 늑골을 사정없이 강타했다. 험한 일을 처음 당해보는 백작부인은 신음을 쏟아내며 상체를 구부렸다.

흔들림이 심상치 않았는지 마부는 마차의 속도를 줄이고 있었다. 망설일 틈은 없었다. 백작부인까지 떨쳐버린 해나는 왼손으로 마차의 문을 열고 숲을 향해 그대로 몸을 날렸다. 겨울의 찬바람이 식도를 타고 몸 구석구석까지 빨려들었다. 하늘이 뒤집히고 전신이 으스러진 듯 뼈 마디마디마다 참혹한 고통이 들이닥쳤다.

해나는 이를 사리물고 악착같이 걸음을 옮겼다. 발목을 접질려 다리를 절뚝절뚝, 이 이상 달리는 건 꿈도 꿀 수 없었다. 맨발로 온갖 것들을 밟으며 숲 속을 가로질러 달리고, 달리고. 그간 들락거렸던 개구멍을 찾아 왕의 숲으로 뛰어들었다. 들개의 습격을 받았던 기억이 생생했지만 죽음을 목전에 둔 상황에서는 문제 될 게 없었다. 두 발은 얼룩덜룩 피와 멍이 어우러져 참담할 정도로 뻘겋게 얼어붙었고, 사지는 차게 굳어 걸음을 떼는 것도 힘에 겨웠다.

어느덧 새까만 어둠이 내려앉은 사위, 의식하지 못하는 사이 해나는 얼음장 같은 설원에 쓰러져 흐린 밤하늘을 올려다보고 있었다. 옷이 바닥과 맞닿아 온기 한 점 남아 있지 않은 피부 위로 차갑게 녹아버린 눈이 얼음물이 되어 스며들었다. 혈액 순환이 되지 않아 퍼렇게 질려가는 몸을 뚫고 심장 한가운데까지 얼음이 박혀드는 느낌이었다.

지난 8년, 이곳에서 살아남고자 나름대로 아등바등 발버둥을 치며 동동거렸다. 때로는 좌절하고, 때로는 체념하고, 때로는 실의에 젖다가 아침에 눈을 뜨면 새로운 하루를 시작했다. 삶이 뭐 별거 있냐고, 따뜻한 곳에서 몸이라도 편하니 다행이 아니냐고, 차려주는 맛있는 음식 먹고 다시 한 번 열심히 살아보자고, 그렇게 하루하루 버티며 이만큼을 살았다.

하지만 이제 한계인가 보다. 주어진 삶이 여기까지인 것이니 억울해하지 말자. 해나는 그런 생각을 하며 서서히 의식을 잃어갔다. 눈앞이 가물거리고, 모든 것이 힘없이 뚝뚝 끊겨나가고 마는데,

「……왜, 더럽습니까?」

마지막까지 끈덕지게 달라붙어 머릿속을 힘차게 유영하는 한 사람이 있다.

「철저히 약자였던 저에게 전하께서 행했던 수많은 행위들을 떠올려보십시오. 어린아이에게 가한 지독했던 학대는 평생 잊을 수 없을 것이며 이해하기도 어려울 것입니

다!」

지켜주려 했던 것도 모르고 그에게 퍼부었던 모진 말들이, 증오 어린 눈길이, 나쁘게 먹었던 마음이 후회가 되어 밀려들었다.

이곳에서 나를 살게 한 따뜻한 온기.

그토록 갈망했던 유일한 안식처가 그인 줄도 모르고…….

별빛 하나 보이지 않아 더 외로운 밤, 이제는 육신의 감각조차 느껴지지 않는데 손바닥 안에만 은근한 온기가 감겨들었다. 탁탁 튀어 오르는 벽난로의 장작과 보송한 이불, 악몽을 꿀 때면 소리 없이 찾아와 듬직하게 잡아주던 손 하나.

한 번만 더 그 온기를 느낄 수 있다면…….

달콤한 환상에 젖어 허공으로 열심히 손을 뻗어보지만 실제로는 눈 위에서 빨갛게 부어오른 손가락만 간신히 까딱거릴 뿐이었다. 해나는 정신이 희미하게 흩어져 폭풍처럼 몰아치는 암흑 속으로 완전히 빨려들고 말았다.

어딘가에서 향긋한 내음이 날아들었다. 꿈결인지 저승인지 잔잔한 불빛까지 운치 있게 번져들어 무거운 눈꺼풀을 자꾸 밀어 올리게 하였다. 억지로 눈을 떠보면 따스한 색감의 불빛을 배경으로 그린 듯이 아리따운 한 여인이 자신을 내려다보고 있었다.

'누구?'

깊은 에메랄드빛 눈동자에 밝은 황금색의 머리칼을 가진 여인. 책에서나 읽고 말로만 들었던, 죽기 직전 나타난다는 천사가 눈앞에 와 있는 듯하였다. 혹한의 추위에 고요하고 맑은 얼굴이 이 세상 사람이 아님을 증명하고 있는 것 같았다.

눈꺼풀이 무거워 해나가 눈을 한 번 천천히 감았다 뜨는데 여인의 얼굴은 그새 다른 사람으로 바뀌어 있었다. 어딘지 익숙한 저 얼굴. 붉은빛이 감도는 금발에 회녹색의 눈동자, 언뜻 보이는 목둘레의 상처는 분명…….

'데지레?'

여인의 이름을 떠올리는 순간, 시꺼먼 어둠이 거대한 너울로 바뀌어 또다시 해나의 영혼 위로 덮쳐들었다. 그렇게 얼마나 시간이 흘렀을까, 어둠 속에서 빠져나온 해나는 혼몽한 정신으로 짙은 안개 속을 정처 없이 헤매고 있었다. 아무리 방향을 틀어도 사방으로 보이는 건 그저 희뿌연 안개일 뿐. 어디로 가야 할지, 어떻게 해야 할지 몰라 속이 타들어가는데 은은한 바람을 타고 익숙한 체취가 코끝으로 날아들었다.

황폐해진 가슴까지 시원하게 틔워주는 그리운 내음. 더듬더듬, 그 향을 따라 한참을 걷다 보니 눈앞에 누군가의 희미한 얼굴 윤곽이 드러났다. 흐릿하지만 눈물샘을 자극하는, 그리움이 묻어나는 낯익은 이 느낌. 보고 싶다는 열망에 해나가 안간힘을 써보니 굳게 붙어 있던 눈꺼풀이 서서히 열리고 시야 속으로 선명한 얼굴 하나가 꽂혀 들었다.

……칼 프레데릭.

"미지근한 물은 이만하면 되었다. 따뜻한 물!"

그의 목소리가 메아리처럼 아득하게, 울리듯이 들려왔다. 눈물을 쏟아내며 이리저리 뛰어다니는 피아. 자신을 어딘가에서 건져 올려 김이 모락모락 오르는 따뜻한 물속에 담가놓는 프레데릭. 아수라장이 되어 급박하게 돌아가고 있는 주변 상황이 해나의 시선 앞에서 늘어지듯 천천히 진행되고 있었다. 실오라기 하나 걸치지 않은 알몸을 그에게 내보이고 있는 것도, 피아가 뜨거운 물을 들이붓는 동안 그의 손길이 몸 곳곳을 문지르며 혈액 순환을 돕는 것도 전부 남의 일처럼 느껴졌다. 해나는 아무런 감각도 느끼지 못했다.

"……나. ……해나!"

간절한 부름에 또다시 눈을 떴을 때 해나는 물기 없는 몸으로 침대 위에 누워 있었다. 처음으로 보이는 건 활활 타오르는 벽난로의 불꽃. 지금까지 본 것 중 가장 거센 불꽃이 너울거렸으나 해나는 여전히 심장 한가운데에 얼음이 박혀 있는 느낌이었다. 알몸에 모피를 댄 이불을 감고 그 속으로 프레데릭의 손길을 받고 있어도 소용없었다. 삶과 죽음의 경계에서 해나는 여전히 조마조마한 외줄타기를 하고 있었다.

"장작을 있는 대로 집어넣고 나가!"

흐릿한 의식 속에서 그가 명을 내리자 벽난로 쪽에서 움직이던 누군가가 방문을 닫고 사라졌다.

해나의 다리를 문지르던 프레데릭은 손길을 멈추고 실크 셔츠를 머리 위로 단박에 벗어냈다. 곧이어 남은 옷까지 전부 탈의한 그는 이불 속으로 들어가 얼어 있는 피부에 단단하고 따스한 몸을 하나로 포갰다. 가슴과 가슴이 맞닿고, 긴 다리와 가느다란 다리가 얽히고, 그의 뺨이 해나의 뺨을 비비며 정성껏 온기를 나누어주었다. 커다란 손바닥은 축 처져 있는 상체와 하체 곳곳을 누비며 절실한 그의 마음을 대신했다.

"해나, 제발……."

꿈처럼 환상처럼 아련하게 울리는 초조한 목소리를 들으며 해나는 길고 긴 잠에 빠져들었다.

해가 기울고 있는 저녁, 잿빛 구름 사이로 하늘을 수놓은 노을이 몽환적인 분위기를 자아냈다. 그 노을빛을 등에 지고 한 여인이 후원의 귀퉁이에 서서 호젓해 보이는 별궁의 2층 창문을 뚫어져라 주시했다. 지나치게 아리땁고 냉담한 얼굴이 온기 없는 도자기 인형을 연상케 하는 마벨 아우구스타 레이튼. 추위로 빨갛게 얼어가는 주먹을 동그랗게 바르쥐고 그녀는 서늘한 눈매를 날카롭게 번뜩였다.

"이런 곳에서 공녀를 다 뵙습니다."

인적이 드문 곳에서 갑작스레 들려온 사내의 기척. 놀랄 만도 할 텐데 마벨은 태연하게 돌아서 입가에 호선을 그리고 있는 로젠 공과 마주 섰다.

"프란손 후가 주최한 온실 파티에도 오시지 않아 궁금해하던 차였는데 그간 왕궁에서 지내고 계셨던 것이군요. 사람의 발길이 거의 닿지 않는 이런 구석진 곳을 홀로 둘러보시면서 말입니다."

"예. 이렇게 후미진 곳에 홀로 계시는 각하를 다 뵙고 말입니다."

마벨의 날 선 대답에 레오폴트는 유하게 웃으며 받아쳤다.

"원래 사람의 호기심이라는 게 거의 엇비슷하니까요."

"호기심이 엇비슷하다니요. 제가 무엇 때문에 여기에 있는지 알고 계신단 말씀이십니까?"

"급하게 환궁하신 전하께서 별궁으로 들어가 나오지 않으신 지 오늘로 벌써 사흘째입니다. 저 안에서 무슨 일이 벌어지고 있는지, 이국인을 향한 전하의 마음은 무엇일지 두루두루 궁금하신 것 아니었습니까?"

되돌아오는 물음에 마벨은 놀랍지도 않다는 듯 이렇다 할 반응을 보이지 않았다.

사고가 나던 날, 시찰을 돌고 있어야 할 왕은 예고도 없이 일정을 취소하고 왕궁에 모습을 드러냈다. 마벨과 대비는 일순 긴장했지만, 그는 수색 중인 병사들을 지켜보다 말없이 집무실로 들어가 문을 닫았다. 냉담해 보이기까지 했던 손자의 행동에 대비는 매우 흡족해하였다.

지금쯤은 얼어 죽었을 테지.

다음 날 아침, 마벨과 대비가 이국인의 죽음을 확신하고 있는데 어이없는 소식이 전달되었다. 간밤에 왕께서 늘어져 있는 이국인을 안고 별궁으로 들어가셨다는 것이다. 왕은 테오를 통해 북쪽 숲 근처에서 이국인을 발견했다는 소식을 전하고 별궁의 출입을 통제한 채 오늘까지 나오지 않고 있었다.

아마도 이국인은 북쪽 숲으로 숨어들어 몸을 피했을 터였다. 그리하여 병사들은 그녀를 찾지 못했고, 왕이 직접 그녀를 구할 수 있었을 것이다. 관심 없는 척 돌아서더니 뒤에서 몰래 계집을 찾고 있었다는 사실에 마벨은 치를 떨었다. 뿌리도 알 수 없는 미천한 계집, 뭐가 그리 소중하다고 정무까지 팽개치고 저러고 계시는 것인지. 오랜 시간 강추위에 노출되어 있었음에도 질기게 살아 있는 이국인이, 그런 계집이 죽지 않을까 전전긍긍 애달파하는 프레데릭이 죄다 짜증스럽다. 그러면서도 부글거리는 속마음을 최대한 감추고 평정을 유지하려 애썼다.

"그래봤자 특이한 정부 하나 두시게 되겠지요. 상대가 미천해 공식적으로 내보일 순 없어도 은밀히 즐기기만 하신다면 전하께 흠이 될 일은 아닐 것입니다."

“개인적으로 궁금한 게 그것이었습니다. 전하께서 정부 하나 두시는 게 뭐가 그리 대수로운 일이라고 대비 전하까지 부추겨 일을 이 지경으로 만들어놓은 건지.”

훈풍처럼 온화하던 로젠 공은 삽시에 얼굴을 바꾸고 사늘해진 어투로 빈정거렸다.

“전하께서 시찰을 떠나시던 날, 그대는 대비궁에 들어가 무슨 보고를 올린 거지?”

“…….”

“그거 알고 있나? 그냥 두었으면 알아서 정리가 되었을 텐데 그대가 일을 벌여 전하의 감정을 들쑤시고 말았다는 것을.”

“저를 추궁하시는 겁니까?”

“그대가 한 짓이 마음에 든다는 소리야.”

상대의 물경스러운 변화에 표정을 굳혔던 마벨은 감정을 지우고 단조롭게 물었다.

“무슨 말씀을 하고자 하십니까?”

“내가 무슨 말을 하고 있는지 그대가 모를 리 없을 텐데.”

“……혹 제가 필요하신 겁니까?”

“그대도 내가 필요하게 될 테니까.”

갑작스러운 분위기의 전환, 마벨의 머리가 바쁘게 돌아가기 시작했다. 로젠 공이 묵혀두었던 야망을 마침내 이런 식으로 드러내는 것이라 당연하게 짐작을 하면서도 석

연치가 않았다. 바보가 아니고서 왕과 약혼 얘기가 오가는 자신에게 반역의 기운을 내비칠 순 없었다. 왕과 자신의 미래가 그 정도로 불안해 보인다는 것인지, 아니면 자신이 뭔가 한참 잘못 짚고 있는 것인지 그 속을 파악하기가 어렵다. 마벨은 혼란스러움을 교묘히 감추고 건조한 눈길로 레오폴트를 주시했다.

"무엇 때문에 제가 필요하신 겁니까?"

"오늘은 여기까지만 하도록 하지. 그대는 아직 현실을 직시하지 못하고 있어."

"저는 충분히 정치적인 사람입니다."

"그래 보여. 허나 미련을 버리는 게 쉽지만은 않겠지."

"설득이라도 한번 해보십시오. 혹시 압니까, 제가 혹하여 각하께 넘어갈지."

무슨 속셈인지 확실히 알고 싶어 도발에 나섰지만, 레오폴트는 그리 호락호락하지 않았다. 급할 게 전혀 없다는 태도로 얼굴 가득 느긋한 미소만 보여줄 뿐이다.

"조만간 그대가 현실을 인정하고 나와 진지한 대화를 나누고 싶어질 때가 올 거야. 하고 싶은 말도, 듣고 싶은 말도 그때 가서 나누도록 하지."

마벨에게서 시선을 뗀 레오폴트는 입가에 냉소를 머금고 별궁의 2층 창을 올려다보았다. 해넘이가 끝난 시각, 무엇을 하고 있는지 왕과 이국인이 머물고 있는 방에서는 희미한 불빛조차 번져 나오지 않고 있었다.

타닥, 타닥타닥.

방 안 온도는 후끈했다. 두 볼엔 발그레하게 열이 오르고 이마에는 송골송골 땀이 차올랐다. 불이 화력을 잃지 않도록 피아는 소리 나지 않게 조심조심 벽난로에 장작을 충분히 넣고 자리에서 일어났다. 곧바로 방향을 틀어 첫발을 내딛는데 바로 앞에 나무통이 놓인 것을 깜박하고 말았다. 발끝으로 나무통을 차버린 피아는 사색이 되어 제일 먼저 침대 쪽을 살폈다.

보온을 위해 벽난로 쪽을 제외한 삼면에 두툼한 커튼을 쳐놓은 캐노피 침대. 풍성한 이불 위로 어스름하게 보이는 두 사람의 머리는 조금의 미동도 보이지 않았다. 까무러칠 듯 놀란 피아는 바닥에 구르고 있는 나무통을 주워 까치발을 하고 최대한 빨리 침실을 나섰다.

찰칵, 아주 약하게 문이 닫히는 소리에 이어 침대 쪽에서 가냘픈 신음이 울렸다.

"하아……."

괴로웠던 여행의 막바지, 해나는 완전히 지쳐 있었다. 세상과 멀어져 암흑 속을 헤매고, 안개 속을 떠돌고. 중간중간 수십 번씩 길을 잃어 위태롭게 생과 사를 넘나들었다. 하지만 그때마다 끈질기게 잡아주는 손이 있었고, 해나는 전적으로 그 손에 매달려 빼앗겼던 온기를 조금씩 되찾을 수 있었다. 호흡이 안정되고, 혈액이 원활하게 순환하고, 손끝에서 시작된 온기가 전신으로 퍼져 가슴에 박혀 있던 얼음까지 물이 되어 흐르게 하였다.

"으윽."

감각이 살아나자 통증도 활개를 쳐댔다. 사지는 움직일 수 없을 정도로 쑤시고 머리는 조금만 움직여도 쪼개질 듯 아팠다. 가혹한 통증에 미간을 찌푸리며 해나는 마지막으로 정신을 잃은 지 꼬박 나흘 만에 온전한 상태로 잠에서 깨어났다.

해가 뜨는 새벽인지, 해가 지는 오후인지 세상이 옅은 청색으로 물든 모호한 시간. 눈을 뜨자마자 첫눈에 들어온 건 잔 근육이 섬세하게 자리 잡은 벌거벗은 사내의 가슴이었다.

"……!"

그대로 호흡을 멈춰버린 해나는 사내의 얼굴을 확인하고 그와 다를 바 없는 자신의 상태를 확인했다. 맨몸으로 얽혀 있는 팔다리와 옴짝달싹할 수 없게 그의 품에 안겨 있는 자세까지도. 정신이 맑지 못한 상태에서도 해나는 귓불에 불이 붙은 것 같았다. 다급히 눈동자를 굴려 커튼이 열려 있는 곳을 통해 방 안을 둘러보았다.

별궁, 자신의 침실.

망막에 비친 현재의 상황을 인식하자 무의식 속에 담겨 있던 다급했던 지난 며칠간의 일들이 드문드문 떠올랐다. 눈밭 위에서 혼절했던 자신, 뜨거운 물을 들고 이리저리 뛰어다니던 피아, 욕조로 뛰어들어 황망하게 제 몸을 주무르던 프레데릭.

살았구나.

눈 속에서의 마지막, 그를 떠올렸던 것까지 기억해낸 해나는 눈물이 왈칵 솟구쳐 올랐다.

갑자기 터진 울음에 어깨를 들썩이자 잠결에도 그가 해나를 더 가까이 끌어안아 몸을 살살 보듬어주었다. 며칠간 이 상태로 누워 수도 없이 반복되었을 행동. 상대의 따스한 숨결이 가까이서 불어오고 체취가 하나로 얽히며 안정감을 선사해주었다. 부드러운 등 위로 그의 손이 지날 때마다 혈관 속에 듬성듬성 떠다니던 얼음 조각들이 사르르 녹아내리는 기분이었다.

이 시간이 지나면 틀림없이 후회할 것이다. 수치스럽고, 창피하고, 부끄러워 시간을 되돌리고 싶어질 것이다. 그래도 이번만큼은 뻔뻔해지고 싶었다. 죽다가 살아온 순간이니 마지막일지도 모를 아주 잠깐의 시간 동안 감정이 이끄는 대로 아무 생각 없이 따라가고만 싶다.

해나는 눈물이 흐르는 얼굴을 너른 가슴에 파묻고 가느다란 팔로 그의 허리를 꽉 끌어안았다. 혹한의 밤, 마지막까지 갈구했던 그 온기를 이런 식으로 다시 한 번 느낄 수 있음에 진심으로 감사하며, 가만히 눈을 감고 머리 위로 불어오는 다사로운 숨결을 만끽했다.

평생, 이 온기를 품고 살 수 있다면…….

해나는 처음으로 그런 생각이 들었다.

그게, 무엇인지도 모르고.

푸릇한 기운이 조금은 가시고 있는 새벽. 혹독한 바람이 쉬지 않고 불어오는 가운데 칼 프레데릭은 눈이 시리도록 쌓인 별궁의 후원을 성큼성큼 걸었다. 바지와 얇은 셔츠, 그 위로 풀어헤친 실내 가운 하나만을 가볍게 걸친 모습이었다. 아무리 단련된 그라 해도 매서운 강추위에 어울리지 않는 차림. 별궁을 지키는 병사들의 눈이 휘둥그레졌지만, 누구도 감히 나서 외투라도 좀 걸치시라 권유하지 못했다.

사방에서 불어오는 바람에 프레데릭의 머리가, 옷자락이 나풀나풀 기세 좋게 펄럭였다. 거침없이 걷다가 중간쯤에서 걸음을 멈춘 그는 눈을 감고 얼음장 같은 바람을 온몸으로 맞았다. 숨을 크게 들이쉬어 몸 곳곳으로 냉기를 전달했다.

“후…….”

지난 나흘, 해나의 몸은 그의 손이 닿지 않은 곳이 없었다. 얼어 있는 사지를 쉴 새 없이 주무르고 따뜻한 물에 같이 몸을 담갔다가 다시 침대로 옮겨와 온기를 나누어주었다. 그녀가 깨어날 때까지 내처 알몸으로 부둥켜안고 있었던 시간, 맹세코 이성을 향한 한 타래의 욕망도 고개를 든 적이 없었다. 걱정과 절박함에 애가 타는, 다시는 겪고 싶지 않은 악몽을 꾸고 있는 기분이었다.

자지도 먹지도 않고 오직 해나에게만 집중하다 사흘째 되던 날, 온기가 돌아오고 있음을 확인한 뒤 잠깐씩 졸기 시작했다. 깜박 잠이 들었다 깨어나 등, 배, 옆구리, 골반을 쓰다듬다 다시 잠들고, 또다시 움찔 놀라 깨어서 팔과 다리를 문질렀다. 몇 번의 반복 끝에 언제인지도 모르게 잠에 취해 있을 때 비몽사몽 흐느끼는 소리가 들려왔다. 잠결에 작은 몸을 가까이 끌어당겨 습관처럼 몸을 쓸어주다가 잠이 확 달아났다.

해나의 의식이 돌아왔다는 생각에 눈을 번쩍 떴는데 젖은 얼굴이 가슴으로, 보드라운 여체가 몸 전체로 안겨들었다. 그의 숨이 멈추었고 머릿속 생각은 완전히 지워졌다. 해나와 맞닿아 있는 곳 하나하나가 견디기 힘들 만큼 뜨겁고 강렬한 화인이 되어 잠들어 있던 그의 감각을 일깨웠다.

참고 참다 인내심은 한계에 다다랐고, 프레데릭은 잠이 든 해나를 놔두고 도망치듯 빠져나와 시린 공기 속으로 뛰어들었다. 시뻘겋게 달구어진 몸과 마음을 얼음장 같은 바깥바람에 식힐 필요가 있었다.

"전하!"

눈을 감고 천천히 심호흡하던 프레데릭은 열기를 채 절반도 식히지 못하고 서서히 눈을 떴다. 익숙지 않지만 낯설지도 않은 음성. 아무도 따르지 말라 명을 내렸기에 측근이 아닐 거라 생각하며 눈을 떠보니, 바로 앞에서 그를 향해 고개를 숙이고 있는 이는 얀 슐레이튼이었다.

“그녀는 어찌 되었습니까?”

“…….”

“말씀해주십시오, 전하!”

프레데릭은 싸한 눈길로 그를 보았다. 환자 못지않게 퀭한 얀의 얼굴이, 걱정으로 붉게 물든 그의 두 눈이 지금의 기분을 완전히 바닥으로 끌어내렸다.

또……, 너란 말인가.

집무실에서 얀에게 경고를 한 이후 또다시 그와 마주하게 된 것은 다급했던 그날, 시찰 중 대비의 행보에 관한 급신을 전해 받고 급하게 환궁 준비를 하고 있을 때였다. 비밀 경호에게 붙잡혀 나타난 그는 거기까지 쉬지 않고 달려왔는지 기진하여 쓰러질 것 같은 모습이었다. 병사 중 대비의 사람이 있을지 몰라 공식적인 알현을 요청하지 못하였다는 그, 허물어지듯 프레데릭의 발 앞에 무릎을 꿇고 제일 먼저 꺼낸 말은 해나에 관한 것이었다.

「살려주십시오. 제발 별궁의 여인을 살려주십시오, 전하!」

그는 대비의 명으로 공국에 일을 보러 가는 중이라 하였다. 허나 ‘공국의 일’이란 핑계에 지나지 않을 뿐, 해나를 향한 그의 마음을 알기에 일을 도모하는 동안 궁 밖으로 내보내진 것이라 강조했다. 자세히는 알 수 없으나 불길한 일이 벌어질 것 같으니 제발 그녀를 살라달라고.

해나를 구하고자 하는 그의 마음은 한눈에 보기에도 간절했다. 어떠한 대가도 바라지 않는, 투명한 물처럼 맑고 순수했던 그 눈빛. 어쩌면 얀과 해나는 정말로 가까운 사이였는지 모른다, 당시 프레데릭은 막연히 그런 짐작을 하게 되었다.

"내 앞에 나타난 저의가 무엇이냐?"

"신은 정말 걱정이 되어……."

"그 입 닥치고 사실대로 말해. 의원, 비서관, 병사, 하녀, 그렇게 절박했다면 네가 붙잡고 물을 만한 상대는 얼마든지 널려 있다. 헌데 주제도 모르고 왕인 내 앞에 나타나 그 아이의 건강 상태를 묻고 있다? 이러는 이유가 무엇이냐? 어쭙잖게 공이라도 세운 것 같아 우쭐한 것이냐? 네가 알리지 않았다면 내가 몰랐을 것 같아서?"

"아닙니다. 신이 당도했을 때 이미 환궁 준비를 마치고 계셨다는 거 잘 알고 있습니다."

"하면 내게 따로 할 말이 있는 게로군. 빙빙 돌려가며 말장난으로 개수작 부리면 죽여버릴 것이다. 길게 듣고 싶지 않으니 용건만 간단히 하도록 하여라."

얀은 단단히 작심한 얼굴로 고개를 들었다. 목숨을 잃는 한이 있어도 지옥에서 그녀를 구해내고 말겠다는 정의의 사도 같은 얼굴이었다. 어쩐지 기분 나쁜 말을 듣게 될 것 같아 프레데릭의 심기가 뒤틀렸다.

"그녀가 완쾌되면 부디 왕궁을 떠날 수 있게 허하여주십시오!"

그리고 그 예측은 조금도 어긋남이 없었다.

"청국으로 가고 싶어 했던 사람입니다. 이곳에 매여 있다 허망하게 목숨을 잃기 전에 차라리 이 나라를 떠날 수 있게 배려하여주십시오."

"불허한다."

말이 끝나기가 무섭게 떨어진 대답에 얀은 당황한 얼굴로 왕을 보았다. 지독히도 무감한 저 표정. 죽자고 호소해도 아무것도 통하지 않을 것 같은 답답함이 전해졌다.

"그녀에 대해서 무엇을 알고 계십니까? 어떤 사연이 있고 어떤 아픔이 있는지 전하께서는 헤아리지도 못하실 겁니다. 상처가 많은 사람입니다. 제발, 지금부터라도 편히 살 수 있도록 선처하여주십시오."

"염치도 없는 놈이었군. 어린아이를 머나먼 이곳까지 끌고 왔던 주제에 감히 내 앞에서 그 아이의 상처를 운운하며 보호자 흉내라니."

"오해가 있습니다. 말 못 할 오해가 쌓여 이리 되었지만 소인의 진심을 알게 되면……."

"그만."

더 들을 필요도 없다는 듯 프레데릭은 여지를 주지 않았다.

"네 구질구질한 사연까지 들어주겠다고 한 적은 없다."

"전하!"

"그 아이의 보호자는 나다. 알아서 지키고 보호할 것이니 쓸데없는 참견과 티끌만 한 관심도 삼가도록 하여라. 이것이 벌써 두 번째 경고로군. 세 번이나 아량을 베풀 마음은 없으니 그쯤에서 자중하도록 해. 혹시라도 몰래 그 아이의 주변을 맴돌다 걸리는 날엔 슐레이튼 가의 수장이고 뭐고 관용 없이 처단할 것임을 명심해야 할 것이다."

프레데릭은 곧바로 등을 돌려 걸음을 옮겼고 얀은 몇 마디 더 호소해보려다 입을 닫았다. 겹겹이 옷을 껴입고 있어도 이가 딱딱 부딪칠 정도로 혹한의 날씨였다. 이 추위에 몸이 시뻘겋게 얼어붙고도 태연하게 떨지도 않는 왕이 그의 눈에는 비현실적으로 보여 상대하기가 어려웠다. 신분, 성정, 능력, 체격, 무엇 하나 쉬이 대항하기도 어려운 사내. 어디서부터 어떻게 접근해야 할지 몰라 깊은 시름이 한숨과 뒤섞여 쏟아져 나왔다.

새하얀 바탕에 은박의 넝쿨과 푸른빛 꽃송이가 정교하게 페인팅 된 대비궁의 티웨어는 여느 보석 못지않게 고고하고 기품이 있었다.

대비궁의 응접실. 오랜만에 손자와 마주 앉은 조피는 장인의 유려한 솜씨가 총망라된, 새로이 진상되어 올라온 티웨어에 조금의 관심도 보이지 않았다. 손에 쥐기도 황송할 만큼 우아한 찻잔을 쨍 소리가 나도록 내려놓고 불편한 심기를 여과 없이 분출하기에 바빴다.

"기가 막혀서 원. 어디서 해괴망측한 짓을 저지르고 당당히 병수발을 받고 있단 말입니까. 백작부인이 앓아눕고 내 하녀의 콧대가 부러질 뻔하였습니다. 근본도 알 수 없는 그 미친 계집이 나를 공격한 것과 무에 다르다 할 수 있겠습니까!"

대비의 주장은 간단했다. 왕과 관련해 좋지 못한 소문이 떠돌아 궁 밖으로 거처를 옮겨주려 하였는데 지레 겁을 먹은 해나가 애꿎은 이들에게 해를 입히고 도망을 쳤다는 것이다. 머리에 상처가 난 것 또한 백작부인이 훈계하는 과정에서 스스로 넘어져 다치게 된 것뿐이라고. 한마디로 이번 일은 해나의 과도한 상상력이 빚어낸 우발적인 사고였다는 게 길고 긴 사설의 요지였다.

"그 계집, 정상이 아닙니다. 거처를 옮기라면 옮길 것이지 이런 일까지 벌이며 왕궁에 붙어 있으려는 의도가 무엇이란 말입니까! 출궁을 하겠다, 내 앞에선 큰소리까지 쳐 놓고 미친 짓을 벌여 다시 별궁으로 기어들어가다니요!"

대비는 카랑카랑한 목소리를 앞세워 해나를 피해망상증에 걸린 정신병자로 몰아갔다. 프레데릭이 묵묵히 자신의 말을 듣고 있자 비난의 강도를 더욱 높였다. 손자를 둘러싼 지독한 혼란을, 속에서 감당치 못하고 밖으로 분출되어 나오는 활화산 같은 열기를 그녀는 전혀 눈치 채지 못하고 있었다.

며칠이 지나도 프레데릭의 상태는 변함이 없었다. 죽은

듯이 늘어져 있던 해나가 머릿속에 떠올라 소름이 돋다가, 부드럽게 감겨드는 완숙한 몸의 감촉에 신열이 올랐다. 뒤이어 눈시울을 붉히고 사정하던 얀이 떠오르면 프레데릭은 혼란에 빠졌다.

살아만 준다면 원하는 대로 들어줄 것이다.

정신을 차리지 못하는 해나를 끌어안고 프레데릭은 수도 없이 그런 말을 귓가에 속삭였다. 천운으로 해나는 깨어났고, 기다렸다는 듯 눈앞에 나타난 얀은 평소 그녀가 원했던 것을 정확히 짚어 요구를 해왔다. 보내달라고. 이 지긋지긋한 곳에서 해나가 완전히 벗어날 수 있도록 놓아달라고.

"……프레데릭, 할미의 말을 듣고 계십니까?"

"듣고 있습니다."

조피는 어딘가 얼이 빠진 모습의 손자를 들여다보았다. 별궁으로 들어가 닷새가 되는 새벽이 되어서야 나온 그는 얼굴이 반쪽이 되어 있었다.

저 지경이 될 때까지 그 안에서 무엇을 하였단 말인가.

기분이 극도로 상했다가 콕 집어 말할 수 없는 어떠한 분위기로 슬금슬금 불안해지기 시작했다. 언제나처럼 저의 말을 경청해주고 있는데도 개운치 못한 뒷맛이 시금털털하였다.

"조모님의 마음도 모르고 참담한 일을 벌였으니 그 아이가 일어나면 따끔하게 주의를 주겠습니다. 백작부인에게도 위로의 뜻을 전할 것이니 대비 전하께서도 그만 노여움을 푸십시오."

손자의 적극적인 진화가 과히 나쁘지 않았다. 이왕 이렇게 된 거, 이국인에 대한 강력한 처분을 요구해볼까, 조피가 살살 머리를 굴렸다. 이런저런 생각을 하며 찻잔을 입으로 가져가는데 뒤이어 덧붙인 그의 말에 대비의 손동작은 공중에서 그대로 멈추었다.

"참, 그 아이의 궁 밖 거처는 따로 알아보도록 하겠습니다."

"밖에……, 거처를 직접 마련하시겠다는 뜻입니까?"

"당장은 어렵고 건강이 회복되는 대로 내보내겠습니다. 진즉 그렇게 해야 했는데 신경 쓰게 해드려 송구합니다. 앞으로 그 아이 때문에 조모님께서 마음 쓰실 일은 결코 없을 것입니다. 더 있고 싶지만 밀린 일이 많아 오늘은 이만 물러가보겠습니다."

안면이 일그러진 대비에게 태연히 인사를 올린 프레데릭은 쌩하니 돌아서서 대비궁을 나섰다.

"전하, 정말이십니까?"

"적당한 걸로 하나 골라 백작부인에게 보내도록."

"예. 한데 정말 그녀를 내보내실 겁니까?"

한쪽에 서서 처음부터 대비와의 대화를 듣고 있던 테오가 강아지처럼 뒤를 따르며 조바심을 내었다. 확실하게 듣고 싶었다. 거처를 따로 마련하겠다는 말씀이 정말로 내보내겠다는 것인지, 본격적으로 밀애를 즐기시겠다는 뜻인지. 지난 나흘, 별궁에서 벌어진 참담한 사건을 소상히 알고 있는 그로서는 매우 불안한 상황이 아닐 수 없었다. 차라리 하녀나 귀부인에게 반해 속을 썩이시는 게 훨씬 나을 것 같았다.

"전하!"

"내보낼 때도 되었지."

"그러니까 그 말씀은……."

확답을 요구하는 테오의 재촉에 프레데릭은 무언가 대답을 하려다 입을 닫았다.

테오가 듣고 싶어 하는 답이 무엇인지 잘 알고 있었다. 프레데릭 또한 이다음 말로 오랫동안 끌어온 감정을 정리하고 그녀가 원하는 곳으로 보내주어야 한다 마음먹고 있었다. 해나를 향한 마음이 어린 시절의 순수에서 싹튼 감정이었다면, 성인이 되어 살고 있는 세상은 이성적으로 재고 생각해야 할 현실이었으니까.

반드시 이행해야 할 책임과 의무를 어깨 위에 지고 있는 삶. 프레데릭은 현실을 벗어나 꿈속에 빠져 지낼 생각은 추호도 없었다. 그가 아는 왕궁이란 멀쩡한 사람도 미치광이로 만들고 힘없는 이들이 일방적으로 희생당해야 하는 곳이었다. 이런 곳에서 자칫 감정대로 움직였다간 그 무엇도 이루지 못하고 모두가 일제히 나락으로 떨어지게 될 것이다. 게다가 해나는 정말로 목숨을 잃을 뻔하였다. 결국 자신만 결심하면 모든 게 제자리로 돌아갈 것인데.

'상단에 연락해 청으로 항해할 다음 선박 일정을 잡도록 하라.'

준비했던 이 말이 목에 걸려 차마 밖으로 꺼내지질 않았다. 죽자 사자 붙잡고 있어봤자 해줄 수 있는 약속도, 얻어낼 수 있는 마음도 아무것도 없다는 걸 빤히 알고 있으면서도.

"전하!"

"……."

프레데릭은 끝내 묵묵부답, 입을 열지 않았다.

일단은 출궁까지만. 그 이상은 시간이 필요했다.

1년 중 마지막 달에 접어들며 나라 전체가 축제 분위기에 젖어든 에리카의 12월. 눈부신 불꽃이 밤하늘을 수놓고 도시 곳곳에서 성대한 파티가 펼쳐지는 가운데 왕궁 가장 고적한 별궁에서는 평소와 다름없는 풍경이 이어지고 있었다. 벽난로의 강한 불꽃과 높은 실내 온도, 침대 헤드에 큼지막한 베개를 대고 앉아 피아의 안마를 받고 있는 해나.

대비궁의 하녀들이 양팔을 어찌나 거칠게 당겼는지 멍이 빠지고 손발의 부상이 아무는 중에도 팔과 어깨의 통증은 여전했다. 그나마 머리의 상처가 생각보다 빨리 아물어 안도했지만 찬바람을 쐬는 것은 엄두도 내지 못했다. 침대에서 시작해 침대에서 끝나는 단조로운 일상, 마주하는 사람도 피아, 마파엘, 궁의로 한정되어 가끔은 시간의 흐름에서 별궁만 외따로 떨어져 있는 느낌이었다. 더욱이 오늘은 본궁에서 전해온 소식에 해나는 온종일 입을 다물고 혼자만의 생각에 빠져 있었다.

"해나 님."

차디찬 눈발이 점점 굵어지고 있는 겨울밤, 팔을 조물조물 주무르던 피아는 눈치를 살피며 슬그머니 해나를 불렀다.

"네."

"마파엘이 왜 지금까지 혼인하지 못하고 혼자인지 아십니까?"

별 관심 없이 답을 했던 해나는 뜻밖의 인물이 튀어나오자 고개를 돌려 피아를 보았다.

피아는 장난기 가득한 얼굴로 조금 전까지 이곳에 있었던 마파엘의 은밀한 연애담을 줄줄이 꺼내놓기 시작했다.

"아주 높은 신분의 여인과 사랑에 빠진 적이 있었답니다. 어느 귀족가에 가정교사로 들어갔다가 담당하고 있던 공자님의 이복누이와 마음을 나누게 된 것이지요. 하지만 여인은 집안에서 정해준 곳으로 시집을 갈 수밖에 없었나 봅니다. 친모를 일찍 여의고 새어머니 밑에서 자랐는데 계모가 은근 성깔이 못됐는지 거의 떠밀리듯 간 모양입니다. 어쨌든 마파엘에게는 도면밖에 남지 않은 것이지요."

"도면이요? 혹 저번에 자료로 쓰라고 가져다준 그 도면을 말하는 것입니까?"

뜬금없이 나온 말이었지만 해나는 피아가 하는 말을 곧바로 알아들을 수 있었다. 두 눈을 반짝이며 커다란 관심을 드러냈다.

그때의 도면은 결코 평범한 게 아니었다. 아무리 살펴봐도 벽 너머에 존재하는, 은밀한 장소로 향하는 비밀 통로를 알아보기 쉽게 정리해놓은 것들로 보였다. 비단 통로만이 아니었다. 도면의 여백과 뒷장에는 비밀의 문을 열 수 있는 장식품과 조작법까지 세밀하게 스케치가 되어 있었다.

"그거 보시고 뭐 느끼는 점 없으셨습니까?"

"비밀 통로를 그려놓은 게 맞았군요. 마파엘이 꺼리는 것 같아 묻지 못하였습니다."

"눈치 채고 계실 줄 알았습니다."

피아는 천진하게 웃으며 이야기를 풀어놓았다.

"오래된 성이나 귀족들의 저택에는 가끔 비밀 통로를 만들어놓는 경우가 있다고 합니다. 마파엘이 사랑했던 여인의 저택에도 그런 곳이 있었고, 두 사람은 그곳을 밀회 장소로 사용하였지요. 누구도 비밀 방의 존재를 알지 못하였는데 마파엘이 우연히 발견한 것이라네요. 이후에 길을 헤매지 않고 드나들 수 있도록 복잡한 길을 단순화해 도면으로 남겨놓았답니다. 연인의 침실에서 비밀의 방까지, 또 외부에서부터 비밀의 방까지. 가장 로맨틱한 사실이 뭔지 아십니까?"

"무엇이죠?"

"밀실에 마파엘이 직접 그린 여인의 초상화가 걸려 있다는 것입니다. 떠나보낸 연인을 잊지 못한 그는 요즘도 몰래 그곳으로 숨어들어 그녀의 얼굴을 하염없이 바라보다 돌아오곤 한답니다. 초상화를 태워버리지 않는 이상 마파엘은 미련을 버리지 못하고 평생 독신으로 살다 삶을 마감할 테지요."

"정말인가요?"

"아니, 뭐……, 확인된 건 아니고요."

"피아!"

어이없어하는 해나의 표정에 피아는 한참이나 깔깔거리다 다시 진지한 얼굴을 하였다.

"다른 건 몰라도 마파엘이 진득한 사랑을 했던 건 사실입니다. 그러니까 만약 그와 비슷한 문제로 고민이 되신다면 혼자서 앓지 마시고 스승님께 조언을 구해보십시오."

"그와 비슷한……, 문제요?"

해나는 속마음을 들킨 것 같아 얼굴이 화해지는 것을 느끼며 작게 중얼거렸다.

다행히도 피아는 그 이상 아는 척할 용의는 없는 듯했다.

"그냥 그렇다는 말입니다. 밤이 늦었습니다. 이만 쉬십시오."

피아는 해나를 눕힌 뒤 잠자리를 봐주고 불의 상태까지 꼼꼼히 점검하고는 조용히 방에서 물러갔다.

침묵과 어둠이 내려앉은 실내, 피아와 붙어 있으며 눌러두었던 감정이 하나둘 터져 오르는 시간이었다.

오늘 본궁에서는 궁의의 의견을 수렴해 다음 달 초순, 출궁을 준비하라는 하명이 전달되었다. 그에게서 독립해 홀로 살아가는 삶. 언제나 바라왔던 일이니만큼 뛸 듯이 기뻐하며 미래를 설계해야 하는데 의욕이 일지 않았다. 온종일 힘이 빠지고 가슴이 먹먹하게 저며들었다.

왜 이러는 것일까?

의문의 끝에는 언제나 똑같은 얼굴 하나가 자리하고 있었다.

그날 밤, 용기 내어 그를 끌어안고 까무룩 잠이 들었다 깨어나보니 그는 온데간데없이 사라지고 없었다. 실은 나흘이나 곁에 있었다는 말을 전해 듣고 뒤늦게 부끄러워했다가, 창피해서 죽고도 싶었다가, 어느새 그를 기다리고 있는 자신을 발견했다. 하루가 지나고, 이틀이 지나고, 한 달이 넘어갔다. 끝끝내 그는 나타나지 않았고 오늘은 출궁일까지 통보를 해왔다. 이대로라면 해나는 그의 얼굴 한 번 보지 못하고 작별을 고하게 될 것이다.

다시는 만날 수도 없을 텐데…….

안타까움에 속이 타들어가는 것 같았다.

터벅터벅, 해나는 어둠 속을 걸었다. 가슴을 활활 태우는 불길이 버거워 잠들지 못하고 별궁의 복도를 서성거리고 있었다. 몸은 차게 식는데 가슴을 까맣게 태우고 들어찬 연기가 빠지지 않아 속이 답답하고 눈이 매웠다.

열 살 이후 해나는 천애고아가 되어 벼랑 끝에 매달린 불안정한 삶을 살았다. 그 상태로 시간은 잘도 흘렀고 끄트머리에 서서 용케도 버텨왔구나 스스로를 대견해하였더니 거친 세월 속, 떨어지지 않게 몰래 잡아주는 고마운 손 하나가 있었다.

「나는 왕이다.」

하필이면 왕이라는 그 사람.

「감정이 정리되면 보내줄 것이다. 네가 원하는 곳, 세상 그 어디에라도.」

시작도 하기 전에 끝부터 미리 알려주었던 그 사람.

「오래 걸리지 않을 것이다.」

온갖 미사여구가 부족할 판국에 차게 식어버릴 마음을 여과 없이 예고부터 해주었던 그 사람.

……바로 그 사람을 내가, 좋아하는 것이다.

해나는 어둠 속에서 걸음을 멈췄다. 자연스레 도출된 결론 하나가 길었던 고뇌를 지우고 마음의 안정을 선사해주었다. 가슴속을 가득 메웠던 연기가 사라져 입가에는 허탈

한 미소마저 그려져 있었다. 문제는 '인정'의 여부였던 것인가. 마음을 인정하고 받아들이니 이렇게 속이 편할 수가 없었다.

그의 온기가, 숨겨진 자상함이, 무뚝뚝한 진솔함이 좋았다. 함께할 사람이 아니라는 언질도, 감정을 정리해야 한다는 사실도 그의 신분과 의무를 떠올리면 당연한 말이었다. 역으로 고향의 왕실에 금발 머리칼의 이양인이 나타나 금상과 애정 관계로 얽혔다 가정해본다면, 그 파장은 이루 다 말할 수 없을 만큼 어마어마할 것이고 어떠한 왕도 이양인과의 관계를 당당히 밝힐 수 없을 터였다.

그럼 이제 어떡해야 할까.

머릿속에 질문 하나가 떠오르는데 해나는 생각에 집중하지 못하고 어둠 저 너머 허공을 응시했다. 인기척이 들려왔다. 이 깊은 밤, 모두가 잠들어 있는 시각에 어둠 속을 유연히 걷고 있는 한 사람이 있었다. 묵직한 발걸음이 여인은 아니었다. 마파엘도 아니다.

그렇다면 누구?

"병이 도졌군."

어둠을 가르고 들려온 목소리에 해나는 어깨를 잘게 떨었다. 가까이 다가온 인영의 윤곽, 낮은 목소리, 잊을 수 없는 체취. 익숙하게 다가오는 모든 것들에 눈물이 돌고 목이 메었다.

바로 앞에서 멈춰 선 그는 몸을 구부려 해나의 발부터 살폈다. 실내화를 신고 있는지 손으로 발을 더듬어보더니 맨 다리를 쓸어 몸의 온도를 확인했다. 수도 없이 반복해온 일과 중 하나처럼 건네는 손길이 무척이나 당연하고 자연스럽다.

“오래 나와 있었던 것이냐?”

“…….”

“그동안 내가 왜 몰랐던 거지? 내심 불안하다 하였더니…….”

처음에는 대답하려 입을 벙긋하였다. 그러나 소리를 내기 전 자신에게 던지는 질문이 아님을 깨닫고 해나는 차마 말을 잇지 못했다. 그는 대화를 하면서도 답을 들을 것이란 생각을 전혀 하지 않았다. 대답 잘라먹는 것을 그리 질색하는 사람이 혼자서만 중얼중얼, 이런저런 질문만 해대다 몸을 일으키고 해나의 등과 무릎에 손을 넣어 번쩍 들어 올렸다.

“돌아가자.”

이 상황에서 어떠한 반응을 보여야 할지 몰라 해나는 일단 그가 하는 대로 내버려두었다. ‘소인에게 병이 있었습니까? 잠을 자며 돌아다니기라도 하였던 것입니까?’ 묻고 싶은 말들이 머릿속을 둥둥 떠다녔으나 벽난로의 불이 염염한 침실로 들어서자 저도 모르게 눈을 감고 잠든 척을 하였다.

침대 위로 몸을 누이고 따스한 기운이 감도는 이불을 덮자 그제야 으슬으슬 몸이 얼어붙는 느낌이 들었다. 밖에 너무 오래 있었나 보다, 후회가 드는데 토닥토닥, 어릴 적 어머니가 해주시듯 자상한 손길이 내려앉았다.

코끝이 시큰해지면서 사르르 편안한 잠이 쏟아져 내렸다.

놓치기 싫은 이 손길. 더 무슨 고민이 필요할까.

누군가의 속삭임이 소곤소곤 귓바퀴를 울렸다. 머릿속에서 내일이라는 단어를 지워야 한다고. 그의 감정이 정리되면 어떡해야 하는지, 홀로 남은 이 마음을 어찌 추슬러야 하는지, 내일 당장 무슨 일이 벌어지게 될는지 아무것도 신경 쓰지 말라고. 그저 잠시나마 행복한 시간을 누리다 때가 되면 이곳을 흔적 없이 떠나가면 되는 거라고.

결심을 굳힌 해나가 눈을 떴을 때 그의 손길도 멈추어 있었다. 해나가 깊은 잠이 들었다고 생각한 프레데릭은 손을 거둬들이고 막 몸을 돌리고 있던 차였다. 조금의 망설임도 없었다. 해나는 상체를 일으켜 덥석, 커다란 그의 손을 움켜잡았다.

움찔하여 돌아보는 그가 아연실색하였다. 맞잡은 손을 통해 그의 몸이 급속도로 굳고 있음을 느끼며 해나는 단도직입적으로 말했다.

"함께 지내볼래요?"

"……."

"여기 말고 밖에서."

"……."

"신분이나 생김새, 다른 복잡한 문제들 전부 잊고 당분간만……, 함께 지내요, 우리."

누구로부터 시작된 것인지 모를 강한 떨림이 손을 타고 심장까지 두근두근 강력하게 뒤흔들었다. 꽉 조였다 터질 만큼 팽창하는 심장의 움직임. 격렬한 가슴의 박동을 감당하며 해나는 그의 침묵을 견뎠다. 혹시라도 냉정히 뿌리쳐질까 그의 손을 꽉 움켜잡고서.

"밖에서, 나와 단둘이 지내고 싶다?"

어둠 속에서 그의 목소리가 다시 들려왔을 땐 억겁의 시간이 흐른 것 같았다. 그가 벽난로를 완전히 등지고 서 있어 어떤 표정을 하고 있는지 해나에겐 보이지 않았다. 다만 지독히도 낮은 음색을 통해 그가 얼마나 동요하고 있는지 짐작할 뿐이다. 충격과 당혹감, 그리고 약간의 분노 같은 게 감지되었다.

"그게 무슨 뜻인지 알고나 하는 소리냐?"

"모르지 않습니다."

다그치듯 재차 확인해오는 그의 물음에 해나는 조바심이 일었다. 어렵고 진지하게 꺼낸 말이었는데 철모르고 내뱉은 것으로 치부당하면 어떡하나 걱정이 되었다. 그래서 저도 모르게 힘을 과하게 주었다. 떨리는 마음을 완벽히 숨기고 그런 것 정도는 다 아는 척 허세를 부렸다. 생각보다 입이 먼저 움직였던 것 같다.

어떤 의미인지 당신도 알고 나도 잘 아니까 뜸 들이지 말고 좋은지 싫은지 그것만 얘기해달라고. 감히 칼 프레데릭 앞에서, 보통 때라면 생각지도 못할 객기를 부렸다.

"다시 한 번 말해봐."

"아무것도 모르고 이러는 것 같습니까?"

"……이래도?"

해나의 만용에 그는 냉소를 머금고 눈 깜짝할 새 코앞으로 덮쳐들었다. 무슨 일이 벌어지고 있는지도 모른 채 여린 상체가 뒤로 밀리고 몸 위로 그의 체중이 묵직하게 실렸다. 익숙한 온기와 체취가 다른 형태의 감정을 담아 막무가내로 돌진하였다. 연약한 목덜미가 아프게 물리고 말랑한 가슴 위로 거친 손길이 무자비하게 내려앉았다.

"윽."

얼굴이 단번에 일그러질 정도로 그가 가슴을 거칠게 움켜쥐었다. 욕망보다는 분노가 느껴지는, 작정하고 겁을 주려는 의도가 훤히 보이는 몸짓이었다.

마치 뺨이라도 때려주길 바라는 이 행위에 어떠한 반응을 보여야 하는 것일까. 해나는 어찌해야 할지 몰라 파들파들 떨다가 두 팔을 올려 그의 목을 꽉 끌어안았다. 그러지 않아도 괜찮다고, 이건 나의 선택이라고, 표현할 길 없는 마음을 행동으로 대신했다.

벽난로의 불빛이 약해지고 있는 시각, 두 사람의 가쁜 숨소리가 적막을 채우는 가운데 움직임을 멈춘 프레데릭이 긴장을 풀고 해나의 몸 위로 무너져 내렸다. 오목한 쇄골 사이로 얼굴을 묻고 깊은 자괴감에 길고 긴 한숨을 쏟아내었다.

섬세한 피부를 통해 그의 머리가 지글지글 끓고 있는 듯한 느낌이 들었다. 그가 힘들어한다는 생각에 해나는 미세한 떨림이 멈추지 않는 손을 들어 그의 머리를 가만가만 쓸어주었다. 짧은 머리카락 사이로 손가락을 넣어 부드럽게 어루만지며 속삭이듯 말했다.

"흔들렸다 하지 않으셨습니까."

"……."

"특이한 여인이 좋다고도 하셨습니다."

그가 부담스러워하지 않도록, 그에게 짐이 되지 않도록, 자신이 얼마나 현실을 잘 파악하고 있는지 에둘러 표현했다.

"그러니까 같이 지내봐요, 우리. 특이한 게 평범하게 느껴질 때까지만……."

맞닿은 가슴이 뛰었다. 밀어낼 생각도, 일어날 생각도 없었다. 두 사람은 떨리는 몸과 마음을 오래도록 그 상태로 맞대고 있었다. 어느 순간 그가 매정히 몸을 일으켜 방을 나가버리기 전까지.

쾅, 문 닫히는 소리가 크게 났을 때 비로소 그가 나가버린 것을 실감할 수 있었다. 묵직하게 내리누르던 느낌이 사라지고, 해나는 공허감에 그대로 누워 어둑한 침대의 캐노피를 한참 동안 올려다보았다. 꿈을 꾸었나 싶을 정도로 그가 남긴 자취는 빠르게 식어갔다. 찬바람이 드는 느낌에 몸이 오소소 떨렸다. 그때, 문이 거칠게 열리고 돌아간 줄 알았던 그가 눈앞에 나타났다.

"실수였다고 말해."

해나가 급히 상체를 일으키자 프레데릭은 감정을 억누르며 간결하게 말했다.

"진심이 아니었다, 한마디만 하면 깨끗하게 정리될 것이다."

"함께 지내요, 우리."

"그렇다면."

해나는 일관된 마음을 보였고, 그는 두 번 묻지 않았다. 망설임 없이 다가와 해나의 두 뺨을 감싸고 허리를 굽혀 단번에 입술을 포갰다. 말캉한 입술을 부드럽게 훑고는 호흡을 가르며 거침없이 안으로 파고들었다. 두 사람의 숨이 하나로 얽히고 폭발할 것 같은 뜨거움이 차올라 해나의 정신이 아득히 멀어졌다.

호흡하기도 버거울 만큼 그는 끝도 없이 강하게 숨결을 밀어 넣다가 언제인지도 모르게 입술을 떼고 몸을 바로 하였다.

"기다리라."

미처 채우지 못한 갈망과 저변에 깔려 있는 죄책감. 어두운 밤, 해나는 그의 마지막 말에서 두 개의 상반된 감정을 똑똑히 읽을 수 있었다.

에리카에서 북서 방향으로 끝자락, 라인트 제국과 맞닿아 있는 베르덴의 국경 지대에는 소규모의 산악 보병 부대가 자리하고 있다. 높고 험준한 산세와 겹겹이 둘러싸인 산맥, 1년에 일곱 달 이상 혹한에 묻혀 지내야 하는 그악한 자연 환경. 이곳은 베르덴의 수많은 부대 중 오지로 꼽히는 곳이었고, 치열한 접전 지역이 아니었기에 존재감마저도 미미한 곳이었다.

이 조용했던 부대가 사람들의 입에 오르내리며 대대적으로 이목을 끌기 시작한 건 수개월 전 세 명의 청년이 등장하면서부터다. 한미한 가문의 차남도, 일반 귀족가의 많고 많은 서자 중 하나도 아닌 가문의 대를 승계할 최고 명문가의 장손, 그리고 유력한 가문의 장남들. 탄탄대로를 보장받은 청년들이 한꺼번에 셋이나 입대해 오지의 부대로 떨어졌으니 사람들의 관심이 쏟아지는 건 당연한 일이었다.

청년들의 가문에서 사적으로 보내온 지원품으로 부대는 들썩였고 순진한 병사들은 괜한 헛바람이 들어 그들의 주변을 기웃댔다. 하지만 그들의 출현이 달갑지 않은 이도 분명 존재하고 있었으니, 대표적인 이가 바로 부대를 책임지고 있는 대대장이었다. 남작가의 차남으로 태어나 일찍이 군에 몸담아온 그로서는 세도가의 버릇없는 공자들을 떠맡게 된 상황이 여간 귀찮은 게 아니었다.

하물며 전하께서 계시는 궁에서도 사고를 쳤던 놈들인데 이곳에서는 또 얼마나 가관일까, 염려가 되고 성가시기도 하였다. 다행히 왕실에서도 주목하고 있기에 생각보다 숨을 죽이고 있지만, 과연 저 가식적인 겉모습이 얼마나 갈는지. 벌써 수개월이 지나고 있음에도 그들이 시야에 들어오면 대대장은 신경을 곤두세울 수밖에 없었다.

"저들의 단속은 잘되어가고 있는가? 수상한 기미는 안 보이고?"

"……예."

석연찮은 중대장의 대답에 대대장은 알 만하다는 얼굴이었다. 연식에 비해 까마득히 높은 계급장을 달고 있는 저들. 비록 중대장이 한 계급 위라 하나 누가 감히 저들을 함부로 대할 수 있을까. 아마 저들의 개인 숙소를 단속하는 일은 꿈도 꾸지 못하고 있을 것이다.

이곳은 산지가 험악해 규모 있는 병력을 끌고 국경을 넘어오기도, 또한 쳐들어가기도 어려운 곳이었다. 그런데도 부대가 있는 건 지난 전쟁 때 라인트 제국에서 소수의 정예 요원을 보내 이곳을 뚫으려던 시도를 했었기 때문이었다. 결과적으로 실패하고 말았지만, 위에서는 혹시 모를 사태에 대비해 적당한 규모의 대대를 파견하기로 결정했다.

즉 이곳은 전쟁보다는 경계를 위한 수동적인 성격이 강한 부대라는 말이었다. 때문에 다른 부대보다 기강이 해이해져 있는 것은 사실, 이참에 친히 단속에 나서볼까, 대대장은 잠시 고민을 하다가 곧바로 생각을 접었다. 힘 있는 망나니들과 피곤하게 신경전을 벌이느니 제대로 된 병사들을 단속하는 게 훨씬 효율적일 것이다.

저들은 복종하는 척 흉내를 내고, 자신은 겉으로나마 그들을 믿고 있는 척 속아주는 지금의 평화를 유지하고 싶었다. 개인 숙소에서 저들이 어떠한 짓을 벌이고 있는지 차라리 모르는 게 나을 수도 있었다.

"그러니까 여태까지 통행증을 훔쳐다 그놈들에게 바치고 당하초를 받아온 거잖아. 어디서 발뺌이야, 발뺌이! 우리가 아무것도 모르고 이러는 것 같아?"

"아닙니다. 절대로, 절대로 그런 적은 없었습니다!"

깊은 밤, 하루가 마무리되어 병사들이 자유의 시간을 누리고 있을 때쯤 니클라스와 그 친우들은 개인 숙소에 모여 또 다른 하루를 시작했다.

반입이 금지된 값비싼 술과 눈앞의 현실을 잊고 그들을 환상 속으로 안내해줄 당하초, 일반 병사들은 상상도 할 수 없는 기호품을 마음껏 마시고 피우며 반역에 해당하는 말들을 거침없이 내질렀다. 칼 프레데릭에 대한 모략과 험담, 청국 계집과 연관 지은 갖가지 음담패설이 주요 내용이었다.

똑같은 일상이 지겨워질 때면 그들은 만만한 병사들을 하나씩 불러다 인격적인 모독을 가하며 낄낄거렸다. 그들이 주로 불러들이는 상대는 평민 출신에 왜소한 체구의 병사들. 순전히 오락을 목적으로 잡아오는 경우도 있었고, 가끔은 오늘처럼 특별한 목적을 가지고 작심하여 불러들이는 경우도 있었다. 동경의 대상에서 어느덧 암암리에 피해야 할 인물들로 자리 잡은 세 사람. 그들 앞에 선 취사병 모리츠는 작은 체구를 옹송그리며 두려움을 드러냈다.

"이게 어디서 뻔뻔스럽게 거짓말을……. 이제 보니 이거 완전 나라 팔아먹을 놈이네."

"단교한 나라의 군인과 거래를 트고 동료들을 상대로 당하초를 유통한다고 할 때부터 내 알아봤지. 이럴 게 아니라 이 자식, 대대장님께 보고해서 군사 재판에 넘겨야 하는 거 아니야? 매국의 죄를 범했으니 교수대에 세워야지."

의자에 앉아 빤히 쳐다보기만 하는 공작가의 장손과 능글거리며 목을 죄어오는 귀족가의 영식들. 고위 장교들의 입에서 위협적인 말들이 쏟아질 때마다 모리츠는 새빨개진 얼굴로 고개를 수그리며 벌벌 떨었다.

라인트 제국이 원산지인 당하초. 본래 진통제의 원료로 쓰이는 그것은 인도에서 재배되는 아편과 비슷한 효과가 난다 하여 일부 군인들 사이에서 은밀히 거래되고 있었다. 고된 훈련을 마친 뒤 한 대씩 말아 피우고 잠이 들면 다음 날 개운함을 느낄 수 있다는 게 이유였다. 문제는 은밀한 거래처가 산 아래에 위치한 주점의 주인이라는 것. 외출이 제한된 병사들에게 마을은 굉장히 먼 거리였고, 한꺼번에 많은 양을 사다놓기에는 여윳돈이 부족했다.

취사병의 막내로 들어와 손등이 터져라 설거지만 해왔던 모리츠는 그 점에 착안해 한 가지 꾀를 내었다. 음식 재료를 조달하기 위해 마을로 자주 내려가는 자신이 당하초를 사 와 약간의 웃돈을 받고 병사들에게 되팔면 어떨까 하는. 시도는 성공적이었다. 웃돈을 심부름값 정도로만 책정해놓았기에 병사들은 필요에 따라 조금씩 그에게서 구입하기 시작했다.

이제는 당하초가 필요할 때면 병사들이 으레 그를 찾고 있지만 어디까지나 그건 일종의 상생 같은 것이었다. 전문적인 '유통'이라는 저들의 말은 분명 어폐가 있었다.

"정말입니다. 저는 산 밑에 있는 주점에서 당하초를 사 왔을 뿐 라인트 제국의 군인은 알지도 못합니다. 본 적도 없습니다. 의심이 되면 한번 알아보십시오. 부대 내에서 통행증이 사라진 적은 한 번도 없었습니다."

"시끄러워! 무턱대고 아니라고 하면 우리가 믿어줘야 하는 거야? 다 필요 없고, 재판대에 서고 싶지 않으면 네가 갖고 있는 당하초 전부 가져와. 불법을 저지르고도 무사히 넘어가고 싶으면 자진 신고라도 성실히 이행해야지."

"예? 하, 하지만……."

모리츠는 눈앞이 캄캄해지는 것 같았다.

결국 원하는 게 그것이었단 말인가.

처음에는 거물급 고객을 잡았다며 좋아했던 모리츠는 곧 잘못 엮이고 말았음을 깨달았다. 지체 높은 가문의 자제들이라더니 힘들 때에만 한 번씩 사러 오는 여타 병사들과는 그 차원이 달랐다. 내놓는 돈도, 요구하는 양도 갈수록 늘어나 그로서는 감당도 되지 않았다.

저들 역시 성에 차지 않았는지 숫제 제공처를 알려달라 요구했고, 모리츠는 잘됐다 싶어 산 아래 주점을 가르쳐주었다. 한 달 후 그 정도에 만족하지 못한 저들이 주점 주인마저 협박해 라인트 제국의 군인들과 직접 거래를 텄다는 소식이 들려왔다. 그런데 한참이 지난 오늘, 난데없이 통행증을 들먹이며 갖고 있는 당하초를 전부 가져오라니. 모리츠는 이제야 야밤에 불려와 구석으로 몰리고 있는 이유를 알 것 같았다.

라인트 제국의 군인들이 통행증을 요구하는 바람에 거래가 틀어졌고, 당하초를 얻지 못한 저들은 자신에게서 그것을 빼앗아 가려는 것이다. 무슨 일이 있었는지 자세히 알 수는 없으나 현재 주점의 주인도 거래를 이어오던 라인트의 군인과 연락이 끊긴 상태, 그나마 모리츠가 갖고 있는 건 값이 미리 지불된 것이었기에 어떠하든 물건을 사수해야만 했다.

“하지만? 하지만 뭐?”

"제가 갖고 있는 건 소량이고 이미 다른 병사들에게서 돈도 받아놓은 터라……."

"이게 진짜!"

더듬더듬 상황을 설명하던 모리츠는 갑자기 날아온 딱딱한 뭉치에 코를 정통으로 얻어맞았다. 얼마나 세게 맞았는지 코피가 주르륵 흘렀다. 두 손으로 코를 움켜잡고 비틀대는데 지금껏 가만히 앉아만 있던 니클라스가 자리를 박차고 일어나 발로 그의 배를 냅다 차버렸다. 내장이 터질 것 같은 고통에 바닥으로 쓰러진 모리츠는 비명도 지르지 못하고 컥컥거렸다.

"가져오라면 가져올 것이지 무슨 말이 그렇게 많아! 네 놈의 목숨은 서너 개라도 되는 것이냐? 여기서 당장 네 알량한 목을 따고 대대장님께 간단히 보고만 할 수도 있다."

충혈된 눈과 나른하게 늘어지는 말소리. 당하초를 대량으로 피웠는지 니클라스는 흡사 유령과도 같았다.

"취사병 한 놈이 라인트 제국의 군인에게 기밀을 팔고 당하초를 밀매해 들여왔습니다. 증거품을 수집하는 과정에서 범인이 소총을 겨누며 반발했고, 목숨에 위협을 느낀 본 중위는 소지하고 있던 단검을 던져 제압할 수밖에 없었습니다."

"주, 중위님……."

"왜? 변명이 너무 구차해? 그래도 괜찮아. 어차피 중요한 건 개연성이 아니라 관련된 사람이 나라는 거니까. 설사 의혹이 불거진다 하여도 네 죽음은 그냥 사고사로 처리가 될 거고, 아무도 네 죽음 따위에 관심 갖지 않을 거다. 그러니까 선택만 해. 여기서 죽을래, 아니면 숨겨놓은 거 모조리 내놓고 목숨이라도 건질래?"

모리츠는 암담함에 뜨거운 눈물이 쏟아져 내렸다. 고향에 있는 동생들에게 조금이라도 더 돈을 보내기 위해 시작한 일이었는데……. 자신이 여기서 죽으면 이제 열다섯밖에 되지 않은 누이가 가장이 되어 어린 동생들을 돌봐야 한다.

모리츠는 몇 번의 헛발질 끝에 배를 움켜잡고 자리에서 간신히 몸을 일으켰다. 통증으로 허리를 펴지도 못하고 사지를 벌벌 떨며 힘겹게 입을 열었다.

"다, 다녀오겠습니다."

선택이랄 것도 없었다. 네 명의 동생이 성장할 때까지 그는 무조건 살아야 했다.

갑작스러운 부름을 받고 처음으로 들어와보는 대비의 응접실은 그야말로 으리으리하였다. 에나멜로 칠한 황금빛의 덩굴 조각이 일정한 패턴으로 사면에 뻗어 있는 랑브리. 그 사이는 향기가 날 것 같은 꽃문양의 직물 벽지와 최고급의 양모 태피스트리로 채워져 있다. 바로크식 여름 정원과 신들의 장미 축제를 수놓은 태피스트리는 보온성뿐 아니라 시각적인 효과 또한 일품이었다.

"그 무엇도 쓸모가 없다는 건 왕궁 밖에 모든 것이 준비되어 있다는 뜻이었다."

휘황찬란한 그곳에서 대비와 단둘이 마주 앉은 해나는 초라한 죄인이었다. 대비는 왕명 불복종과 귀족 상해죄에 관한 무시무시한 국법을 들먹거렸고 뜻을 이루지 못한 분노를 책망으로 쏟아내었다. 해나는 대비의 말을 듣고, 또 흘리며 시간이 지나기를 묵묵히 견디고 있었다. 합리적으로 따지자면 이보다 더 억울할 순 없을 것이다. 허나 사리를 밝혀 옳고 그름을 따지는 건 말도 안 되는 일이었다. 대비는 언제나 옳았다. 대비, 그 고귀한 이름 하나만으로.

"내일 요양을 간 백작부인이 돌아올 것이다. 모레 아침, 처소로 찾아가 무릎 꿇고 용서를 빌도록 하여라. 백작부인이 너를 용서하면 이번 일은 없었던 것으로 해주지. 만약 용서를 받아내지 못한다면 너는 법적 책임을 달게 받아야 할 것이다. 또한, 네가 얼굴을 망쳐놓은 내 하녀는……."

길게 이어지던 부당한 비난과 요구가 급작스레 끊기고 실내에 침묵이 찾아들었다. 한참을 듣고 있던 해나는 이상한 기운에 고개를 들어 대비를 살폈다. 그녀는 해나를 빤히 응시하고 있었다. 정확히는 해나의 새하얀 목덜미를 노골적인 경멸과 불쾌감을 담아 주시하고 있었다.

해나는 얼굴이 화끈대고 목덜미가 불에 덴 듯 따끔거리는 느낌이었다. 철저히 가리고 왔는데 이동하여 착석하는 과정에서 불긋한 자국의 끄트머리가 드러난 듯하였다. 고개가 더욱 아래로 꺾였다.

목덜미의 자국은 그날 밤의 흔적이었다. 이렇게까지 뻔뻔한 사람이었나, 스스로가 놀랄 정도로 용기를 내었던 그 밤. 그러니까 벌써 사흘 전의 일이었다. 기다리란 말을 끝으로 돌아선 그가 지금까지 소식 한 줄 전해 오지 않고 있는 것이.

생각이 정리되는 대로 연락을 주시겠지, 차분하게 기다리는 중이었는데 엉뚱하게 대비궁으로 불려와 들켜버리고 말았으니.

대비의 눈총은 당장에라도 목덜미를 찢어버릴 듯 사납

고 거칠었다. 안 그래도 죽이고 싶어 안달이 나 있는 사람, 대비에게서 느껴지는 살의는 진심일 것이다.

평정을 잃고 흔들렸던 해나는 다시 시선 둘 곳을 찾아 눈동자를 움직였다. 상대를 무시한다는 불쾌감을 주지 않도록 눈을 내리뜨고 아래쪽 어딘가를 시선으로 배회하는데 한눈에 들어오는 물건이 있었다. 소파 옆에 붙어 있는 협탁 위, 흑색의 사각 보석함 하나가 눈에 들어온 것이다. 덩굴장미를 골드로 형상화해 마감한 모서리와 뚜껑과 사면이 카메오로 조각된 아리따운 여인의 초상. 분명 처음 보는 물건인데 낯설지가 않았다.

어디서 봤더라?

기억을 더듬으며 미간을 살짝 찌푸리는데 대비의 차가운 목소리가 해나의 신경을 분산시켰다.

"다음 달에 별궁을 나간다고?"

"예."

"거처를 옮기면 커다란 거울을 선물로 보내 주마."

"……."

"매일 아침 눈을 뜨면 머리부터 발끝까지 우리와 얼마나 다르게 생긴 존재인지 거울 속 네 모습을 들여다보도록 하여라. 어디를 어떻게 보아도 우리와는 전혀 다른 인종, 곡예단의 광대라면 또 모를까 귀족들은 물론이요, 백성들이라고 너를 온전히 받아들일 수 있을 것 같으냐? 아무리 발버둥을 쳐도 너는 이 나라에 섞일 수 없는 사람이니

라. ……그래, 어찌 보면 왕궁에서 끼고 있는 것보다 은밀한 곳에 숨겨두었다 조용히 정리하는 게 나을 수도 있을 테지. 허나 그것 또한 당분간만이어야 한다."

빈정거리던 대비의 어조는 금세 위협적으로 일변하였다.

"전하께서는 곧 레이튼 가의 공녀와 혼인하게 되신다. 만약 우직한 성정의 프레데릭을 흔들어 국혼을 막거나 인종도 구분할 수 없는 사생아라도 갖는다면! ……명심하거라. 전하의 국혼 후 한 달, 거기까지가 봐줄 수 있는 한계이니 때가 되면 깨끗한 몸으로 이 나라를 떠나야 할 것이다!"

갈수록 화가 치미는지 대비는 뚫어져라 목덜미를 응시하며 더욱더 격분했다. 한바탕 경고를 하였음에도 다시 처음으로 돌아가 해나의 외모와 출신을 들먹이며 얼마나 하잘것없는 존재인지 각인시키려 하였다.

아무리 인이 박였다 해도 인격적인 모독을 당하는 건 매번 힘겨운 일이었다. 가슴이 턱 막히는 것 같아 해나는 대비의 말을 한 귀로 흘리고 눈동자만 움직여 응접실을 크게 둘러보았다. 실내를 사선으로 쭉 훑는데 지금까지 있는지도 몰랐던 초상화 한 점이 눈에 들어왔다. 젊고, 아름답고, 매우 낯이 익은 어느 왕실 여인의 프로필. 매혹적인 여인의 옆모습은 조금 전 보았던, 흑색의 보석함에 카메오로 조각된 여인의 초상과 완벽히 일치했다.

새로운 깨달음은 수면 깊이 잠겨 있던 또 다른 물건을 떠올리게 하였고, 해나는 과거 속에서 핑크빛 보석함 하나를 기억해내었다. 어린 시절 처음으로 본궁 서재로 불려가 선왕을 기다리며 한참 동안 들여다보았던 작은 보석함. 크기와 색상만 다를 뿐이지 모양과 마감, 겉면에 양각된 여인의 프로필은 흑색의 보석함과 완벽히 일치했다. 당시 여인의 초상이 낯익어 그림책에서 보았던 여신 중 하나가 아닐까 한참을 바라보았던 기억까지 또렷했다.

"어디에 한눈을 팔고 있는 것이냐!"

불현듯 떠오른 기억에 잠시 조심성을 잃었던 해나는 예리하게 꽂혀드는 질책에 다시 대비에게로 주의를 돌렸다. 세월의 흔적이 곱게 자리 잡고 눈매가 날카로워졌으나 젊은 날에는 상당히 아름다웠을 외모. 여인의 프로필 초상이 대비의 젊었을 적 모습이었음을 인지한 해나는 고개를 숙이고 사죄를 올렸다.

"송구하옵니다. 대비 전하의 함을 보니 잠시 옛일이 떠올라 결례를 저지르고 말았습니다."

"왜, 네가 저 함을 어디서 본 적이라도 있는 것이냐?"

네까짓 게 저걸 어디서 보았다고…….

대비의 물음에는 가증스럽다는 빛이 선명히 드러나 보였다. 해나가 다른 생각을 하다가 들키자 거짓을 아뢰는 것으로 취급하고 있었다. 그래서 해나는 함에 관해 조금 더 소상히 언급하며 용서를 빌었다.

"소인이 본 것은 흑색이 아닌 분홍빛이었으나 선왕 전하의 서재에서 분명 같은 모양의 것을 본 적이 있습니다. 용서하십시오."

"그게 무슨……."

비꼬듯 질문을 던졌던 대비는 해나의 대답에 말을 잇지 못했다. 표를 내지 않으려 애를 쓰고 있지만 엄청난 충격을 받은 모습이었다.

뜻밖의 상황에 해나는 불안한 눈길로 그녀를 주시했다.

"어디가 불편하신 겁니까?"

"다시 한 번……, 말해보아라."

"예?"

"조금 전 네가 무어라 한 것인지 다시 말해보란 말이다!"

대수롭지 않게 던진 한마디 말에 대비는 쓰러질 듯 얼굴이 창백하게 질려가고 있었다.

대비궁을 나서는 해나의 얼굴에 의아함이 서렸다. 덕분에 생각보다 일찍 풀려난 건 다행이지만 대비가 무슨 일로 그리 흥분했던 것인지 감이 잡히지 않았다.

"모든 죄를 해나 님께 떠넘긴 것도 모자라 굳이 끌고 와 이리도 길게 붙잡고 계시다니요. 대비 전하께서도 정말 너무하십니다!"

"쉬잇. 아직 대비궁을 벗어난 게 아닙니다."

울화를 터트리는 피아의 불평이 대비궁의 복도를 제법 크게 울렸다. 화들짝 놀란 해나가 급히 주위를 둘러보는데 저 앞으로 작은 무리의 사람들이 바쁘게 걸어오고 있었다. 무슨 일인가 싶어 유심히 살피니 경황없이 걷고 있는 사람은 칼 프레데릭, 그 뒤를 테오와 시종장이 당황스러운 얼굴로 따르고 있다.

사흘 만의 재회였지만 환한 곳에서 맑은 정신으로 마주하는 건 시찰을 나가기 전 그에게 문안을 갔을 때가 마지막. 꽤 오랜만에 마주하는 느낌에, 그날 밤 가버린 줄 알았던 그가 다시 돌아와 정신없이 입맞춤을 퍼부었던 때의 일이 떠올라 해나의 심장이 두근거렸다.

친절하고 부드러운 입맞춤은 아니었다. 하지만 생애 처음이었기에, 혼란과 격정이 어지럽게 뒤엉켜 폭발할 듯 감정이 고조된 순간이었기에, 그때의 떨림은 길고도 강렬한 여운이 되어 아직도 가슴속을 맴돌고 있었다.

무턱대고 앞으로 걷기만 하던 프레데릭은 해나를 발견하고 멈칫하였다. 걱정스러움과 초조함이 복합되어 있던 표정은 해나와 눈이 마주치자 안도로, 그런 다음 조용한 분노로 바뀌었다.

나에게로 오던 중이었던가.

해나가 직감하는 순간 그가 다시 걸음을 떼었다. 한달음에 달려와 해나의 양팔을 움켜쥐고 노여움을 담아 다그쳤다.

"이게 뭐하는 짓이야. 별궁에서 꼼짝 말고 기다리라고 했잖아!"

안 그래도 상태가 좋지 못한 팔에 그의 악력이 더해지자 해나에게서 신음 같은 소리가 터져 나왔다.

아픔을 이기지 못하고 새어 나온 소리에 프레데릭은 곧장 손을 놔버리고 솟구치는 감정을 최대한 억누르려 애썼다. 해나의 시선을 피한 그는 피아에게로 서늘한 눈길을 돌렸다.

"넌 내 말을 어디로 들은 것이냐. 대비께서 호출하시면 부름에 응하지 말고 나에게 전갈을 보내라, 분명 그리 당부를 하였거늘!"

"고정하십시오. 그럴 새가 없었습니다. 마파엘은 출타 중이었고 피아는 저와 함께 대비궁의 시녀와 움직여야 했습니다."

피아에게 불똥이 튈까 해나가 얼른 진화에 나서자 프레데릭은 새삼스러운 눈으로 돌아보았다. 평소, 대신 얘기해줄 사람이 있을 땐 입을 딱 붙이고 시선을 내리깔았던 아이. 자신과 길게 말을 섞느니 차라리 혼이 나고 빨리 사라지기를 택했던 그녀가 지금 그에게 설명이라는 것을 하고 있었다. 뜻밖의 상황에서 감지된 해나의 변화는.

「함께 지내요, 우리.」

내내 잠 못 들게 하였던 그 밤의 제안이 꿈이 아닌 현실임을 다시 한 번 실감케 하였다. 깊었던 입맞춤도, 정신 차리라고 거칠게 달려든 자신을 부드럽게 안아주던 그 손길도.

프레데릭의 가슴에 뜨거운 설렘이 일었다. 심각한 이때에 뜬금없는 감정이었지만 자신에게로 향하는 해나의 변화를 조금 더 자세히 알아보고 싶었다.

"전하."

거듭 들려오는 해나의 애원에 프레데릭은 그 이상 입을 열지 못했다. 이번 일이 누구의 잘못도 아니라는 것을 알고 있었다. 고집불통 대비께서 높은 신분의 시녀를 보내 불러들이는데 명을 받들지 않는다면 그것이 도리어 이상한 일이었다. 여기서 만약 누군가의 책임을 물어야 한다면 그건 다른 누구도 아닌 자기 자신일 것이다. 이런 일이 벌어질 걸 뻔히 알면서 사전에 조치를 취하지 못한 자기 자신. 괜한 사람을 잡았다는 미안함에 프레데릭은 입안에 쓴맛이 일었다.

"무슨 말씀을 하시더냐?"

"내일 백작부인이 왕궁으로 돌아오면 처소로 찾아뵈라 하셨습니다."

"왜? 찾아가 용서라도 빌라 하시더냐?"

"……."

"……외출 준비해."

한층 누그러져 있던 프레데릭은 해나의 말에 다시 발끈하더니 곧 힘을 빼고 무뚝뚝하게 명했다.

해나는 외출이라는 말에 멈칫하였다. '외출'이란 단어가 그녀에게 해당 사항이 없어진 건 이미 오래전의 일이었다. 정식으로 외출을 나갔던 게 언제였더라. 아마도 어린 시절, 어머니와 함께 외가댁에 갔던 게 마지막이었을 것이다.

해나가 기억하는 외출이란 수릿날에 내리쬐는 봄볕, 푸른 달에 불어오는 춘풍, 흐드러지게 흩날리는 꽃보라, 따스한 봄날의 기분 좋은 일탈이었다.

그도 같이 가는 것일까?

여린 가슴속, 따스한 봄바람이 불어오고 있었다.

하늘을 덮고 있는 회색 구름은 금방이라도 도시 위로 내려앉을 듯 가깝고 무거웠다. 거센 추위로 평소보다 인적이 적은 에리카의 도심 한가운데, 짙은 청색의 마차 한 대가 매끄럽게 큰길을 가로지르고 있다. 보통의 것보다 고급스러웠으나 특별히 주의를 끌지 않는, 귀족들이 이용할 수 있을 만한 그런 수준의 마차였다. 특이한 것이 하나 있다면 앞뒤로 두 대의 다른 마차가 마치 호위라도 하듯 일정한 간격을 두고 함께 움직인다는 점이었다.

밍크로 트리밍을 한 네이비색 재킷 코트에 깃털로 장식된 모자 차림의 해나. 창 밖으로 시선을 두고 있는 그녀는 단정하고도 우아한 차림 아래 긴장으로 떨림 가득한 얼굴을 하고 있었다. 그토록 보고 싶어 했던 에리카의 거리, 그 중심을 달리고 있는데도 시선이 흔들려 초점을 맞추기가 힘들 지경이었다.

저렇게 뚫어지게 바라보고 있으면 나는 어떡해야 하는 것인지…….

문제는 옆자리에 비스듬히 기대고 앉아 해나에게서 한시도 눈을 떼지 않고 있는 칼 프레데릭. 머리카락 한 올까지 전부 세어버릴 기세로 집요하게 따라붙는 저 눈길에 해나의 시야가 혼미하게 기울었다. 그의 시선이 닿아 있는 얼굴이, 목덜미가, 손등이 불에 지진 듯 따끔거려 정신을 차릴 수가 없었다. 시간이 영원히 멈춘 것 같았다.

귀족들의 거주 지역에서 다른 길로 빠진 마차는 드디어 어느 사유지로 접어들었다. 높고 길게 이어지는 담을 따라 쉬지 않고 달리다 육중한 철문이 보이는 곳에서 마차를 멈췄다. 내부를 철저하게 가리고 있는 철문이 활짝 열리고 저 앞으로 멋스러운 2층 규모의 저택이 한눈에 들어왔다.

"별궁보다는 크지만 아담한 규모라 할 수 있다. 정원이 잘 가꿔져 거닐기에도 좋을 것이다."

어디를 가는지 전혀 알지 못했던 해나는 놀라움이 가득한 눈으로 그를 쳐다보았다.

프레데릭은 별일 아니라는 듯 시선을 밖으로 돌려 집에 관한 이런저런 설명을 담담하게 이었다. 웃풍이 없는데다 벽난로가 많아 따뜻할 것이고 세 명의 하녀와 은퇴한 왕궁 요리사, 별궁의 정원사가 집안일을 담당할 거라고. 이곳에서 너는 피아와 함께 마음 편히 지내면 되는 거라고.

마차가 정원을 가로질러 저택 앞에 멈춰 서자 그는 다시 해나를 돌아보며 담백하게 말했다.

"들어가."

밖으로 나들이를 나갔다 데려다주는 사람처럼, 너희 집에 다 왔으니 이제 들어가라는 얼굴로 그는 해나를 보았다.

"그러니까 여기는, 앞으로 제가 살게 될 곳입니까?"

"이대로 들어가 지금부터 살면 되는 것이다. 잠깐 외출 나갔다 집으로 돌아온 거라고 생각해."

"전하."

"왕궁의 일은 잊도록 하여라. 백작부인을 따로 찾아갈 필요도 없다. 앞으로는 그 누구도, 네게 오라 가라 할 사람은 없을 것이다."

밖에서 피아의 들뜬 소리가 들려왔다. 따로 얘기를 들었는지 얼떨떨해하면서도 신이 난 목소리였다. 별궁에 사람이 나타날 때마다 대비께서 보낸 이가 아닐까, 그동안 얼마나 신경을 곤두세워야 했는지. 완전히 독립된 공간에서 마음 편히 살 수 있다는 생각에 피아는 속이 시원한 모양이었다.

다른 때 같으면 벌써 돌아보고도 남았겠지만, 지금의 해나는 눈에서 그를 놓을 수 없었다. 그날 밤 격정에 휩싸인 뜨거운 입맞춤을 나누었으면서도, 기다리라는 말을 두 귀로 듣고 명확히 기억하고 있으면서도 확신이 서지 않았다. 지금 이것이 그들 관계의 끝인지, 시작인지.

"같이 안 들어가 보십니까?"

"먼저 와서 살펴보았다."

"그래도 여기까지 오셨는데."

"나중에. 네가 익숙해지면……."

과감하게 의사를 표현할 땐 언제고 혼자서만 들어가라는 의미가 무엇이냐, 묻지도 못하는 해나에게 그가 말했다. 같이 지내보자고. 이대로도 괜찮다면, 네가 이 집에 익숙해질 때쯤. 그때부터 우리,

"여기서 함께 지내자."

여린 손이 어느새 커다란 손안에 부드럽게 잡혔다. 그의 고개가 천천히 아래로 향하고, 해나의 손등 위로 솜털 같은 온기가 내려앉았다. 그가 불어넣은 온기는 혈관을 타고 전신으로 뻗어 나가 해나의 가슴에 꺼져가던 봄바람을 다시 불게 하였다.

시린 한겨울, 두 사람의 심장에 싱그러운 연둣빛 새순이 봉긋봉긋 움터 올랐다.

솔직히 같이 들어가 저녁이라도 함께해야 할까, 한참을 고민하다 혼자서 머쓱해하였다. 전쟁 문제도 아니고 들어가서 식사를 같이 할까 말까, 자신이 고작 그런 문제로 심도 깊은 고민을 한다는 게 어이가 없었다. 하지만 해나와 관련된 문제라면 하나부터 열까지 무척 조심스럽기만 하였다.

참고 참다 집착이라는 사내의 이기적인 광기가 폭발하여 그녀에게 상처 주지 않기를. 해나와의 거리를 아슬아슬하게 유지하며 프레데릭은 자신이 선을 넘지 않을까 항상 스스로를 단속해왔다. 그녀가 먼저 다가오면 어떡하나, 그런 미친 생각 따위는 결코 해본 적이 없었다. 해나는 미워하고 자신은 미움을 받는 게 이번 생의 천명이라고만 여겼다.

상상도 할 수 없는 일이 벌어졌고 그는 분노하였다. 그리고 궁금해했다. 나는 왜, 내 미래조차 알 수 없어 기적적으로 다가오는 너의 손을 선뜻 잡을 수 없는 것인지. 너는 왜, 그렇게나 괴롭힘을 당했으면서 대책 없이 갑갑한 나란 놈을 돌아보게 되었던 것인지.

행복하면서도 지옥 같았던 지난 사흘, 무엇도 손에 잡지 못하고 미친 듯이 생각에만 몰두하여 얻은 결론은 아무것도 없었다. 아무리 고민해도 도출되지 않는 해답. 그것이 그와 해나의 관계를 설명하는 가장 적합한 말이었다. 그렇다면 이런 고민이 무슨 소용 있을까. 프레데릭은 쉽게 가기로 하였다.

묻지도, 궁금해하지도 말자. 내가 너를 바라보듯 네가 나를 보기 시작했다면 너와 나, 지금 이렇게 서로를 마주보며 현재만을 살아가자.

해나를 내려주고 오는 길, 그녀와의 문제를 비롯해 앞으로 벌어질 일들을 하나씩 생각하다 보니 프레데릭은 어느

새 본궁으로 돌아와 있었다. 문이 열리고 마차에서 내리자 차가운 밤바람이 무자비하게 들이쳐 눈과 코를 맵게 하였다. 살짝 눈살을 찌푸리는데 두 걸음 앞에 그를 마중 나와 있는 마벨이 있었다.

"다녀오셨습니까, 전하."

예를 올리는 모습이 한 치의 흠도 없이 완벽한 여인.

"뜻밖의 장소에서 그대를 보는군."

"이런 때일수록 전하와의 돈독한 모습을 보여야 한다는 대비 전하의 당부를 받들고 있습니다."

"이런 때? 그 '이런 때'란 어떤 때를 말하는 것인가?"

"전하께서 이국 출신의 정부를 끼고 사신다는 소문이 흉흉하게 돌고 있습니다."

프레데릭의 한쪽 눈썹이 미세하게 꿈틀하였다. 지난달 별궁에 들어가 닷새 만에 나왔으니 그런 소문이 돌 수도 있겠다 수긍을 하면서도 '정부'라는 단어에 심기가 거슬렸다. 이렇게 나타나 굳이 그 말을 언급하는 마벨의 태도 역시 기분이 나빴다.

그렇다고 대번에 반응을 보일 만큼 프레데릭은 감정적이지 않았다. 오히려 그는 이 틈을 타 이전부터 계산하고 있던 부분을 확실하게 건드려주기로 하였다.

"어떤 소문이 돌고 있든 굳이 그대와 돈독한 모습을 보여야 할 필요가 있을까?"

"대외적으로 전하와 돈독한 모습을 보여야 할 사람이 있다면 그건 소인이라고 생각합니다."

"착각이 대단하군."

"더 이상 약혼을 부정하지 말아주십시오."

진실로 놀라운 여인이었다. 대귀족들도 물을 마시다 사레가 들릴 정도로 어려워하는 그 앞에서 표정 하나 변치 않고 따져 묻는 태도라니. 당돌하다고 해야 할지, 대비를 믿고 안하무인으로 날뛴다고 해야 할지. 그동안 아예 말을 섞지 않았더니 착각이 도를 넘고 있었다.

"나는 그대와의 약혼에 동의한 적이 없다. 그대를 왕궁으로 들이고 싶어 하는 건 대비궁의 사견일 뿐. 쓸데없는 억측으로 경망스러운 행동을 삼가도록 하여라."

"전하!"

대비께서 감싸는 공녀임을 감안해 노여움의 수위를 적절히 조절해주었건만, 강한 성정의 마벨은 주의만 주고 들어가려는 왕의 앞길을 과감하게 막아섰다. 프레데릭은 단번에 얼굴을 일그러트렸다.

군인으로 성장한 국왕 전하께서는 연로한 대신들도 상대하기 어려워할 만큼 가차 없으신 분이었다. 때로는 원로들도 된서리를 맞곤 하는데 고작 공녀의 신분으로 대비라도 되는 양 그 앞길을 막아서다니. 시립해 있는 시종장의 얼굴에는 불안감이, 테오의 얼굴에는 약간의 기대감이 떠올랐다. 아니나 다를까.

"너."

안으로 들어가려다 앞길이 막혀버린 프레데릭은 무시무시한 표정으로 마벨을 내려다보았다. 얼굴에는 북풍이 휘날리고 목소리는 더없이 엄습했다.

그의 분노는 차가웠다.

"파리까지 가서 교육을 받고 왔다더니 여태 무엇을 배우다가 온 것이냐? 공녀 따위가 감히 왕의 앞길을 막아도 된다, 그런 선례가 있다는 걸 내 이때껏 듣도 보도 못 했거늘!"

"소인은……."

"기본적인 소양조차 없으면서 뭐라? 나와 약혼을 하고 왕비가 되고 싶다?"

"전하, 고정하시옵소서."

보는 눈이 많아 시종장이 나서보지만 싸늘하게 식어가는 왕의 분노를 막을 길은 없었다.

"꼴도 보기 싫으니 앞으로 석 달, 왕궁 근처에는 얼씬도 하지 말아야 할 것이다. 내 약혼 또한 너와는 상관없는 일일 테니 그런 것 따위 궁금해하지 말고 이 길로 돌아가 그 예의라는 것이나 다시 배우도록 하여라. 차후 주제도 모르고 또다시 내 앞길을 막아서면 그때에는 죽을 때까지 왕궁에 출입하지 못하게 될 줄 알라!"

프레데릭은 빳빳이 굳어 있는 마벨을 매몰차게 밀쳐내고 그곳을 지나쳤다.

마중 나와 있던 사람들도 일부는 민망해하고 일부는 고

소해하며 서둘러 왕의 뒤를 따랐다.

거칠게 떠밀려 거의 넘어질 뻔하였던 마벨은 추위와 어둠 속에 홀로 남아 충격에 빠진 모습이었다. 마음 깊이 연모하진 않았으나 거침없는 그의 당당함을 좋아했다. 기어오르는 귀족들을 사정없이 밟아주고 절대적 힘으로 권력을 휘두르는 모습에 대리만족을 느끼기도 하였다.

파리에서 귀국한 뒤 왕궁을 드나들며 독보적인 행보를 보여온 저였다. 엄격한 왕이 그런 행동을 모르는 척해주기에 암묵적으로 인정받고 있는 것이라 생각했다. 애틋함 같은 것은 없지만, 공식적인 반려가 될 사람으로서 그에 맞는 특별대우를 해주는 거라 믿어 의심치 않았다.

그런데 지금, 그녀는 많은 이들이 보는 앞에서 함부로 다루어지고 추위 속에 버려지듯 초라하게 남겨졌다. 그에게 저는 이리 매몰차게 끊어내도 상관없는 일개 귀족에 불과하였단 말인가. 분함에 치가 떨리고 눈물이 차올랐다. 눈을 한껏 치뜨고 왕이 사라진 방향을 노려보는데.

"정부를 들이시더니 이제는 대놓고 그대를 부정하시는군."

누군가 가볍게 혀를 차며 곁으로 다가왔다. 처음부터 모든 것을 지켜보고 있던 레오폴트 패르손 드 로젠.

"하지만 그대도 경솔했어. 원로들도 극히 어려워하는 분 앞에서 어찌 그리 버릇없게 굴었는지. 순진한 건가, 아니면 착각이 지나쳤던 건가? 내가 보기엔 후자 같은데 말이야."

"대비 전하께서……."

"대비 전하를 앞세워 무언가 해볼 생각이라면 포기하는 게 나을 거야. 그 어른이 실전에 약하다는 걸 그대도 이미 알고 있을 텐데. 대비궁의 일처리가 못마땅해 슬슬 싫증을 내고 있던 것 아니었나? 게다가 전하께서는 벌써 마음을 굳히셨어."

"무슨 말씀이십니까?"

"최근 전하의 비서관이 덴마크 대사의 저택을 은밀히 드나들고 있다더군. 혼인과 관련해 세부 사항 조율까지 끝낸 상태라 하니 더 무슨 말이 필요할까. 공국파와 귀족파가 왕비 문제로 피 터지게 싸우는 꼴을 보느니 차라리 힘 있는 나라의 공주를 택하겠다, 핑계 또한 그럴싸해 전하께선 이번에도 백성들의 전폭적인 지지를 받으시겠지."

무거운 바람이 대차게 불어오는 겨울밤, 눈물을 삼키고 분노만 남은 마벨이 어둠 속에서 레오폴트의 두 눈을 응시했다.

그러고 보면 그는 자신과 꽤 비슷한 성향의 사람이었다. 아름다운 용모에 알 수 없는 속마음, 인정머리 없는 성격, 꼭꼭 숨겨두었다 한 번씩 사느랗게 내보이는 거대한 야망까지도. 적으로 돌리기엔 꺼림칙하고 곁에 두기에는 위험한, 그러나 큰일을 도모하기에는 서로에게 더없이 적합한 파트너.

눈 한 번 깜빡 않고 그를 직시하던 마벨은 가면을 벗어내고 본연의 모습을 드러냈다.

"요점만 간단히 하십시오. 왜 저입니까?"

"공국파가 필요해."

현실을 인정하고 진지한 대화를 나누겠다, 마벨이 적극적인 모습을 보이자 그는 잠시의 틈도 없이 힘주어 답했다.

"귀족파의 원로들이 나를 자기들 소유물처럼 여기는 게 이제 지겨워지고 있거든."

"견제 세력이 필요하신 거군요. 앞일을 도모하고 이후의 안정을 꾀하기 위한."

"그대도 꽤 쓸 만하고. 나 못지않은 세력에, 탐욕스러운 야망에, 원하는 것을 얻기 위해 대비까지 쥐고 흔드는 그 얄미운 술수까지."

"가만 보면 참으로 대책 없는 분이십니다. 이대로 제가 전하께로 달려가 각하의 본모습을 고해바치면 어찌하려 이러시는 겁니까?"

끝까지 무표정을 유지하며 점검에 나서는 마벨의 태도에 레오폴트는 유들유들 여유를 잃지 않았다.

"그 정도의 방비도 없이 이런 말을 꺼냈을까. 내가 그대의 어떤 약점을 잡고 있는지에 관해선 추후 따뜻한 곳으로 옮겨 가 얘기하도록 하지. 물론 그런 게 없다 해도 그대는 선불리 움직이지 않을 거야."

"……."

"설마 아직도 왕비가 될 수 있단 착각에 빠져 있는 것은 아니겠지? 개인적으로나 정치적으로나 왕은 그대에게 관심이 없어. 돌아보지 않는 목석만 바라보다 이도저도 되지 못하고 나이만 실컷 먹을 생각인가? 그대도 이미 틀렸다는 것을 알고 있잖아."

"전하께서는 최고의 군대를 보유하고 계십니다. 상대가 되시겠습니까?"

"후계 없는 전하께 변고가 생긴다면 훌륭한 부대는 온전히 나의 손에 떨어지겠지. 전면전을 치르는 건 위험하고 미련한 짓이야. 자, 이제 시답잖은 질문은 집어치우고 그대도 원하는 것을 말해봐. 정말로 갖고 싶은 게 뭐야? 최고의 자리? 아니면 내 사촌 아우?"

위험한 뜻이 내포된 그 물음에 마벨의 눈동자가 첨예한 빛을 띠고 레오폴트를 주시했다.

선택의 시간.

두 사람 사이에 긴장된 침묵이 흐르고 있지만 이미 결론이 도출되었다는 건 그도 알고 그녀도 알고 있었다. 그럼에도 꽤 오랫동안 말없이 그를 들여다보던 마벨, 마침내 생각을 멈추고 그에게 또박또박 제 마음을 있는 그대로 드러내 보였다.

"최고의 자리가 아니면 제게는 아무것도 의미가 없습니

다."

늦은 밤, 공녀를 태운 마차가 안으로 들어서자 레이튼 가의 하녀와 하인들은 우르르 달려 나와 정렬하였다. 딱딱하게 굳은 얼굴로 하나같이 어깨에 힘을 주는 게 평소보다 몇 배는 긴장하는 모습이었다. 공녀에게 내려진 금령(禁令)은 이미 레이튼 가에 통보된 상태였다. 가뜩이나 속을 알 수 없는 영애께서 그리도 모욕적인 처분을 받으셨으니 불똥이 어디로 튈지 몰라 모두가 좌불안석이었다.

문이 열리고 마차에서 마벨이 모습을 드러내자 유모가 쪼르르 달려가 과장되게 수선을 피웠다.

"오셨습니까, 아가씨! 온종일 밖에서 얼마나 곤하셨습니까. 소인이 우리 아가씨를 위해……."

"아버님은?"

"서재에 오스카와 함께 계십니다."

"오스카? 헤젠부르크의 그 오스카?"

"예. 베르덴의 친척 집에 왔다가 인사를 드리러 온 것입죠."

"알았어."

"아가씨!"

단조롭게 답하고 돌아서는 마벨을 유모는 급하게 불러 세웠다.

오늘 밤의 상황대로라면 상전은 분명 빙산처럼 차갑고

사나운 기세를 풍기고 있어야 했다. 분노에 치를 떨며 속이 진정될 때까지 누구도 말을 못 붙이도록 꽁꽁 얼어 있어야 하는데, 처음에 말을 한 번 끊은 것 외에는 저토록 말짱한 모습이시라니. 대화를 하며 몰래 살펴본 바, 노여움은커녕 두 눈에 알 수 없는 이채까지 띠고 있었다. 이를 어떻게 받아들여야 한단 말인가.

"무슨 일이야?"

"……괜찮으십니까?"

"아버님과의 대화가 길어질지도 몰라. 근처에 아무도 얼씬케 하지 말고."

"이미 각하께서 그리 명하셨기에 아무도 가까이 가지 못하고 있습니다."

"그게 무슨 소리야?"

"오랜만에 오스카를 만나 기쁘다 하시며 방해 없이 조용히 담소를 나누고 계십니다."

마벨이 순순히 고개를 끄덕이며 발길을 돌리자 상전의 상태를 파악한 유모는 등줄기가 오싹해져 몸을 바스스 떨었다.

하인과 하녀들은 궁에서 전언이 잘못 전해진 게 아니냐며 수군대고 있지만 그건 모르는 소리였다. 오랫동안 옆에서 겪어본 유모는 공녀의 차분함이 다른 의미의 그것임을 이제야 확연히 느꼈다. 마지막으로 이런 느낌을 받았던 게 6년 전, 상전이 카셀 공녀를 매장하고 귀족파 전체를 뒤흔들었을 때. 어떻게 된 상황인지 자세히는 알 수 없으나 조만간 또 엄청난 파장이 불어오겠구나. 유모의 주름진 이마에 마른땀이 솟아나고 있었다.

아랫것들의 반응이 어떠하든 마벨은 곧은 자세로 서재를 향해 똑바로 걸었다.

증조모의 충직한 집사였던 오스카. 그는 일평생 주인을 훌륭하게 모신 공로를 인정받아 재산까지 넉넉히 물려받고 현재는 은퇴하여 공국에서 한적한 노후 생활을 즐기는 자였다. 부친과도 사이가 각별해 공국을 방문할 때면 한 번씩 성으로 불러들여 식사를 같이 하였을 정도다. 마지막으로 그를 본 게 3년이 넘어가니 부친께서 유난을 떨며 좋아하시는 건 당연한 일이었다.

그러나 그는 어디까지나 집안의 가신에 불과할 뿐. 그를 위해 자신이 순서를 기다리는 건 말도 안 되는 일이었다. 더군다나 이 중요한 시기에, 번뜩이는 아이디어가 떠올라 모종의 계획을 상의해야 할 시간에 말이다.

계단을 올라 부친의 서재로 향하는 복도에 들어서니 입구 앞에서는 두 명의 하인이 버티고 있었다. 부친께서 조용히 있고 싶을 때 종종 세워놓곤 하시는 자들.

“오스카가 와 있는 걸 알고 있다.”

마벨은 그들에게 눈길조차 주지 않고 완고하게 말하며 그곳을 지나쳤다.

금령에 대해 이미 알고 있던 하인들은 어떠한 제지도 하지 않았다. 상식적으로 생각했을 때 은퇴한 노집사와의 담소보다 왕궁에서의 일이 더 중하다는 것은 너무나 명백한 사실이었으므로.

마벨은 긴 복도를 한 번 더 꺾어 부친의 서재 앞에 당도했다. 기척을 내기 위해 노크를 하려다 어렴풋이 들려오는 두 사람의 대화에 그대로 손을 내렸다.

"……조모님께서 남겨주신 유산이긴 하지만 안전하게 유지하고 이만큼 이끌어 올 수 있었던 건 전부 자네가 애써 준 덕분이야."

마벨의 얼굴에 의아함이 번졌다. 오스카가 관리하는 집안의 재산이 있었다니. 자신이 모르는 증조모님의 유산이 또 있었단 말인가? 마벨은 한쪽 귀를 문 앞에 바짝 가져다 대었다.

"마지막 뒤처리까지 깔끔하고 잡음 없이. 내 자네만 믿고 있겠네."

"염려 붙들어 매십시오. 그들과의 거래는 소인이 책임지고 마무리 짓도록 하겠습니다."

"골치 아픈 자들이야. 작정을 하였으니 쉬이 떨어지지도 않을 테지. 자칫하다간……."

소곤소곤 흘러나오는 말들을 빠짐없이 들으며 마벨의 표정은 다양하게 변해갔다. 그녀답지 않게 두 눈이 놀라움으로 커졌다가, 복잡하게 일그러졌다가, 어느 순간 뜻을 알 수 없는 냉소를 한가득 드리웠다.

그런 속사정이 있었단 말인가. 아버님의 뜻이 그러하셨다면 마차를 타고 오며 깔끔하게 정리한 그녀의 계획은 더없이 완벽하게 들어맞을 것이다. 마벨은 입꼬리를 틀어 올리며 노크도 없이 문을 벌컥 열어젖혔다.

깜짝 놀라 격한 숨을 들이켠 두 사람. 예고 없는 마벨의 등장에 공작과 노집사의 얼굴은 벼락이라도 맞은 듯 하얗게 질려갔다.

자정을 훌쩍 넘긴 시각, 안색이 파리한 대비가 온기 한 점 없는 썰렁한 방 안에 조각상처럼 서 있다. 이곳은 선왕이었던 칼 필립스의 사후 그가 사용했던 물건을 한데 모아 놓은 방. 백작부인이 하녀들을 이끌고 곳곳을 뒤지는 가운데 대비는 표정 없는 얼굴로 생각에 골몰해 있었다.

보석함에 관해 이국인이 했던 말은 조피를 충격으로 몰아넣었다. 그럴 리가 없다. 그녀의 모든 것을 못마땅하게 여겼던 아들이, 돌이킬 수 없을 만큼 등을 돌려버렸던 아들이 그런 것을 기억하고 준비했을 리 없었다.

근래 들어 여러 가지 문제를 놓고 고민에 빠져 있던 조피는 최후의 결정을 내리기 직전 이곳을 찾았다. 그녀의 작지만 불가능한 바람을 털어놓은 건 딱 한 번, 어린 아들에게 뿐이라는 사실을 부정할 수 없었기 때문이었다.

선대공의 독녀로 태어난 조피는 어려서부터 혹독한 후계자 수업을 받으며 자랐다. 그녀의 삶은 부친에 의해 일일이 통제되었고, 여자아이와 같은 일반적인 행동은 일절 불허되었다. 한 송이의 아리따운 들꽃마저 그는 딸아이에게 순순히 허락하는 법이 없었다.

볕이 좋았던 어느 여름날, 정원을 뛰어놀다 예쁜 꽃을 꺾어 머리에 꽂고 즐거워할 때 무서운 얼굴로 나타난 부친을 조피는 아직도 기억하고 있었다.

「여인이 되고 싶으냐? 사내들에게 네 자리를 빼앗기고 이리저리 발에 차이면서 살아가고 싶은 것이냐!」

「아, 아닙니다.」

어디선가 불쑥 튀어나와 다짜고짜 다그치던 부친이 무서워 열두 살의 조피는 무조건 아니라고 부정을 하였다.

「잘 들어라, 조피. 후계자로서의 자질은 탁월하지만 네게는 극복할 수 없는 치명적인 약점이 하나 있다. 사내아이가 아니라 여자아이로 태어났다는 것. 네가 저들에게 후계자가 아닌 여인으로 인식되는 순간 어떠한 일이 벌어질 것 같으냐? 저들은 이리 떼처럼 들러붙어 네 자리를 탐하고 네 사지를 갈기갈기 찢어버릴 것이다. 야심 많은 사내에게 이용만 당하다 자리를 빼앗기고 죽고 싶은 것이냐!」

「아버님…….」

「나는 후계자가 하나 있을 뿐 딸자식을 가진 적이 없다. 너를 여인으로 보이게 하는 모든 흔적을 지우도록 하여라.

이런 바보 같은 모습 따위, 두 번은 용서치 않을 것이다!」

머리에서 하늘거리던 이름 모를 들꽃은 그날 선대공의 발아래서 무참하게 뭉개졌다. 사람들에게 조피는 여인이 아닌 공국을 이끌어 갈 대공의 후계자로만 각인되어야 했다. 선대공은 그 점에 특히 신경을 기울였고 의상에서부터 그녀에게 진상되는 선물상자에 이르기까지 일정한 색상과 모양, 재질로 전부 통일하도록 하였다.

그런 이유 때문인지 조피가 열망하는 건 언제나 일반적인 예상을 빗나가는 것이었다. 귀하고 값진 것이 아닌 흔하디흔한 것. 누구나 쉽게 얻을 수 있으나 그녀에게만은 절대로 허용되지 않는 것. 예를 들면 여성스러움이 물씬 풍기는 핑크빛의 보석함 같은 것 말이다.

「어머니께 진상되는 함은 왕국 최고입니다. 전하께 올라가는 것보다 훨씬 근사합니다.」

지금으로부터 40여 년 전, 선왕이었던 칼 필립스가 왕위에 오르기 바로 직전의 일이었다. 흑색의 마호가니 목재로 제작된 함을 만지작거리며 일곱 살의 어린 아들은 감탄을 연발했다.

「네 외조부께서 지정해주신 것이다. 어미에게 올라오는 함은 늘 흑색이어야 하지.」

조피는 아들이 보는 앞에서 함의 옆면, 가장 아랫부분에 부착된 장식물 중 하나를 꾹 눌렀다. 그러자 장식이 붙어 있는 선을 따라 가늘고 자그마한 서랍이 용수철처럼 튀어나왔다. 그 감쪽같은 장치에 어린 아들은 눈을 초롱초롱 빛내며 신기해하였다.

「이곳은 일종의 비밀 공간이란다. 공국에 계시는 네 외조부께서 중요한 말씀을 전하고자 할 때 이곳을 이용하고는 하시지. 언젠가 이 함이 네게 진상되는 날이 올 것이니, 어미의 비밀 얘기가 듣고 싶거든 아무도 없을 때 이곳을 열어보면 되는 것이다. 필립스, 이건 너와 나, 우리 둘만의 비밀로 묻어두어야 한다.」

씁쓸함이 감도는 어머니의 목소리에 어린 아들은 고개를 갸웃거렸다.

「어머니는 이것이 마음에 안 드십니까?」

「아니다. 이것은 공국의 후계자라는 하나의 상징이라 할 수 있으니까. 다만 어미도 가끔은 다른 것을 받아보고 싶구나.」

「무엇을 말입니까?」

조피는 전날 밤, 병색이 악화된 남편이 핑크빛 보석함을 들고 망연히 바라보던 모습을 떠올렸다. 아말리아에게 선물하기 위해 수년을 수소문하였던 비너스의 심장. 그 핑크 다이아몬드를 보관하기 위해 보석함까지 따로 제작하였으나 아말리아는 그 무엇도 구경하지 못하고 눈을 감았다. 병색이 짙어지고 있던 그즈음 남편은 끝내 채우지 못하고 비어 있던 핑크빛의 보석함을 허망한 눈으로 바라보곤 하였다.

그가 차비에게 주고 싶어 했던 여성스러운 선물함을 보았기 때문이었을까, 어린 아들의 살가움이 약해진 마음을 건드린 것일 수도 있었다. 여느 때 같으면 절대로 입 밖에 내지 않았을 속내를 조피는 그날따라 머뭇거리며 어린 아들에게 털어놓고 말았다. 정치적 의미가 가미되지 않은, 사랑스러운 빛깔의 무언가를 가지고 싶다고.

곧바로 멈칫하여 부정하기는 했지만 어린 아들은 우두커니 그녀를 마주 보며 침묵하였다.

며칠 뒤 아들은 어설프게 그려놓은 그림 한 장을 그녀에게 내밀었다. 그것을 보는 순간 조피는 속에서 뜨거운 것이 치밀어 아무도 몰래 눈물을 삼켜야 했다. 아들이 그려온 건 그녀가 보여주었던 사각의 보석함. 달라진 게 있다면 흑색을 핑크로 바꾸어 그녀의 바람에 정확히 맞춰주었다는 것이다. 조피의 목을 끌어안은 아들은 기특한 말까지 속삭여주었다. 이다음에 왕이 되면 최고로 아름다운 핑크빛 함을 실물로 만들어 어머니께 꼭 선물해드리겠다고.

과거를 회상하던 조피의 목구멍이 따끔하게 달아올랐다. 시야도 부옇게 탁해져 이대로 가다간 굵은 눈물방울을 만들어낼 것 같았다.

"대비 전하."

백작부인의 음성이 끊어져가던 그녀의 이성을 단단히 붙잡게 하였다. 천사 같던 아들의 어릴 적 모습은 일시에 사라지고 대비는 재빨리 과거에서 벗어나 말짱한 얼굴로 무장했다.

"샅샅이 뒤져보았으나 그런 함은 어디에도 보이지 않았사옵니다."

"그래. 그만하면 되었다."

마지막에는 얼굴을 마주하는 것조차 꺼려하던 모자지간이었는데 혹시나 해서 쫓아온 자신이 한심스럽다. 대비는 목에서 반짝이고 있는 비너스의 심장을 버릇처럼 쓰다듬었다.

그토록 염원했던 이 핑크 다이아몬드의 구매를 방해하고 비웃었던 아들. 결국은 레이튼 공을 통해 이것을 얻게 했던 아들이 오래된 그 일을 세세히 기억하고 있을 리 없었다.

"상황이 좋지 않습니다. 아직도 망설이고 계신 겁니까?"

"공국이 위험에 처했는데 대공인 내가 망설일 게 무엇이란 말이냐. 게다가 이미 시작되고 있는 것 아니었나?"

"하오시면……."

마벨의 왕궁 출입이 금지되었고, 왕이 덴마크의 왕실과 손을 잡을 거라는 소문이 도처에서 떠돌고 있었다. 현 덴마크의 왕비는 선왕의 사촌으로 프레데릭과 덴마크의 공주는 육촌지간이었다. 그 말인즉 공국을 베르덴의 속국으로 여기는 왕비가 들어올지도 모른다는 뜻이었다.

헤젠부르크의 후계가 프레데릭으로 결정된 마당에 왕비까지 왕국 출신의 사람이 들어오면 자신의 사후에 공국의 명맥이 유지될 리 없었다. 손자는 공국을 왕국으로 합병할 것이고 자신은 공국의 마지막 대공으로 역사에 기록될 것이다. 선조의 유훈을 받들지 못하고 나라의 명운을 끊어버린 불명예스러운 대공.

조피의 두 눈이 화염에 휩싸여 이글거렸다. 그 생각만 하면 프레데릭에 대한 분노가 끝도 없이 솟구쳐 이가 갈렸다.

내가 저를 어떻게 키웠는데.

누구 덕에 강건한 왕이 되어 그 자리에 올라 있는 것인데!

앞에서는 귀 기울여 듣는 척하더니 돌아서서 이국인을 빼돌리고 혼인 문제로 뒤통수를 치고 있는 손자가 괘씸했다. 아들을 버리고 선택한 손자였기에 가슴으로 와 닿는 배신감은 이루 말할 수 없을 만큼 막대했다.

네가 그런 식으로 나온다면 나 또한 같은 방법으로 돌려주는 수밖에.

조피는 눈가에 냉기를 띠고 하명했다.

"일을 진행하도록 하여라."

"예, 대비 전하."

감사할 줄 모른다면 치명적인 약점을 틀어쥐고 조련하는 방법도 있었다. 그것이 비록 끝까지 망설여지는 일이었다 해도 효과만큼은 어느 것과 비교할 수 없을 정도로 강력할 것이다. 그로 인해 손자가 무너진다 하여도 할 수 없었다. 이 모든 건 그 스스로가 자초한 일이었으니.

새로운 저택에 마련된 해나의 침실은 별궁에서 사용하던 그곳과 닮은 듯 새로웠다. 산뜻한 민트색 바탕에 진줏빛 랑브리의 조화, 화문(花紋)이 수놓인 유백색의 커튼, 우아한 태피스트리 소파. 최대한 낯설지 않게 배려하면서도 새로운 느낌을 주라는 칼 프레데릭의 요구에 따라 꾸며진 곳이라 하였다.

어둠이 절정으로 치닫고 있는 밤, 피아가 이부자리를 보아주고 침실을 나서자 암흑 속에 홀로 남은 해나는 눈을 감지 못하고 상념에 잠겼다.

이곳에 발을 들인 이후 해나는 정말 별궁으로 돌아갈 필요가 없었다. 기본적인 것은 이미 완벽하게 준비되어 있었고 별궁에서 쓰던 물건은 다음 날 하나도 빠짐없이 배달되었다.

프레데릭의 선물 공세도 시작되었다. 왕궁 온실에서 가꾸는 신선한 꽃들이 매일같이 도착하는가 하면 2, 3일에 한 번씩 눈이 휘둥그레질 정도의 의상과 장신구, 각종 보석이 쏟아져 들어왔다. 정작 그에 관한 소식은 한 줌 보내오지 않고 있으면서도. 먼저 서신을 써볼까, 하루에도 몇 번씩 펜을 들어보지만 그에 아무것도 적지 못하고 해나는 일상에 묻혀 시간을 보냈다. 규칙적으로 들려주는 마파엘과 책을 읽고, 혼자서 번역을 하고, 피아와 산책을 하고.

평화로운 하루를 보낸 뒤 이렇게 혼자만의 시간이 찾아오면 문득문득 손바닥에 찬 기운이 도는 것을 느끼며 해나는 궁금한 마음이 들었다. 그는 어떻게 지내고 있을까, 무슨 생각을 하고 있는 것일까, 언제쯤이면 다시 볼 수 있을까. 하루도 빠짐없이 그를 향한 궁금증을 느끼며 오랫동안 뒤척이다가 언제인지도 모르게 잠에 빠져들었다.

"……."

아득히도 먼 곳에서 새들의 지저귐이 울렸다. 산뜻하고 리듬 섞인 작은 새의 노랫소리. 끊어질 듯 길게 이어지는 가벼운 울림에 해나는 무거운 눈꺼풀을 들어 올렸다. 아직은 짙푸른 빛이 천지에 가라앉은 새벽. 한참을 뒤척이다 잠이 들어 몸이 곤하였지만, 눈을 뜬 해나는 창가로 다가가 밖을 내다보았다.

따스한 곳에서 감상하는 겨울의 풍경은 멋스럽고도 운치가 깊었다. 새하얀 눈꽃을 얇게 덮어쓰고 있는 흑록색의 정원수, 바람이 불 때면 분분하게 날리는 흰빛의 눈가루, 겨울 정원 속에 완벽한 비율의 조각상처럼 쓸쓸하게 서 있는 칼 프레데릭…….

느긋하게 시선을 옮기던 해나는 순간적으로 움직임을 멈추고 눈동자를 한곳으로 고정했다. 입술이 살짝 벌어지고 온몸이 떨리기 시작했다. 몇 번이나 눈을 깜박이고 다시 보아도 정원 한복판에 홀로 서 있는 사람은 프레데릭이었다.

의식하지 못하는 사이 해나는 사지를 후들거리며 바쁘게 움직이고 있었다. 자리옷에 펠리스를 아무렇게나 걸치고 실내화를 신은 채 무작정 밖으로 뛰쳐나갔다. 계단을 내려와 굳게 닫힌 문을 열자 시린 바람이 단숨에 옷 속으로 파고들었다. 급작스러운 온도차에 피부가 놀라 경직되었지만 해나는 두 발을 움직여 앞으로 달려 나갔다.

새하얀 서리가 얇게 깔려 있는 은빛의 겨울 정원, 그 한가운데 칼 프레데릭이 서 있었다. 셔츠 위로 프록코트 하나만을 간단히 걸친 모습이었다. 예상치 못한 해나의 등장에 그는 잠시 놀란 얼굴을 하더니 황망하게 고개를 옆으로 돌렸다.

"언제 오신 겁니까? 왜 들어오지 않으시고……."

허겁지겁 달려와 질문부터 하던 해나는 끝까지 말을 잇지 못했다. 빨갛게 얼어 있는 손, 잠을 못 잔 듯 충혈되어 있는 눈, 피로가 쌓여 있는 얼굴. 언뜻 보아도 추위에 오래도록 노출되어 있었던 듯한 모습이었다. 언제부터 와 있었기에 이 새벽에 저런 모습을 하고 있는 것인지. 안쓰러움에 애가 달았다.

"언제부터 이러고 계셨던 것입니까?"

"문득 네 어릴 적 모습이 생각나서 그냥……."

생각지도 못한 그의 말에 해나는 가슴이 뭉클하였다. 감정에 북받쳐 여전히 시선을 마주치지 못하고 있는 그를 보았다. 성정만큼 반듯하게 떨어지는 이목구비와 서서히 터 오는 새벽빛에 교교한 빛으로 반짝이는 백금발. 자신과는 너무나 다른, 영원히 닿을 수 없는 곳에 있는 사람 같은 모습에 숨이 막혔다.

이러다가 또 미련 없이 돌아서버리는 건 아닐지.

급한 마음에 해나는 두 손으로 빨갛게 얼어 있는 그의 한쪽 손을 덥석 움켜잡았다. 솔직한 심정도 털어놓았다.

“기다렸습니다.”

갑작스러운 접촉에 프레데릭은 흠칫하여 새까만 눈동자를 마주 보았다.

“언제 오실까……, 많이 기다리고 있었습니다.”

“…….”

“연락이 없으셔서 먼저 서신을 보낼까 하다가…….”

눈물이 그렁한 눈으로, 바들바들 떨리는 목소리로. 해나가 덜덜거리면서도 고백을 멈추지 않자 프레데릭은 잡고 있는 손에 힘을 주어 그녀를 와락 품으로 끌어안았다. 얼어 있는 뺨을 풍성한 머리 위에 파묻고 해나의 체취를 깊이 들이마셨다. 향기로운 내음이 그의 감각을 자극하고 이것이 꿈이 아님을 알려주었다.

오랜 시간 어둠 속에서 함께하였으나 태양이 뜨면 겪어야 했던 상실감을, 그때의 그 허전함을 누구도 알지 못한다. 아무리 말을 걸어도 돌아오지 않는 대답. 아무리 바라보아도 맞춰지지 않는 시선. 아무리 가까이 있어도 기억되지 않는 존재. 자신을 알아보지 못하는 어린 소녀의 멍한 두 눈을 바라보며 그는 늘 바라고 열망하였다.

"……해나."

"예."

네가 나에게 대답해주길,

"해나."

"……예."

네가 나의 두 눈을 바라봐주길.

"해나……."

"예. ……예, 전하."

밝은 햇살 아래서도 눈을 맞추고 이 아이와 아는 척을 하고 싶었다.

새벽이 가고 아침 해가 떠올랐다. 눈시울이 붉어진 해나가 고개를 들어 그를 바라봐주었다. 까만 눈동자에 저를 담고 있는 모습이 벅차도록 감동스럽다. 동이 터오며 다홍빛으로 물들고 있는 하늘. 그 빛을 받은 해나의 입술이 수분을 머금은 꽃잎처럼 촉촉해 보였다.

극심한 갈증에 시달렸던 프레데릭은 고개를 숙여 다급하게 입술을 겹쳤다. 한 손으로 해나의 뒷머리를 감싸고 다른 손으로 부드러운 뺨을 어루만졌다. 움찔했던 해나도 수줍게 입술을 벌려 호응해주었다. 급하게 입술을 포개었지만, 그의 움직임은 절박하면서도 부드러웠고 상대를 배려하는 정성이 가득하였다. 해나의 입안에서 달큼한 무언가가 솟아나는 듯, 입술 끝에서 저 안쪽 끝까지 구석구석을 유영하며 해나를 자극하고 정신없이 유혹했다.

말라 있던 대지에 물기가 스미듯 프레데릭은 발끝부터 정수리까지 짜릿하고 시원하게 해갈되는 기분이었다. 차가운 겨울바람 속 두 사람의 입술은 화염처럼 뜨거웠다.

떨리는 마음을 무릅쓰고 과감하게 먼저 그를 붙잡았던 건 이대로 영영 작별하게 될지도 모른다는 두려움 때문이었다. 그와 함께하게 되었을 때 벌어질 은밀한 일들에 대해선 미처 깊이 생각지 못했다. 무작정 그를 잡았고, 무조건 그를 기다렸다. 그럼에도 해나는 망설이지 않았다. 다시없을 사람과의 시간이니 그가 원하는 대로, 감정이 끌리는 대로, 부끄러워하면서도 순순히 본능에 따라 보조를 맞추었다.

밖에서 숨결을 나누다 언제쯤 안으로 들어왔는지 가물가물하였다. 진득한 입맞춤에 혼이 빠져버릴 무렵 그가 이끄는 대로 손을 잡고 걷다 보니 방으로 들어와 있었다. 다급히 나갔던 흔적이 고스란히 남아 있는 침실. 안으로 들어왔구나, 인지하는 순간 그의 얼굴이 가까이 다가왔다.

보온용 펠리스가 벗겨져 나가고 얇은 자리옷이 공중에서 하늘하늘 바닥으로 떨어져 내렸다. 정신없이 키스를 나누며 너른 어깨 너머로 망연히 그 광경을 바라보던 해나는 매끈한 등을 타고 허리께까지, 맨살 위로 미끄러지는 다정한 손길에 저도 모르게 숨을 크게 들이쉬었다.

번쩍 들리는가 싶더니 등에 조금은 서늘해진 침대의 시트가 와 닿았다. 골반에 간당간당 걸려 있던 마지막 속옷이 벗겨지고, 흐릿한 시야 속 셔츠를 머리 위로 벗어 던지고 있는 그가 보였다. 나흘 동안 밤낮으로 끌어안고 있었다지만 그가 탈의한 모습을 밝은 곳에서 이토록 노골적으로 보는 건 처음이었다.

몽롱하게 그를 바라보던 해나는 불현듯 의아함이 일었다. 그의 몸이 이상했다. 정원에 서 있는 조각상처럼 늘씬한 상체와 넓은 가슴, 보기 좋게 자리 잡은 섬세한 근육. 아름답다 칭할 만큼 균형 잡힌 상체 위로 여기저기 아물고 있는 상처가 자리하고 있었다.

"어디를 다치신 겁니까?"

놀란 해나가 손을 뻗어보았지만, 그가 더욱 빨랐다. 재빨리 고개를 숙이고 몽글몽글한 가슴을 한입에 머금었다. 해나는 크게 헛숨을 들이켜며 머릿속이 아득하게 점멸하는 것을 느꼈다. 다음부터는 정신을 차릴 수가 없었다. 몸 곳곳으로 그의 숨결이 내려앉고 보들보들한 피부 위로 커다란 손이 거침없이 훑고 지났다. 키스가 깊어져 혀가 얽히고 가슴과 가슴이 맞닿아 심장이 폭발할 듯 쿵쾅거렸다.

처음 느껴보는 열기에 해나가 감당치 못하고 흐느낌을 터트리자 그가 달래듯 가녀린 손을 힘주어 잡았다. 그러면서도 입술로 속속들이 쓰다듬고 어루만져 터질 듯 뜨거운 열정을 불어넣었다. 거짓말같이……, 해나는 안정되어갔다.

숨을 쉬고 사는 것도 버거운 인생, 세자빈이 되지 않겠다며 고향에서 도망친 이후 해나는 혼인이라는 인륜지대사를 생각해본 적이 없었다. 빨리 나이가 들길, 빨리 영면의 시간이 찾아오길. 그저 세월을 견디고 과거를 원망하다 문득 옆을 돌아보니 긴 시간 굳건히 함께하고 있는 한 사람이 있었다. 광풍처럼 불어와 다사로운 숨결로 머무른 사람. 언제나 그 자리에 오직 진심으로만 서 있던 사람.

뻔뻔하고 수치심을 모른다 손가락질받아도 할 수 없었다. 차갑고 엄숙한 새벽인 줄 알았던 그는 이글이글 타오르는 정오였고, 해나는 그 온기 아래서 쉬고 싶었다. 장차 어떠한 일이 몰아친다 하여도 이 시간 이후 해나의 세상에서 그는 하나뿐인 지아비, 가장 가까운 가족, 삶의 마지막 순간 떠올릴 유일한 안식처로 각인될 것이다.

그에게서 거친 숨이 터져 나왔다. 어느새 상체를 일으킨 프레데릭은 열에 달뜬 해나를 내려다보았다. 뜨겁게 달구어진 두 개의 시선이 하나로 엉키고 격해진 감정이 서로를 갈구했다. 그가 안으로 밀고 들어온 건 순간이었다. 맞잡은 손에 힘을 주더니 아찔하게 밀려와 두 사람은 완벽하게 하나로 이어져 결합되었다.

지독히도 아팠고, 지독히도 뜨거웠다. 붉어진 눈에서 굵은 눈물방울이 관자놀이를 타고 흘러내렸다. 온몸에 열이 올라 뜨끈뜨끈, 금방이라도 불이 붙을 듯 이글거렸다. 해나는 아픔을 삼키고 온기를 받아들이며 끝까지 그의 시선을 놓지 않았다.

그 또한 떨고 있었다. 자신만큼 그도 아픈 것인지, 아니면 무엇을 참고 있는 것인지 자세한 건 알 수 없었다. 다만 애틋한 시선에서, 절실한 몸짓에서 이것만은 분명히 알 것 같았다. 너무나 다른 그와 자신이지만. 앞으로도 함께하자 미래 같은 건 약속할 수 없지만, 적어도 지금 이 순간, 서로를 향한 간절함과 애타는 마음만은 숨길 수 없는 진심이라는 것.

그가 해나의 상체를 들어 올렸다. 그는 더 깊이 들어왔고 해나는 가는 팔로 그의 목을 꽉 끌어안았다. 서로를 부둥켜안은 두 사람. 귓가로, 목덜미로, 입술 위로 격렬한 호흡이 쏟아져 내렸다. 해나는 뜨거운 그의 체온과 힘찬 움직임, 거센 심장의 고동을 느끼며 까마득히 의식을 놓아갔다.

"해나……."

마지막으로 자신을 부르는 애절한 목소리를 저 너머에서 아련하게 들은 것도 같았다.

벽난로의 불꽃이 은근하였다. 침실의 공기는 적당히 포근했고, 어둠 속에 스며든 불빛 또한 아늑한 느낌이었다.

열락이 지나간 자리, 뽀얀 피부 위로 점점이 붉은 열꽃이 피고 발갛게 상기된 작은 두 뺨엔 가시지 않은 홍조가 어려 있었다.

그와 밤을 보내기 시작한 지 벌써 여러 날, 처음으로 서로를 안았던 이후 프레데릭은 힘들어했던 해나를 돌보고 은밀한 시간을 천천히 즐기며 이틀하고도 반나절을 함께 지냈다. 테오의 재촉에 억지로 저택을 나서긴 했지만, 다음 날부터 날이 지면 한달음에 달려와 저녁을 함께 들고 둘만의 시간을 보냈다.

오늘도 초저녁부터 그에게 안겨 기진하게 잠이 들었다 깨어보니 한밤중이었다. 등 뒤로 한 치의 틈도 없이 밀착된 그의 몸이 느껴지고 허리와 가슴엔 기다란 팔과 커다란 손이 감겨 있었다. 편안하게 들려오는 규칙적인 숨소리. 목덜미로 불어오는 잔잔한 더운 바람. 하나로 엉켜 있는 그와 자신의 다리. 프레데릭 특유의 온기에 감싸인 이 순간을 해나는 특히나 좋아했다. 아무리 거센 추위가 몰아쳐도 이렇게 그에게 안겨 있으면 세상 무서울 게 하나 없었다.

우연히 눈을 떴을 때 예기치 않게 맞게 된 기분 좋은 나른함. 순간의 행복을 놓치고 싶지 않아 해나는 도로 잠들지 못하고 벽난로의 불이 어둠과 뒤섞여 초콜릿색으로 물든 실내를 느릿하게 훑었다. 얼마 못 가 시선은 한곳에서 멈추었고 아릿한 미소가 떠올랐다.

해나가 보고 있는 건 말리기 위해 거꾸로 매달아놓은 한 송이의 겨울 꽃.

「카이란이다.」

꽃의 이름을 말해주던 그의 목소리가 아렴풋이 귓가에 살아났다.

어젯밤, 그는 보여주고 싶은 곳이 있다며 해나를 북쪽 숲으로 이끌었다. 달밤에 소박하게 눈 밟히는 소리를 들으며 그들이 도착한 곳은 해나가 가장 좋아했던 장소, 한겨울에 개화하는 겨울 꽃이 눈 속에서 군락을 지어 물결을 이루는 자그마한 연못가였다.

새벽녘에만 다녀갔던 그곳을 한밤중에 가보니 탄성을 자아낼 만큼 색다른 풍경이 펼쳐져 있었다. 보석 같은 별무리가 끝도 없이 흩어진 밤하늘과 희푸른 달빛을 받아 눈 속에서 은은하게 반짝이는 창백한 꽃송이. 바람이 불 때면 우아하게 넘실대는 은물결의 자태가 보는 이의 마음을 들뜨게 하였다.

「갈란투스의 일종으로 우리나라에서도 드물게 자라는 희귀종이지. 순수한 꽃이다.」

숲의 신비로운 자태에 해나가 넋을 놓고 있을 때 프레데릭은 듣기 좋은 목소리로 귀띔을 해주었다.

「순수하다 불리는 특별한 이유라도 있는 겁니까?」

「눈 속에서 꽃망울을 틔우는 데에만 열중할 뿐 몸을 사리기 위한 독을 만들지도, 가시나 방어막을 두르지도 않는

다. 성질이 깨끗하고 유순한 꽃이야.」

그의 목소리는 부드러웠다. 조금은 긴장된 듯, 조금은 들떠 있는 듯. 친절하게 차근차근 꽃에 대한 궁금증을 풀어주었다.

「몸의 기를 보완해주는 것은 물론 부정한 독을 걸러주는 해독 효과도 뛰어나지. 때문에 뿌리에서부터 줄기, 이파리, 꽃송이에 이르기까지 버릴 것 하나 없이 골고루 약재로 쓰이고 있다.」

「한겨울에 피어나 모든 것을 내어주고 지는 꽃이었군요.」

지난여름, 중독된 어머니를 위해 이 꽃을 찾고 있던 데지레를 떠올리며 해나는 고개를 끄덕거렸다.

카이란. 발견한 지 두 해가 넘어 알게 된 귀한 꽃의 이름은 카이란이었다. 그리고 오늘 아침, 다이닝 룸에 앉아 피아가 가져다준 즙을 습관처럼 들이키던 해나는 어떠한 깨달음에 흠칫하였다. 프레데릭의 하명으로 어릴 때부터 아침마다 마시기 시작했던 정체 모를 쓰디쓴 즙. 혹시 이게…….

「카이란인가요?」

해나는 즙이 든 잔을 들어 단도직입적으로 물었고, 피아는 머뭇거리다 솔직하게 답했다.

「몸에 아주 좋은 겁니다. 해나 님께서 워낙 병치레를 많이 하지 않으셨습니까.」

그 말을 듣고 해나는 하루 종일 병든 이처럼 끙끙거렸다. 저 쓴 것을 먹인다며 화를 냈던 과거의 자신이 선연하게 떠올라. 규칙에 얽매인 강박증 환자라며 그를 경멸했던 일들이 너무나 가슴이 아파.

해나는 살며시 몸을 돌려 곤하게 잠들어 있는 그를 마주보았다. 보슬비처럼 소리 없이 그녀의 인생에 스며들어 사소한 것 하나까지도 배려해주고 있었던 사람. 얼음장 같은 겉모습 아래 본연의 모습을 발견할 때마다 해나는 놀라웠고, 감사했고, 죄스러웠다. 그리고 궁금해했다.

내가 모르는 당신은, 지금껏 어떠한 삶을 살아왔을까.

또 어떠한 삶을 살고 있을까.

해나는 손을 뻗어 단단한 그의 흉근을 어루만졌다. 온기를 나누던 첫날, 그녀를 놀라게 했던 상처 주변을 조심조심 쓸어보았다. 잔 근육이 섬세하게 자리 잡은 그의 상체는 온통 멍이 들어 울긋불긋, 곳곳에 상처가 아물고 있어 얼핏 보기에도 아플 것 같았다.

누구에게서 맞았을 리는 없을 테고, 대체 무슨 일이냐고 물었더니 그는 남의 얘기라도 하듯 무심하게 답했다.

「병사들과 훈련하다 그리되었을 것이다.」

해나의 손은 그의 가슴골을 타고 훈련으로 조밀하게 발달된 복근으로 내려와 있었다. 멍든 자리를 살살 매만지다 엄지로 배꼽 근처 피딱지가 앉아 있는 부근을 쓰다듬었다. 그때, 손아래의 근육이 꿈틀하더니 머리 위에서 착 가라앉은 목소리가 쏟아져 내렸다.

"어디까지 내려갈 생각이지?"

해나가 흘긋 시선을 올려보니 잠에서 깨어난 그가 나른한 눈매를 하고 내려다보고 있었다.

"새로운 상처가 생겼습니다."

"곧 아물겠지."

"아프지 않으십니까?"

"늘 있는 일이다."

해나의 눈길은 다시 아래로 향했다. 손은 여전히 상처 주위를 부드럽게 매만지고 있었다. 다른 의도는 없다. 그저 얼마나 아플까, 안쓰러움이 담긴 서툰 손짓이었다. 하지만 그의 입장에서는 긴장이 되었는지 살보드라운 손길이 지날 때마다 복근 위 얕은 고랑 사이로 근육이 움찔거리며 수축하였다.

"전쟁이 나면 항상 선두에 서서 군대를 이끄신다 들었습니다."

"어린 나이에 군대를 장악하고 누구에게도 휘둘리지 않을 수 있었던 방법이지."

"위험하실 것 같은데……."

"그럴수록 얻는 것은 더 많아지는 법이다. 나라를 위해서나, 내 뜻을 위해서나."

"대신 이 몸에 상처가 가실 날이 없겠지요."

그는 함께 지내면서도 사흘에 한 번 해나가 잠이 들면 침대에서 내려가 창가 맨바닥에서 잠을 청했다. 상체에 아무것도 걸치지 않고 가장 춥고 딱딱한 곳을 골라 원정에 대비한 적응 훈련을 게을리하지 않았다.

전장에 나가서도 원정을 갈 때면 병사들과 똑같이 흙바닥 위에서 잠을 자는 것이 부지기수였다. 기습을 할 때에도 가장 먼저 적진으로 뛰어들어 병사들의 사기를 북돋우고 충성도를 최고치로 이끌어낸다고 들었다. 그 덕에 베르덴의 보병과 기병은 유럽에서도 손에 꼽힐 만큼 용맹스러웠지만 최고 사령관으로서 프레데릭은 한시도 편할 날이 없었다.

“앞으로도 그래야 하는 것입니까?”

“무엇을?”

“만에 하나 또 전쟁이라도 난다면……, 전하께서 계속 선두에 서셔야 하는지 여쭙는 겁니다.”

“그게 내 의무고 책임이다.”

“모든 왕께서 그러지는 않습니다. 지휘관을 뽑아 전장에서의 전권을 일임할 뿐이지요.”

“그들과 나는 다르다. 내가 필요한 건 왕이라는 껍데기가 아닌 완전한 힘이니까.”

착각일지는 모르겠으나 그는 무소불위의 힘을 휘두르면서도 여전히 부족해하는 느낌이었다. 누가 봐도 완벽한 권력을 쥐고 있는데 무엇이 부족해 저렇게까지 자기 자신을 극한으로 몰아가는 것일까. 묻고 싶은 말들이 목까지 차올랐지만 차마 입을 열지 못하고 입술만 달싹거렸다.

프레데릭은 그런 해나를 내려다보다 손을 뻗어 발그레한 뺨을 쓸어주었다.

"나를 걱정해주는 것이냐?"

"……걱정됩니다."

"이런 날이 오기도 하는군."

싱긋 웃으면서도 서글픔이 감도는 그의 말에 해나는 괜히 목이 메었다. 한때는 그가 평생 전장이나 떠돌며 살았으면 좋겠다고 생각한 적이 있었다. 열일곱의 나이에 군인들을 이끌고 전장으로 가는 게 어떠한 의미인지 깊게 생각지 못하고, 단지 그와 얼굴을 마주하는 게 숨이 막힌다는 철없는 이유로.

이제 와 생각해보면 참으로 끔찍하고 무서운 생각이었다. 해나는 그가 최소한의 인원만 이끌고 적진으로 뛰어드는 상상만 해도 몸서리가 일었다. 총성이 울리고, 포탄이 터지고, 신음이 난무하는 그곳이 머릿속에 그린 듯 펼쳐져 아무 말도 못 하고 그의 품으로 안겨들었다. 단단한 가슴에 얼굴을 파묻고 허리를 꽉 끌어안았다.

말랑한 여인의 가슴이 단단한 복근에 짓눌리자 그에게서 희미한 신음이 새어 나왔다. 두 사람의 체온이 달아오르고 여린 살결 위로 배회하는 그의 손길이 집요하고도 짙어졌다. 해나는 천천히 눈을 감고 들숨과 날숨에 따라 가슴이 오르락내리락, 살아 있음을 증명하는 그의 생생한 움직임을 느꼈다. 그리고 간절히 기도했다.

다시는 이 땅 위에 핏빛 소용돌이가 일어나지 않기를.

그가 어디에서 어떠한 상황에 처하든 마지막에는 늘 있어야 할 자리로 무사히 돌아와주기를.

나보다는 그가, 더 오래도록 숨을 쉬고, 더 행복한 삶을 살아가기를…….

많은 인파가 몰려 있는 에리카의 대광장. 펠레린으로 몸을 감싸고 금빛 머리 위로 후드를 가볍게 걸치고 있는 한 여인이 구석진 곳을 나붓하게 걸었다. 한눈에 보기에도 고귀한 신분인 그녀는 호위 하나만 대동하고 여러 대의 평범한 마차가 줄지어 서 있는 길가로 향했다. 여인이 걸음을 멈춘 곳은 특별할 것 없어 보이는 보통의 마차. 커튼으로 가려진 창을 보며 미간을 살짝 찌푸린 그녀는 짧은 노크 한 번으로 과감하게 문을 열고 안으로 들어섰다.

허락 없이 들이닥친 셈이었지만 마차 안에 앉아 있던 레오폴트는 별다른 반응을 보이지 않았다. 무심한 눈길로 막 자리를 잡고 앉는 여인을 흘긋 보더니 시선을 다시 창 밖으로 돌렸다.

그와 사선으로 마주 앉은 마벨은 냉랭한 눈으로 허름한 마차 안을 쭉 훑었다. 그런 다음 일절 말을 삼가고 레오폴트가 하는 양을 가만히 지켜보기만 하였다. 그는 광장을 지나는 수많은 사람을 구경하고 있는 듯했다. 뭐가 그리 재미있는지 시선을 이리저리 옮기며 아주 열심이었다.

이 작고 답답한 곳에 들어앉아 무엇을 하나 의문이었는데 고작 한다는 게 창 밖을 내다보는 것이 전부였다니. 잠자코 앉아서 오래도록 그를 지켜보던 마벨은 더 볼 것도 없다는 어조로 침묵을 깨고 먼저 입을 열었다.

"새로 생기셨다는 취미 생활이 이런 것이었습니까? 갑갑한 곳에 들어앉아 창을 내다보는 것? 대체 무엇을 그리 보고 계시는 겁니까?"

"사람 구경만큼 재미있는 게 없다는 걸 아직도 모르는 모양이군. 그래도 그렇지, 취향을 존중하지 못하고 사적인 영역을 침범해오다니."

잠시 유들거렸던 레오폴트는 곧 냉하게 돌변하여 곱지 않은 눈길로 마벨을 보았다.

"이리 무례하게 굴 만큼 내 취미 생활이 하찮아 보이는가, 공녀."

"아버님과 만나기로 한 자리에 알리시아 공작을 데려오셨다 들었습니다. 혹 저와 알리시아 공녀 사이에서 저울질을 하고 계시는 겁니까?"

"그녀의 우매함에 관해서라면 나보다는 그대가 더 잘 알고 있을 텐데."

"부족한 면이 있다 해도 대업을 위해 필요하다면 기꺼이 취하시겠지요. 저를 기만하려는 의도가 아니시라면 누구를 끌어들이든 상관치 않겠습니다."

마벨의 대답에 레오폴트는 낮게 웃었다. 나쁜 쪽으로만 써먹어서 그렇지 마벨의 총명함은 기특할 정도였다.

"나는 귀족파에 뿌리를 두고 있는 사람이야. 그런 내가 공국파인 그대들만 믿고 있을 거란 순진한 생각을 하고 있는 것은 아니겠지? 더구나 그대의 부친이 조건으로 내세운 일을 성사시키려면 알리시아 공작의 도움이 필요해."

마벨의 주선으로 은밀히 만나게 된 세 사람. 그 자리에서 레이튼 공은 레오폴트와 알리시아 공의 은밀한 제안에 긍정적인 반응을 보이며 수감 중인 차비의 처리 문제를 부탁했다.

신경 쇠약을 앓다 서거한 선왕의 왕비는 레이튼 공과는 사촌지간이었다. 누이가 없던 공작은 어린 시절부터 사촌누이를 무척이나 아꼈고, 대비를 보좌하는 틈틈이 왕비궁에 들러 그녀를 돌보는 일에 소홀함이 없었다. 왕비의 사후, 차비라는 말이 나올 때마다 파르르 떨었던 대비와는 달리 아무런 감정도 드러내지 않았던 레이튼 공. 이번 만남에서 그는 제 누이를 신경 쇠약으로 몰아간 선왕의 차비에게 처음으로 복수심을 드러내며 처단을 요구했다.

"그래도 의외야. 더 큰 것을 요구할 줄 알았더니 원하는 게 고작 지하 감옥에서 미쳐가고 있는 차비라니."

"친남매나 다름없이 자라온 사이셨습니다. 해서 위험한

일을 시작하기 전, 오랫동안 별러온 그 일부터 깔끔히 정리하길 원하시는 겁니다. 까딱 잘못하다간 우리가 먼저 죽을 수도 있는 일이 아닙니까."

"그런 일은 절대로 없어."

"앞일은 누구도 장담할 수 없는 것이니까요. 한데 그 일을 처리하고 나시면 전하와는 어떤 식으로 시작하실 겁니까?"

자연스러운 목소리였으나 마벨의 눈빛은 유독 진해져 있었다. 그 변화를 놓치지 않았던 레오폴트는 잠시간 입을 다물고 진중하게 마벨을 바라보았다.

"이제 보니 궁금한 건 따로 있었군."

"그 정도는 알 자격이 있다고 생각합니다. 앞으로 무엇을 어찌하실 겁니까?"

"아무것도."

맑은 담청색 눈동자를 응시하며 한 마디를 내뱉은 그는 시선을 다시 밖으로 돌렸다. 대광장을 크게 한 번 훑고는 후드로 얼굴을 가리고 있는 사람들 위주로 한 명씩 꼼꼼히 살폈다. 남녀를 구분한 뒤 사내는 지나치고 여인이라면 눈을 고정하였다. 가려진 얼굴, 체구, 움직이는 손동작, 걸음걸이 하나까지 세심하게 확인한 뒤 다음으로.

"그게 무슨 말씀이십니까, '아무것도'라니요?"

"그저 기다리고 있을 뿐, 때가 될 때까지 나는 아무것도 하지 않을 생각이야. 그러니 그대도 명심하도록 해. 지금은 전하와 이국인의 관계를 군말 없이 지켜봐야 할 시간이라는 것을."

"각하!"

"그렇다고 질질 끌 생각도 없으니 참을성을 가지고 기다려봐. 머지않아 재미있는 일이 벌어질 테니까."

광장에서 눈을 떼지 않고 상대의 말을 잘라버린 그는 똑똑, 말없이 창을 두 번 두드렸다. 문이 득달같이 열리고 건장한 체격의 사내가 나타나 마벨을 향해 고개를 숙였다.

"모시겠습니다."

명백한 축객령이었다.

– 2권에서 계속.